Scarlet
스칼렛

www.bbulmedia.com

Scarlet

스칼렛

www.bbulmedia.com

사랑을
돌아보다

사랑을 돌아보다

1판 1쇄 찍음 2015년 2월 2일
1판 1쇄 펴냄 2015년 2월 6일

지은이 | 정희경
펴낸이 | 정 필
펴낸곳 | 도서출판 **뿔미디어**

편집장 | 이재권
기획 · 편집 | 주종숙, 이은정

출판등록 | 2002년 9월 11일 (제1081-1-132호)
주소 | 경기도 부천시 원미구 소향로 17, 303(두성프라자)
전화 | 032)651-6513 / 팩스 032)651-6094
E-mail | scarlets2012@hanmail.net
블로그 | http://blog.naver.com/dahyangs
홈페이지 | http://bbulmedia.com

값 9,000원

ISBN 979-11-315-6253-6 03810

사랑을 돌아보다

SCARLET ROMANCE STORY

정희경 장편 소설

Contents

프롤로그…7

1화. 미묘한 관계의 변화(上)…29

2화. 미묘한 관계의 변화(下)…51

3화. 잔인한 운명, 마주쳐서는 안 될 인연,

　　 원치 않은 우연…74

4화. 꽁꽁 동여맨 두려움…99

5화. 한발 늦어 버린 진심 때문에…124

6화. 다가오기 두렵다면, 그 자리에라도 있어 줘…145

7화. 잔잔해진 마음의 파도에 휘몰아치는 바람…168

8화. 애초부터 멀어진다는 게 불가능한 사이였다…191

9화. 잃어버린 시간 속에서의 후회…211

10화. 사막에 핀 꽃이 쉽게 시들지 않는 것처럼…233

11화. 제자리를 찾아가는 길…255

12화. 떠나는 사람, 남겨진 우리…275

13화. 사랑은 끝을 지나 처음으로…296

14화. 사랑을 돌아보다…317

에필로그 1…343

에필로그 2…364

작가 후기…383

프롤로그

　나뭇가지에 매달린 낙엽들이 우수수 떨어지고 찬바람에 쌀쌀해
지는 늦가을의 끝 무렵, 화려한 불빛들 사이로 해성전자 창립 22
주년을 알리는 현수막이 바람에 펄럭였다.

　호화롭고 장엄한 파티장 입구에는 화제가 될 만한 인물을 이튿
날 신문에 담기 위해 초대받지 못한 기자들이 진을 치고 기다리
고 있었다. 해성전자 창립 22주년 파티 참석자들은 그야말로 화
려했다. 국회의원부터 기업들의 회장단, 유명 연예인들이 직접 참
석해 기자들의 셔터가 멈출 기미를 보이지 않았다.

　그때 파티장 앞에 선 유명 외제차가 모든 이의 시선을 집중시
켰다. 방금까지 기자들의 사진 촬영에 한껏 도취되어 손을 흔들던
여배우는 금세 사그라진 관심에 머뭇거리다가 민망한 얼굴을 애
써 감추고 파티장 안으로 사라졌다.

　더블브레스트 코트에 화이트셔츠로 격식을 갖춘 태석이 차에서

내리자 그를 알아본 기자들이 모두 카메라를 치켜들었다. 많은 재벌 3세 가운데서도 그는 다른 재벌들에게서는 쉽게 찾아볼 수 없는 본인만의 아우라를 뿜어내고 있었다.

하지만 그의 옆에서 더욱 화려한 빛을 내야 할 여자는 어디에도 보이지 않았다. 파티장으로 들어서는 쓸쓸한 태석의 뒷모습을 바라보던 기자들이 여기저기서 수군거리기 시작했다.

"혼자야?"

"응. 소문에 사이가 안 좋다고 하던데 진짠가 보네."

"정략결혼이 2년이면 오래 버텼지."

"요즘 특종도 없는데 이혼이나 했으면 좋겠다. 기사나 내게."

이혼이라는 말에 파티장으로 들어가려던 태석이 우뚝 걸음을 멈췄다. 남의 불행을 바라는 이야기를 아무렇지도 않게 내뱉는 기자들의 참을 수 없는 가벼움에 태석의 입가에 쓴웃음이 절로 지어졌다. 뒷모습만으로 함부로 입을 놀리지 말라는 무언의 경고를 받은 기자들은 언제 그랬냐는 듯 굳게 입을 닫았다.

파티장으로 들어가자 곳곳에 배치돼 있던 파티 웨이트리스들이 그를 알아보고 공손하게 묵례했다. 곧장 손에 와인을 든 태석은 자신이 찾는 그녀가 파티장 어디에도 없다는 사실을 알아채고 미간을 좁혔다. 짧은 한숨을 토해 낸 그는 들고 있던 와인을 단번에 들이켰다. 따가운 탄산이 찌릿하게 목을 할퀴었다. 마치, 지금 제 옆에 없는 그녀처럼.

"태석이 오랜만이구나."

재킷 안주머니에서 휴대폰을 꺼내려던 찰나, 멀리서 그를 알아

본 제일건설 김 회장이 태석에게 먼저 알은척을 하며 걸어왔다. 태석은 손을 내리고 언제 그랬냐는 듯 불만스러웠던 표정을 숨기고 정중하게 인사를 했다.

"오랜만에 뵙습니다, 회장님."

"너는 통 보기가 힘들어. 아무리 회사 일이 바빠도 종종 아버지 따라 필드도 나오고 해라. 내 아들도 요즘 꾸준히 필드에 나오니, 같이 라운딩 하는 것도 나쁘지 않을 것 같은데."

김 회장은 32살이라는 젊은 나이에 해성전자를 부족함 없이 꾸려 나가고 있는 태석이 마음에 들었다. 제 아들이 태석의 반만이라도 닮길 바라는 마음 때문인지 김 회장은 제 아들과 태석이 만나는 자리를 만들고 싶어 했다.

"김 회장, 이제 나랑 하는 골프는 재미가 없나 봐?"

사람들의 축하 인사를 받으며 파티장을 돌아다니던 태석의 부친이자, 해성전자의 주인인 한민재 회장이 어느새 두 사람 옆으로 다가와 대화에 끼어들었다.

남을 대하듯 구는 아들의 깍듯한 인사가 못마땅했지만 민재는 인자한 미소를 지으며 그의 어깨를 다독였다. 그리고는 살짝 고개를 돌려 김 회장이 알아차리지 못하게 귓가에 속삭였다.

"가예는 어디 두고 혼자야?"

"조금 늦나 봅니다."

"설마…… 여길 혼자 온 거냐?"

"네."

"한심한 녀석. 각자 오는 모습 기자들한테 보여서 좋을 게 뭐가 있다고."

민재는 태석을 타박하면서도 김 회장에게는 특유의 온화한 미소를 잃지 않았다.

태석은 억지 미소를 띤 채 불편한 자리를 빠져나와 손목시계와 파티장 문을 번갈아 바라봤다. 이제 사람들에게 인사를 하고 다녀야 할 때이지만, 역시 혼자 돌아다니기에는 무리가 있었다.

그가 웨이트리스에게 새 잔을 건네받고 있는데 파티장 근처에서 무리 지어 있던 사람들이 입구를 바라보며 웅성거리기 시작했다. 태석이 무심결에 뒤돌아본 그곳에는 가슴까지 내려오던 긴 머리를 깔끔하게 올린 가예가 블랙 롱 드레스에 가볍게 재킷을 걸친 채로 주위를 둘러보며 급하게 파티장으로 들어오고 있었다.

수수하게 화장을 하고 온 그녀는 이곳에 온 다른 여자들에 비해 화려하진 않았지만, 파티장에 있는 그 어떤 여자들보다 눈에 띄는 미모를 가지고 있었다. 특히 고운 목선과 어깨선이 고스란히 드러나는 그녀의 드레스까지 미모와 조화를 이뤄 우아한 자태를 한층 더 뽐냈다.

파티장 안에 있던 사람들은 다급하게 들어오는 그녀를 힐끔힐끔 쳐다봤다. 태석은 와인 두 잔을 손에 들고 가예에게 다가갔다.

"늦었네."

"퇴근 시간이라 차가 좀 막혔어요. 미안해요."

기다리고 있던 그녀의 등장에 조금이나마 펴졌던 태석의 인상이 미안하다는 말 한마디에 다시 구겨졌다.

태석은 가예에게서 미안하다는 말을 하루도 듣지 않은 적이 없었다. 그것은 그녀가 언제나 자신의 눈치를 보며 지낸다는 뜻이기도 했다. 자신의 앞에서 한없이 작아지는 여자. 태석은 그런 가예를 이해할 수 없었다.

오늘 같은 상황 역시, 부친의 말처럼 아무리 늦더라도 그가 가예를 데리러 가는 것이 옳은 일이었다. 고로 그녀가 늦은 것은 태석의 탓이었고, 데리러 가지 못해 미안하다고 말해야 할 사람은 가예가 아닌 태석이어야 했다.

화 한 번 내지 않고 입버릇처럼 미안하단 말을 하는 그녀 덕에 사과할 기회를 놓쳐 버린 태석이 뭐가 미안하냐며 되레 한마디 꺼내려던 찰나, 멀찌감치 서 있던 민재와 눈이 마주쳤다. 태석은 우선 가예의 한 손에 와인을 들려 주며 반대편 손을 잡고 민재에게 다가갔다.

"아버지, 가예 왔습니다."

며느리 사랑은 시아버지라는 말이 있듯이 평소 가예를 제 딸처럼 아끼는 민재는 그녀를 보자마자 진심으로 얼굴을 환하게 밝혔다.

"우리 며느리 왔구나."

"늦어서 죄송해요, 아버님."

"아니다. 태석이가 널 데리러 갔어야 했는데, 내가 급하게 일을 시킨 바람에 파티에 늦을까 봐 곧장 이리로 온 모양이야. 네가 너그럽게 이해해라."

"그럼요."

민재는 능숙한 거짓말로 태석이 가예에게 가지 않은 일을 제

11

탓으로 돌렸다. 그러나 상처받을 자신을 생각한 시아버지의 하얀 거짓말이라는 걸 가예가 모를 리 없었다.

부친의 거짓말로 가예에게 사과할 기회를 완전히 놓치고 만 태석은 곤란한 듯 마른 얼굴을 쓸어내렸다. 뒤늦게 도착한 가예를 본 태석의 모친인 박화진 여사는 중요한 자리에 늦은 그녀를 향해 엄하게 꾸짖었다.

"오늘같이 중요한 날에는 일찍 준비했었어야지. 너답지 않게 신중하지 못했구나."

"죄송해요, 어머님. 제 생각이 짧았어요."

자신의 잘못에 엄한 가예가 혼쭐이 나는 것을 더 보고 싶지 않았던 태석은 눈을 가늘게 좁히며 그녀를 제 등 뒤로 잡아당겼다.

"보는 눈 많아요. 그만하세요."

태석은 화진의 타박에 고개를 떨어뜨린 가예의 손을 더욱 세게 잡으며 자신의 고교 동창들이 있는 곳으로 자리를 옮겼다.

"축하한다, 태석아."

"조만간 해성전자 주식 좀 더 사 둬야겠다."

"현명한 선택이네. 축하 고맙다."

간단하게 축하 인사를 나누던 그들은 서로의 근황을 전하며 이야기를 나눴다. 그런데 화진에게 들은 꾸중 탓인지 가예의 표정이 사뭇 어두워져 있었다. 동창들과 이야기를 나누면서도 줄곧 모든 신경이 가예에게 쏠려 있던 태석은 결국 그녀의 귓가에 작게 속삭였다.

"무슨 생각 해?"

"……네? 뭐라고 했어요? 집중 못 했어요."

"아까 어머니 말씀은……."

"한태석!"

태석이 화진 대신 그녀에게 사과하려는데 이제 막 파티장에 도착한 준섭이 시끄러운 목소리로 그를 불러 댔다. 준섭의 등장으로 한순간에 산만해진 분위기에 태석은 하려던 말을 잠시 숨길 수밖에 없었다.

"가예 씨, 오랜만이에요. 점점 더 예뻐지시네요."

가예를 발견한 준섭은 먼저 손을 내밀며 다정하게 인사를 건넸다. 태석의 절친한 친구인 준섭을 알아본 그녀가 엷게 웃으며 그의 손을 맞잡았다.

"준섭 씨야말로 저번에 뵀을 때보다 더 잘생겨지셨어요."

가예는 동갑내기인 준섭을 격식 없는 편안한 인사로 맞이했다. 서글서글한 성격의 준섭은 어렵고 불편하기만 한 이 자리에서 꼭 오래된 친구를 만난 것 같은 반가운 기분이 들게 했다.

"그래요? 연애해서 그런가."

"이준섭, 너 연애해?"

준섭이 매끄러운 제 피부를 어루만지며 방긋 웃어 보이자 동창생들은 그의 연애 소식에 모두 환호하며 따뜻했던 대화의 중심에 그를 세웠다. 평소 잘 웃지 않는 태석도 준섭의 이야기에는 간간이 소리 없는 웃음을 피식 흘리곤 했다.

태석은 마치 웃는 법을 모르는 사람처럼 누구의 앞에서도 쉽게 웃는 법이 없었다. 그래서 그 짧은 웃음마저도 가예에겐 생소하게 느껴졌다.

아마 이 결혼이 지속된다면, 평생 이 사람의 웃는 얼굴은 볼 수 없겠지.

잔인할 만큼 이성적인 생각이 머릿속에 스치자 가예의 눈에 때를 못 가리는 눈물이 차올랐다. 그동안 숱하게 통증을 유발했던 가슴 역시 아프다 못해 저려 왔다.

오늘따라 감정의 물결에 쉽게 흔들리는 가예가 다른 곳을 보는 척하며 주책없게 솟구치는 눈물을 감추기 위해 눈을 여러 번 깜빡였다.

준섭의 이야기를 아무 생각 없이 듣고 있던 태석은 고개를 돌리고 있는 가예를 발견하고선 잡고 있던 그녀의 손에 힘을 주었다.

"왜 그래?"

태석의 부름에 가예는 잡고 있던 손을 놓으며 그를 외면했다. 그리고 자신의 눈두덩을 꾹꾹 누르며 대수롭지 않게 말했다.

"눈에 먼지가 들어가서요."

"어디 봐."

"이제 괜찮아요."

평소 같으면 그러려니 하고 무심히 넘어갔을 일이었다. 그러나 태석은 자신에게 어떤 도움도 받지 않으려는 그녀의 뻣뻣한 태도가 오늘따라 유난히 마음에 들지 않았다. 보는 눈이 많으니 다정한 부부 행세라도 하고 싶은 욕심이 생긴 건지, 그는 기어이 가예의 앞에 서서 그녀의 얼굴을 바로 세웠다.

갑작스러운 태석의 행동에 당황한 가예의 볼이 발그레해지자 그 모습을 지켜보고 있던 동창생들은 저마다 야유를 던졌다.

"한태석 팔불출 다 됐다."

"그러게. 오늘 같은 날 회장님께 손자 안겨 드려야 되는 거 아니야?"

태석은 곳곳에서 들리는 짓궂은 이야기에도 물러서지 않고 가예의 눈을 바라봤다.

일찍이 아버지의 뒤를 잇기 위한 경영 수업을 받은 그는, 어린 나이로 높은 위치에 있는 자신의 뒤통수를 치려는 사람들을 겪으며 본의 아니게 사람의 눈만 바라봐도 진심인지 거짓인지를 분간할 줄 아는 능력을 길렀다. 그래서 그녀의 눈에 고인 눈물이 먼지 때문이 아니라는 것쯤은 금방 알 수 있었다.

계속되는 태석과의 눈 맞춤에 부끄러워진 가예는 헛기침을 하며 그를 살짝 뒤로 밀었다.

"다 우리만 보고 있어요."

"당분간 소원하다느니 이혼이라느니, 하는 의심은 안 받겠네."

깊은 뜻 없이 내뱉은 태석의 한마디가 가예의 조각난 가슴에 상처를 남겼다. 그의 눈 맞춤은 그저 의미 없는 행동일 거라며 스스로를 다잡았지만, 막상 보여 주기 식의 행동이었다는 의미를 담은 태석의 말은 떨리던 마음을 진정시키느라 애쓰던 그녀를 한 번에 무너뜨렸다.

"너무 한 곳에 오래 있었어요. 그만 가요."

가예는 먹먹해진 마음을 감추려 제 여린 입술의 속살을 꽉 깨물며 먼저 자리를 떠났다.

방금 전 두 사람의 모습이 겉보기엔 다정했는지 준섭이 태석의 어깨를 치며 부럽다는 눈빛으로 바라봤다.

"너도 가예 씨도, 전보다 서로한테 편해졌나 보다."

"지금 만난다는 여자, 허락받지 못할 사람이면 감정 키우지 말고 정리해."

준섭의 부모가 그에게 거는 기대가 크다는 걸 알고 있는 태석은 단호하게 조언했다. 태석이 누군가를 위해 빈말할 줄 모르는 성격이라는 걸 알면서도 축복은커녕 정리라는 말을 꺼내자 듣기 거슬린 준섭이 표정을 굳히며 물었다.

"그게 누굴 위한 정린데?"

태석은 일말의 망설임 없이 대답했다.

"상처받은 네 옆에 남아 있을 다른 여자."

예상치 못했던 태석의 대답에 준섭의 얼굴에서 웃음기가 완전히 사라졌다.

"가예 씨 말하는 거야?"

"네 잘난 사랑에 다른 사람 상처받게 하지 마. 내 꼴 난다."

"태석아."

"오늘 와 줘서 고맙다. 나중에 전화할게."

자신을 불러 세우는 준섭의 어깨를 툭툭 두드린 태석은 멀찌감치 서 있는 가예를 바라봤다. 어느새 그녀는 민재의 옆에 서서 자신의 아내이자, 해성전자의 며느리 노릇을 톡톡히 하고 있었다.

가예는 대한민국 3대 통신사인 M텔레콤의 여식으로, 오늘 이곳에 온 사람들 중에서 그녀를 모르는 사람은 아무도 없었다. 이 자리는 그런 자리였다. 자신의 사회적 신분에 도움이 될 만한 사람과 인맥을 쌓기 위한 자리. 자신을 스스로 상위층이라고 믿고, 부르는 사람들의 세상.

억지로 자리를 지키고 있던 태석은 가예가 민재에게 붙잡혀 있는 사이, 숨통이라도 틔우기 위해 사람들의 눈을 피해 잠시 자리를 빠져나와 2층 귀빈실로 들어갔다. 그리고 그는 불도 켜지 않은 채로 눈을 감고 의자에 기대었다.

'상처받은 네 옆에 남아 있을 다른 여자.'

'가예 씨 말하는 거야?'

자신의 대답에 단번에 가예의 이름을 꺼내는 준섭의 말이 계속해서 태석의 머릿속에 맴돌았다.

'꼭 그 아이여야만 되는 것처럼 어리석게 굴지 마라. 언젠가는 그 아이 따윈 생각도 안 나는 날이 오게 될 거야. 그러니 앞으로 네 옆에 있을 사람한테 상처 줄 행동은 하지 마. 같이 살다 보면 없던 정도 들게 돼 있어.'

결혼 전, 서재 의자에 앉아 책에 시선을 고정한 채로 자신에게 충고하던 부친의 말들이 주마등처럼 스쳐 지나갔다. 당시에는 절대 그럴 리 없다며 코웃음을 치고 돌아섰지만, 이제 더는 그 말을 부정할 수 없게 됐다.

버젓이 사랑하는 사람을 두고 다른 여자와 결혼을 하라는 부모의 강요를 받아들일 수 없었다. 애초에 집안의 돈이나 권력에 크게 욕심이 없던 태석은 사랑을 지키기 위해서라면 옷장에 넣어

17

두었던 캐리어를 언제든 꺼낼 각오가 되어 있었다.

그러나 자신과 평생을 함께해 줄 거라고 믿어 의심치 않던 여자는 제 부모에게 넉넉한 유학자금을 받고 잘 지내라는 한 통의 음성메시지만 남긴 채 홀연히 사라졌다.

모든 사실을 알게 된 태석은 그 자리에서 주저앉았다. 하늘이 무너져 내리는 것 같았다. 제 목숨만큼이나 소중하게 생각했던 여자가, 5억이라는 돈에 자신과 나눴던 2년간의 사랑을 팔았다는 사실을 믿을 수가 없었다.

태석은 그 후 집에서 원하는 대로 가예와 결혼을 했다. 그러나 일적인 부분을 제외하고는 누구와도 말을 섞지 않고 오로지 일에만 전념했다. 이유는 단 하나, 제 부모가 입이 닳도록 말하던 처가라는 곳의 도움 없이도 해낼 수 있다는 걸 보여 주기 위해서였다. 그래서 자신의 인생을 송두리째 흔든 이 결혼을 보란 듯이 깨 버리고 싶었다. 그것만이 자신을 온전히 믿지 못하는 부모에게, 자신을 버리고 떠난 여자에게 할 수 있는 최고의 복수라고 생각했다.

하지만 한 가지, 그가 간과하고 있던 것이 있었다. 그 사이에서 아무 잘못도 없이 상처받고 있는 그녀. 식물처럼 제 옆에서 서서히 말라 가는 그녀, 주가예.

"이사님?"

떠올리고 싶지 않은 기억들을 되새긴 바람에 머리가 지끈거리던 태석은 자신의 이름을 부르는 소리에 재빨리 눈을 뜨고 테이블에 올려놓았던 다리를 곧장 내렸다.

귀빈실로 들어온 사람은 다름 아닌 고 비서였다. 제 측근이라는 사실에 안도한 태석은 다시 의자에 몸을 기대고 앉았다.

　"무슨 일이야."

　"1층에서 회장님이 찾고 계십니다."

　"그새를 못 참고."

　태석은 관자놀이를 지그시 누르며 자리에서 일어났다. 그런데 1층으로 내려가려는 그의 팔을 고 비서가 붙잡으려 했다. 태석은 본능적으로 고 비서의 손을 가볍게 들어서 제지했다.

　"뭐야?"

　"넥타이가 흐트러지셨어요."

　지난 일들을 떠올리다 보니 숨통이 막혀 무의식중에 넥타이를 느슨하게 푼 모양이었다. 거추장스러운 넥타이를 아예 풀어 버리려는데 고 비서가 그의 손을 막았다.

　"제가 매 드릴게요."

　고 비서는 태석의 앞으로 다가와 능숙한 솜씨로 넥타이를 매만졌다. 고 비서가 몸을 움직일 때마다 진한 향수 냄새가 기분 나쁘게 코끝을 찔렀다. 넥타이를 만지는 그녀의 손길이 의도적으로 점점 느려지자, 태석이 헛웃음을 지으며 그녀를 아래로 내려다봤다.

　"이봐."

　수가 훤히 보이는 고 비서의 수상한 행동을 알아차린 태석이 넥타이에 가 있던 그녀의 팔목을 잡고 뿌리칠 때였다. 복도에서 또각거리던 여자의 구두 소리가 돌연 멈췄다.

　익숙한 걸음 소리에 태석이 고개를 옆으로 틀어 문밖을 바라봤다. 순발력 있게 몸을 숨긴 그녀와는 달리 블랙 롱 드레스의 끄트머리는 그 속도를 따라가지 못했다. 태석은 곧장 멀어지는 구두 소리를 들으며 깊은 한숨을 토해 냈다.

문을 등지고 서 있던 고 비서는 아무것도 모른 채 한숨을 토해 내는 그가 자신에게 흔들리고 있다고 확신하고 탄탄하고 널찍한 태석의 어깨를 쓰다듬었다.

"이사님, 오늘 너무 멋있으세요."

"고 비서."

"네?"

"설마 내가 흔들릴 거라는 기대라도 하는 거야?"

컴컴한 어둠 속에서 태석의 표정은 잘 보이지 않았지만 분명 그의 말투에는 경멸과 조소가 섞여 있었다. 서늘한 그의 목소리에 정곡을 찔린 고 비서가 움찔거리자 태석은 제 어깨에 놓인 고 비서의 손을 거칠게 떼 놓으며 그녀가 매 준 넥타이를 단번에 끌어내렸다.

"난 주제도 모르는 멍청한 사람은 딱 질색이야."

태석은 덩그러니 놓인 테이블에 자신의 넥타이를 버려두고 귀빈실에서 나와 1층으로 내려갔다. 걸음을 재촉해 계단을 내려가는 동안에도 그의 눈은 가예를 찾았지만 어디 갔는지 사람들 틈에 그녀가 보이지 않았다.

파티는 오케스트라까지 동원되어 아까보다 더욱 성대하게 치러지고 있었다. 민재는 태석을 발견하자마자 주위를 한 번 둘러보며 그를 나무랐다.

"왜 이렇게 오래 자리를 비워?"

"화장실 다녀왔습니다. 가예는요?"

"네 아내를 왜 나한테 찾아? 아무튼, 넌 나중에 보자."

민재가 화난 눈으로 태석을 노려보며 자리를 떠나자, 태석은 서둘러 가예를 찾기 시작했다. 하지만 파티장 안을 아무리 살펴봐도 그녀는 없었다.

아내의 행방을 다른 이들에게 함부로 물어볼 수 있는 입장이 안 되는 태석은 결국 파티장 입구 반대편 문으로 나가 그녀를 기다렸다. 입구에는 아직 기자들이 진을 치고 있었기에 그녀가 함부로 나갈 수 없을 거라는 판단에서였다.

30분이 지나서야 가예가 복도 맨 끝 화장실에서 모습을 드러냈다. 태석은 멀리서 걸어오는 가예를 보고 저벅저벅 걸어갔다. 점점 다가갈수록 가예의 눈이 퉁퉁 부어 있다는 것이 잘 보여 저절로 미간이 좁혀졌다.

자신을 모른 척 지나치려는 그녀의 손을 붙잡은 태석이 물었다.

"울었어?"

"아니요."

서러운 눈물을 쏟아 낸 탓에 충혈됐던 눈이 가라앉기까지 화장실에서 기다렸건만, 날카로운 그의 눈썰미를 피해 가진 못했다.

"아까 고 비서랑 나, 당신이 생각하는 그런 사이 아니야."

"알아요."

태석이 어렵게 이야기를 꺼냈지만 가예는 자신이 본 일에 대해서 그의 변명을 듣고 싶은 생각이 없었다. 그게 설령 사실이든 아니든 그 장면을 다시 떠올려야 한다는 것 자체가 가예를 비참하게 만들었다.

짧게 대답하고 지나가려는 가예의 앞을 태석이 한 걸음 앞서 나가 다시 가로막았다.

"왜 그냥 내려갔어?"

하지만 태석도 지금만큼은 물러서려고 하지 않았다. 괜찮지 않으면서 괜찮은 척하는 그녀가 불만스러웠다. 차라리 아까 그게 무슨 상황인지 설명해 보라며 화라도 내 줬으면 했다.

"아버님이 당신 어디 있는지 찾아오라고 하셨거든요. 당신이 곧 내려올 것 같아서 먼저 내려온 거고요."

"나랑 고 비서 피한 건 아니고?"

머릿속에서 애써 지우려 하는 아까의 일들을 상기시키는 그의 잔인한 질문에 가예가 울컥하여 고개를 들어 태석을 바라봤다.

"하고 싶은 말이 뭐예요?"

"아까 본 상황에 대해서 묻고 싶은 말 없어? 당신, 내 아내잖아."

묻고 싶은 말은 매우 많았다. 두 사람이 왜 그런 모습으로 서 있었던 거냐고. 나는 한 번도 제대로 마주할 수 없었던 당신 눈빛을, 왜 그 여자는 아무렇지 않게 받아 내고 있었던 거냐고. 왜 이렇게 나를 자꾸 비참하게 만드는 거냐고 그에게 따져 묻고 싶었다.

그러나 첫 만남에서 자신을 결혼 상대로 받아들인 이유에 대해 명확히 설명하고, 본인이 그어 놓은 선 안에 누구도 들여놓지 않으려던 태석을 가예는 똑똑히 기억하고 있었다.

'적어도 사랑 타령하면서 귀찮게 할 일은 없을 것 같으니까.'

'각자 집안이 원하는 대로 비즈니스만 합시다. 그쪽은 그쪽대로, 나는 나대로.'

태석이 옛 애인으로부터 버림받았다는 사실을 알고 시작한 결혼이었기에 그가 금방 누군가를 마음에 품을 수 없다는 것 정도는 예상하고 있었다. 그래서 더욱 가예는 결혼 후 커지던 제 마음을 고스란히 태석에게 보일 수가 없었다.

그에게로 향하는 자신의 관심이 부담되지 않을까 불안했기에 말 한 마디도 늘 조심스러웠다. 태석을 사랑하고 나서부터 가예는 그에게 철저히 약자였다.

마음속에 있는 말을 대신할 만한 변명을 생각하던 가예는 차분하게 대답했다.

"이런 중요한 자리에서 그런 행동할 만큼 어리석은 사람 아닌 거 알아요."

"확신할 수 있어?"

오늘따라 말을 돌려서 하고 있는 태석의 평소답지 않은 행동에 그녀의 심장박동이 조금씩 빨라졌다.

"무슨 말을 듣고 싶은 거예요?"

"아까 그 상황, 충분히 오해할 만했잖아. 그런데도 화 한 번 안 내는 당신이 신기해서. 아니면 내가 당신한테 화낼 가치도 없는 사람인 건가?"

"한태석 씨."

"말해."

평소 성격 급한 태석이지만 오늘만큼은 기필코 가예의 진심을 듣겠다는 생각인지 대답을 재촉하지 않고 그녀의 눈을 빤히 바라봤다. 그러나 이런 순간에만 그의 검은 눈동자가 자신을 담는다는 사실이 가예를 더욱 비참하게 만들었다.

"우리한테 이런 싸움 어울리지 않아요. 당신, 허튼 곳에 감정 낭비 싫어하잖아요. 평소대로 그런가 보다 하고 넘겨요. 그게 어울려요."

자꾸만 태석에게는 마음과 달리, 말이 엇나간다. 하지만 한낱 호기심을 가지고 질문을 던진 태석에게 진심을 고스란히 내보인다면 지금보다 더욱 멀어질 것이다. 그렇게 결론을 낸 가예는 일부러 냉담한 태도를 보이며 그를 지나쳤다.

뒤돌아선 그녀의 커다란 눈에는 어느새 화장실에서 간신히 가라앉혔던 물기가 가득 차올랐다. 태석이 자신에게 호기심이라도 보여 준다면 그것만으로도 행복할 거라고 믿어 의심치 않았던 때가 있었다.

그런데 지금은 아니었다. 그가 보여 주는 호기심은 가예의 가슴을 할퀴어 상처만 낼 뿐, 전혀 행복을 느끼게 하지 못했다.

태석은 아무것도 달라진 게 없는데, 2년이 지난 지금 달라진 건 그의 마음을 바라는 자신의 기대와 욕심뿐이라는 사실에 그녀의 여윈 뺨에 눈물 한 줄기가 주르륵 흘러내렸다.

운전기사는 룸미러로 두 사람의 눈치를 살피기 바빴다.

집으로 돌아가는 내내 두 사람은 각자 차의 가장자리로 멀찌감치 떨어져 앉아 차창 밖을 바라보고 있었다. 창문을 다 닫아 놨음에도 불구하고 서울 시내의 화려한 네온사인들 사이로 왁자지껄한 사람들의 웃음소리가 들려오는 것 같았다.

50평 남짓 되는 두 사람의 신혼집은 두 사람 사이에서 흐르는 냉기와는 반대로 포근하고 아늑했다. 익숙하지 않은 하이힐을 신은 탓에 까진 뒤꿈치 때문에 절뚝거리며 가예가 드레스룸으로 들어가려는데, 뒤따라 들어온 태석이 그녀의 손목을 덥석 잡아 돌려세웠다. 덕분에 중심을 잃은 가예가 비틀거리자 그가 빠르게 가예의 가느다란 허리를 낚아챘다.

"뭐, 뭐 하는 거예요?"

당황한 가예가 몸을 세우려고 했지만 태석은 처음 보는 그녀의 표정이 신기했는지 허리를 잡은 손에 더욱 힘을 주었다.

"이런 표정은 2년 만에 처음 보네."

"놔요."

태석은 정색하는 가예를 순순히 일으켜 세워 줬지만 잡고 있는 허리의 손은 여전히 떼지 않은 상태였다. 가예가 그의 가슴을 힘껏 밀어내 봤지만 작정하고 놓아주지 않는 남자의 손을 뿌리치기란 쉽지 않았다.

확실히 그는 오늘 무미건조하던 평소와는 달랐다. 다른 건 모두 이해하는 척하며 넘어갈 수 있었지만, 본인의 호기심 때문에 자신의 감정은 아랑곳하지 않는 그의 행동에 가예는 서운함이 밀려왔다.

그런 줄도 모르고 태석은 잡고 있던 손에 힘을 풀고 부드럽게 그녀의 허리를 끌어안았다. 금방이라도 부서질 것 같은 그녀의 허리를 너무 우악스럽게 잡고 있었던 것 같아서였다.

그의 가슴팍에 얼굴을 묻게 된 가예의 눈에서 결국 눈물 한 방울이 툭 떨어졌다. 태석이 주는 이 따뜻함이 그의 진심이 아니라는 걸 알기에 더욱 서글펐다. 그럼에도 불구하고 차마 그의 손을 냉정히 뿌리치지 못하는 자신이 한심해 견딜 수가 없었다.

"이것도 일종의 호기심이에요?"

억지로 참고 있던 감정의 댐이 터지기 일보 직전이었다. 울먹거리는 가예의 목소리를 알아차린 태석이 그제야 허리에서 손을 떼고 한 걸음 물러섰다.

"주가예."

자신의 이름을 부르는 태석의 목소리에 가예가 피식 웃음을 터뜨렸다. 처음이었다. 2년을 함께 살면서 그가 자신의 이름을 불러 준 것이. 서럽던 마음이 이름 한 번 불린 것만으로 사그라지려고 해서 겁이 났다. 이렇게 점점 고백할 수 없는 마음이 커져 버리면 나중에 도저히 감당할 수 없을 것 같았다.

의미 없는 포옹 한 번에, 대수롭지 않은 이름 석 자 불러 준 목소리에 2년 동안 꿋꿋하게 감춰 왔던 감정을 고스란히 드러낼 순 없었다. 그랬다면 미련하다 불릴 만큼 감정을 감추려고 노력하지 않았을 것이다.

가예는 고개를 숙인 채로 숨을 고르며 감정을 추스르려 노력했다.

"나 봐, 주가예."

그러나 태석의 목소리를 들으면 들을수록 자꾸 마음이 울컥해 차마 고개를 들 자신이 없었다. 그가 어떤 표정을 짓고 있을지 겁이 났다.

처음부터 사랑을 전제로 한 결혼이 아니었고, 서로에게 감정을 강요하지 말자고 먼저 제안한 것은 가예였다. 그때 당시에는 자신의 승낙으로 어쩔 수 없이 이 결혼을 감행해야 했던 태석을 위한 나름의 배려였다. 이렇게까지 그가 좋아질 줄도 모르고 그런 약속을 쉽게 꺼낸 것이 못내 후회될 때도 있었지만, 그 약속을 했기에 이 시간까지 그와 함께할 수 있다고 생각했다.

"주가예. 진지하게 물어볼 테니까 솔직하게 대답해."

한층 가라앉은 태석의 목소리에 가예가 마른침을 삼켰다.

"이 결혼, 행복해?"

결혼 존속의 의미를 묻는 그의 말에 가예는 조막만 한 입술을 파르르 떨었다. 하루에도 몇 번이나 그와 헤어져서 살 수 있을까라는 질문을 스스로에게 던졌지만 선뜻 답을 내릴 수 없었다.

분명 태석을 바라보는 것만으로도 행복하던 시절이 있었다. 적어도 자신을 밀어내진 않았으니까. 사랑하지도 않는 자신에게 본인의 옆자리를 내준 것만으로도 속없이 고맙기까지 했었다.

그렇지만 지금은 아니었다. 욕심이 커져서, 시간이 지나고 나니 옆은 내주지만 마음을 주지 않는 그가 원망스럽기 시작했다. 별 뜻 없는 그의 행동 하나하나에 의미를 두는 스스로가 한심했고, 행여나 이런 마음을 태석이 알아차려 그의 곁을 떠나야 하는 순간이 올까 봐 조마조마해야 하는 모습이 비참했다.

"이혼이라도…… 하자는 거예요?"

"하고 싶어?"

오히려 태석이 차갑게 되묻자 가예는 지레 겁이 났다.

"내 대답에 우리 사이가 달라지나요?"

"진심이라면 달라지겠지."

이 결혼으로 행복해진 사람은 아무도 없었다. 태석의 마음을 금방 돌릴 수 있을 거라고 호기롭게 생각했던 가예는 점점 지쳐 갔고, 누군가를 받아들일 마음의 준비가 되지 않았던 태석은 그녀의 승낙 때문에 결혼이라는 궁지에 몰려 나쁜 사람이 되고 말았다.

그렇게 지내 온 지 2년, 이제껏 마음 편하게 숨 한 번 제대로 쉬지 못하게 만든 이 결혼의 고리를 누군가는 끊어 내야 했다.

"그래요, 그럼."

감정을 강요하지 말자던 처음의 약속을 지키지 못한 건 그녀였다. 마음을 숨기는 거짓말에는 이제 익숙해져서 한 번쯤 더 한다고 크게 달라질 건 없었다.

잠시 고개를 떨어뜨리고 숨을 크게 고른 가예는 태석의 눈을 마주했다.

"이제 내 인생에서 나가 줘요, 한태석 씨."

이 말이 부디 그에게 하는 마지막 거짓말이기를, 가예는 마음속으로 빌고 또 빌었다.

1화. 미묘한 관계의 변화(上)

여느 날과 다를 것 없는 아침이었다.

항상 일어나는 시간에 자연스레 눈을 뜬 태석은 피곤한 얼굴로 자세를 바꿔 제 옆자리를 바라봤지만, 역시나 그렇듯 가예는 없었다. 그녀의 베개는 새벽에 태석의 옆에 있었는지 의심스러울 정도로 한 치의 흐트러짐 없이 정돈되어 있었다. 버릇처럼 확인한 시계 침은 아침 일곱 시를 가리켰다.

쥐 죽은 듯 조용한 거실에서도 역시 그녀의 흔적은 찾아볼 수 없었다. 평소 같았으면 지금 이 시간에는 가예가 부엌에서 아침 준비를 하고 있거나, 거실에서 오늘 그가 입을 셔츠를 다리고 있었을 것이다.

침실에서 나온 태석은 며칠째 그녀가 냉장고에 꾸준히 붙여 놓는 노란 포스트잇을 확인했다.

[선약 있어서 먼저 나가요. 아침은 차려 놨어요.]

아침 일곱 시에 선약이 있다는 말을 곧이곧대로 믿을 사람이 과연 몇이나 될까. 반듯하게 적힌 메모를 본 태석의 미간이 자연스레 구겨졌다.

이런 말도 안 되는 핑계로 가예가 그를 피한 지 벌써 일주일째였다. 그 말인즉슨, 그가 가예의 얼굴을 제대로 못 본 지도 벌써 일주일이 지나고 있다는 뜻이었다.

창립기념일 이후 며칠간은 그녀에게도 생각할 시간이 필요할 것 같았기에 태석은 자신을 피하는 가예의 행동에도 아무 말 하지 않고 한 걸음 물러나서 지켜보기로 했다. 그 와중에 신제품 출시 예정이었던 휴대폰 디자인이 유출되는 사태까지 겹치면서 본의 아니게 야근을 해야 했던 그는 새벽이 다 돼서야 집에 들어오곤 했다.

덕분에 태석은 퇴근한 후에 집에 돌아오면 등을 돌린 채 자고 있는 가예의 뒷모습만 봐야 했다. 항상 자신이 들어오는 모습을 확인하고 잠이 들던 그녀가 정말 잠을 자는 건지, 아니면 자는 척하는 건지는 태석에게 중요하지 않았다. 다만 누워 있는 그녀를 일으켜 세우면서까지 이혼 이야기를 거론하고 싶지 않아 때를 기다렸을 뿐이다.

그러나 번번이 이런 식으로 대화할 기회를 놓치고 마니 태석은 답답했다. 그는 방에서 휴대폰을 가져와 가예에게 전화를 걸었다.

「지금 고객님의 전화기가 꺼져 있어…….」

태석은 휴대폰을 귀에 갖다 댄 채로 음식 가리개를 들었다. 식탁에는 그가 항상 아침 대용으로 먹는 샌드위치가 먹기 좋은 크기로 잘라져 그릇에 담겨 있었다. 비록 식사 내내 살가운 대화는 없었지만, 항상 앞에 앉아 같이 샌드위치를 먹어 주던 가예는 이제 없었다.

그녀가 없어서인지, 아니면 샌드위치가 먹고 싶지 않은 건지 입맛이 사라진 태석은 냉장고를 열어 샌드위치를 넣어 놓고 샤워실로 향했다. 냉장고 안에는 벌써 일주일째 그가 먹지 않은 샌드위치 그릇들이 가지런히 놓여 있었다.

근처 24시간 영업하는 카페에서 시간을 보낸 가예는 아침 일찍 MA헤어숍을 찾았다. 문을 여는 시간에 맞춰 도착했음에도 불구하고 MA헤어숍은 유명 연예인들의 이른 방문으로 북적였다.

가예는 자신을 알아보는 헤어디자이너들의 인사를 받으며 기다림 없이 곧장 자리를 안내받았다. 웬만한 손님이 아니고서야 예약조차 받아 주지 않는 MA헤어숍에서 가예가 원장의 손님이라는 점은 다른 디자이너들을 한층 더 겸손하게 만들었다.

원장의 밑에서 그녀를 담당하고 있는 헤어디자이너인 홍 실장은 그녀를 알아보고 한달음에 달려 나왔다.

"가예 씨, 우선 가운부터 입으세요."

홍 실장은 예약도 없이 찾아온 가예를 의아하게 여기긴 했지만 겉으로는 내색하지 않고 그녀에게 가운을 입혀 주었다.

가예는 스스로 상류층임을 내세우며 깐깐하게 굴거나, 헤어디자이너를 아랫사람 대하듯 홀대하는 경우가 없는 MA헤어숍에서 보기 드문 공손한 손님이었다. 그래서 많은 헤어디자이너는 가예를 자신의 손님으로 만들기 위해 과도한 친절을 베풀며 고군분투했다. 그러나 이곳에서 가예가 개인적으로 말을 섞는 사람은 원장과 홍 실장 단둘뿐이었다.

하지만 홍 실장은 가예가 보이지 않는 벽을 세우고 있다는 걸 항상 느끼고 있었기에 속으로 무척 섭섭해하고 있었다.

"그런데 가예 씨, 머리 한 지 얼마 안 됐잖아요."

꾸준한 모발 관리로 손상된 머리카락 하나 없이 찰랑거리는 가예의 머리카락을 만지며 홍 실장이 물었다. 게다가 최근에 긴 생머리에서 살짝 웨이브를 넣어, 지금 그녀의 머리는 더할 나위 없이 완벽했다.

"지금도 예쁘긴 한데, 좀 자를까 해서요."

"그때도 기장을 조금 자른 건데 더 자르려고요?"

"네, 더 짧게요."

"설마…… 단발이요?"

가예가 살짝 고개를 끄덕였다.

그가 긴 생머리를 좋아한다는 사실을 알고 나서부터 가예는 늘 한결같은 머리 길이를 유지했다. 아니, 더 솔직하게 말하자면 그가 결혼 전에 사랑했던 여자가 긴 생머리였다는 사실을 우연히 알게 된 순간부터 머리를 길러 왔다.

머리 스타일을 똑같이 한다고 해서 그에게 사랑받을 수 있는 것도 아닌데, 그 이유 하나 때문에 자신에게 어울리지도 않는 긴

머리를 2년이나 유지했다는 건 돌이켜 생각해 봐도 참 우스운 일이었다. 이제는 태석에게 잘 보이려고 했던 행동 하나하나가 그녀에게는 쓰린 기억일 뿐이었다.

"혹시 무슨 일 있어요?"

가예가 쉽게 대답해 주지 않을 거라는 걸 알면서도 그녀의 표정이 잔뜩 어두워져 있어서 홍 실장은 물어보지 않을 수 없었다. 대개 여자 손님들은 심경의 변화가 있을 때 과감한 변화를 시도한다는 걸 경험으로 알고 있었기 때문이다.

"어떤 남자랑 헤어졌거든요."

"네?"

자신의 개인적인 이야기를 순순히 꺼내는 가예의 말에 홍 실장이 놀람을 감추지 못했다. 그녀가 결혼했다는 사실을 알지 못하는 홍 실장은 들고 있던 가위를 내려놓으며 걱정스럽게 물었다.

"설마 가예 씨가 차인 건 아니죠?"

찼느냐, 차였느냐가 가장 중요해 보이는 홍 실장에게 가예는 그녀가 듣고 싶어 하는 대답을 해 주었다.

"제가 찼어요."

그 말에 홍 실장은 다행이라는 듯 환하게 웃으며 고개를 끄덕였다.

"잘했어요! 차이는 것보단 차는 게 백배 낫죠."

홍 실장의 말대로 그에게 버림받는 것보단 제 스스로 태석을 버리는 쪽이 나을 거라고 생각해서 말한 이혼이었다. 그녀가 태석을 버리는 편이 그를 곤란하게 만들지 않는 일이니까.

그런데도 철저하게 버림받은 기분이 드는 건 어쩔 도리가 없었다.

"걱정 마요, 가예 씨. 제가 머리 진짜 예쁘게 해 드릴게요."

홍 실장은 내려놓았던 가위를 들고 한 치의 망설임도 없이 그녀의 머리카락을 과감하게 잘랐다. 머리카락이 힘없이 바닥에 떨어져 나가는 모습을 지켜보던 가예는 피곤한 눈을 천천히 감았다.

눈을 감으니 오늘 아침에 열어 본 냉장고에 손도 대지 않은 걸로 보이는 샌드위치들이 아른거렸다. 차갑게 식어 있는 그 샌드위치가 꼭 자신과 태석의 사랑의 온도를 말하고 있는 것 같았다.

택시에서 내린 가예는 꼭대기를 바라보는 것만으로도 목이 아플 만큼 높은 건물인 해성전자를 가만히 올려다보았다. 결혼 전에 태석을 만나기 위해 딱 한 번 들른 적 말고는 온 적이 없었으니, 이곳도 딱 2년 만이었다.

비서실장의 안내를 받아 회장실 앞까지 온 가예는 긴장되는 마음을 가다듬고 천천히 문을 열었다. 가예가 온다는 소식을 전해 들은 민재는 자신을 보러 직접 회사까지 나온 며느리가 기특한지 냉큼 자리에서 일어나 가예의 손을 맞잡으며 그녀를 앉혔다.

"잘 왔다. 오랜만에 바깥 구경 나오는 것도 나쁘지 않지."

"바쁘신데 제가 찾아온 건 아니죠?"

"내 아무리 바빠도 며느리한테 내줄 시간 없을까 봐."

살갑게 자신을 반겨 주는 시아버지의 모습에도, 가예는 안 좋은 소식을 전하러 찾아온 것이기에 죄송한 마음이 앞서 차마 미소가 지어지지 않았다.

민재를 보는 사람들의 시선은 천차만별이었다. 아들인 태석에게는 자신의 사랑을 짓밟아 버린 매정한 아버지였고, 부인인 화진에게는 오로지 회사 일밖에는 모르는 무신경한 남편이었다. 그리고 그의 밑에서 일하는 임원들에게는 자신의 이득을 위해서는 물불 가리지 않는 불도저 같은 상사이기도 했다.

그러나 적어도 며느리인 가예에게는 남달랐다. 민재는 가예라면 꼼짝하지 못할 만큼 그녀를 아끼고 챙겼다. 단순히 그녀가 자신의 사업 상대로 부족함 없는 M텔레콤의 여식이어서가 아니었다. 여려 보이지만 강단 있는 성격, 관계에 있어서 자신의 이득을 위해 적당히 타협할 줄 모르는 그녀의 곧은 심성은 민재와는 정반대였다.

늘 세상과 타협하면서 자신을 합리화하며 사는 민재는 자신이 절대 가지지 못할 제 며느리의 성격이 마음에 들었다.

비서실장이 직접 차를 내오고 조용히 자리를 비키자, 가예는 선뜻 떨어지지 않는 입술을 달싹였다.

"아버님."

"그래, 아가."

"저희…… 이혼하겠습니다."

느긋하게 찻잔을 들던 민재가 그대로 행동을 멈추고 가예를 바라봤다. 그녀가 찾아온 일이 제 못난 아들과의 이혼만큼은 아니길 바랐건만 결국 올 것이 와 버린 것이었다.

자신의 감정을 표정으로 드러내지 않는 것이 철칙인 민재도 아쉬움과 후회를 담은 복합적인 눈빛으로 입에 대려던 찻잔을 내려 놓았다.

"아가."

"저희 두 사람한테 지난 2년, 너무 힘든 시간이었어요. 아버 님."

만약 가예가 조금이라도 망설이는 눈치를 보였다면 민재는 다시 한 번 생각해 보라며 그녀를 설득했을 것이다. 그러나 이곳까지 찾아와 이혼을 말하는 가예의 마음은 단호해 보였다. 게다가 힘든 시간이었다는 말과 함께 시선을 아래로 떨구는 제 며느리가 안쓰러워서 민재는 아무 말도 하지 못하고 그녀의 손을 잡아 주었다.

아들의 옆에 있던 여자를 돈으로 떼어 내고 나서 억지로 밀어 붙인 결혼이었다. 돌아오지 않는 메아리를 기다리는 사람처럼 한결같이 태석의 뒷모습만 좇는 가예가 가련하게 느껴진 적도 많았지만, 제 속으로 낳은 자식인 만큼 언젠가는 태석이 가예에게 마음을 돌릴 것이라는 확신을 가지고 있었다. 그러나 그 무모했던 확신이 가예를 얼마나 피폐하게 만들었는지 민재는 알지 못했다.

"태석이랑 이야기 끝난 거야?"

"네."

"그 녀석은 뭐라던?"

"제가 먼저 꺼낸 이야기예요. 그이는 아무 말 안 했어요, 아버 님."

가예는 끝까지 태석을 감쌌다. 이혼의 탓을 태석에게 돌린다면 아마 그는 지금보다 아버지의 신뢰를 더 잃게 될 것이고, 부자 사이는 걷잡을 수 없이 멀어질 것이다. 그래서 가예는 이혼에 대한 결정은 무조건 제 생각인 것으로 안고 가리라 마음먹고 있었다.

"내가 미안하구나."

"그러지 않으셔도 돼요. 저 이제까지 아버님께 받은 게 너무 많아요."

"내가 주 회장님을 어떻게 봬야 할지……."

"부모님께는 제가 차차 말씀드릴게요. 지금 진행 중이신 일들은 아무 차질 없으실 거예요. 염려하지 마세요."

조만간 M텔레콤에서 독점으로 출시 예정이었던 Z5휴대폰은 올해 해성전자의 큰 손익을 판가름할 중요한 프로젝트 중 하나였다. 그러나 민재는 적어도 이 순간만큼은 M텔레콤의 여식인 가예가 아닌 자신의 며느리였던 가예를 잃는 것이 더 가슴 아팠다.

"아버님."

"그래."

"제가 그이와 결혼하게 된 데는, 분명 저희 집 배경 탓도 있었겠죠?"

민재는 차마 부정할 수 없었다. 가지고 있는 기술과 실력은 비슷했지만 먼저 휴대폰 사업에 뛰어들었던 한성전자에 가려 본의 아니게 이인자라는 수식어를 얻었다. 그런 해성전자는 2년 전, 가예를 며느리로 삼게 되면서 M텔레콤과 손을 잡고 다양한 모바일 사업을 펼쳤다. 그 덕분에 한성전자를 물리치고 당당하게 일인자로 올라서 승승장구하던 해성전자는 이제 국내뿐만 아니라 휴대폰 해외시장까지 손에 거머쥐고 있었다.

가예는 사업적인 부분에서도, 가정적인 부분에서도 민재에게는 복덩이나 마찬가지였다. 그 사실을 태석만 인정하지 않으려는 것이 민재는 답답하기만 했다.

"그런데 저는 태석 씨를 만나고 나서 제 배경을 내내 후회했어요."

그동안 자신의 배경에 가려져 태석에게 진심을 외면당하기만 했던 가예의 마음고생을 민재가 모를 리 없었다.

"저 참 어리석죠, 아버님?"

애써 담담하게 말하며 쓸쓸히 웃어 보이는 가예의 얼굴이 민재의 가슴에 마음 아프게 박혔다.

태석은 회사에 출근하고 나서도 업무에 완전히 집중할 수 없었다. 마치 처음부터 없었던 사람인 것처럼 가예는 본인의 인생에서 자신을 완전히 배제시킨 것 같았다.

회의 시간을 제외하고 그녀에게 수십 번이나 연락을 시도해 봤지만 여전히 휴대폰은 꺼져 있었다. 태석은 회의 보고를 위해 에스컬레이터를 타고 회장실로 올라가는 동안에도 가예에게 전화를 걸어 보았지만 그를 반기는 건 낯선 여자의 자동음성 기능을 설명하는 목소리뿐이었다. 그는 울컥 치밀어 오르는 짜증을 억누르기 위해 깊은 한숨을 내뱉으며 휴대폰을 재킷 안주머니에 집어넣었다.

태석을 본 비서실장은 곧장 자리에서 일어나 인사를 하곤 회장실로 전화를 연결했다. 잠시 후, 비서실장이 열어 주는 문 사이로 회장실 안을 들여다본 태석의 미간이 좁아졌다. 제 아버지의 맞은편에 앉아 있는 젊은 여자의 뒷모습이나 분위기로 봐선 사업상 찾아온 손님으로 보이지 않았기 때문이다.

"이사님, 들어가셔도 됩니다."

비서실장의 말에 태석은 일부러 발걸음에 힘을 주어 회장실 안으로 들어갔다. 미리 민재에게 태석이 들어올 거라는 이야기를 들었던 가예가 자리에서 일어났다.

"아버님. 그럼 전 가 보겠습니다."

익숙한 목소리와 함께 낯선 뒷모습이 뒤를 돌았다. 오늘 새벽까지만 해도 자고 있던 그녀는 긴 생머리였기 때문에 태석은 앉아 있는 여자가 가예일 거라고는 전혀 예상하지 못했다.

그가 제 앞에 벌어진 상황을 파악하는 동안에 가예는 가방을 들고 민재에게 고개를 꾸벅 숙였다.

"그래, 아가. 멀리 안 나가마."

"네."

가예는 인사를 마치고 아무렇지 않게 태석을 스쳐 지나갔다. 일주일 만에 제대로 보는 것임에도 자신을 투명인간 취급하며 알은척하지 않는 가예의 행동에 태석이 그녀를 따라나서려 했다.

"회의 보고하고 나가라."

하지만 싸늘한 민재의 한마디가 그의 발목을 붙잡았다. 그가 잠시 망설이는 사이, 가예는 자신을 잡기 위해 뻗어 있던 태석의 손을 외면한 채 회장실을 빠져나갔다.

민재는 얼빠진 표정을 하고 서 있는 그를 향해 혀를 차며 집무 의자에 앉았다. 정신을 차리고 민재 앞에 선 태석은 초조한 표정으로 가예가 나간 문을 바라보며 물었다.

"무슨 일로 온 겁니까?"

"회의부터 보고해."

민재가 호락호락하게 가예와 나눈 이야기를 해 줄 리 없었다. 태석은 한숨을 토해 내며 들고 온 보고서를 민재의 앞에 내밀었다.

"지금은 Z5 출시 일정에 맞춰서 아시아 관광객들에게 홍보가 될 프로모션을 준비 중입니다. 조만간 서강호텔과 계약 건 마무리 짓겠습니다."

"계약 일정이 너무 빠듯한 거 아니야?"

느긋하게 보고서를 한 장씩 넘기는 민재의 행동은 고의라는 걸 충분히 느끼게 해 주었다. 가예가 다시 사라지기 전에 붙잡아야 한다는 생각 탓에 연신 손목시계를 바라보는 태석의 표정에서 평소와는 다른 다급함이 느껴졌다.

이제야 제 옆에 있는 사람의 소중함을 깨달아 가는 듯 보이는 자식의 어리석음에 민재가 고개를 가로저으며 말했다.

"가예 잡을 생각 마라. 일부러 잡지 말라고 시간 끌고 있는 거니까."

"아버지."

"한심한 녀석! 내가 가예 앞에서 고개를 들 수가 없어! 너한테 가예가 과분한 사람인 줄 왜 모르느냔 말이야!"

"회의 보고는 나중에 드리겠습니다."

태석은 고개를 까딱하며 회장실을 나왔다. 엘리베이터가 1층으로 내려가는 것을 확인한 그는 급한 대로 비서실장에게 다가갔다.

"1층 로비에 전화해서 단발머리에 회색 코트 입은 여자 잡아 두라고 하세요. 주차요원한테도 차량 번호 1885 붙잡아 두라고 하시고요."

"네, 이사님."

비서실장이 로비로 전화를 거는 사이, 태석은 재빨리 반대편 엘리베이터를 타고 1층으로 내려갔다. 하지만 로비 어디에도 그녀는 없었다.

비서실장의 지시를 받고 출입문을 지키던 경비들은 회색 코트를 입은 여자는 1층에 나타나지 않았다고 전했고, 주차요원 역시 그사이 주차장을 빠져나간 차량은 한 대도 없었다고 전해 왔다.

로비 한가운데에 선 태석은 가예에게 전화를 걸어 보았지만, 그녀의 전화기는 여전히 꺼져 있었다. 제 눈앞에 나타났던 가예를 허무하게 놓쳐 버린 태석은 답답함에 휴대폰을 부서질 듯 불끈 쥐었다.

마른 얼굴을 쓸어내리며 피곤한 기색으로 사무실로 돌아온 태석이 안으로 들어가려는데, 얼마 전 고 비서의 자리를 채운 새내기 비서인 송 비서가 자리에서 일어나 그를 불렀다.

"이사님, 지금 안에 사모님이 오셔서 기다리고 계십니다."

"뭐라고요?"

태석은 방금 들은 송 비서의 말에 제 귀를 의심했다. 그렇게 미친 사람처럼 그녀를 찾으러 다녔는데, 이제까지 자신의 사무실에 있었다니. 허탈함과 안도감이 동시에 밀려들어 와 저절로 헛웃음이 났다.

"사람 들이지 마세요. 전화 연결도 하지 마시고요."

아직 업무를 완전히 다 파악하진 못했지만 빠른 눈치로 일을 처리하는 송 비서에게 자신의 뜻을 분명히 밝힌 태석은 제 사무실 문을 벌컥 열었다. 안에는 아까 회장실에서처럼 다소곳하게 앉아 송 비서가 준 차를 마시고 있는 가예가 있었다.

"보고가 늦었네요."

방금까지 자신이 어떤 심정이었는지 알 리 없는 가예가 천진난만하게 말하자 태석은 기가 찰 노릇이었다. 그는 가예에게 곧장 다가가 옆자리에 둔 그녀의 가방을 빼앗듯이 들었다.

"뭐 하는 거예요?"

놀란 가예가 자리에서 일어났지만 태석은 아랑곳하지 않고 그녀의 가방을 뒤져 꺼진 휴대폰을 찾아냈다. 그가 휴대폰을 손에 쥐자 가예가 도로 뺏으려 팔을 뻗었지만 자신보다 키가 20cm나 더 큰 그를 이길 순 없었다.

"내가 얼마나 전화했는지 알아?"

"알아요. 빨리 휴대폰 줘요."

알고 있었다고 말하는 가예의 한마디가 더욱 괘씸해진 태석이 미간을 구기며 되물었다.

"알면서 어떻게 연락 한 통 안 해? 사람 피 말릴 셈이야?"

걱정스러운 얼굴로 목소리를 높이는 태석의 모습에 가예의 가슴이 주책없이 울렁였다. 마음을 다잡으려 머리까지 잘랐건만 너무 쉽게 마음의 동요가 일어나 일주일 동안 그를 피한 것이 모두 쓸데없는 일이 돼 버린 것 같았다.

"서로 연락하고 기다리는 사이 아니잖아요, 우리."

늘 그렇듯이, 내뱉으면 상처가 될 줄 알면서도 외면할 수 없는 진실을 가예가 입 밖에 꺼냈다.

아무 사이도 아니라고 단정 짓는 가예의 말이 듣기 거슬린 태석은 잔뜩 언짢아진 표정으로 눈썹을 꿈틀거렸다.

"자꾸 말 그렇게 해 봐."

휴대폰이 제대로 켜진 걸 확인한 태석은 그녀에게 휴대폰을 쥐여 주었다.

"끄지 마. 연락 안 되는 거 싫어."

가예가 온전히 제 눈앞에 있다는 사실에 어느 정도 이성이 돌아온 태석은 짧아진 그녀의 머리를 바라봤다.

"머리는 언제 했어?"

"오늘요."

"갑자기 왜?"

"이제 나도 새 출발 해야죠."

무거운 분위기를 조성하고 싶지 않았던 가예가 일부러 그의 마음 편해지라고 작게 웃기까지 하며 대답했다. 그러나 그녀가 의도한 바와는 반대로 태석의 표정이 다시 한 번 구겨졌다.

"그리고 오늘 아버님께 이혼하겠다고 말씀드렸어요."

"뭐?"

그녀에게 연달아 듣기 싫은 말만 골라 들은 바람에 태석의 구겨진 표정은 펴질 틈이 없었다. 마치 이혼만을 기다려 온 사람처럼 일사천리로 주변을 정리하는 그녀의 모습에 잠시 할 말을 잃은 태석이 황당해하고 있자, 가예가 말을 이었다.

"아버님도 그러라고 하셨고요."

민재가 이혼을 허락했다는 말에 태석은 적잖게 놀란 표정을 지었다. 아무리 제 자식이라 하더라도 자신이 피땀 흘려 일궈 놓은 회사에 손해가 오게 하는 꼴은 절대 못 보는 사람이었다. 그런 민재가 순순히 이 결혼의 끝을 받아들였을 리 없었다.

"그런데 곧 Z5 출시라면서요. 출시 성공적으로 마무리되면, 이혼은 그때 진행하기로 했어요. 당신 자리를 호시탐탐 탐내는 사람들한테는 내 가족의 힘도 무시 못 하는 것일 테니까요."

이혼 시기를 뒤로 미루는 것을 제안한 건 민재였다. 그녀를 아프게만 한 못난 아들이지만 태석이 회사에 완벽하게 자리매김하지 않으면 두 사람이 힘들게 버텨 왔던 2년간의 결혼 생활도 도루묵이 되는 거나 마찬가지였다.

게다가 이 바닥은 가예가 생각하는 것처럼 절대 호락호락하지 않았다. 아무리 가예가 결정해서 끝내는 이혼이라고 한들, 하나뿐인 자신의 딸에게 이혼녀라는 주홍글씨를 남긴 집안을 도울 만큼 M텔레콤이 마음씨 좋은 기업이 아님을 민재는 알고 있던 것이다.

"그러니까 앞으로는 회사 일에만 집중해요."

"나 그렇게 능력 없는 놈 아니야."

민재의 무시는 이제 인이 박여서 한 귀로 듣고 흘릴 수 있는 경지에 이르렀지만, 그녀까지 가족의 힘을 운운하며 도움을 주겠다고 하니 태석은 자존심이 상했다.

"알아요. 당신 능력 있는 사람인 거."

가예는 태석의 능력을 의심하는 것이 아니었다. 다만 이혼 전에 주어진 짧은 시간에라도 제 배경이 그에게 조금이나마 힘이 될 수 있기를 바라는 마음에서였다.

"그러니까 내가 싫어도 조금만 참아요. 집은 알아보고 있어요."

"무슨 집?"

"같이 사는 거, 불편하잖아요."

이야기를 들으면 들을수록 가관이었다. 아예 별거까지 생각해 둔 가예의 행동에 태석은 점점 화가 나기 시작했다.

"그동안 나랑 끝내고 싶어서 어떻게 참았어?"

비꼬는 투로 톡 쏘며 하는 태석의 질문에 가예의 눈빛이 흔들렸다.

"태석 씨."

"난 이혼해 주겠다고 한 적 없어."

스스로 말하고도 잔인한 이야기라는 걸 태석도 알고 있었다. 그녀와 가까워지는 것을 아버지에게 무릎 꿇는 거로 생각하고 마음을 주지 않았으면서 그녀를 옆에 두겠다는 자신의 말이 얼마나 치졸하고도 못난 이기심인지.

"나…… 행복해지고 싶어요."

지난 2년 동안 얼굴에서 웃음이라고는 찾아볼 수 없던 그녀가 덤덤한 목소리로 행복이라는 단어를 꺼냈다. 그동안 가예가 행복하지 않았다는 걸 몰랐던 것도 아니었는데 그 이야기를 들으니 태석도 더는 아무 말도 할 수 없었다.

"이제 태석 씨도 행복해져야죠. 그동안 나 때문에 힘들었잖아요."

"당신 때문이 아니야."

비록 지난 2년이 행복하진 않았지만, 그 이유가 가예 때문은 아니었다. 그의 능력을 신뢰하지 못하는 부친, 그가 사랑하는 여자에게 돈을 건네주며 떠나라고 종용한 모친, 영원할 줄 알았던 사랑의 배신, 그 사랑 때문에 잃어버린 우정까지.

그렇게 모든 것이 혼란스럽고 좌절하게 만드는 상황 속에서 태석의 앞에 가예가 나타났다. 그는 제 결혼임에도 자신의 의사와는 상관없이 진행되는 정략결혼에 진저리가 났다. 당장 파혼을 하고 싶었지만, 그것 역시 뜻대로 되지 않는다는 사실을 인정하고 나서부터는 결혼에 대해 일체 신경을 쓰지 않았다. 그저 권력을 손에 쥔 후에 자신의 인생을 엉망으로 몰아넣은 이 상황들을 모두 되돌려 놓겠다는 생각뿐이었다.

그래서 줄곧 제 옆에서 상처받고 있을 가예를 신경 쓸 겨를이 없었다. 그 당시 누군가를 받아들일 마음의 준비가 되지 않았던 태석은 자신을 추스르는 것만으로도 버거운 하루하루를 보내고 있었다.

"미안해."

낮게 읊조리는 태석의 목소리에 가예의 콧등이 금세 시큰해졌다. 사랑하는 사람에게 듣는 미안하다는 말은 나와 마음이 같지 않음을 확인시켜 주는 가장 절망적인 말이기도 했다.

그에게서 두 번씩이나 미안하단 말을 듣게 된 가예는 파르르 떨리는 입술을 감추기 위해 억지로 여린 입안의 살점을 깨물며 애써 웃어 보였다.

"집 알아보는 건 그만둬. 별거한다는 소문이라도 나면 각자 입장만 난처해질 거야. 정 불편하면 나가도 내가 나가."

"아, 그렇겠네요. 내 생각이 짧았어요."

"새벽에 일찍 나가지도 마. 내가 피해 줄 테니까."

행복해지겠다는 가예의 말에 다가올 이혼을 인정해 버린 태석은 그제야 눈앞에 닥친 상황을 받아들였다. 그의 체념한 말투에서 이혼을 실감한 가예는 차오르는 눈물을 보이지 않으려 고개를 끄덕이고 서둘러 자리에서 일어났다.

"그만 가 볼게요."

"김 기사 불러 줄게. 타고 들어가."

"그러지 마요. 차 가지고 왔어요."

"안 가지고 온 거 아니까 말 들어."

이제 그에게 거짓말이 통하지 않는 건가. 자신의 거짓말을 단번에 알아맞히는 태석의 행동을 보며 가예가 고개를 갸웃하는 사이, 태석은 송 비서를 시켜 김 기사를 대기시켰다.

인사를 하고 사무실을 나서려던 가예는 생각난 말이 있는지 잠시 머뭇거리더니 걸음을 멈추고 뒤돌아서서 태석을 바라봤다.

"그런데 계속 아침 걸렀어요?"

태석은 아침을 먹지 않으면 속에서 탈이 나는지라 아무리 사이가 서먹했을 때도 그녀가 만들어 주는 샌드위치는 꼭 챙겨 먹고 출근을 했다.

가예의 물음에 태석은 헛기침을 하며 그녀의 눈빛을 피했다.

"맛없어서 안 먹었어."

"먹지도 않았잖아요. 냉장고에 전부 그대로 있는 거 봤어요."

"혼자 먹으려니까 맛없더라."

가예는 잘못 들은 건가 싶어 곧장 태석의 눈을 바라봤다. 그러나 그는 자리로 돌아가 앉으며 그녀의 눈빛을 외면했다.

"그러니까 새벽에 일찍 나가는 거 그만해."

자신의 할 말을 끝낸 태석이 그녀의 눈빛을 의식하며 서류로 눈을 돌렸다. 그런 태석을 바라보던 가예의 얼굴에 작은 미소가 그려졌다.

그와 진작 이렇게 부담 없이 지냈다면 얼마나 좋았을까 하는 아쉬움이 들었지만, 이혼을 앞둔 상태이니만큼 좋게 관계를 마무리 짓고 싶어 하는 것이라고 태석의 마음을 단정 지은 가예는 갈대처럼 흔들리는 자신의 마음을 다잡았다.

사무실에서 나온 가예가 엘리베이터를 타고 내려가려는데 송비서가 종종걸음으로 태석을 대신해 그녀를 마중 나왔다.

"사모님, 아까는 죄송했습니다. 제가 입사한 지 얼마 안 돼서 못 알아뵀습니다."

"아니에요, 괜찮아요."

곧 태석과 이혼을 하게 되면 가예는 송 비서가 못 알아봐도 상관없을 사람이었다. 그 사실이 씁쓸했지만 어쩔 줄 몰라 하며 자신의 실수를 탓하는 송 비서의 초조한 모습에 가예는 이혼 사실을 이야기해 주고 싶을 정도였다.

비서치고는 작은 키에, 아직 임원을 맡아 본 지 얼마 안 됐는지 마중 나오면서도 수첩을 들고 나온 그녀가 귀여워 가예의 입가에 미소가 번졌다.

"고 비서는 어디 갔나 봐요?"

"네?"

가예의 말을 잠시 곱씹던 송 비서는 고개를 가로저으며 조심스럽게 말했다.

"이사님이 해고했다고 알고 있는데요."

"고 비서를요?"

"네. 그래서 제가 급하게 발령받아서 올라온 거로 알고 있습니다."

"아……."

때마침 엘리베이터가 도착했다. 깍듯한 송 비서의 인사를 받으며 엘리베이터에 탄 가예는 창립기념일 파티장에 같이 있던 두 사람을 떠올리며 생각에 잠겼다.

물론 그날 가예도 자신이 본 상황이 오해인 것쯤은 알고 있었다. 다만 태석에게 그만큼 가까이 다가가 본 적 없던 자신과는 달리 호기롭게 그의 앞에 서서 어깨를 어루만지던 고 비서가 한편으로는 불쾌했고 부러워서 서글퍼졌을 뿐이다.

고 비서는 태석을 3년 동안 수행해 온 베테랑 수석비서였다.

단순히 그날 일로 그녀를 해고하고 하나하나 일을 가르쳐야 하는 새내기 비서를 들이는 건 복잡한 걸 질색하는 태석에겐 어울리지 않는 행동이었다.

"또 시작이다, 주가예. 괜한 일에 의미 부여하기."

태석이 그녀 때문에 고 비서를 해고했는지는 당장 확인할 길이 없었다. 가예는 혹시나 하는 바보 같은 기대감을 머릿속에서 지우기 위해 고개를 세게 흔들었다.

2화. 미묘한 관계의 변화(下)

겉으로 보기에는 달라진 점이 없어 보였지만 최근 두 사람의 관계는 미묘하게 달라져 있었다.

더는 가예도 새벽에 선약 핑계를 대며 밖을 나가지 않았지만 태석에게 각방을 쓰자고 제안했다. 이혼을 앞두었으니 아마 그게 서로를 위해서도 좋을 것 같다는 게 그녀의 입장이었다.

이제까지 한 침대에서 같이 자고 일어났지만, 그녀의 몸에 손 하나 대지 않았던 태석은 굳이 무슨 각방이냐며 이야기를 무르고 싶었다. 그러나 제 의사를 밝히는 가예의 단호한 목소리에 반기를 들 수 없어 결국 마음대로 하라는 마음에 없는 말을 꺼내고 말았다.

덕분에 서재에 있는 소파에서 잠을 잔 태석은 찌뿌듯한 몸을 간신히 일으켰다. 뻐근한 어깨가 하루를 피곤하게 만들 것 같지만 어렴풋이 밖에서 들리는 믹서 소리가 거짓말처럼 마음을 편하게 만들어 주었다.

태석은 소파에서 몸을 일으켜 제 머리 뒤에 깍지를 끼고 서재 정면에 있는 결혼사진을 바라봤다. 외부인들이 갑작스럽게 집에 들이닥칠 것을 대비해 처음 집을 꾸며 놓은 그의 어머니가 집 곳곳에 결혼사진을 걸어 둔 것이다.

사진으로 보는 무표정한 제 표정은 자신이 보기에도 차가운데, 이 표정을 바라보며 2년을 버텼을 가예를 생각하니 그는 마음이 텁텁해졌다.

출근 준비를 마치고 나온 태석은 평소와 다른 아침 메뉴에 가예를 바라봤다. 음식을 준비하던 그녀는 알맞게 구워진 닭갈비를 접시에 담아 자리에 앉았다.

"안 앉아요?"

"뭐야?"

그녀가 차린 오늘의 아침은 늘 먹는 샌드위치가 아닌, 결혼하고 나서 집 안에서 한 번도 보지 못했던 김치찌개와 각종 밑반찬들이었다. 가예는 태석이 앉을 자리에 찌개를 담은 그릇을 놓으며 말했다.

"아침이잖아요."

태석은 제대로 된 아침밥을 거의 먹어 본 적이 없었다. 본가에서 지냈을 때도 아침은 대부분 걸렀고, 유학을 다녀온 뒤로는 밥보다 빵이 더 익숙해져서 샌드위치를 먹는 것이 속이 편했다.

"샌드위치는?"

"귀찮아서 안 만들었어요."

오늘 아침에나 만들었을 찌개나 밑반찬의 양을 보니 샌드위치를 만드는 것보다 이편이 더 귀찮았을 거라는 생각이 들었다. 태석은 일주일 동안 먹지 않고 냉장고에 두었던 샌드위치를 꺼내기 위해 자리에서 일어났지만 제 자리에 놓인 고슬고슬한 밥과 찌개가 눈에 밟혔다. 처음으로 그녀가 차린 아침밥을 무시하는 것이 마음에 걸린 것이다.

태석은 할 수 없이 다시 자리에 앉았다.

식탁에 차려진 밥과 김치찌개, 반찬들을 번갈아 바라보던 태석은 결심한 듯 숟가락을 들고 김치찌개를 한술 떠먹었다. 평소 싱거운 음식들을 좋아하는 그의 입맛과는 거리가 멀었지만 오랜만에 먹는 매콤새콤한 찌개 맛이 나쁘지 않았다.

"앞으로는 종종 아침에 밥 차릴 거예요."

"갑자기 왜?"

"내가 밥 먹고 싶을 땐 밥 차릴 거고, 빵 먹고 싶을 땐 샌드위치 하려고요. 맘에 안 들면 본인이 직접 만들어서 먹어요."

오늘 아침, 늘 그랬듯이 샌드위치를 만들기 위해 베이컨을 꺼내려는데 냉동실 한편에 두었던 닭갈비가 가예의 눈에 띄었다.

그녀도 빵을 좋아하긴 했지만 결혼하기 전까지는 아침은 꼭 밥을 먹어야 하는 환경에서 자라 왔다. 그러나 태석의 입맛을 맞추느라 2년 동안 그와 함께 샌드위치와 커피로 아침을 때웠던 것이다.

닭갈비를 보자마자 소심한 반항심이 든 그녀는 눈에 보이는 베이컨 대신 닭갈비를 꺼냈고, 샌드위치 속 재료를 만들기 위해 사

두었던 채소들로 밑반찬을 만들고 만 것이다.

"이것도 새 출발에 포함인 거야?"

"네. 그러니까 협조해 줘요."

가예는 호박전을 한 입 먹었다. 맛이 만족스러운지 보조개를 짓고 밥을 먹는 그녀의 모습에 태석은 그만 피식 웃고 말았다.

✥ ✥ ✥

"좋은 아침입니다."

평소와 다르게 밝은 목소리로 인사까지 건네며 출근하는 태석의 모습에 일하고 있던 팀원들은 모두 일어나 그에게 고개를 숙였다.

태석의 걸음걸이만으로도 그의 기분을 파악할 수 있는 최 팀장은 자신의 짧은 손톱을 깨물며 사무실로 들어가는 태석의 뒷모습을 바라봤다.

"기분이 좋아 보이는 걸 다행으로 생각해야 하나."

최 팀장은 자신의 모니터에 띄워진 메일을 누가 볼세라 모니터를 제 몸 쪽으로 바짝 끌어당겼다.

매일 아침, 대한증권에서 근무하고 있는 그의 형은 증권가에서 돌고 있는 이야기인 일명 찌라시 기사들을 정리해서 메일로 보내주곤 했다. 그런데 오늘 받은 메일에는 연예인들의 가십 거리를 포함, 태석의 이혼설이 담겨 있었다.

개인적으로 주고받는 메일이긴 했지만 다른 기업들도 알게 모르게 증권가 지인들에게 기사를 공유 받는 건 분명한 사실이었다. 이렇게 되면 이야기가 퍼지게 되는 건 시간문제였다.

누군가는 이런 근거 없는 허위 사실에 연연해하는 것에 반감을 드러낼지 모른다. 그러나 이런 소문들은 대부분 기자들의 입에서 흘러나오기 때문에 사람들은 그들의 말을 쉽게 믿어 버리곤 했다. 믿거나 말거나로 퍼뜨린 소문 10개 중에 1개만이 사실이라고 해도 결국 사람들은 9개의 거짓을 잊어버리고 하나의 진실에 몰두한다는 것을 기자들은 너무 잘 알고 있었다.

최 팀장은 팀원들이 알아차리지 못하게 자신이 받은 메일 전문을 인쇄하여 조심스레 그의 사무실로 들어갔다. 태석은 여느 때와 같이 신문을 읽으며 일과를 시작 중이었다.

"할 말 있습니까?"

평소 무슨 일에서든 본인의 의견을 거침없이 말하는 직설적인 성격의 최 팀장이 우물쭈물하며 말을 망설이자 태석이 고개를 들어 그를 바라봤다. 별로 좋지 않은 신호였다.

최 팀장은 우선 아무 말 없이 그에게 자신이 가져온 메일을 보여 주었다.

"소문이 도는 건 시간문제일 것 같습니다."

친절하게 형광펜으로 색칠해 놓은 자신의 이혼설을 읽는 태석의 눈빛이 한층 더 날카로워졌다.

[K전자 외아들 O씨, 아내와 곧 이혼할 것으로 보임. 정략결혼한 두 사람은 최근 회사 창립기념일 파티에도 동행하지 않음. 게

다가 그날, O씨가 남들의 눈을 피해 비서와 함께 있었던 것이 목격되어 불륜이 의심됨. 만약 두 사람이 이혼한다면 K전자의 신제품 휴대폰 출시에 차질 예상.]

이니셜은 달랐지만, 이 바닥의 상황을 조금이라도 알고 있는 이라면 찌라시 속 부부가 태석과 가예라는 걸 알아차릴 것이었다.

태석은 알아볼 수 없을 만큼 엉망으로 구겨 버린 메일 종이를 최 팀장에게 건네며 최대한 침착하게 물었다.

"분쇄기에 버리세요. 주가 변동 있습니까?"

"아직 없습니다. 어차피 이런 증권가 찌라시에 사람들이 관심 가지는 건 연예인 얘기일 겁니다. 문제는 이 내용이 저희 쪽뿐만 아니라 다른 기업들에도 들어갔을 거라는 점입니다."

아무리 태석과 가예의 이혼설이 수면 위로 드러난다고 하더라도 전자 계열을 선도하는 해성전자의 주가가 하루아침에 곤두박질칠 리는 없었다. 다만 이 소식들이 다른 업계에 알려졌을 때의 대내외적인 이미지 타격, 그로 인한 가진 자들의 권력 이동 등 여러 이해관계가 뒤바뀔 뿐이다.

그들은 진실과 사실 확인에는 큰 관심을 두지 않는다. 진실을 밝히기까지의 과정 안에서 자신이 이득을 볼 수 있는 최고의 시나리오를 쓸 뿐이었다.

"앞으로 주가 상황 계속 주시하고, 무슨 일 생기면 바로 보고 하세요."

"네, 알겠습니다."

최 팀장이 나가고 무거운 분위기 속에 송 비서가 문을 열고 조심스레 들어왔다.

"이사님, 오늘 일정 보고드리겠습니다."

"시작하세요."

"오늘 오전 11시에 기술개발팀에서 Z5 시연회 예정입니다. 그리고 오후 1시에 서강호텔 권윤혁 본부장님과 점심 약속 있으시고요. 4시에는 한성전자 스마트TV 컨퍼런스 참석 예정이십니다."

"알겠습니다. 나가 보세요."

"네."

태석은 송 비서가 완전히 나가고 나서 곧장 가예에게 전화를 걸었다. 이제 그녀의 휴대폰은 꺼져 있지 않았다. 신호가 몇 번 울리더니 가예의 목소리가 들렸다.

「여보세요?」

"나야. 물어볼 게 있어서."

「말해요.」

"혹시 장인어른께 우리 이혼 말씀드렸어?"

「아뇨. 아직이요.」

태석은 안도의 숨을 내쉬었다. 이혼설이 돌고 있다는 것 자체가 처부모님들께 면목 없는 일이었지만 일단은 이혼을 미루기로 한 이상 시간을 벌어 둬야 했다.

"장인, 장모님께는 당분간 얘기 안 드렸으면 싶은데."

「무슨 일 있어요?」

자신들의 이혼설이 증권가를 떠들썩하게 한다는 이야기를 굳이 가예에게 하고 싶지 않았던 태석은 그녀에게 거짓말을 했다.

"어차피 시간 가질 거라면 나중에 말씀드리는 게 낫잖아. 지금 말씀드리면 되레 걱정만 하실 거야."

「무슨 말인지 알겠어요. 이혼 문제는 나중에 상의하고 얘기해요.」

가예와 통화를 마친 후 전화를 끊은 태석은 보고 있던 서류에 마저 결재하려다 손을 멈췄다. 지금 상황에서 본인이 할 수 있는 최선의 대처를 했음에도 불구하고 어딘가 모르게 찜찜한 기분이 들었다.

이혼이라는 단어를 아무렇지 않게 꺼내는 그녀의 덤덤한 목소리가 계속 귓가에 맴돌았다. 그녀가 꺼냈던 이혼 이야기가 내심 진심이 아니었을 거라고 믿었던 태석은 점점 자기 생각에 확신이 사라지고 있었다.

❖ ❖ ❖

가예는 심란한 마음으로 태석의 전화를 끊었다. 그와의 이혼이 늦춰지는 것이 좋은 건지 나쁜 건지 선뜻 판단할 수 없었다. 이렇게 해서라도 그의 옆에 오래 있고 싶다는 생각을 했다가도, 그를 향한 사랑이 더 커지기 전에 이쯤에서 정리해야겠다는 생각들이 마음을 요란하게 두드렸다. 하루에도 몇 번씩 태석 때문에 롤러코스터를 타는 제 감정을 가예 자신도 감당할 수 없었다.

설거지를 하던 가예는 물에 담긴 그의 밥그릇을 바라봤다. 독하게 마음먹고 샌드위치를 준비하지 않았지만, 반나절도 지나지 않아 후회가 들었다. 아침에 밥 먹는 일이 익숙하지 않은 태석이 결국 오늘 아침을 거르다시피 하고 출근했기 때문이다.

결국, 마음이 약해진 그녀는 냉장고에 있는 재료들을 모두 꺼내 샌드위치 속 재료를 만들었다. 이제 와서 그를 미워할수록 마음이 불편해지는 건 본인이라는 걸 인정할 수밖에 없었다.

"재료가 부족하네."

아침 밑반찬을 만드는 재료로 채소를 다 써 버린 가예는 밀폐 용기의 반도 채우지 못한 샌드위치 속을 바라보며 서둘러 마트에 갈 준비를 했다.

한가해진 오후, 주방에서 내일 구울 빵 반죽을 하고 있던 기환은 주방 밖에서 들리는 가게 종소리에 고개를 빠끔히 내밀었다. 식빵 진열대를 바라보며 아쉬운 표정을 짓고 있는 사람은 다름 아닌 윤베이커리의 오랜 단골손님이었다.

"오랜만에 오셨네요."

밀가루가 잔뜩 묻은 손을 입고 있는 유니폼에 털어 낸 기환은 주방에서 나와 오랜만에 보는 가예에게 반갑게 인사를 건넸다. 그녀는 윤베이커리가 처음 문을 열었을 때부터 찾아오던 단골손님으로, 이틀에 한 번씩 들러서 빵을 사 가곤 했다. 그런 가예가 일주일 동안 모습을 드러내지 않자 기환은 좋은 단골손님을 잃은 것 같아 내심 아쉬워하던 중이었다.

"안녕하세요. 그런데 역시 이 시간에는 식빵이 없네요."

윤베이커리는 조그만 규모의 동네 빵집인 데다가 일하는 사람이 기환 한 사람뿐이라 오후 늦게 오면 빵이 다 팔려서 종종 일찍 문을 닫곤 하는 곳이었다. 그나마 문을 닫지 않은 것은 다행이었지만, 역시나 가예가 사려는 식빵은 다 팔리고 없었다.

다른 건 몰라도 태석에게 있어서 샌드위치는 주식이나 마찬가지였기 때문에 주재료인 식빵을 고르는 것이 까다로웠다. 그런 그가 유일하게 마음에 들어 하는 곳이 윤베이커리의 식빵이기 때문에 가예에게는 이곳 식빵이 꼭 필요했다. 야채도 부족하지만 당장 그가 내일 먹을 샌드위치를 만들 빵 역시 부족했다.

"음……. 잠시만요."

밥하기가 귀찮아서 식빵으로 끼니를 해결할 생각이었던 기환은 자신이 집에 가져가려고 챙겨 두었던 식빵 두 봉지를 가져와 계산대에 올려 두었다. 그 모습을 지켜보던 가예가 겸연쩍은 얼굴로 고개를 숙였다.

"감사하긴 한데…… 저 주셔도 되는 거예요?"

"다른 분이었음 안 드렸죠. 단골우대예요. 제 영업 비밀이기도 하고요."

실제로 윤베이커리는 빵의 회전율이 좋아서, 멀리서부터 찾아오는 손님들을 위해 미리 예약을 받지 않고 찾아오는 손님들에게 우선적으로 빵을 팔았다. 그렇지만 이제까지 이 자리에 있을 수 있게 도와준 몇몇 단골들에게만 특별히 예약을 받고 있었다. 기환이 마음속으로 정해 놓은 단골손님에는 당연히 가예도 포함되어 있었다.

기환은 넉살좋게 웃으며 계산대 앞에 먹기 좋은 크기로 잘라 놓은 무화과 호밀빵을 한 조각 건넸다.

"이거 맛 좀 봐 주실 수 있으세요?"

"제가요?"

"네. 내일부터 진열해 놓을까 하는데, 다른 손님들은 무조건 맛있다고밖에 안 하셔서요."

"맛없으면 솔직하게 말해도 돼요?"

"당연하죠."

가예는 웃으며 빵을 집어 먹었다. 겉은 바삭하고 속은 쫄깃한 데다가 빵 사이사이에 박힌 견과류들이 고소해 절로 미소가 지어졌다. 단 걸 싫어하는 태석의 입맛에도 딱 맞을 것 같았다.

"고소하고 맛있어요. 식사 대용으로도 좋을 것 같아요."

"빵 드렸다고 일부러 좋게 말씀해 주시는 거 아니죠?"

"에이, 설마요. 그런데 안에 든 건포도가 너무 달아서…… 차라리 호두를 더 많이 넣었으면 좋겠어요."

입을 오물오물거리며 빵을 맛보는 가예의 모습에 기환이 생긋 웃었다. 자신이 긴가민가하던 부분을 가예가 짚고 넘어가 준 것이다.

"안 그래도 고민이었는데. 의견 잘 수렴할게요."

"그럼 이건 내일부터 파시는 거예요?"

"네. 건포도 들어간 것도 괜찮으시면 하나 포장해서 드릴까요? 맛 봐주신 보답으로."

"정말요?"

가예가 기뻐하며 고개를 끄덕이자, 기환은 갓 만들어 놓았던 무화과 호밀빵을 포장하여 식빵을 넣은 봉지 안에 같이 담았다.

"그런데 빵을 정말 좋아하시나 봐요."

"저도 좋아하긴 하는데, 남편이 더 좋아해요."

"아…… 결혼하셨구나. 너무 동안이셔서 몰랐어요."

가예는 늘 수수한 차림이었지만 길거리에서 마주친다면 한 번쯤 돌아볼 법한 미인인 데다가 남들에게는 쉽게 찾아볼 수 없는 그녀만의 고급스러운 느낌이 있었기에 애인이 있을 거라는 짐작은 했었다. 하지만 유부녀일 거라고는 감히 상상도 못 했기에 기환은 꽤 놀란 눈치였다. 아침 일찍 식빵을 사러 오는 것도 그저 단순하게 그녀가 빵을 무척이나 좋아한다고만 생각했다.

"남편 되시는 분이 부럽네요."

기환의 칭찬에 수줍게 미소로 답한 가예는 계산을 마치고 가게를 나섰다.

누군가에게 사랑받는다는 것은 그 사랑을 받는 사람뿐만 아니라 사랑하는 사람도 반짝이게 하는 마법과도 같았다. 들어올 때보다 돌아가는 발걸음이 가벼워 보이는 가예의 뒷모습을 바라보던 기환은 그녀에게 사랑을 받고 있는 남자가 잠시 부러워졌다.

❖ ❖ ❖

거실에서 이미 봤던 드라마의 재방송을 보던 가예는 울리지 않는 휴대폰을 들어 시계를 확인했다. 벌써 시계는 밤 아홉 시를 가리키고 있었다.

그리고는 고개를 돌려 식탁을 바라봤다. 늘 밖에서 저녁을 해결하고 오던 태석이 요즘 들어 부쩍 집에 일찍 들어와 그녀와 같이 저녁 식사를 하곤 했다. 저녁을 먹는 내내 오가는 대화가 눈에 띄게 늘어나진 않았어도 자신에게 속도를 맞춰 주며 저녁을 함께 먹는 그가 고마움과 동시에 혹시나 하는 헛된 기대를 품게 했다.

"바보. 또 무슨 기대를 한 거야."

가예의 표정이 침울해졌다. 태석 없이 혼자 밥을 먹던 그 길고 긴 시간을 어느새 기억에서 다 잊어버리고 요 며칠의 좋은 기억만을 떠올리며 벌써 그와의 저녁에 익숙해진 자신이 한심했다.

그를 놓아줄 준비를 하겠다고 다짐했으면서 알게 모르게 전보다 다정해진 태석에게 상처받았던 순간들을 모두 망각한 자신이 두려웠다. 이대로 다시 사랑을 시작하고 싶어지면 그땐 태석을 보낼 수도, 떠날 수도 없게 될 것 같아 두려웠다.

결국, 소파에서 일어난 가예는 자신의 밥만 퍼서 홀로 식탁에 앉았다. 따끈했던 국은 이미 다 식어 있었다. 억지로 조금이나마 깨작거리던 가예가 입맛이 없어 상을 치우려는데 거실에서 휴대폰이 시끄럽게 울렸다.

한달음에 달려가 발신자를 확인한 가예는 전화가 끊기기 전에 서둘러 받았다.

"여보세요?"

「밥 먹었어?」

휴대폰 너머로 피곤함이 역력한 태석의 목소리가 들렸다. 가예는 리모컨의 TV 음소거 버튼을 누르고 식탁을 바라보며 거짓말을 했다.

"이제 먹으려고요."

「아직 먹은 거 아니면 회사 근처로 나올래?」

"지금요?"

「응.」

신기하게도 태석의 말을 듣자마자 언제 그랬냐는 듯 사라진 입맛이 돌아오며 허기가 졌다. 가예는 고요하게 입가에 미소를 띠었다.

"맛있는 거 사 줄 거예요?"

「먹고 싶은 거 있어?」

"음…… 스테이크?"

「알겠어. 조심해서 와. 도착해서 전화하고.」

전화를 끊은 가예는 서둘러 식탁을 정리하고 화장대로 가서 자신의 모습을 살폈다. 결혼 후에 그와 외식을 하는 건 처음이었기에 못나 보이고 싶지 않았다.

간단하게 화장을 마치고 옷을 갈아입은 가예는 전신거울에 비친 자신을 바라봤다. 애써 숨기려고 해도 입가에 웃음기를 품고 있는 것이 영락없이 사랑에 빠진 여자의 모습이었다.

택시를 타고 그의 회사 앞으로 가는 길, 태석에게 잘 오고 있냐는 전화가 걸려 왔다. 아무래도 그녀에게 혼자 회사로 오라고 한 것이 신경 쓰인 모양이었다. 괜찮다는 말과 함께 간단히 통화를 마친 가예는 자신의 휴대폰 통화 목록을 확인했다. 통화 목록에는 하루에 한 번씩 태석의 이름이 찍혀 있었다. 통화 시간은 모두 1분이 채 넘지 않는 시간이었지만 가예는 이 작은 변화로도 만족했다.

이미 끝이 정해진 사이. 그동안 잘해 주지 못한 미안함에 태석이 이혼하기 전에 일종의 아량을 베푸는 거라는 생각이 들자 떨리던 마음이 조금은 진정이 됐다. 어쩌면 오늘이 그와 밖에서 먹는 마지막 식사일지도 모른다.

"욕심내지 말자."

가예는 혼잣말로 중얼거렸다. 희망을 가져선 안 된다. 그 희망이 절망으로 바뀌었을 때 산산이 부서질 제 마음을 위해서라도.

해성전자 정문에 서 있던 가예의 앞에 낯익은 차 한 대가 부드럽게 멈췄다. 쌀쌀해진 바람에 발을 동동 구르던 그녀가 조수석 문을 열자, 셔츠 한쪽 소매를 걷은 채로 그녀가 탈 조수석 문을 열어 주기 위해 내리려던 태석이 행동을 멈췄다.

"춥지? 오래 기다렸어?"

"아니에요. 금방 왔어요."

추위로 두 볼이 발그레해진 가예는 벨트를 매며 물었다.

"왜 아직 저녁도 안 먹었어요?"

"회의가 늦게 끝났어. 당신이야말로 왜 아직 저녁 안 먹었어?"

태석의 물음에 가예는 집에 차려 놓았던 식탁을 잠시 떠올리다가 다른 대답을 꺼냈다.

"TV 보다가 때를 놓쳤어요."

"앞으로는 혼자서도 끼니 챙겨 먹어."

"그럴게요."

마치 마지막 당부 같은 그의 한마디에 가예가 씁쓸하게 웃으며 창가로 시선을 돌렸다. 회사 앞 신호등에 빨간불이 켜지자 태석이 차를 세우고 그녀를 바라봤다. 수수하게 화장을 하고 온 가예는 말간 눈으로 바깥 풍경을 두리번거리고 있었다.

"뭘 그렇게 봐?"

"이 시간에 밖에 나오는 게 오랜만이라서요."

결혼하고 나서 드라이브를 한다거나 변변한 데이트조차 해 본 적 없는 가예로서는 이 시간의 불빛 가득한 시내를 오랜만에 보는 것이 당연한 일이었다.

늘 혼자 집 안에만 있었을 가예를 생각하니 태석은 다시 한 번 미안함이 앞섰다.

"이제 자주 외식하자."

신호등이 바뀌자 그가 액셀을 밟았다. 미래를 기약하는 그의 말에 창밖을 보던 가예가 느린 시선으로 그의 옆모습을 바라봤다. 그녀의 시선이 느껴진 태석은 앞에 시선을 둔 채로 물었다.

"왜? 나도 오랜만에 봐?"

"아, 아니에요."

희망고문 같은 그의 한마디에, 가예는 한참이나 가슴이 울렁거렸다.

그들은 준섭의 소개로 알게 된 이탈리안 레스토랑인 VERONA

에 도착했다. 스테이크가 먹고 싶다던 가예의 말에 태석이 미리 예약을 해 두었기에 곧바로 가장 전망이 좋은 3층 자리로 안내받을 수 있었다.

"주문 도와 드리겠습니다."

메뉴를 살피던 태석이 그녀를 바라봤다.

"여긴 안심이 괜찮던데."

"그럼 그걸로 할게요."

레스토랑치고 한적한 골목에 있는 이곳은 지인들만 드나들 수 있는 예약제 레스토랑으로, 일전에 준섭이 변호를 맡았던 피해자가 차린 레스토랑이라고 해서 그와 함께 온 곳이었다. 별로 기억하고 싶지 않은 그날은, 건장한 남자 둘이 이곳에 앉아 와인 두 병을 비웠었다.

사장과 얼굴이나 익혀 두라는 준섭의 권유에 다신 이런 곳에 올 일 없을 거라며 단호하게 거절했지만 가예가 스테이크 이야기를 꺼내는 순간 태석은 번뜩 이곳을 떠올렸다. 다행히 사장은 준섭의 친구인 태석을 기억하고 있었고, 급한 예약이었음에도 흔쾌히 그가 앉았었던 자리를 비워 둔 것이다.

"준섭이 아는 분이 운영하는 레스토랑이라 그 녀석이랑 왔었어."

주위를 두리번거리며 분위기를 살피던 가예가 그의 말에 담긴 의미를 생각하며 고개를 갸웃거리자, 태석이 물수건을 건네며 태연하게 대답했다.

"이런 곳에 누구랑 와 봤을까, 하고 궁금해하는 표정이길래."

"서, 설마요······!"

가예가 말까지 더듬으며 부정하자 태석이 입매를 끌어 올리며 자세를 고쳐 앉았다. 자신을 향해 처음 짓는 그의 미소에 가예의 얼굴이 수줍음으로 붉게 달아올랐다.

"훈제 연어 샐러드 먼저 준비해 드리겠습니다."

"어? 샐러드 안 시켰는데······."

"이건 저희 셰프님이 두 분 드시라고 특별히 준비하신 샐러드입니다."

"아, 감사합니다."

그러나 연어 샐러드를 바라보는 가예의 표정이 그다지 밝지 않았다. 종업원이 아래층으로 내려가자 태석은 그녀의 안색을 살피며 물었다.

"어디 불편해?"

"그게 아니라, 태석 씨 연어 못 먹잖아요."

메뉴에도 없던 샐러드를 준비해 준 셰프의 마음은 고마웠지만 태석은 말캉말캉한 식감의 음식을 싫어해서 연어를 먹지 않았다. 자신이 못 먹는 것도 아닌데 더 속상한 표정을 짓는 가예를 보고 있던 태석의 입이 저절로 말려 올라갔다.

"나 대신 당신이 많이 먹어."

그는 친절하게 샐러드를 집게로 떠서 가예의 접시에 담아 주었다. 그런데 연어 샐러드를 먹기 위해 포크를 집어 든 가예의 손에 눈길이 갔다.

"원래 왼손잡이였어?"

본인 입으로 꺼낸 말이었지만 태석도 아차 싶어 마른 입술을 지그시 깨물었다. 2년 동안 함께 지낸 아내가 오른손잡이인지 왼손잡이인지도 이제야 알아차렸다는 뉘앙스의 질문은 남편으로서 입 밖으로 낼 만한 말은 아니었다. 그러나 가예는 대수롭지 않게 고개를 끄덕였다.

"고등학교 때까진 오른손잡이였어요. 체육 시간에 손가락을 아령에 찧은 적이 있는데, 그때 뼈마디가 잘못돼서 엄지랑 검지가 잘 안 구부러져요."

말을 마친 가예는 자신의 오른손 엄지와 검지를 태석에게 보여 주었다. 자유자재로 움직이는 다른 사람들의 손가락에 비해 가예는 엄지와 검지를 구부리는데도 다른 손가락들까지 애처롭게 바들바들 떨렸다. 손가락에 힘을 주는 것조차 버거워 보이는 그녀를 보는 태석의 미간이 자연스레 좁아졌다.

"익숙한 건 곧잘 하는데, 이렇게 힘을 줘야 하는 일은 좀 더뎌요."

그제야 태석은 아침을 먹을 때 왼손으로 호박전을 집어 올리던 가예를 기억해 냈다. 그전까지는 손에 힘을 줄 필요 없는 샌드위치로 식사를 대신했으니 그녀가 어느 손을 주로 사용하는지 달리 확인할 방법이 없었던 것이다.

이야기 도중 메인 메뉴인 안심 스테이크가 두 사람 앞에 나왔다. 태석은 자신의 앞에 놓인 스테이크를 능숙하게 썰어 그녀의 앞에 있는 접시와 바꾸었다. 그의 친절한 배려에 가예가 수줍게 웃었다.

"고마워요. 잘 먹을게요."

"오른손 쓰는 데 능숙해지려면 앞으로 스테이크 자주 먹어야겠네."

"그럼 이렇게 잘라 주면 안 되죠."

정갈하게 썰려 있던 스테이크 한 점이 가예의 조그마한 입으로 들어갔다. 작은 입이 몇 번 오물오물하더니 맛이 좋은지 가예가 방긋 웃었다. 그 모습을 본 태석의 입가에도 희미한 미소가 번졌다.

평소 말 한 마디 없던, 조용했던 그간의 식사 자리와는 달리, 오늘따라 레스토랑 분위기 탓인지 태석과 가예는 서로 말을 주거니 받거니 하며 식사 자리에서 대화를 이어 갔다. 제3자가 봤을 때는 영락없이 사이좋은 부부의 모습이었다.

"아, 다음 주 금요일에 고교 동문회가 있어. 부부동반이래."

"부부동반이요?"

말끝을 올리는 가예의 대답에서 망설임이 느껴지자 태석이 칼질을 멈추고 그녀를 바라봤다.

"내가 가도 괜찮겠어요?"

"무슨 뜻이야?"

"그런 자리에 내가 자꾸 얼굴을 비쳐도 될까 해서요."

"내 아내잖아. 못 갈 이유 있어?"

"내 말은 그런 뜻이 아니라……."

곧 그와 이혼하게 될 자신이 태석의 친구들에게 자주 얼굴을 보여 주는 것이 나중에 그에게 있어 좋지 않을 거란 판단이 선 가예는 말끝을 흐렸다.

"당신이 필요해. 같이 가 줬으면 좋겠어."

아마 다른 때 같았으면 같이 가자는 의사를 확고하게 내비치는 태석에게 감동을 하였을 것이다. 하지만 타인 앞에서 마치 행복한 부부인 것처럼 연극을 하는 건 이제 그만하고 싶었다. 특히나 그런 자리에서 태석의 다정함은 그녀를 더욱 비참하게 만들었다.

"그런 자리는 태석 씨도 적당히 둘러댈 수 있잖아요."

"내 친구들이 불편한 거라면 강요할 생각 없어."

일전에 한 번 그의 고등학교 친구들을 본 적 있는 가예는 고개를 저었다.

"그런 말이 어디 있어요, 다들 좋은 분들인데."

"그럼 같이 간다고 말해 둘게."

태석도 웬만해선 자신의 의견을 쉽게 굽히지 않는 성격이었다. 결국, 그에게 냉정하게 굴지 못하는 가예는 고개를 끄덕이고 말았다.

레스토랑에서 특별히 후식으로 준비해준 젤라또까지 먹고 나온 두 사람은 셰프에게 감사 인사를 전하고 차에 탔다. 장시간 회의로 피곤한 탓인지 태석은 운전하는 내내 연신 눈을 비비고 꾹꾹 누르기를 반복했다. 그 모습이 어찌나 고되 보이던지, 가예는 할 수만 있다면 대신 운전을 해 주고 싶을 정도였다.

집으로 들어온 그가 곧장 옷을 갈아입으러 들어가려는데, 가예의 목소리가 그를 붙잡았다.

"저기, 태석 씨."

"어?"

"오늘은 고마웠지만, 앞으로는 이러지 않아도 돼요."

내심 오늘 가예와 함께했던 저녁에 기분이 좋았던 태석은 거리를 두는 그녀의 말에 좋았던 기분이 점점 사그라짐을 느꼈다. 방으로 들어가려던 그가 완전히 몸을 돌려 팔짱을 낀 채로 가만히 그녀를 응시하자, 가예가 말을 이었다.

"혹시 나한테 미안해서 이러는 거라면 난 괜찮다는 뜻이에요."

"그게 무슨 말이야."

"앞으로 회사 일도 더 바빠질 텐데 나한테까지 일일이 신경 쓰지 마요. 물론 나도 신경 안 쓰이게 잘할게요."

밥 한번 먹은 걸 가지고 너무 멀리 나간 것 아니냐고 무안을 살 수도 있었지만, 오늘 태석과 저녁을 먹는 내내 그가 끊임없이 자신을 챙기고 있다는 걸 느꼈기에 할 수 있는 말이었다. 피곤을 무릅쓰고 자신과 함께 밥을 먹는 그를 보며 혹시나 알게 모르게 자신이 태석에게 부담을 준 것은 아닌가 곱씹어 보게 됐다.

그러나 태석은 가예가 자꾸 신경 쓰였다. 이 감정이 단순히 이혼을 앞둔 그녀에게 그간 잘해 주지 못했던 미안함 내지는 죄책감인지, 아니면 수면 아래로 감추고 외면하려 했던 다른 감정인지 아직 알 수 없었다. 하지만 가예가 각방을 쓰자고 한 것도, 아까부터 자신의 호의를 교묘하게 밀어내는 것도, 그녀의 불편한 손가락도 일일이 마음이 쓰였다.

"그래, 그럼. 알겠어."

복잡한 마음과는 다르게 간결하게 말을 내뱉은 태석은 옷도 갈아입지 않고 서재로 들어갔다. 본의 아니게 쾅 닫힌 문밖에 우두커니 서 있을 가예가 걱정이 돼 다시 문을 열까 했지만, 그게 더 우스울 것 같아 그만두기로 했다.

태석은 서재 의자에 앉아 요 며칠 자신이 보고 있는 결혼사진을 바라봤다. 사진에서는 태석도, 가예도, 약속이나 한 듯 웃고 있지 않았다.

3화. 잔인한 운명, 마주쳐서는 안 될 인연, 원치 않은 우연

준섭의 호출로 회사 근처에 있는 조용한 선술집에 도착한 태석은 가장 후미진 곳에 자리를 잡고 앉아 청승맞게 소주를 마시고 있는 그를 발견했다. 태석은 세상에서 가장 귀찮다는 표정을 하고 그의 맞은편에 앉으며 옆에 놓인 의자에 가방을 내려놓았다.

"피곤한데 왜 사람을 오라 가라야?"

"그래서 내가 친히 너희 회사 앞까지 왔잖아."

"술 마시고 싶은 놈이 찾아오는 건 당연한 거지."

태석은 수저통 옆에 있는 빈 소주잔을 가져와 스스로 자신의 잔을 채웠다. 준섭의 옆에는 이미 비워진 소주 1병이 덩그러니 놓여 있었다.

초점이 흐릿한 두 눈을 보아 취한 듯 보였지만, 쉽게 흐트러진 모습을 보이기 싫어하는 준섭을 알고 있는 태석은 그의 주사에 대해서는 크게 걱정하지 않았다. 다만 평소 능글맞게 깐족거리는

걸 주특기로 삼는 자신의 친구가 오늘따라 조용히 술만 마시고 있다는 것이 영 꺼림칙했다.

태석은 비워진 그의 잔에 술을 채워 주며 물었다.

"무슨 일인데."

"미현이가 그만하잔다."

처음 듣는 여자의 이름이었지만 준섭의 입에서 나오는 긴 한숨을 미루어 보아 얼마 전 창립기념일 파티장에서 말했던 그가 사랑한다는 여자의 이름임이 분명했다. 말을 마치고 연거푸 소주를 털어 넣는 준섭을 보며 태석은 아무 말 없이 그의 잔을 계속 채워 주었다.

"힘들대. 나 믿고 따라와 달라고 했는데도 자신이 없대."

"그래서 넌 뭐랬는데."

"내가 무슨 할 말이 있냐. 미안하다고 했지."

태석은 미안하다는 말밖에 할 수 없었던 준섭을 이해했다. 사랑하는 사람에게 자신으로 인해 힘들다는 말을 듣는 것만큼 고통스러운 일은 없었다.

태석은 듣는 것만으로도 뼈가 시려지는 그 말을 두 번이나 들었다. 돈 5억에 자신을 버리고 홀연히 사라진 옛 애인이 그랬고, 지금 제 옆에 남아 있는 가예가 그랬다.

하지만 그녀를 힘들게 만든 것도 결국은 태석, 본인이었기에 나 역시 그 당시에 너무 힘들었다며 어리광을 부릴 순 없었다.

"태석아."

"왜."

"네가 그랬지? 내 옆에 있게 될 사람 상처 주지 말고, 끝까지 갈 생각 없으면 미현이 놓으라고."

"어."

"내가…… 미현이 말고 다른 여자를 사랑할 수 있을까?"

진지하고도 서글픈 준섭의 물음에도 태석의 대답은 단호했다.

"어."

3초도 걸리지 않는 그의 대답에 준섭의 표정이 일그러졌다.

"이 자식아, 나 진지한 거 안 보이냐?"

"나도 진지하게 대답한 거야."

"피도 눈물도 없는 놈."

"나도 하윤주 잊었는데, 네가 그 여자 못 잊을게 뭐야."

태석의 입에서 윤주의 이름이 거론되자 게슴츠레하게 떴던 준섭의 눈이 돌연 커다래졌다. 무슨 상황에서건 윤주의 이름은 태석의 앞에서 금기어나 마찬가지였다.

상황이 역전되어 이제는 준섭이 태석의 잔을 채워 주며 조심스레 물었다.

"괜찮냐?"

"화내고 흥분할 시기는 지났지."

"세월이 진짜 무섭다. 네 입에서 하윤주 이름을 듣게 되는 날이 오다니."

준섭의 농담 섞인 진담에 태석은 쓴웃음을 지었다. 지금 와서 돌이켜 보면 정말 요란하고, 치열했던 사랑이었다. 자신의 인생이 송두리째 휘둘려도 괜찮다고 생각했을 만큼 사랑했던 여자였기에 배신당했을 때의 상처는 말할 수도 없을 만큼 쓰라렸고, 그 순간 만큼은 인생을 포기하고 싶을 정도로 괴로웠다. 인생의 비상구가 돼 줄 거라고 믿어 왔던 그녀가 알고 보니 제 인생의 낭떠러지였음을, 태석은 뒤늦게야 깨달았다.

술잔을 비운 태석은 자연스레 가예를 떠올렸다. 며칠 전의 저녁 외식 이후로 그녀와 예전처럼 사이가 서먹해지고 나서부터 마음이 편치 않았다. 그는 일을 하는 도중에도 불쑥불쑥 가예를 머릿속에 떠올리며 신경을 곤두세웠다. 자신의 배려와 관심이 그녀에게 매몰차게 거절당했다는 생각에 마음이 상하긴 했지만, 먼저 말을 꺼내 보려고 해도 가예는 아예 둘이 있는 상황 자체를 피하는 눈치였다.

"……야! 한태석!"

준섭이 멍하니 다른 생각을 하고 있는 태석을 불렀다. 태석은 언제 그랬냐는 듯 준섭을 바라보며 눈썹을 치켜세웠다.

"고막 나가겠다. 듣고 있어."

"사는 게 왜 이렇게 힘든지 모르겠다. 인생 참 허무하지?"

그 빌어먹을 사랑에 데여 놓고도, 다시 누군가를 믿어 보고 싶어지는 걸 보면, 누군가를 잊기 위해 많은 사람을 외면하면서 살아왔던 시간이 허무하게 느껴지는 걸 보면 허무하다는 준섭의 말이 영 이해 가지 않는 것도 아니었다.

"넌 이제까지 네 맘대로 살았잖아."

"그래서 벌 받나."

준섭이 자조적으로 한마디 내뱉으며 남은 술을 자신의 잔에 따랐다. 선술집에서는 하필 미현이 좋아하던 유키구라모토의 Romance 연주곡이 쓸쓸하게 흘러나오고 있었다.

침대에 누워 있는 가예는 쉽게 잠들지 못하고 몸을 뒤척였다.

며칠 전, 그를 대신해서 서재에서 자려던 가예를 물끄러미 바라보던 태석은 이불을 거칠게 빼앗으며 안방에서 자라고 명령조로 말을 꺼냈다. 오랜만에 듣는 그의 목소리가 반가웠지만, 무표정한 그의 표정 때문에 그 뒤로 더는 아무 말도 걸지 못했다.

태석이 어떤 이유에서 기분이 상했는지는 가예도 알고 있었다. 제 딴에는 그를 생각해서 해 준 말이었는데 그렇게까지 화를 낼 지는 미처 예상하지 못했다.

호의를 무시당했다고 생각하여 화가 났을 태석의 입장이 나중에서야 이해가 가긴 했지만 가예는 자신이 내뱉은 말에 대해 후회하지는 않았다. 그렇게라도 밀려오는 감정에 브레이크를 밟지 않았다면, 아마 그날처럼 태석은 남의 마음도 모르고 미래를 약속하는 말들을 대수롭지 않게 꺼낼 것이다. 그 말에 그녀가 얼마나 많은 의미를 부여할지도 모르고.

가예는 테이블에 놓인 시계를 바라봤다. 벌써 새벽 한 시가 다 돼 가고 있는데 밖에서는 아무 인기척도 들리지 않았다. 초조해진 가예는 거실로 나가 볼까 했지만, 며칠 전까지만 해도 새 출발 하겠다며 호언장담해 놓고 그를 기다리기 위해 소파로 가는 건 또다시 무너지는 것밖엔 되지 않았다. 대신 그녀는 태석이 들어오는 소리를 듣기 위해 온 신경을 거실로 집중시켰다.

그러다 잠깐 선잠이 들려는 찰나, 도어록이 풀리며 태석이 들어오는 소리가 들렸다. 가예는 감기려던 눈을 번쩍 떴다. 그녀는 차마 나가 보지 못하고 그의 발소리를 가만히 듣고 있었다. 문을 열지 않아도 그가 신발을 벗고 피로한 걸음걸이로 거실 주위를 왔다 갔다 하는 걸 알 수 있었다. 그러나 어쩐지 거실에서는 한동안 태석의 발소리가 들리지 않았다.

평소 같으면 흐트러짐 없는 발소리가 얼마 나지 않아 드레스룸의 문이 열리는 소리가 나고, 5분 정도가 지나서 태석이 욕실로 향하는 발소리가 들렸을 것이다. 그리고 잠깐의 정적이 흐르고 나면 샤워를 마친 태석은 곧장 서재로 들어간다. 2년 동안 한결같던 그의 동선이라 눈으로 보지 않아도 알 수 있었다.

침대에 앉아 그의 인기척이 날 때까지 가만히 기다렸지만, 꽤 오랜 시간 거실에서 정적이 흐르자 참다못한 가예가 침대에서 일어났다.

슬그머니 방문을 연 그녀는 주위를 두리번거리며 조용히 눈으로만 태석을 찾았다. 시야에 태석이 보이지 않자 결국 가예가 문을 완전히 열어 잠옷을 입은 채로 거실로 나왔다. 그때 오른팔로 두 눈을 가린 채 소파에 일자로 누워 있는 태석을 발견했다.

"태석……"

태석을 부르려던 가예는 그의 주변에서 풍기는 술 냄새에 저도 모르게 인상을 찡그렸다. 평소 중요한 사업차 미팅이 있어도 술을 절제하며 마시는 태석이라서 한 번도 그가 술에 취한 모습을 본 적 없던 가예였다. 특히 술을 마시고 온 날은 가예가 있는 안방에서가 아닌 서재에서 잠을 자던 그래서 이런 모습은 더더욱 낯설었다.

태석에게서 풍기는 술 냄새가 심상찮음을 느낀 가예는 곧장 부엌으로 가서 꿀물을 탔다. 그리고 냉장고에 구비해 두었던 숙취해소음료까지 꺼내 쟁반에 올려 소파 앞 테이블에 내려놓았다. 태석을 깨워서 마시게 해야 하나, 아니면 지금 이대로 재워야 하나 고민이 됐지만 그대로 두기에는 그가 출근을 위해 차려입고 있던 슈트가 매우 불편해 보였다.

"어휴……."

가예는 우선 구겨진 재킷을 소파 옆에 두고, 최대한 그를 깨우지 않는 선에서 답답한 넥타이라도 우선 풀어 줄 셈이었다. 조심스럽게 그의 넥타이까지 푼 가예는 안방에서 이불을 가져와 태석에게 덮어 주었다. 이불을 목까지 덮어 주고 돌아서려는데 이번에는 아무 받침조차 없는 그의 목이 신경 쓰였다.

베개까지 갖고 오기 위해 가예가 뒤돌아선 순간, 태석이 그녀의 손을 덥석 잡아 붙들었다. 잠결에도 강한 그의 손아귀 힘에 가예는 태석의 머리맡에 있는 작은 스툴에 털썩 주저앉았다.

"정신없어."

"깼어요?"

가예가 미안한 듯 작은 목소리로 물었지만, 태석은 눈을 감은 채로 대답하지 않았다. 그가 대답이 없어 다시 잠이 든 줄 안 가예가 일어나려고 하자 태석이 손에 힘을 주었다.

"돌아다니는 게 느껴져서 머리 아파."

"안 자는 거면 숙취해소음료도 있고, 꿀물도 탔는데 이거 마시고 자요."

피로와 취기가 겹쳐 어지간히 머리가 아픈 모양인지 태석이 그녀의 말에 동요했다. 그럼에도 불구하고 태석은 쉽게 자리에서 일어나지 못했다. 할 수 없이 가예는 눈을 가린 그의 단단한 팔목을 아래로 끌어 내렸다. 태석은 눈을 감고 있었지만, 거실에 환하게 켜진 불빛이 느껴져 저도 모르게 인상을 썼다. 그의 표정을 거절의 의미로 받아들인 가예는 아예 태석의 몸을 일으켜 세웠다.

"빨리요."

그녀의 성화에 태석이 못 이기는 척 소파에서 몸을 일으켰다. 숙취해소음료와 꿀물 중에 무엇을 먼저 건네야 하나 잠시 고민하던 가예는 먼저 맛이 쓴 숙취해소음료부터 건넸다.

"이것부터 마셔요."

"꿀물만 마실게."

"억지로 마시게 해요?"

"이거 써."

"술은 달아서 마셨어요? 빨리 마셔요."

가예의 반협박에 태석은 할 수 없이 숙취해소음료를 마셨다. 그가 음료를 다 마시자마자 이번에는 그녀가 그의 얼굴에 꿀물을 들이밀었다. 쭉 들이켜라는 가예의 손짓에 태석은 그녀가 시키는 대로 꿀물을 남김없이 마셨다. 기분 탓인 건지 가예가 준비해 준 것들을 모두 마시고 나니 지끈거리는 머리가 한결 나아지는 것 같았다.

태석은 다 마신 꿀물 그릇을 내려놓고 가예의 허벅지에 머리를 베고 누웠다. 갑작스러운 그의 행동에 가예가 깜짝 놀라 다리를 빼려고 했지만 그럴수록 태석은 누운 머리에 더욱 힘을 주었다.

"지, 지금 뭐 하는……."

"술을 너무 많이 마셔서 힘들어."

"그런데 왜 내 다리에…… 베개 갖다 줄게요."

"싫어?"

"아니, 그게 아니라……."

또 미련하게 싫다는 말을 못 했다. 가예가 말을 더듬거리며 안절부절못하자 태석은 부들거리는 그녀의 실크 잠옷에 머리를 비비며 다시 팔목으로 제 눈을 가렸다. 무슨 이유에서인지 가예를 놓고 싶지 않았다.

"잠깐이면 돼. 오랜만의 과음이라 아직 정신이 없어."

"……왜 그렇게 많이 마셨는데요?"

태석에게 일과를 물어보는 일은 결혼하고 나서 처음이라 가예가 조심스럽게 물어봤다.

"준섭이가 회사로 찾아왔어."

하지만 태석은 별 거리낌 없이 이야기를 꺼냈다.

"사귀던 여자가 헤어지자고 했대."

오히려 말해 주지 않아도 될, 필요 이상의 이야기까지 해 주었다. 태석의 말에 가예는 창립기념일에 애인 이야기로 헤벌쭉 웃던 준섭의 얼굴을 떠올렸다. 가끔이었지만 얼굴을 볼 때마다 늘 웃는 낯으로 자신을 반겨 주는 그가 사랑 때문에 힘들어한다니 괜히 제 친구의 일처럼 안쓰러운 마음이 들었다.

"……준섭 씨, 행복해 보였는데."

그새 잠이 든 건지 태석에게서는 더 이상의 대답이 없었다. 가예는 테이블에 놔둔 리모컨으로 거실 불을 껐다. 불을 끄자 흐릿하고 퍼런 하늘 사이로 어슴푸레한 빛이 창가로 들어왔다.

불까지 끄고 가만히 앉아 있으니 고요함이 두 사람을 감싸고 돌았다. 새벽녘이라 쌀쌀한 한기가 느껴져 가예는 태석이 걷어 낸 이불을 다시 끌어와 그의 가슴까지 제대로 덮어 주었다.

정자세로 앉아서 멀뚱히 있던 가예는 뭔가를 결심한 표정으로 숨을 들이마시고 천천히 고개를 내려 제 허벅지에 머리를 대고 자는 태석을 살짝 바라봤다. 불과 2주 전까지만 해도 이런 모습은 감히 상상도 할 수 없었다. 하필이면 이혼을 앞두고 이만큼이나 가까워져 버렸다는 안타까움이 가슴에 스며들었다.

"우리, 진작 이랬으면 어땠을까요."

새근새근, 고른 그의 숨소리가 나지막하게 가예의 귓가에 울렸다. 가예는 잠시 고민하다가 뒷짐 지고 있었던 손을 앞으로 내밀어 흐트러진 태석의 엷은 갈색빛의 머리카락을 쓰다듬었다. 예민한 태석이 혹시라도 자신의 손길에 깨기 전에 손을 거둬야 하는데, 처음 만져 본 그의 얼굴에서 차마 손을 뗄 수가 없었다.

가예의 눈에 어느덧 눈물이 핑 돌았다. 제 앞에서 틈을 보이는 태석에게 자꾸만 티끌 같은 희망을 찾는 자신이 싫었다. 술기운으로 잠시 자신을 찾는 그를 바라보는 것조차 가슴이 설렌다는 게 얼마나 바보 같은 일인지 알면서도 왜 뿌리치지를 못하는 건지.

차라리 태석이 전처럼 자신을 없는 사람 취급해 줬으면 싶었다. 그래야 미련을 버릴 수 있을 것 같았다. 지금으로써는 태석과 헤어진다고 해도 그를 완전히 잊지 못할 것 같았다.

결국, 가예는 눈물을 잔뜩 머금고 코를 훌쩍이며 태석이 깨지 않게 그의 머리에 쿠션을 대어 주고 안방으로 들어갔다. 안방 문이 닫히는 소리에, 태석은 천천히 감았던 눈을 다시 떴다.

아침에 일어난 가예는 부스스 눈을 뜨고 거실로 나가 보았다. 혹시나 싶어 제일 먼저 소파로 눈을 돌렸지만 한여름 밤의 꿈을 꾼 것처럼 태석이 자고 있었던 흔적은 어디에서도 찾아볼 수 없었다. 소파로 걸어가 신발장을 살펴보니 그의 신발이 없었다.

"속 쓰릴 텐데."

가예는 말도 없이 회사를 간 태석에게 애써 서운한 마음을 드러내지 않으며 부엌으로 갔다. 아침을 차리기 위해 냉장고 문을 열었는데 며칠 전에 태석이 언제든지 먹을 수 있게 만들어 두었던 샌드위치가 사라지고 없었다.

그제야 가예는 부엌 식탁에 있던 빈 접시와 포스트잇 한 장을 발견했다.

[고마워.]

투박한 글씨체로 적힌 단 세 글자에 가예의 입매가 희미한 곡선을 그렸다. 가예는 안방에 있는 자신의 수첩에 구겨지지 않게 포스트잇을 붙이고는 한참이나 수첩에서 손을 놓지 못했다.

❖❖❖❖

늦은 점심을 먹고 마트를 다녀오던 가예는 베이커리 앞을 청소
하던 기환과 인사를 주고받았다.

"마트 다녀오시나 봐요."

"네."

가예가 싱긋 웃다가 베이커리 앞에 새로 놓인 원목 흑칠판을
발견했다. 칠판에는 알록달록한 분필로 무화과 호밀빵 개시라고
적혀 있었다.

"그때 저한테 주셨던 호밀빵, 아직 남아 있어요?"

"아, 그건 하나도 안 남았어요."

"아쉽네요."

맛있었는데, 를 중얼거리던 가예는 집으로 가던 발걸음을 돌려
베이커리 안으로 들어갔다. 점심시간이 지난 윤베이커리의 진열
대에는 거의 남아 있는 빵이 없었다. 가예는 남아 있는 빵 중에서
태석의 입맛에 맞을 만한 몇 가지 빵들을 골라 계산대 앞에 섰다.

"오늘은 덕분에 일찍 퇴근할 수 있겠는데요."

합리적인 소비를 좋아하는 가예였지만 신기하게도 윤베이커리
만 들어오면 충동구매를 자주 하곤 했다. 오늘도 마찬가지였다.
소시지 빵을 좋아하지 않는데도 불구하고 오동통한 소시지가 먹
음직스러워 보여 쟁반에 담아 버렸다. 그렇게 담고 보니 진열대에

몇 남지 않은 빵들을 대부분 그녀가 골라 가져온 것이다.

"여기만 오면 자꾸 충동구매하게 돼서 큰일이에요."

"저희 가게 매출에 혁혁한 공을 세워 주시니 전 감사할 따름이죠."

"남편이 특히 이곳 빵을 좋아해요. 저번에 주신 무화과 호밀빵도 맛있다고 하더라고요."

기환은 기분 좋은 미소를 지으며 빵 봉투를 가예에게 건넸다.

"덕분에 무화과 호밀빵 아주 잘 팔려요. 건포도를 빼니까 무화과 식감도 더 살아서 맛있어졌어요."

"정말요?"

"네. 다른 빵 다 접고 무화과 호밀빵만 만들어서 팔아도 될 정도예요."

자신이 만든 빵은 아니었지만 제 의견이 수렴된 빵이 잘 팔린다니 가예도 덩달아 기분이 좋아졌다.

기환의 친절한 인사를 받으며 문을 열고 나가려던 때에, 유리문에 들어올 때 미처 보지 못했던 제빵 수강생을 모집한다는 문구가 그녀의 눈에 들어왔다. 오후 세 시부터 다섯 시까지 총 두 시간 강습으로, 맨 아래에는 윤베이커리에서 새로 출시될 빵을 제일 먼저 먹어 볼 수 있는 특권을 얻을 수 있다는 귀여운 문구까지 덧붙여 적혀 있었다.

가예는 눈동자를 빛내며 다시 계산대로 몸을 돌렸다. 몇 안 되는 테이블 의자에 앉아 여유롭게 책을 읽을 예정이었던 기환은 그녀가 다시 다가오자 무슨 일이냐는 표정으로 자리에서 일어났다. 가예는 어색하게 웃으며 발아래에 마트 봉지를 내려놓았다.

"저 수강생, 주부도 가능한가요?"

"네?"

기환은 자신이 잘못 들었나 싶어 되물었다. 그러나 잘못 들었다기에 그녀는 처음 호밀빵을 맛봤을 때처럼 초롱초롱한 눈을 하고 있었다. 며칠 전 자신이 유부녀라고 밝혔기에, 가예가 말하는 주부라는 사람이 본인을 가리키고 있다는 걸 알아차린 기환은 싱긋 웃으며 고개를 끄덕였다.

"그럼요. 이제까지 제 수강생은 다 주부님들이신데요?"

"다른 분들이랑 같이 듣는 거예요?"

"아니요. 전에 문화센터에서 주부님들 제빵 강의한 적 있거든요. 그때 생각도 나고, 제빵 가르치면서 가게 빵 반죽도 같이 할 겸 해서 구하고 있어요. 사실 일찍 집에 가면 할 것도 없고요."

실제로 윤베이커리는 오후 3시 정도만 돼도 빵이 다 팔려 일찍 문을 닫는 경우가 자주 있었다. 그 이유는 그만큼 빵이 맛있기도 했고, 기환이 하루에 팔 수 있는 양만큼만 빵을 만든다는 데 있었다.

수강생을 구하는 기환의 이유를 들은 가예가 픽 웃으며 고민하는 시늉을 했다.

"왠지 수강생 구하는 이유는 후자에 더 가까운 것 같은데요?"

"너무 속보였어요?"

"조금요."

기환이 뒷머리를 긁적이며 머쓱한 미소를 지었다. 가게를 내기 전까지만 해도 몇몇 문화센터에 다니면서 제빵을 가르치는 일을 했었는데, 제빵이 워낙 주부들의 관심 분야인 데다가 기환의 외모가 훈훈하여 주부들 사이에서 그의 강의는 늘 인기 만점이었다.

"제가 제빵은 한 번도 해 본 적이 없는데……. 그래도 괜찮나요?"

계산할 때 신용카드를 건네는 그녀의 손만 봐도 궂은일에 익숙하지 않을 거라는 추측 정도는 하고 있었다. 게다가 이른 아침이나 오후에 한가롭게 빵을 사러 오는 강남 사는 유부녀라니.

기환의 눈에 가벼운 호기심이 일었다.

"그럼요. 그런 걱정은 안 하셔도 돼요."

"수강료는 얼만가요?"

"그런 거 없어요."

"네?"

가예가 어안이 벙벙해 있자, 기환이 미소 지으며 다 팔린 무화과 호밀빵 팻말을 가리켰다.

"윤베이커리 매출의 8할을 만들어 주셨잖아요."

"아무리 그래도……."

"애초부터 수강료 받을 생각은 없었어요. 일종의 재능기부죠. 그리고 사실 아까 말씀하신 대로 수강생한테 제빵 가르친 다음에, 빵 반죽 같이하는 거로 수강료 받으려고 했거든요."

가예는 그가 하는 말에 쿡쿡, 웃으며 고개를 끄덕였다.

"그런 거라면 공짜 수강에 대한 부담 가질 필요는 없겠네요."

"부담 갖지 마시고 편하게 오세요. 아, 혹시 성함이……?"

"주가예라고 해요."

"제가 가예 씨라고 불러도 되죠?"

"그럼요."

두 사람은 그 자리에서 몇 가지 질문과 대답을 주고받으며 매주 월요일과 목요일을 제빵 강습 날짜로 정했다.

기환의 배웅을 받으며 가벼운 발걸음으로 가게에서 나온 가예가 인사를 하고 돌아서려는데, 말을 할까 말까 우물쭈물 망설이던 기환이 무겁게 입을 열었다.

"저, 가예 씨."

"네?"

"실례가 될지 모르지만 하나만 물어봐도 될까요?"

"말씀하세요."

"제빵 배우려는 이유가 궁금해서요. 사실 가예 씨 말고는 제빵 수강생 모집에 아무도 관심을 안 가지셨거든요."

사람들이 관심을 가지지 않는 이유는 간단했다. 땅값이 비싼이 동네에는 굳이 제 손에 빵 반죽을 묻혀 가는 수고까지 하며 빵을 만들어 먹고 싶은 사람이 없다는 뜻이었다.

가예는 기환의 질문에 잠시 생각하다 짧게 웃으며 대답했다.

"남편이 좋아하는 걸 제가 직접 해 주고 싶어서요."

제가 그 사람한테 해 줄 수 있는 게 얼마 없거든요.

차마 뒷말을 이어서 하지 못한 가예의 입가에 쓸쓸한 미소가 맴돌았다가 사라지는 걸 본 기환은 그 뒤로 아무 말도 할 수 없었다.

"뭘 하겠다고?"

저녁을 먹은 뒤에 가예가 준 홍차를 마시던 태석의 표정이 대번에 언짢아졌다. 그러나 그녀는 애써 표정을 못 본 척 녹차 티백을 찻잔에 넣으며 담담하게 말했다.

"당신이 좋아하는 베이커리에서 제빵 배우기로 했다고요."

그녀가 제빵을 배우겠다는 데 반기를 들고 싶은 생각은 없었지만, 수강생이 혼자인 것도 모자라 가게 사장이 남자라는 것이 영 못 미더웠다.

"내가 싫다고 하면 안 배울 거야?"

"태석 씨."

"난 싫어. 당신 아직 내 아내야. 내 의견도 무시하지 마."

쉽게 허락할 리 없다는 건 짐작했지만 단호한 태석의 반응에 가예는 잠깐 아무 대답도 하지 못했다. 그의 말대로 아직은 태석의 아내였기에, 허락까지는 아니더라도 이해를 구하고 제빵을 배울 생각이었다.

가예는 찻잔을 두 손에 쥐고 차분한 말투로 태석을 설득했다.

"일주일에 딱 두 번, 그것도 길어야 두 시간 정도예요. 쉽게 배울 수 있다고 했으니까 힘들 일도 없고……."

"이유가 뭐야."

"이유라뇨?"

"갑자기 제빵을 배우겠다는 이유 말이야. 내가 이해할 수 있게 설명해 봐. 설마 정말 새 출발 하려고 홀로서기라도 준비 중인 거야?"

차마 태석에게 당신을 위해서라고, 지금 당장 당신한테 해 줄 수 있는 게 고작 이 정도뿐이었다고 말할 수 없었다. 그는 어디 한번 말해 보라는 도전적인 눈빛이었다.

"그런 거 아니에요. 그냥, 전부터 제빵에 관심이 있었어요."

"정 배우고 싶으면 개인 파티쉐를 붙여 줄 테니까……."

"그러지 마요."

가예는 동그란 찻잔 손잡이를 만지작거리며 말했다.

"당신도 알다시피 내겐 예전부터 내 인생을 스스로 결정할 수 있는 권한이 없었어요. 부모님이 나오라는 학교를 나와서, 부모님이 들어가라는 회사에 들어갔다가, 부모님이 소개해 준 당신을 만나서 결혼했죠."

누군가는 가진 것 많은 부모를 만나 부러울 것 없이 자란 그녀를 특별하다고 말했다. 그러나 눈앞에 펼쳐진 그녀의 인생은 평범하다 못해 건조하고, 단조로웠다. 꿈이라는 걸 가질 틈도 없이 부모에게 끌려다니며 그들이 원하는 삶을 살아야 했고, 그건 특별하게 태어난 인생의 대가였다.

태석과의 결혼 뒤로 부모의 억압에서 자유로워지긴 했지만, 한태석의 아내로 살면서 가예는 또 다른 건조한 인생의 2막을 시작해야 했다.

"태석 씨까지 날 아무것도 못하게 하지 말아 줘요."

그가 처음 가예를 만났을 때, 그녀는 보호라는 명분 아래 마음대로 자신을 휘두르려던 부모님에게 지칠 만큼 지친 상태였다. 이야기를 마치고 애써 밝게 웃는 그녀의 표정을 본 태석은 생각에 잠긴 얼굴을 하더니, 깊은 한숨을 내쉬었다.

"괜찮겠어?"

어린아이 취급하는 태석의 말에 가예는 풋, 하고 웃으며 고개를 끄덕였다.

"이해해 줘서 고마워요."

그녀를 걱정하는 마음도 있었지만, 자신이 모르는 남자와 함께 있을 그녀의 모습은 상상만으로도 속이 답답해져 왔다. 그러나 가예의 진심으로 기뻐하는 표정을 보며 태석은 유치한 자신의 질투심을 끝내 드러내지 못했다.

간단한 티타임을 마치고 태석이 샤워를 하러 욕실로 간 사이, 가예는 자신의 앞에 놓인 태석의 찻잔을 가만히 들여다보았다.

잠시 자신에게 희망을 느끼게 만들던 태석과 요 며칠 다시 어색해졌을 때, 가예는 제자리로 돌아온 것뿐이라고 마음을 다잡았다. 그러나 태석은 오늘 언제 그랬냐는 듯 다시 제 옆으로 다가와 있었다. 마주 앉아 밥을 먹고, 차를 마시는 평범한 일상이었지만 결혼 생활 내내 해 본 적 없는 일이었기에 다른 부부와 다를 것 없는 이 소소한 일상조차도 가예에겐 가슴이 떨렸다.

"겁쟁이······."

가예는 자신의 주저함을 자조하며 쓸쓸하게 웃었다.

안 좋았던 사이가 한순간에 좋아지고, 괜찮을 줄 알았던 태석의 호의가 마음을 아프게 하고, 내내 마음에 담아 두고 있던 이혼이 그와 마주하는 순간에는 자꾸 잊혀진다는 것이, 두려웠다.

그의 호의를 사랑이라고 자기최면을 걸게 되는 순간이 오게 될까 봐, 두려웠다.

✦ ✦ ✦

기환은 오랜만에 입어 어색한 슈트 차림으로 약속 장소인 서강 호텔로 들어갔다. 어려운 자리가 아님에도 불구하고 다소 긴장이 됐는지 그의 어깨에는 잔뜩 힘이 들어가 있었다.

13층으로 올라가자 정면에 가온고등학교 동문회라는 현수막이 걸려 있었다. 아직 동문회 시작 전이라 많은 이가 모여 있진 않았지만, 미리 와 있던 친구들은 졸업 이후 처음 나타난 기환을 보며 저마다 그를 반기는 기색으로 악수를 청했다.

"야, 기환아. 너무 오랜만인 거 아니야?"

"대체 어디 있다가 나타난 거야?"

사글사글한 성격으로 친구들에게 미움받지 않던 기환은 오랜만에 만나는 친구들에게 안부 묻는 인사를 듣기 바빴다.

"윤기환!"

누구보다도 그를 애타게 찾았던 준섭이 멀리서부터 기환의 이름을 외치며 달려왔다. 부부동반 모임이니 꼭 애인을 데려오라고 엄포를 놓던 준섭은 어찌 된 영문인지 혼자였다.

"이 자식아!"

얼굴 한 번 보여 달라는 준섭의 제안에도 기환은 매번 핑계를 대며 그의 약속을 번번이 피했다. 그렇게 얼굴 본 지 1년이나 훌쩍 넘었지만, 오랜만에 봐도 어색하지 않은 사이. 기환에게 준섭이 그랬다.

"부부동반이라며, 넌 왜 혼자야?"

"차인 지 얼마 안 됐거든. 그러는 넌?"

"나야 늘 독수공방이지."

대수롭지 않게 어깨를 으쓱거리며 말하는 기환의 표정에 씁쓸함이 보여 준섭이 억지웃음을 띠었다. 아무리 본 지 오래된 사이였어도, 준섭은 기환이 슬픔을 속으로 감추려고만 하는 성격임을 알고 있었다.

아직도 누군가를 옆에 둘 마음이 생기지 않은 거냐며 묻고 싶었지만, 능구렁이처럼 스리슬쩍 넘어갈 기환임을 알기에 준섭은 그의 어깨를 다독이며 하고 싶은 말을 삼켰다.

준섭의 종알거리는 말을 들으며 동문회 참석 명단에 사인을 하려던 기환의 손이 잠시 멈칫했다. 그가 자신의 이름 아래에 있는 이름을 봐 버렸기 때문이다.

기환이 펜을 두고 뒤돌아서자 준섭이 그의 손을 덥석 붙잡았다.

"기환아."

"이준섭, 약속이 다르잖아."

준섭은 기환을 잡지 않은 다른 손으로 제 눈썹을 만지며 곤란한 표정을 지었다.

틀어진 우정이 돼 버린 기환과 태석. 준섭은 두 사람을 다시 돌려놓고 싶었다. 고작 제 욕심 채우려고 떠난 여자 때문에 서로를 등지고 미워하는 건 의미 없는 감정 소모라고 생각했다.

자신이 유학을 다녀온 사이 윤주가 말도 없이 떠나 버렸다는 걸 알게 된 기환은 태석에게 주먹을 날렸고, 태석은 그 주먹을 묵묵히 받아들였다.

준섭은 제가 나서서 그녀가 태석의 집에서 5억이라는 돈을 받고 떠난 거라고, 그녀를 잃게 된 태석도 피해자라고 말하고 싶었지만, 그걸 막은 건 태석이었다. 한때나마 자신이 사랑했던 여자가 돈 때문에 사랑을 버렸다는 말을 오랜만에 만난 친구 앞에서 차마 꺼낼 수가 없었기 때문이다.

"언제까지 태석이랑 이렇게 지낼 건데?"

"그만하자."

"기환아."

사실 윤주를 먼저 좋아한 건 기환이었다. 그가 바보처럼 마음을 숨기고 그녀를 바라보기만 할 때 윤주가 태석에게 적극적인 호감을 표시했다. 결국, 기환은 자신이 제일 믿고 사랑하는 두 사람이 행복하길 바라는 마음으로 태석에게 윤주를 소개했고, 두 사람이 사귀게 됐다는 말을 듣고 나서는 완전히 씻겨 내려가지 못한 미련을 정리하기 위해 2년 동안 유학을 떠났다.

그러나 마음을 추스르고 두 사람을 진심으로 축복해 주기 위해 기환이 한국을 왔을 때는 윤주가 이미 한국에 없었다. 환영 인사를 받기 위해 준섭과 태석을 만난 자리에서 윤주가 떠났다는 소식을 전해 들은 그는 곧장 태석에게 가서 주먹을 날렸다.

준섭은 서둘러 기환을 막으려 했지만, 그 당시 윤주에게 배신당했다는 슬픔에 술로 정신을 의지하며 지내던 태석은 기환과 실랑이를 할 힘조차 남아 있지 않았다.

그리고 윤주가 떠났다고 한 지 3개월 만에 태석의 결혼 소식이 들렸다. 그의 결혼 상대가 M텔레콤의 여식이라는 이야기를 들은 순간, 기환은 태석에게 모든 관심을 끊었다. 윤주가 떠난 건 그녀의 자의라고 쳐도 마치 윤주가 떠나기만을 기다렸다는 듯 서둘러 결혼을 하는 태석의 행동을 기환은 도저히 이해할 수 없었다.

"나 간다."

"야, 야! 윤기환!"

준섭이 잠시 옛 기억에 빠져 있는 틈을 타서 기환이 손을 뿌리치고 엘리베이터를 탔다. 문 닫힌 엘리베이터를 허탈하게 바라보는 준섭은 오늘만큼은 그를 곱게 돌려보내고 싶지 않았다.

서강호텔 앞에 도착한 태석과 가예는 차에서 내려 정문 앞에 섰다. 편한 자리에서 진행되는 동문회이다 보니 가예 역시 과하게 멋을 내지 않은 옷차림이었다. 그러나 익숙하지 않은 하이힐이 탓에 다리가 삐끗하자, 태석이 빠르게 그녀의 손을 잡아 주며 허리를 부축했다.

갑작스러운 스킨십에 가예가 놀라며 허리에 가 있는 그의 손을 슬그머니 내렸다.

"고, 고마워요."

"그러니까 힐 신지 마. 다리도 아프잖아."

"그렇다고 이런 자리에 운동화를 신을 순 없잖아요."

"다음부터는 동문회를 등산으로 하자고 해야겠네."

태석답지 않은 우스갯소리에 가예가 슬그머니 미소를 띠었다.

그때 그의 재킷 안주머니에서 휴대폰 진동이 울렸다. 태석은 걷던 걸음을 잠시 멈추고 휴대폰을 꺼냈다. 전화의 주인공은 다름 아닌 최 팀장이었다.

"잠시만."

태석이 자리를 피해 전화를 받는 사이, 가예는 고개를 끄덕이고 옷매무시를 가다듬었다. 멀뚱히 서서 호텔을 둘러보는데 입구에서 씩씩거리며 나오는 사람이 어딘가 낯이 익었다. 남자를 본 그녀는 태석을 두고 천천히 걸음을 옮겼다.

"사장님?"

사장님이라는 호칭에 정면만 보고 가던 기환이 잠시 고개를 돌렸다. 그곳에는 가게에 올 때와는 사뭇 다른 분위기의 옷차림을 한 가예가 서 있었다. 표정을 굳히고 있던 기환이 가예를 보고 잠시 표정을 풀었다.

"어? 가예 씨가 여긴 어쩐 일이에요?"

"호텔에 잠시 볼일이 있어서요."

"아, 저도 잠시 볼일이 있어서 왔다가 가는……."

"윤기환!"

서둘러 그를 쫓아온 준섭의 목소리에 기환이 낮은 탄식을 읊조렸다. 처음 알게 된 기환의 이름을 부르는 낯익은 목소리에 가예가 몸을 돌려 정문을 바라봤다.

달려오는 준섭을 본 가예가 다소 놀란 표정으로 두 사람을 번

갈아 봤다. 그러나 놀란 건 가예뿐만이 아니었다. 기환과 이야기를 하는 가예의 모습에 준섭도 덩달아 놀란 표정으로 그들에게 가까이 다가왔다.

"두 사람 어떻게 아는 사이야?"

가예와 눈인사를 주고받는 준섭을 본 기환은 고개를 갸웃거리며 대답했다.

"가예 씨 내 가게 단골손님이셔. 너도 가예 씨 알아?"

"뭐?"

그 말에 준섭의 표정이 굳어졌다. 인연이 되려고 하면 이렇게도 이어지나. 태석도 알고 있는 일인가에 대해 빠르게 머리를 굴렸다. 하지만 눈치를 보아하니 두 사람은 자신들 사이에 다리처럼 이어져 있는 태석의 존재를 모르는 눈치였다.

준섭이 태석의 도착 여부에 관해 물어보려는 찰나, 귓가를 또렷하게 울리는 서늘한 목소리가 들렸다.

"뭐야, 세 사람."

잔인한 운명의 장난으로, 마주쳐서는 안 될 인연이, 원치 않은 우연으로 재회했다. 가예가 고개를 돌렸을 땐 무표정한 얼굴로 선 태석과, 그런 태석을 놀람과 원망 섞인 시선으로 보고 있는 기환의 눈빛이 허공에서 닿아 있었다.

4화. 꽁꽁 동여맨 두려움

"뭐냐고 묻잖아."

태석이 한 발자국 다가와 가예의 앞에 섰다. 준섭은 난감한 표정으로 슬금슬금 기환의 옆에 섰다. 기환이 태석에게 적대적으로 구는 건 예상한 바였지만 태석이 기환에게 이렇게까지 싸늘한 표정을 지을지는 미처 예상하지 못했던 전개라 준섭은 당황했다.

꼬여 버린 상황에 준섭이 애써 분위기를 풀어 보려 목소리를 한 톤 높여 명랑하게 말했다.

"뭐, 뭐긴 뭐야. 오늘 동문회라고 다 모인 거잖아."

동문이라는 말에 가예가 기환을 바라봤다. 태석과 기환이 고등학교 동창이라는 사실에 적잖게 놀란 눈치였다. 게다가 누가 봐도 안 좋아 보이는 두 사람의 사이에 한 번 더 놀랐다.

"그럼 가예 씨가 한태석……."

"인사해, 내 아내야."

당당하게 자신의 앞에서 가예를 소개하며 그녀의 손을 잡는 태석의 행동에 기환의 주먹이 불끈 쥐어졌다. 태석은 그의 쥐어진 주먹을 발견했지만, 표정 하나 변하지 않고 기환을 응시하고 있었다.

또 주먹다짐이 나는 건 아닐까 불안해하던 준섭은 가예가 눈치채기라도 할까 봐 서둘러 주먹 쥔 기환의 손을 뒤로 빼서 숨겼다. 그러고는 생글생글 웃으며 가예에게 손을 내밀었다.

"가예 씨, 이 녀석들 오랜만에 만나서 할 얘기가 많은가 본데, 우리 먼저 올라가 있을까요?"

"어딜 같이 가."

태석은 붙잡은 가예의 손을 놓칠세라 더욱 힘을 주었다. 그사이 기환은 미묘하게 변하는 태석의 표정을 살폈다. 서로에게 등 돌린 시간을 제외하고도 9년을 함께 살다시피 한 친구의 변화를 모를 리 없었다. 그에게서 초조함을 느낀 기환은 가예와 준섭을 향해 웃으며 말했다.

"그래 줄래요, 가예 씨? 잠깐이면 돼요."

마치 가까운 사이임을 증명해 보이기라도 하듯 살갑게 그녀의 이름을 부르는 기환의 목소리에 결국 태석이 불쾌한 표정을 고스란히 드러냈다. 준섭과 기환의 권유에 가예는 불편해진 태석의 표정이 마음에 걸렸지만, 자신이 있을 자리가 아니라고 판단하곤 순순히 준섭을 따라 자리를 피했다.

가예와 준섭이 시야에서 완벽하게 사라지자 태석이 먼저 입을 뗐다.

"가예랑 어떻게 아는 사이야."

"궁금해?"

윤주 때문에 아직 남은 감정의 앙금을 푸는 것은 얼마든지 받아 줄 수 있었지만, 가예 문제만큼은 별개였다. 노골적으로 심기를 불편하게 만드는 돌아오지 않는 대답에 태석이 픽, 웃더니 돌연 표정을 싸늘하게 굳혔다.

"묻는 말에 대답부터 해."

"정략결혼이라 그런지 아내에 대해 모르는 게 많은가 보네. 아니면, 니한테 여자라는 존재는 다 시답잖은 존재인 건가?"

기환의 도발에 무너진 태석이 그의 멱살을 잡았다. 반듯하게 잡혀 있던 기환의 셔츠 깃이 엉망으로 구겨지며, 덩달아 태석의 표정도 구겨졌다. 그 표정을 본 기환이 매정하게 태석의 손을 쳐냈다.

"가예 씨한테 직접 물어봐. 우리가 무슨 사인지."

다가오는 택시를 잡아타고 사라지는 기환의 뒷모습을 바라보던 태석은 답답한 넥타이를 끌어 내렸다. 이제야 틈을 좁히고 다가가는 자신과는 달리 제법 가까워 보이던 기환과 가예. 두 사람이 서로를 향해 짓던 표정들이 가시처럼 태석의 목을 할퀴었다.

준섭을 따라 동문회가 열리는 연회장으로 들어온 가예는 먼저 그의 친구들과 가볍게 인사를 나눴다. 태석의 고등학교 친구들은 초면이 아니라 확실히 편한 구석도 있었고, 자신의 이득을 노골적으로 취하려는 대학 친구들과는 달리 겉으로는 그런 내색을 하지 않는 이들이라 보이는 것만 보려고 한다면 마음은 훨씬 편했다.

태석도 없는 연회장에 덩그러니 혼자 있기 어색했던 가예는 친구들과 인사를 나누는 준섭을 뒤로하고 잠시 화장실로 자리를 피했다. 화장을 고치는 거울 앞에 신 가예는 마주 서 있던 태석과 기환을 떠올렸다. 허공에 맞물리는 두 사람의 차가운 시선. 그 시선을 본 이상 단순한 동창 사이라는 준섭의 말을 곧이곧대로 믿기 어려웠다.

"그래서 내가 얼마나 깜짝 놀랐는데."

밖에서 웅성거리는 여자들의 목소리가 들리자 정신을 차린 가예는 본능적으로 화장실 안으로 들어가 문을 잠그고 숨을 죽였다. 아무것도 하는 것 없이 화장실에 있었던 자신을 보이고 싶지 않았기에 적당히 타이밍을 보다가 밖으로 나갈 생각이었다.

"그래서? 기환이랑 인사했어?"

"응. 내 이름까지 기억해 주더라."

"근데 왜 안 보여? 그새 집에 간 건가?"

"아까 준섭이랑 얘기하는 거 들었는데, 태석이 얘기 나오는 것 같더라."

기환과 태석의 이름이 동시에 나오자 듣지 말아야 할 이야기가 흘러나올지도 모른다는 불안한 생각에 가예는 초조한 표정으로 입술을 꼬집었다.

"두 사람, 아무리 봐도 싸운 것 같지?"

"분위기가 그런 것 같더라."

태석과 기환이 불편한 관계라는 걸 완전히 알아 버리게 된 가예는 낮은 한숨을 읊조렸다. 이렇게 되면 아무래도 기환의 베이커리에서 제빵을 배우는 것은 무리였다.

"하윤주가 뭐라고 죽고 못 살던 우정이 한순간에 깨져?"

익숙한 이름 세 글자에 가예의 가슴이 쿵, 하고 떨어졌다.

"하윤주? 그게 누군데?"

"나 걔네랑 같은 대학 졸업했잖아. 태석이랑 사귀던 여자앤데, 태석이랑 기환이랑 준섭이 끼고 으스대고 다닌 걸로 유명했지."

"그 여자 때문에 태석이랑 기환이가 싸웠다고?"

"소문으로는 기환이가 하윤주 짝사랑했다는 얘기도 있어."

"야, 설마. 말도 안 돼."

화장실 안에서 이야기를 듣고 있는 가예의 심장이 점점 쿵쾅거렸다. 소문이라고 했으니 모두 믿을 것이 못 되는 이야기였다. 머리로는 그렇게 생각했지만, 가슴이 받아들이지 못했다. 화장실 문고리를 잡고 있는 그녀의 손이 파르르 떨렸다.

"어느 날 갑자기 하윤주는 유령처럼 사라지고, 그 뒤로 곧장 태석이는 정략결혼하고, 태석이랑 기환이는 완전 남남이 됐는데. 정황상 윤기환의 하윤주 짝사랑설이 제일 그럴듯하잖아? 하윤주 때문에 틀어진 게 확실해."

"태석이랑 기환이 진짜 친했잖아. 남자들 우정도 여자 앞에선 별거 아니네."

"하윤주, 그 계집애가 문제지. 태석이랑 사귀면서 기환이한테 꼬리 쳤을지 누가 알아?"

이야기를 듣고 있던 여자의 혀를 끌끌 차는 소리와 함께 두 사람이 화장실을 나가는 발소리가 들렸다. 다시 찾아온 짙은 정적과 함께 화장실에 완전히 혼자가 됐다고 느끼자마자 가예는 다리에 힘이 풀려 그대로 주저앉고 말았다. 듣고 싶지 않은 이름을 들어 버린 것도 모자라, 듣고 싶지 않은 그들의 얽힌 이야기까지 전부 들어 버렸다.

가예는 기환을 바라보는 태석의 차가운 시선을 떠올렸다. 그 이유가 다 하윤주 때문이라는 게 그녀의 가슴을 답답하고 울적하게 만들었다.

결혼 전, 시어머니인 화진에게서 윤주의 이름을 들은 적이 있었다. 알 건 알고 시집을 와야 하지 않겠느냐고 하던 화진은 굳이 가예에게 태석이 사랑했던 여자를 설명해 주었다. 이야기를 모두 들은 가예는 한순간에 사랑을 잃은 태석에 대한 안쓰러움, 돈의 유혹에 못 이겨 떠난 윤주에 대한 원망, 사랑하는 두 사람을 갈라 놓은 화진과 민재의 잔인함에 복합적인 감정을 느껴야 했다.

특히 사랑을 잃은 태석을 가까이서 겪으면 겪을수록 가엾고 안타까운 마음이 들었다. 누구에게도 마음을 열지 않는 태석을 묵묵히 지켜보며 처음에는 그가 안쓰럽기만 했다가, 나중에는 그 사랑으로 인해 자신에게 벽을 세우기만 하는 태석이 원망스러웠다.

그 여자가 얼마나 대단한 여자기에 이렇게 한 사람을 철저히 무너뜨리는 건지도 궁금했다. 그런데 이제 보니 윤주는 태석과 자신의 인생뿐만 아니라 기환의 인생까지 송두리째 쥐고 흔든 여자였다.

다시 연회장으로 돌아온 가예는 자신을 찾는 듯 사방을 두리번거리던 태석의 모습을 먼저 발견했다. 가예는 티 내지 않기 위해 깊은 숨을 내쉬며 세차게 뛰는 가슴을 진정시키고 그의 앞에 다가갔다.

"나, 여기 있어요."

가예의 목소리에 태석이 반사적으로 몸을 돌려 그녀의 손을 잡았다.

"제발 내 눈앞에서 사라지지 마."

아마 화장실에 들어가기 전에 이 말을 들었다면 멋진 사랑 고백으로 여길 수 있었을지 모른다. 그리고 이 말 한마디에 그간 무심했던 그에게 받은 상처들까지도 다 아물었을 것이다.

그러나 지금은 태석의 말이 자신에게 하는 말로 들리지 않았다.

'어느 날 갑자기 하윤주는 유령처럼 사라지고……'

'제발 내 눈앞에서 사라지지 마.'

가예는 환청처럼 들리는 목소리에 두 눈을 질끈 감고 고개를 떨궜다.

그녀가 평소답지 않다는 걸 알아차린 태석이 걱정스런 얼굴로 가예의 이마를 짚어 보려고 했다. 그러자 가예가 다가오는 그의 손을 뿌리쳤다. 자신을 거부하는 가예의 행동에 태석의 표정이 이지러졌다.

"주가예."

"안 사라져요. 그러니까 그런 표정으로 말하지 마요."

그렇게 불안해 죽겠다는 표정으로, 돌아와서 다행이라는 안도의 표정으로 절절하게 말하지 말란 말이에요.

무정함이 뚝뚝 흐르는 가예의 말투가 태석을 더욱 화나게 했다. 창립기념일 파티에서처럼 또 한 번 아무 말도 없이 사라져 사람을 잔뜩 긴장시켜 놓고, 더는 사라지지 말란 말에 화를 낸다.

기환의 일로 심기가 불편했던 태석은 남들 보란 듯이 그녀의 손을 더욱 세게 잡았다.

"집에 가서 얘기해."

일단 많은 이들의 눈에 띈 이상, 적어도 인사 정도는 하고 사라져야 했다. 두 사람이 손을 잡고 연회장으로 들어가자 적극적으로 반기는 동창생들의 인사가 이어졌다.

심란한 얼굴을 하고 와인을 들이켜던 준섭이 멀리서 태석과 눈을 마주쳤다. 이 사달을 만든 결정적인 원인의 녀석.

"가예 씨, 너무 오랜만이에요. 잘 지냈어요?"

"네, 혜연 씨도 잘 지내셨죠?"

"그럼요. 아, 나 축하받을 일 있는데."

혜연은 조금 불러온 배를 쓰다듬으며 그녀에게 눈치를 주었다. 그러자 가예가 입을 가리며 혜연의 배를 가리키고 미소 지었다.

"혹시……."

"10주째예요. 오늘 아니면 당분간 집에만 있어야 할 것 같아서 왔어요."

"정말 축하해요, 혜연 씨."

"축하한다."

"한태석, 너도 늦장 부릴 시간 없어. 가예 씨 닮은 딸 낳으면 진짜 예쁘겠다."

두 사람의 분위기를 미처 알아차리지 못한 혜연이 웃음을 터뜨리며 진심을 담아 말했다. 아이라는 말에 태석과 가예에게서 잠시 정적이 흘렀지만 준섭의 등장으로 그 정적은 오래가지 못했다.

"오, 혜연. 10주치고는 배가 너무 많이 나온 거 아니야?"

"보통은 20주나 돼야 배가 나온다는데, 먹을 것만 잔뜩 사다 주는 우리 신랑 덕분에 벌써 5kg나 찐 거 있지?"

"그런 자랑은 넣어 두고. 가예 씨한테 남편 잡고 사는 법 좀 알려 드려. 그 분야는 네가 전문이잖아."

"어머, 가예 씨. 아직 한태석 못 잡으셨어요? 태석이 너 가예 씨 고생시켜?"

"내가 무슨……."

"네."

부정하려는 태석의 말을 가예가 가로막고 대답했다. 대화 내내 줄곧 웃음을 일관하던 가예에게 의외의 대답이 흘러나오자, 당황한 세 사람이 그녀를 주시했다. 가예는 이렇게 해서라도 잠시 태석과 떨어져 있고 싶었다.

"방법 좀 알려 주세요, 혜연 씨."

"한태석! 너 준섭이랑 저리 가. 내가 가예 씨랑 단둘이 깊은 이야기 좀 해야겠다."

"너 무슨 쓸데없는 소릴 하려고……."

"준섭아, 애 데리고 어디 좀 가라."

혜연은 준섭을 향해 태석을 밀어내며 가라고 손짓했다. 가예의 대답이 마음에 걸렸지만 준섭은 고개를 끄덕이고 곧장 태석을 끌고 그녀들과 멀리 떨어진 곳으로 걸었다.

준섭은 주위를 두리번거리더니 태석의 얼굴과 몸을 이리저리 더듬거리며 살폈다.

"뭐 해?"

"보아하니 주먹다짐은 안 한 모양이네."

준섭은 태석이 멀쩡한 얼굴로 돌아온 것을 천만다행으로 여겼다.

"가예랑 기환이, 무슨 사인지 넌 알아?"

"가예 씨가 기환이 가게 단골손님이라더라."

가게 단골손님이라는 말에 태석의 눈썹이 일그러졌다.

"혹시 윤기환 가게라는 곳이 베이커리야?"

"어. 나도 아직 못 가 봤긴 했는데……."

예상했던 게 들어맞자 태석의 입에서 외마디 한탄이 터져 나왔다. 끓어오르는 질투심을 억누르고 큰맘 먹으며 제빵 배우기를 허락한 곳이 기환의 가게였다니, 힘이 빠졌다.

그녀가 기환의 가게에서만 빵을 산다는 건 태석도 알고 있는 사실이었다. 왜냐하면 그곳 빵이 아니면 입맛에 맞질 않아 자신이 잘 먹지 않았기 때문이다. 이렇게 되면 가예에게 기환과 어떻게 그리 가까운 사이냐고 추궁할 방법이 없었다.

"기환이 가게가 너희 집이랑 가깝긴 해. 너 전혀 모르고 있었어?"

"자주 가는 가게가 있는 줄은 알았는데 그게 기환이 가게인 줄은 몰랐지."

기환이 돌연 연락을 끊고 2년간의 유학을 마치고 귀국하던 날. 태석은 사라져 버린 윤주 때문에 기환에게 왜 갑자기 유학을 떠난 건지, 어떤 공부를 했는지에 대해 이렇다 할 이야기도 들어 보지 못하고 그의 주먹을 받아들여야 했다. 준섭도 그날 이후로 그의 앞에서 기환의 이름을 꺼낸 적이 없으므로 태석은 그저 기환이 전공이었던 경영 공부를 더 하고 왔을 거라고 어림짐작했을 뿐이었다.

"그럼 이제 어쩔 셈인데?"

태석은 멀리 떨어져 있는 가예를 바라봤다. 무슨 이야기를 하는 건지 혜연이 손짓을 해 가며 열심히 설명하는 모습에 가예가 아까보다 희미하게나마 더 웃고 있었다.

"못 가게 해야지."

"그렇게 되면 너랑 기환이랑 사이가 안 좋은 이유도 설명해야 하잖아. 이유 알게 되면 가예 씨 불쾌해할 거야."

형제라고 해도 믿을 만큼 닮았던 친구. 식성도, 싫어하는 사람도, 좋아하는 날씨도, 즐겨 듣는 음악도, 모든 게 비슷해서 서로의 일상을 함께 공유하던 친구.

그래서 태석은 두려웠다. 자신이 서서히 가예를 마음에 담아 두듯이, 아직도 친구라고 믿고 있는 기환 역시 가예를 마음에 담아 둘까 봐.

서로의 할 말을 쉽게 내보이지 않던 두 사람은 적막한 집으로 들어섰다. 동문회 내내 간신히 마음을 추스른 가예는 태석을 외면하고 방으로 들어가려고 했다.

"그 가게에서 제빵 배우기로 한 거, 관둬."

불씨를 당긴 사람은 태석이었다. 그의 말을 못 들은 척 한 귀로 흘리고 방으로 들어가기 위해 문고리를 잡던 가예가 멈칫했다. 어떻게 해서든 이해해 보기 위해 혼자만 알고 참으려 했던 울분이 쉽게 가시질 않았다.

"왜요?"

되돌아온 질문에 태석이 대답할 틈도 없이 가예가 뒤돌아서 그의 얼굴을 정면으로 응시하며 되물었다.

"왜 관둬야 하는데요?"

"당신도 느꼈잖아. 나 윤기환이랑 사이 안 좋아. 굳이 나랑 사이도 안 좋은 애 밑에서 그걸 배워야겠어?"

"그쪽에서 괜찮다고 하면 배울 거예요."

자신의 말보다 기환의 대답을 더 중요시하게 생각하는 듯한 그녀의 태도에 태석이 저벅저벅 걸어가 방으로 들어가려는 가예의 손목을 붙잡았다. 어찌나 꽉 붙잡았는지 손목이 시큰거릴 정도로 아팠다.

"지금 내 앞에서 윤기환의 대답이 더 중요하다고 말하는 거야?"

그의 심기를 불편하게 할 거라는 것을 알면서도 이 말을 꺼낸 것에 한 치의 치기도 없다면 거짓말이었다. 내가 속상한 만큼 당신도 속상해 봐라, 하는 못된 마음.

그렇게라도 지금 자신의 아픈 마음을 태석이 느껴 주길 바랐는지도 모르겠다. 그가 상처받으면 자신은 두 배로 상처받는 줄 알면서도 태석의 가슴을 최대한 아프게 만들고 싶었다.

"그럼 대답해 봐요."

상처받을 줄 알면서도, 상처받기 위해 안달이 난 사람처럼.

"왜 두 사람 사이가 안 좋은 건데요?"

그 죽고 못 살던 우정이 깨질 만큼 그 여자가 대단했나요? 라고 묻고 싶은 걸 간신히 참아 낸 가예의 눈은 그를 향한 원망으로 가득 차 있었다. 뭔가를 알고 말하는 가예의 물음에서 태석은 쉽게 대답하지 못했다.

'이유 알게 되면 가예 씨 불쾌해할 거야.'

준섭의 걱정스러운 말이 태석의 머릿속에 맴돌았다. 물론 기환이 자신의 아내라는 이유만으로 가예를 홀대할 것이라는 생각은 하지 않았다. 그 정도로 몰인정한 녀석은 아니라는 확신이 있었으니까. 그러나 자신에게 안 좋은 감정을 가지고 있는 녀석의 밑에서 무언가를 배워 봐야 좋을 것이 없다는 판단을 내렸고, 무엇보다 서로를 편하게 대하는 두 사람의 눈빛이 신경 쓰였다.

이제 와서 그녀에게 네가 다른 남자를 바라보는 게 싫다고, 너를 잃는 게 두려워졌다고 솔직하게 말한다면 믿어 주기나 할까. 으레 콧방귀를 뀌며 시답잖은 변명으로 치부할까 봐 겁이 났다.

그제야 태석은 무언가 잘못됐다는 걸 깨달았다.

"가예야."

"그렇게 부르지 마요."

다정하게 이름을 불러 주는 태석의 목소리에 가예의 마음이 약해지고 말았다. 연회장에서 원망했던 것처럼 그를 미워하고 싶은데, 이렇게 순순히 감정을 누그러뜨리고 자신에게 져 주는 태석을 보고 있으면 도저히 그를 미워할 수가 없었다.

"화내서 미안해."

지금 상황에서 태석이 할 수 있는 말이라고는 고작 미안하다는 말이 전부였다. 그에게 두 번째로 미안하다는 말을 듣게 된 가예는 결국 고개를 떨궜다. 금방이라도 터져 나올 눈물을 닦고 싶었지만, 그가 손목을 잡고 있는 탓에 그럴 수가 없었다.

태석은 손목을 잡고 있던 제 손에 힘을 빼고 가예를 살짝 잡아당겨 자신의 품에 안았다. 익숙한 향수와 이전까지 했던 쌀쌀맞은 대화와는 달리 포근한 그의 품에 가예는 긴장감에 떨리는 입술을 깨물며 울음을 삼켰다.

가예도 사실 겁이 났다. 태석의 입에서 윤주의 이름을 듣게 될까 봐. 아직도 그녀를 잊지 못한다는 그 잔혹한 말을 듣게 될까 봐.

❖ ❖❖

다음 날, 아침을 먹고 출근하려던 태석은 문 앞에서 '그 녀석이 싫다고 하면 무조건 관두기야.'라는 엄포를 놓고 집을 나섰다.

어제 밤새 생각해 본 결과, 이제까지 한 번도 무언가를 해 보고 싶다고 먼저 말하지 않았던 그녀가 처음으로 하고 싶다는 일을 제 손으로 막고 싶지 않았다. 가예에게 제일 많은 상처를 주었던 자신이 남편이라는 이유만으로 그녀가 하고 싶다는 일을 막는다는 건 본인이 생각해도 어처구니없을 만큼 이기적인 생각이었다.

그의 말을 듣고 걱정이 가신 가예는 약속한 강습 날짜는 아니었지만, 이야기를 확실히 해 두기 위해 베이커리로 향했다.

장사를 일찍 끝내고 가게 정리를 하고 있던 기환은 다신 오지 않을 줄 알았던 가예의 등장에 놀란 눈으로 그녀를 바라봤다. 게다가 아무렇지 않은 표정으로 생긋 웃는 그녀의 표정은 마치 어제 일을 까맣게 잊어버린 사람 같기도 했다.

"가예 씨, 일단 앉으세요."

가게로 들어오자마자 빵이 아닌 자신에게 시선을 두던 가예를 본 기환은 그녀가 온 이유가 빵 때문이 아니라는 걸 알아차렸다.

기환은 따뜻한 코코아를 타 와 그녀에게 건넸다. 사람을 기분 좋게 만들어 주는 달콤한 코코아 맛에 미소 짓는 가예를 보던 기환은 잠시 뜸 들이다 말을 꺼냈다.

"아무래도 여기서 제빵 배우는 건 무리겠죠?"

"그렇게 생각하실 것 같아서 강습 전에 온 거예요. 저, 여기서 배울 거예요."

호텔 정문 앞에서 마주친 자신과 태석 사이의 기류는 누구나 느낄 정도로 싸늘했고, 가예가 자신에게 빵을 배운다는 사실을 안다면 태석이 그냥 넘어가지 않을 거라는 당연한 생각이 들었다. 그래서 가예가 제빵을 배우러 오지 않을 것은 물론이거니와, 다시는 자신의 베이커리에 들르지 않을 거라고 확신했지만, 그 예상은 보기 좋게 빗나가고 말았다.

"사이가 안 좋다는 이야기는 전해 들었어요."

기환은 가예가 어디서부터 들었고, 알고 있는지에 대해 도통 감을 잡기 어려웠다. 자신이 아는 태석이라면 절대 구구절절 지난 일을 설명하지 않았을 게 분명했다.

"그래도 사장님만 괜찮으시다면 전 여기서 배우고 싶어요."

제법 의지가 확고한 가예의 대답에도 기환은 망설였다.

"태석이가 안 괜찮을 거예요."

"태석 씨는 여기서 괜찮다고만 하면 배워도 상관없다고 했어요."

"태석이가요?"

가예가 느릿하게 고개를 끄덕였다.

지난밤, 그의 품에 안겼던 때가 아직도 꿈만 같았다. 울컥한 자신의 등을 아무 말 없이 한참을 다독거리던 태석은 '믿어.' 라는 한마디만 남겼다. 그 믿는다는 말이 자신을 믿는다는 말인지, 자신을 믿으라는 말인지 알 수 없었지만 차오르던 그녀의 눈물을 막는 데는 톡톡한 역할을 했다.

"그이는 제가 설득했으니까, 사장님만 결정해 주시면 돼요."

기환은 식어 버린 아메리카노를 입에 대며 잠시 시간을 끌었다.

태석을 마주하기 전에는 줄곧 그를 미워하고 있다고만 생각했다. 그러나 변하지 않은 친구의 얼굴을 바라본 순간, 원망과 미움보다 반가움이 더 컸음을 부정할 수 없었다. 가예를 소개하는 그의 행동에 지난날이 떠올라 잠시 욱하긴 했지만, 집으로 돌아와서 한참을 후회했다.

벌써 2년이나 지난 일인데. 그렇다고 태석이 평생 윤주를 못 잊고 그리워하며 살길 바란 것도 아닌데. 게다가 자신이 태석에게 화낼 자격이 없음을 집에 와서야 깨달은 기환은 시간을 되돌리고 싶을 정도였다.

"가예 씨."

"네?"

"앞으로 잘해 봐요. 우리."

결국, 기환은 가예에게 손을 내밀었다. 아무리 밉고 싫은 태석 이지만 이제껏 남편을 거론하며 짓던 수줍은 미소는 가예가 제 친구를 진심으로 사랑하고 있는 증거였다. 게다가 태석과 적잖은 마찰을 내며 여기까지 찾아올 용기를 낸 그녀를 매정하게 돌려세 울 수 없었다.

"열심히 배우겠습니다, 사장님."

"그렇게 부르지 말고 편하게 이름 불러 주세요. 그런 호칭 너 무 쑥스럽네요."

사실 한두 번 들어 본 호칭이 아니었음에도 친구의 아내이기도 한 그녀에게 꼬박꼬박 사장님이라는 말을 듣기엔 영 어색했다.

"그럼 저도, 기환 씨라고 부를게요."

자신이 얼마나 치졸한 사람인지도 모르고, 이름을 부르며 덥석 제 손을 잡는 가예의 행동에 기환은 어색한 웃음을 흘릴 수밖에 없었다.

❖❖❖

오늘은 윤베이커리에서 세 번째 제빵 수강을 받는 날이었다.

그사이 빵을 반죽하는 데 익숙해진 가예는 지난 강습부터 본격적으로 빵 굽는 법을 하나씩 배우기 시작했다. 아직 그의 옆에서 보조를 해 주는 정도였지만, 능숙하게 반죽을 치며 모양을 내고 구워 내는 과정을 지켜보는 것만으로도 큰 도움이 됐다.

"가예 씨, 어때요? 할 만해요?"

"네, 재밌어요."

오늘 그들이 만든 빵은 기환이 최근 가게에 새롭게 선보였던 무화과 호밀빵이었다. 가예는 태석에게 자신이 만든 빵을 처음으로 맛보일 생각으로 마음이 들떴다.

"가예 씨가 만든 건 내가 오븐에 넣을 테니까 진열대에서 바구니 좀 갖다 줄래요?"

"그럴게요."

가예는 손을 탁탁 털며 가게 진열대로 나갔다. 그런데 미처 블라인드를 내리지 않은 창문으로 카메라를 든 채로 가게 주변을 배회하는 사람들이 보였다. 담배를 피우며 슬쩍 가게를 쳐다보던 일행 중 한 사람은 가게 안에 있는 가예와 눈이 마주치자 담배를 바닥에 버리며 급하게 창문을 두드렸다.

"문 좀 열어 주세요!"

그의 입 모양이 그렇게 말하고 있었다. 가예는 크게 당황한 얼굴로 도망치듯 빵을 굽고 있는 기환에게 갔다.

"저…… 기환 씨."

"네?"

"밖에 어떤 사람들이 가게를 찾아왔는데요. 아무래도 방송국인 것 같은데……."

"방송국이요?"

말을 전해 들은 기환은 눈을 깜빡이며 가예와 함께 가게로 나갔다. 그러자 그 사람들은 기다렸다는 듯 유리문 밖에서 기환을 카메라에 담기 시작했다.

기환은 상황을 파악하기 위해 일단 문을 열고 밖으로 나갔다. 선두에서 그를 지켜보던 여자와 꽤 오래 대화를 나누던 기환은 복잡 미묘한 표정으로 가게로 들어왔다.

"뭐라고 해요?"

"인터넷에서 보고 촬영 왔대요."

"촬영이요?"

기환은 고개를 끄덕이며 며칠 전의 일을 회상했다.

"며칠 전부터 가게랑 빵을 찍는 손님들이 여럿 있었거든요. 아무래도 그분들이 사이트에 올리셨나 봐요. 맛집으로 소개하고 싶어서 찾아왔대요."

가예에게 설명을 마친 기환의 표정이 마냥 기쁘지만은 않았다. 지금 그는 혼자 빵을 만들어서 팔고 있기 때문에 빵의 종류와 개수가 많지 않은 데다가, 지금 찾아오는 단골들만으로도 오후 마감 시간이 되기도 전에 문을 닫곤 했다. 그런데 만약 가게가 방송에 나오게 된다면 오후에 찾아오는 단골들에게는 빵을 보여 주지도 못하고 가게 문을 닫아야 할 수도 있었다.

아직 밖에 있는 방송국 촬영팀은 그의 결정만을 기다리고 있었다.

"가예 씨 생각은 어때요?"

기환이 무화과 호밀빵에 이어 자신의 결정에 참고하기 위해 가예에게 의견을 물었다.

"더 유명해지셔서 가게 확장도 하시고 직원도 두셔야죠. 그렇게 되면 매번 시간에 안 쫓기고 윤베이커리 빵 먹을 수 있으니까 좋을 것 같은데요. 아마 다른 단골손님들도 다 저처럼 생각해 주실 거예요."

사실 가게 확장에 대한 욕심이 없다고는 할 수 없었다. 용기를 북돋아 주는 가예의 말에 고개를 끄덕인 기환은 결국 촬영팀을 가게로 들였다. 아까 기환과 이야기를 나누던 여자는 그에게 꾸벅 고개를 숙였다.

"촬영 허락해 주셔서 감사합니다. 간단하게 사장님 인터뷰만 하면 되니까 오래 걸리진 않을 겁니다."

"네, 알겠습니다."

미리 잠입 취재로 윤베이커리의 빵을 촬영해 놓았던 그들은 능숙하게 촬영 준비를 시작했고, 미안하다는 표정으로 가예를 바라봤다.

"미안해요, 가예 씨. 기다리게 해서 어쩌죠?"

"어차피 오븐에 구워져 나올 때까지 시간 걸리잖아요. 편하게 촬영하세요."

"금방 끝난다니까 조금만 기다려요."

"네, 저는 주방에 있을게요."

가예는 촬영에 방해가 되지 않게 주방으로 들어가서 빵을 반죽하느라 이리저리 어질러져 있는 테이블을 치우고 설거지를 시작했다. 반죽할 때 자신이 썼던 볼을 닦는 가예는 얼른 빵이 다 구워졌으면 좋겠다는 기분 좋은 생각을 하며 콧노래를 흥얼거렸다.

그때, 무화과 호밀빵의 완성을 알리는 오븐 소리가 들렸다. 주방을 쩌렁쩌렁하게 울리는 오븐 소리에 깜짝 놀란 가예는 촬영에 방해될까 봐 서둘러 오븐을 열었다. 가예는 반대편에 있던 오븐장갑을 보지 못하고 근처에 놓여 있던 마른 행주로 쟁반 끄트머리를 잡아 끌어 내렸다.

"앗……!"

그러나 달궈진 오븐에 한참 있었던 쟁반은 그녀가 생각하는 것보다 훨씬 뜨거웠다. 손끝으로 전해져 오는 뜨거운 쟁반의 열기에 놀란 가예가 본능적으로 빵을 떨어뜨려서는 안 된다는 생각에 곧장 뒤에 있는 테이블로 몸을 틀었다.

쟁반은 그녀의 왼쪽 손등을 스치고는 우당탕탕 소리를 내며 테이블에 떨어지듯 놓였다. 다행히 빵은 떨어뜨리지 않았지만 쟁반에 덴 그녀의 손등이 후끈거렸다.

요란한 소리와 가예의 짧은 비명에 놀란 기환이 서둘러 주방으로 들어왔다. 손등을 어루만지고 있는 가예를 본 기환은 둥그레진 눈을 하고 그녀에게 다가갔다.

"데였어요?"

"아, 아니에요. 조금 닿았을 뿐인데……."

그러나 조금 닿았다는 가예의 말과는 달리 그녀의 손등은 그새 빨갛게 부어올라 있었다. 기환은 가예를 붙들고 재빨리 싱크대로 가서 흐르는 찬물에 그녀의 손등을 갖다 댔다. 자세히 보니 손끝도 부어 있었다.

손등의 쓰라림에 가예가 손을 아예 빼려고 하자, 기환은 손에 힘을 주고 가예의 손을 움직이지 못하게 막았다.

"빼지 마요. 안 그러면 진짜 화상 입어요."

"전 괜찮으니까 얼른 다시 나가서 인터뷰하세요."

다른 한 손으로 제 등을 떠미는 가예 때문에 기환은 할 수 없이 다시 가게로 나갔다. 인터뷰를 하고 있던 촬영팀은 갑작스러운 소란에 주방을 살피며 물었다.

"무슨 일 있으세요?"

"제빵 배우는 분이 손을 데어서요."

"아까 그 여자분이요? 빨리 병원부터 보내셔야 하는 거 아니에요?"

"저, 그럼 잠깐 실례 좀 하겠습니다."

기환은 다시 가예가 있는 주방으로 갔다. 그녀는 여전히 흐르는 물에 손을 대고 있었지만, 시선은 오직 무화과 호밀빵에 가 있었다. 발을 동동 구르며 흐트러진 무화과 호밀빵을 바라보는 가예를 지켜보고 있자니 기환의 입가에 헛웃음이 절로 터져 나왔다.

"이 빵이 그렇게 걱정돼요?"

"인터뷰 안 하시고 여기 왜 또 오셨어요."

"지금 당장 병원부터 가요."

병원이라는 말에 가예가 고개를 가로저으며 싱크대 물을 껐다.

"살짝 데인 것뿐이에요. 찬물에 씻었으니까 이제 괜찮을……."

"그럼 내가 태석이 볼 면목이 없잖아요. 얼른 한서병원으로 가요."

"정말 괜찮은데……."

"마음 같아서는 같이 가 주고 싶은데, 촬영이 당장 이번 주 방송이라 오늘 아니면 시간이 없대요. 같이 병원 못 가 줘서 어쩌죠? 진짜 미안해요, 가예 씨."

미안해하는 기환을 본 가예가 두 손을 가로저으며 어색하게 웃었다.

"아니에요. 제 실수로 다친 건데 미안해하지 마세요."

장갑을 끼지 않은 제 무지를 탓한 가예의 어깨가 축 늘어져 있었다. 병원을 가기 위해 주방에서 나가는 그녀의 뒷모습을 지켜보던 기환이 그녀를 불러 세웠다.

"가예 씨, 잠깐만요."

"네?"

기환은 미리 준비해 둔 포장용 봉지에 그녀가 만든 무화과 호밀빵을 담아 그녀의 오른손에 들려 주었다.

"손등 데면서까지 만든 건데 챙겨 가야죠."

일부러 짓궂게 말을 꺼낸 기환의 입꼬리가 올라가자 가예의 얼굴에 안도의 빛이 돌았다.

"감사합니다."

"얼른 병원 가요."

가예는 기환에게 꾸벅 고개를 숙이곤 가방과 외투를 챙겨 가게를 나섰다.

인터뷰가 길어져서 죄송하다는 의미로 촬영팀에게 자신이 만든 무화과 호밀빵을 선보인 기환은 그들의 낯부끄러운 칭찬을 한참 동안 받아야 했다.

30분 정도 진행된 인터뷰가 끝나고 가게 문을 닫은 기환은 불을 끄고 잠시 자리에 앉았다. 그리고 주머니에 넣은 휴대폰을 만지작거렸다. 번호가 바뀌었을까, 아니면 기억하고 있는 그 번호 그대로일까.

잠시 망설이던 기환이 결국 머릿속에 떠오르는 번호를 눌러 휴대폰을 귓가에 가져다 댔다.

「무슨 일이야.」

굳이 통성명을 하지 않아도 전화를 건 사람이 자신임을 아는 목소리에서 기환이 가느다랗게 한숨을 쉬었다.

"가예 씨가 다쳤어."

그래서 기환도 본론부터 꺼냈다. 다쳤다는 이야기를 듣자마자 휴대폰 너머로 초조한 태석의 목소리가 들려왔다.

「어딜? 많이 다쳤어? 지금 어디 있는데? 베이커리야?」

쉴 새 없이 질문을 쏟아 내는 태석의 표정이 어떨지 안 봐도 알 것 같았다. 기환은 미안함이 역력한 표정으로 말을 꺼냈다.

"손등을 데었어. 지금 한서병원에 있을……."

기환의 말이 다 끝나기도 전에 전화는 끊겼다.

인터뷰가 끝나자마자 가예에게 가 볼까도 했지만, 자신이 가는 것보다 태석이 그녀에게 가는 편이 훨씬 나을 거라는 결론이 섰다. 다친 와중에도 무화과 호밀빵에서 시선을 떼지 못하던 가예와, 그녀가 다쳤다는 말에 이것저것 다급하게 묻던 태석의 목소리를 동시에 떠올린 기환은 전보다 조금 가벼워진 얼굴로 자리에서 일어났다.

5화. 한발 늦어 버린 진심 때문에

가예는 붕대를 감은 제 왼팔을 살피며 진료실에서 나왔다.

다행히 손등의 화상이 심한 정도는 아니라 며칠 병원에 와서 치료를 받는다면 흉터 지지 않고 금방 나을 수 있다고 의사는 말했다. 그러나 하필 왼쪽 손등을 다친 바람에 왼손잡이인 그녀는 감은 붕대를 풀기 전까지는 꼼짝없이 오른손으로 생활해야 했다.

구부러지지 않는 오른 검지와 중지에 힘을 주느라 얼굴을 찡그리며 앞을 걷던 가예의 걸음이 돌연 멈췄다. 어딘가 낯익은 남자 구두였다.

가예가 위를 올려다보자, 언제 온 건지 그녀의 처방전으로 보이는 종이를 한 손에 들고 태석이 사나운 표정으로 서 있었다. 그를 발견한 가예의 눈이 커졌지만 태석의 시선은 가예의 얼굴에서 붕대를 감은 그녀의 왼손으로 향했다.

"여긴 어떻게 알고 왔어요?"

"이 정도 명분이면 제빵 배우지 말라고 해도 될 것 같네."

태석의 말에 가예가 입술을 쭈뼛쭈뼛 내밀며 대구를 피했다. 잘할 수 있다고 호언장담하며 시작한 제빵 강습에서 일주일이 지나자마자 기다렸다는 듯 사고를 치고 말았으니 변명의 여지가 없었다.

태석은 한 걸음 다가가 그녀의 왼쪽 손목을 살짝 들어서 이리저리 살폈다.

"많이 데었어?"

"아니에요. 관리 잘하면 흉터도 안 진다고 했어요."

가예는 괜찮음을 강조하기 위해 왼손을 이리저리 돌려 보며 어색하게 웃었지만, 흉터라는 단어에 곱게 뻗은 태석의 눈매가 다시 날카롭게 떠졌다.

"약국부터 가자."

고개를 끄덕인 가예는 태석의 뒤를 쫄래쫄래 따라갔다. 약사에게 처방전을 내미는 태석의 널찍한 등 뒤에 선 가예는 연신 그의 눈치를 살폈다. 사이도 좋지 않다면서 태석에게 연락을 해 놓은 기환이 괜스레 원망스러워지는 순간이었다.

약과 연고를 받아 든 태석은 주차장으로 가는 길까지 가예를 자신의 오른편에 세워 그녀의 왼손을 보호했다. 굳이 이렇게까지 안 해도 된다는 말을 하고 싶었지만, 그 말을 꺼내는 순간 태석의 씰룩거리는 눈썹을 다시 보게 될 것 같아서 가예는 그가 시키는 대로 고분고분 따를 수밖에 없었다.

그와 함께 있는 시간 동안 이어지는 침묵은 가예에겐 여전히 괴롭고 불편한 일이었다. 2년 동안 그의 침묵에 익숙해졌다고 생각했는데 몇 주 동안 그와 잦은 대화를 나누어서 그런지 아무 말 않고 묵묵히 길을 걷는 태석이 답답하게 느껴졌다.

차 앞까지 한 마디도 않던 태석이 조수석 문을 열어 주자, 가예는 차에 타지 않고 그대로 섰다.

"안 타?"

"회사는 어떻게 하고 왔어요? 나는 택시 타고 갈 테니까 신경 쓰지 말고……."

"주가예."

가을바람 같은 서늘한 태석의 목소리에 가예가 움찔했다. 성을 떼고 가예라고 부르는 그의 목소리에도 가슴이 쿵쿵 떨렸지만, 태석이 낮은 목소리로 남을 대하듯 제 이름을 부를 때마다 가예는 다른 의미로 가슴이 떨렸다.

"이럴 땐 신경 쓰지 말라고 하는 게 아니라, 걱정하지 말라고 하는 게 맞는 거야."

말하고자 하는 바를 이해하지 못한 표정으로 가예가 멀뚱히 서 있자, 태석은 그녀를 밀어 넣듯이 조수석에 태우고 문을 닫았다.

신경 쓰지 말라. 걱정하지 말라. 늘 입버릇처럼 자신은 안중에 없어도 괜찮다는 투로 말하는 가예가 오늘따라 더 못마땅하던 태석은 긴장으로 파삭 마른 입술을 깨물었다.

번번이 자신의 호의를 밀어내는 기분을 느끼는 것도 싫었다. 신경 쓰지 말라는 말을 다시 철석같이 믿으면 어쩌려고.

운전석에 탄 태석은 미처 챙기지 못하고 차에 두었던 휴대폰을 들어 어딘가로 전화를 걸었다. 붕대를 만지작거리던 가예는 제 귀에 닿는 전자기기의 감촉에 흠칫 놀라 태석을 바라봤다.

"나 보는 앞에서 전화해."

무슨 말이냐고 묻기도 전에 달칵 하는 소리와 함께 남자의 목소리가 고요한 차 안을 울렸다.

「여보세요?」

"여보세요?"

「가예 씨예요?」

"아……."

그제야 태석이 걸어 준 전화의 주인공을 알아차린 가예는 태석이 귀에 대 주는 휴대폰을 오른손으로 잡아 오른쪽 귀로 옮기려고 했다. 그러나 그는 단호한 표정으로 휴대폰을 잡으려는 가예의 손을 허공에서 잡아채 가지런히 그녀의 무릎에 내려놓았다. 창문이 있는 오른쪽으로 휴대폰을 갖다 대면 태석에게 대화 내용이 잘 들리지 않기 때문이다.

「여보세요? 가예 씨?」

반대편에서 기환이 되묻자 가예는 정신을 차리고 어색하게 말을 이었다.

"아, 네. 기환 씨. 병원에 다녀왔어요. 손은 멀쩡해요."

멀쩡하다는 가예의 천연덕스러운 거짓말에 태석의 눈이 다시 치켜떠졌다. 기환을 걱정시키지 않으려는 그녀의 말이 거슬린 탓이었다.

「정말 괜찮은 거예요?」

"그럼요. 정말 괜찮……."

다고 말하려는 순간, 가예의 귀에서 휴대폰이 떨어졌다. 대책 없이 휴대폰을 뺏긴 가예가 인상을 찡그리자 태석은 손에 쥔 휴대폰을 들고 차에서 내렸다.

"괜찮지 않아. 손에 붕대를 칭칭 감았어."

따라 내리려고 하는 가예에게 눈빛으로 엄포를 놓은 태석은 창문을 주시하며 계속 말을 이었다.

"당분간 강습 받는 건 힘들 것 같은데."

「그래야지. 우선 낫는 게 중요하니까.」

"이참에 다른 수강생 구하는 게 어때? 수강료도 안 받는다며."

「너 때문에라도 난 꼭 가예 씨만 가르쳐야겠다.」

띠링, 하는 소리와 함께 기환은 심술궂게 본인 할 말만 남긴 채 전화를 끊었다. 마음에 안 드는 대답을 들은 태석이 굳은 표정으로 통화를 마치고 다시 차에 타자, 가예가 눈을 가늘게 뜨며 그에게 한 소리를 했다.

"기환 씨한테 뭐라고 했어요?"

"다른 수강생 구하라고 했어."

"뭐라고요? 그래서요?"

"진지하게 생각해 보겠다고 하던데."

태석의 거짓말에 홀랑 속아 넘어간 순진한 가예는 진짜냐고 몇 번이나 되물었다. 그러나 태석은 어깨를 올리며 애매모호한 행동으로 대답을 대신하고는 차를 출발시켰다.

가예만 집으로 바래다주고 다시 회사로 돌아갈 줄 알았던 태석은 주차장에 차를 주차하고 집으로 들어왔다. 소파에 재킷을 벗어 두는 태석을 본 가예가 눈을 동그랗게 떴다.

"회사 안 들어가요?"

"지금 회사 가면 퇴근 시간이야. 다시 갈 이유가 없지."

가예는 그제야 벽시계를 확인했다. 병원에서 진료를 기다리는 데 너무 많은 시간을 소비하는 바람에 벌써 오후 5시였다. 점심도 거른 채 빵을 구웠던 가예는 금방이라도 꼬르륵 소리를 낼 것 같은 배를 가리며 서둘러 안방으로 피신했다.

평소 집에서 입는 편한 옷으로 갈아입으려던 가예가 윗옷에 고개를 넣는 순간 멈칫했다. 붕대 때문에 전처럼 편하게 옷을 갈아입기가 힘들었다.

끙끙대며 한참 만에 옷을 갈아입은 그녀는 내일 당장 의사 선생님에게 붕대를 풀어 달라 말해야겠다고 생각하며 주방으로 향했다.

가예는 제일 먼저 냉장고를 살폈다. 그러나 강습 받고 나서 마트에 들러 저녁을 준비할 예정이었던지라 냉장고에는 저녁으로 대체할 만한 음식이 없었다.

그때 냉장고 옆 테이블에 있던 음식 배달 책자가 눈에 띄었다.

태석은 갑작스럽게 중단된 회의는 내일 다시 진행하겠다는 내용의 문자를 최 팀장에게 전달하고 옷을 갈아입었다.

가예가 다쳤다는 기환의 전화를 받자마자 그는 무언가에 홀린 사람처럼 정신없이 회사를 나왔다. 그것도 회사가 사활을 걸고 있는 Z5의 속도 저하 단점 브리핑 중이었다. 무슨 정신으로 운전을 해서 병원에 도착했는지 태석도 기억나지 않았다. 가예가 무사한 걸 눈으로 확인하고 집에 도착하고 나서야 그는 바짝 긴장한 몸에 힘을 풀 수 있었다.

태석이 거실로 나가자 가예는 불편한 팔로 주방에서 분주하게 움직이고 있었다.

"무리하지 말고 앉아 있어."

"괜찮아요. 태석 씨 배고프죠?"

밥 먹는 것을 생존의 수단 정도로만 여기는 태석은 끼니를 걸러도 상관없었지만 가예는 처방받은 약을 먹으려면 반드시 밥을 먹어야 했다.

"집에 밥 있어?"

"아니요. 그래서 내가 배달시켰어요."

"배달?"

잠시 후 초인종이 울렸다. 가예 대신에 문을 연 태석은 철가방을 들고 거침없이 제집인 양 안으로 들어오는 배달원의 행동에 눈살을 찌푸리며 한 걸음 뒤로 물러섰다.

시큰둥한 표정의 배달원은 자장면과 볶음밥, 짬뽕 국물을 바닥에 던지듯 내려놓더니 계산을 끝내자마자 쿵, 하고 문을 부술 듯이 닫고 사라졌다. 가예가 다가와 한 손으로 뜨거운 짬뽕 국물을 들려고 하자 태석이 받아 들며 그녀를 말렸다.

"내가 할게."

"그럼 내가 식탁 좀 치울게요."

가예는 불편한 오른손으로 수저와 앞접시를 꺼내 식탁에 두었다. 태석은 가져온 중국요리의 비닐을 뜯으며 물었다.

"이게 먹고 싶었어?"

"이 근처까지 배달되는 데는 초밥이랑 중국집뿐이거든요. 태석씨는 초밥 안 먹잖아요."

말캉거리는 식감을 좋아하지 않으니 당연히 태석에게는 초밥역시 달가운 음식이 아니었다. 그런데 자신이 앉는 테이블에만 수저와 앞접시가 놓여 있자, 태석이 자리에 앉으며 고개를 갸웃거렸다.

"당신은? 안 먹어?"

가예가 잠시 망설이다 대답했다.

"나는 이따가 먹을게요."

"이따가 언제? 설마 이걸 나 혼자 다 먹으라는 거야?"

오른손으로 하는 젓가락질이 불편해서, 분명 그의 앞에서 다소곳하게 식사를 하지 못할 것 같아 가예는 자리를 피하려고 했었다. 그러나 그가 혼자 식사를 하게 두는 것도 마음에 걸렸다. 혼자 밥을 먹는 것이 얼마나 쓸쓸한 일인지 2년 동안 겪어 봤기에 그걸 태석에게까지 겪게 하고 싶지 않았다.

가예는 결국 수저통에서 포크와 앞접시를 가지고 와서 그의 앞에 앉았다. 자장면을 스파게티 먹듯 먹으면 될 거라는 안일한 생각으로 자장면에 포크를 두고 돌돌 말아 봤지만 매끄러운 면발은 그녀를 비웃기라도 하듯 포크에 쉽게 감기지 않았다.

태석은 입을 앙다물고 집중하며 자장면을 말아 올리려는 가예의 모습이 귀엽기도 하고, 도움을 요청하지 않는 그녀에게 살짝 서운해 가만히 지켜보고만 있었다.

가예는 안 되겠는지 포크를 내려놓고 수지통에서 젓가락을 꺼내 들고 다시 자리에 앉았다.

"으아!"

결국, 일이 터지고 말았다. 가예의 엄지와 검지에 낀 젓가락 사이에 위태롭게 껴 있던 면발이 내려감과 동시에 양념이 파팍 튀며 사방으로 날아갔다. 다행히 태석에게까지 튀진 않았지만, 그녀의 베이지색 티셔츠에는 얼룩덜룩 검정 자장 양념이 튀었다.

울상을 짓는 가예의 표정을 본 태석이 저도 모르게 숨기지 못한 웃음을 터뜨렸다. 그의 시원한 웃음소리에 민망해진 가예는 곧장 티슈를 뽑아 식탁부터 닦았다.

"웃지 마요!"

"어떻게 안 웃어? 주가예의 흐트러진 모습을 처음 봤는데."

웃음을 머금은 목소리로 대답한 태석은 자신의 앞에 놓여 있던 볶음밥을 한술 떠서 가예의 입으로 가져갔다.

"아."

"줘, 줘요. 내가 먹을게요."

"이번에는 밥풀도 튀기려고?"

그녀가 오른손으로 하는 엉성한 수저질은 지켜보는 사람마저 조마조마하게 만들었다. 안 튀길 수 있다는 보장도 없었지만 가예는 넙죽 그의 앞에 입을 벌리고 아― 를 할 만큼 용기 있는 여자가 아니었다.

제발 그것만은, 이라는 간절한 눈빛을 보내는 그녀를 지켜보던 태석은 들고 있던 숟가락을 내려놓았다. 그러더니 이번에는 능숙한 젓가락질로 자장면을 돌돌 말아 가예에게 보여 줬다.

"둘 중에 골라. 볶음밥, 자장면."

그의 앞에서 무언가를 먹긴 먹어야 했다. 가예는 할 수 없이 그가 들고 있던 자장면을 가리키며 조그맣게 입을 벌렸다.

"아."

혹시나 입에 묻기라도 할까 봐 조심조심 자장면을 입에 넣은 가예는 오랜만에 먹는 자장면 맛이 만족스러운 듯 입을 오물거리며 행복한 미소를 지었다. 시시각각 변하는 그녀의 표정을 지켜보던 태석은 흐뭇하게 웃으며 그제야 자신도 자장면을 맛보았다.

"맛있죠?"

"응, 맛있네. 시켜 먹었던 적 있어?"

"이 집은 자장면 하나는 배달이 안 되거든요. 나 혼자 두 개 시킬 순 없어서 못 먹어 봤는데, 진짜 맛있네요."

그 말에 태석이 뜨끔했다. 보통의 부부였다면 진작, 언제라도 먹어 봤을 자장면. 혼자였기 때문에 그동안 먹어 보고 싶었던 자장면을 못 먹었다는 가예의 말에 그는 숙이고 있던 고개를 쉽게 들 수가 없었다.

혼자, 하나라는 단어에 익숙해져 버린 가예의 모습은 상처가 곪다 못해 무뎌져 그것이 상처임을 알지 못하는 사람 같았다. 태석은 그 모습을 모두 자신의 탓이라고 생각했고, 이미 한발 늦은 후회라는 것도 알고 있었다.

태석이 생각을 멈추고 고개를 들었을 때, 가예는 자신이 먹고 싶은 단무지를 숟가락으로 들어 올려 한 입 아삭 베어 물었다. 그의 생각을 방해하지 않으려 아무 말도 하지 않았지만, 그녀의 눈은 연신 자장면을 향하고 있었다. 그 모습을 본 태석은 다시 한번 자장면을 돌돌 말아 가예에게 건넸다.

"자."

한 번이 어려울 뿐, 두 번은 쉬웠다. 가예는 언제 부끄러웠냐는 듯이 자장면을 받아먹었다. 그러나 태석이 주는 자장면만 받아먹으려니 자꾸 감질이 났다. 아, 젓가락으로 후루룩 먹고 싶다.

가예는 중국집에서 준 포장된 나무젓가락을 하염없이 바라봤다.

"이제 볶음밥 먹어. 자장면 안 줄 거야."

"태석 씨 먹으라고 볶음밥 시킨 거예요."

"약 먹어야 될 사람은 당신이잖아. 밥을 먹어야지."

태석은 적당히 자장 양념을 섞은 볶음밥을 한술 떠서 그녀에게 건넸다. 떠 준 성의를 생각해서 못 이기는 척 엉거주춤 볶음밥을 받아먹은 가예는 숟가락을 오른 엄지와 검지 사이에 끼며 흔들어 보였다.

"젓가락은 힘들어도 숟가락은 능수능란해요."

그러고는 보란 듯이 숟가락으로 짬뽕 국물을 떠서 먹으려는 가예의 행동에 태석은 저도 모르게 몸을 뒤로 빼며 경계 태세를 갖췄다. 큰소리치긴 했지만 흘리지 않을 거라는 것에 본인 역시 확신이 없던 가예는 그의 경계 태세에 픽 웃으며 숟가락을 내려놓고 아예 그릇을 들어 짬뽕 국물을 후루룩 마셨다.

처음 본 그녀의 스스럼없는 행동에 태석의 입꼬리가 보기 좋게 말려 올라갔다.

병원에서 하루 정도 붕대를 하는 것이 좋겠다는 이야기를 들었을 때, 가예는 제일 먼저 집안일을 걱정하며 불편할 것 같다고 중얼거렸다.

그런 그녀에게 의사는 '발 데이지 않은 게 어디예요.'라며 최선의 위로를 건넸지만, 욕실 거울 앞에 선 가예는 차라리 발을 데였으면 하는 마음이 들 정도였다. 하필이면 주로 쓰는 왼손을 전혀 쓸 수 없으니 활동하는 모든 것이 불편했다.

밥 먹는 데 이어 이번에는 씻는 것이 말썽이었다. 개운하게 샤워를 하고 싶었지만 당장 옷을 벗고 다시 입는 것이 엄두가 안 나 샤워할 용기가 나지 않았다. 샤워는 고사하고, 간단하게 고양이세수만 해야 할 노릇이었다.

욕실 거울 앞에 서서 이 난항을 어떻게 피해 가야 할지 고민하던 찰나, 똑똑 노크 소리가 들렸다. 중국집 그릇을 내다 놓고 부엌을 치운 태석은 주저함이나 망설임을 거치지 않고 물었다.

"씻는 거 도와줘?"

아무리 태석의 입장에서 순수하게 물어본 질문이라고 해도, 그를 좋아하는 가예의 귀엔 절대로 순수하게 들리지 않았다. 얼굴이 점점 화끈거려짐을 느낀 가예는 그에게 홍당무가 된 얼굴을 들키기 싫어 고개를 절레절레 흔들며 일부러 물을 틀었다.

"괜찮아요! 얼른 나가요!"

"정말 괜찮겠어?"

가예는 아플 정도로 고개를 세게 끄덕였다. 뜻이 분명한 그녀의 거절에 태석이 잠자코 문을 닫자, 안도의 숨을 쉰 가예는 우선 왼팔을 뒤로 했다.

세면대에 물을 받아 놓은 가예는 조막만 한 오른손으로 물을 떠서 제 얼굴에 마구 물을 묻혔다. 그러나 여기서 끝이 아니었다. 설상가상 폼클렌징을 손에 짜는 것도 문제였다.

"세면대에 짜 놓은 다음에, 이걸 손가락으로 닦아 쓰면 되겠다!"

스스로 생각해 낸 비상한 꼼수에 감탄하며 가예가 폼클렌징을 세면대에 짜려는 순간, 느닷없이 욕실 문이 벌컥 열렸다.

"엄마야!"

씻겨 주기를 쉽게 포기한 줄 알았던 태석은 안에서 아무 소리도 들리지 않자 불안해진 마음에 혹시라도 그녀가 다쳤을까 봐 벌컥 문을 연 것이다. 세면대에 폼클렌징을 짜려고 자세를 잡은 상태에서 태석과 눈이 마주친 가예가 머쓱하게 웃으며 허리를 곧게 폈다.

태석은 무표정한 얼굴로 욕실 슬리퍼를 신고 걸어와 그녀의 옆에 섰다.

"왜 도와 달라는 말을 안 하는 거야?"

태석은 자신을 찾지 않는 가예에게 못내 서운한 마음이 들었다. 가예는 손바닥을 내밀며 멋쩍은 웃음을 지었다.

"이 정도는 괜찮잖아요."

"세면대에 폼클렌징을 짜고 있는 게 괜찮은 거야?"

이제 와 무슨 참견이냐 소리를 들어도 시원찮을 판에, 태석은 오히려 핀잔스러운 말로 그녀를 쏘아붙였다. 태석은 눈앞에 펼쳐진 가예의 손바닥에 폼클렌징을 짜려다 말고 제 손에 물을 묻혔다.

"이걸 내 손에 묻혀서 닦아 준다고 하면……."

가예는 기겁하며 그가 잡고 있던 폼클렌징에 힘을 줘서 제 손바닥에 푹 짜더니 한 발자국 뒤로 물러났다.

"고마워요! 이제 나 혼자 충분해요. 얼른 나가요!"

가예는 붕대를 한 손으로 그의 등을 마구 떠밀었다. 순순히 밀려나던 태석은 욕실 문을 닫으려는 그녀의 손목을 붙잡았다.

"필요하면 불러. 안 부르면 내가 또 언제 들이닥칠지 모르니까."

가까스로 욕실에서 태석을 쫓아낸 가예는 그와의 실랑이로 온몸에 힘이 빠졌다. 다시 거울 앞에 선 그녀는 자신의 볼과 이마, 코를 순서대로 폼클렌징을 묻혔다. 평소 같으면 두 손으로 잔뜩 거품을 내서 얼굴을 문질러 개운한 세수를 했겠지만, 한 손이다 보니 그렇게 마구잡이로 세수를 하면 나중에 거품을 닦아 내는 데 더 골치가 아파질 것 같았다.

거울을 보며 제 볼에 동글동글 클렌징 거품을 내던 가예는 잠시 고개를 돌려 굳게 닫힌 욕실 문을 바라봤다.

"갑자기 왜 이렇게 친절한 거야."

그가 천천히 자신에게 다가와 주는 게 좋다가도 싫었고, 싫다가도 좋았다. 그의 갑작스러운 다가옴을 감당할 자신도 없었지만 이제 다시 예전처럼 그와 멀어진다면 전보다 더욱 태석이 미워질 것 같았다.

이별을 앞둔 사이에 다시 정을 붙이고 마음을 가까이한다는 것이 얼마나 부질없는 짓인지 알지만, 누가 뭐래도 가예는 지금 이 순간이 좋았다.

이러다가 이혼하고 싶지 않다는 마음이 들어서 바락바락 우기면, 그땐 다시 예전의 차가운 한태석으로 돌아가지 않을까.

"그럼 그때 남겨진 난……."

조금 더 절절하게 태석을 사랑했으면 어땠을까. 차라리 결혼을 결심했을 때 그에게 이 결혼 생활을 잘해 보고 싶다고 말했다면 상황이 조금은 달라졌을까. 점점 그에게로 기울어 가던 마음을 깨달았을 때 솔직하게 고백했더라면 돌아봐 줬을까. 우린 눈앞에 둔 헤어짐 없이도 편하게 이야기할 수 있었을까.

끝없는 의문과 후회만이 남아 그녀의 머릿속을 맴돌았다.

가예는 복잡한 마음을 정리할 생각으로 세면대에 받아 놓은 물에 제 얼굴을 그대로 담갔다. 그동안 자신의 마음을 속인 것이 누구를 위한 연극인지조차 가물가물했다. 오히려 그 연극 덕분에 태석에게 제 진심을 말할 기회를 놓치고 말았다.

그녀는 지난 사랑의 상처가 아물지 않았던 태석을 위해서라고 말하고 있었지만, 사실은 그를 잃게 될지도 모른다는 두려움에 연극이라는 허울 좋은 핑계를 두고 도망갈 구석을 만들어 놓은 거라고 누군가가 따끔하게 말해도 부정할 수 없었다.

한참 찰랑거리는 물에 얼굴을 묻고 있던 가예는 고개를 들어 나머지 한 손으로 남은 거품을 닦아 냈다. 그리고 물이 뚝뚝 떨어지는 자신의 얼굴을 바라보던 가예가 본심을 드러냈다.

"숨기지 말걸."

그랬다면 적어도 헤어지는 이 순간에 잘해 주는 태석에 대한 미련은 없었을 것이다. 다시 돌아봐 줄지도 모른다는 철없는 기대 따위 하지 않아도 됐을 것이다. 한발 늦어 버린 진심이 그녀의 마음에 꽃잎처럼 살포시 내려앉았다.

세수를 마친 가예는 보송한 얼굴을 하고 안방으로 들어갔다. 소파에 앉아서 그녀가 나오는 모습을 빤히 지켜보던 태석은 기다렸다는 듯 자리에서 일어나 그녀를 따라 안방으로 들어갔다.

"뭐 필요한 거 있어요?"

각방을 쓴 이후로 자신이 있는 안방에 처음 들어오는 그에게 가예가 묻자, 태석은 무심히 다가와 그녀가 든 스킨을 뺏어 들었다.

"손 줘."

태석은 다소 둔한 면이 있었지만 하나를 알게 되면 열을 헤아릴 줄 아는 남자였다. 여차하면 제 얼굴에 스킨을 모조리 쏟을 뻔했던 가예는 군말 없이 그에게 다시 손을 내밀었다. 태석은 친절하게 스킨과 로션, 수분크림까지 직접 그녀의 손바닥에 덜어 주었다.

"고마워요."

"이럴 바에야 내일은 아예 내가 씻겨 주는 게 낫겠어."

낯부끄러운 태석의 말에 가예는 하마터면 딸꾹질이 나올 뻔했다.

"자꾸 놀리지 말아요!"

"언제까지 세수만 할 순 없잖아."

"의사 선생님이 내일 상태 확인해 보고 붕대 풀어 주신다고 했어요. 미미한 화상이라 연고 바르고 색소침착 안 되게만 하면 된다고요."

"내일 병원 가서 억지로 붕대 풀어 달라고 조르면 안 돼."

어린아이 대하듯 어르는 태석의 말투에 가예는 풍선에 바람이 빠지는 듯한 헛웃음을 길게 뱉어 냈다.

"피곤했을 텐데 얼른 쉬어."

"태석 씨도 나 때문에 고생했어요. 오늘 고마워요."

태석과 짧은 인사를 한 가예가 뒤돌아서 침대에 누웠다. 포근한 이불의 감촉에 금방이라도 눈꺼풀이 눈을 덮으려는데, 태석이 문밖에서 인기척을 내고 방문을 열었다. 가예가 상체를 들어 올리자, 서재에서 책 한 권을 가져온 태석이 유유히 걸어 그들이 사용하던 침대 옆 의자에 앉는 것이었다.

"지, 지금 뭐 해요?"

"잠드는 거 보고 조용히 나갈게."

잠을 자라는 건지, 말라는 건지.

가예는 완전히 몸을 일으켜 일어났다.

"아뇨. 굳이 그럴 필요까지……."

"당신 지금 한 손으로 아무것도 못 하잖아."

거절해야 한다. 냉정하게 거절해야 한다.

"자는데 한 손으로 할 게 뭐 있다고요. 난 정말 괜찮아요."

"내일 당장 윤기환 베이커리에 새 수강생들 추천해 줄까? 당신 자리 없게?"

말도 안 되는 협박이라는 걸 안다. 게다가 사이도 안 좋은 친구가 추천해 준 수강생들을 순순히 받아 줄 기환도 아니었다.

그런데도 바보처럼 그를 끝까지 밀어붙여 내보내고 싶지가 않았다. 뿌리쳐야 하는데, 아직 사랑하기에 자신에게 자꾸 다가오는 태석에게 도저히 매정하게 굴 수가 없었다.

"잠들면 나가기예요."

"알았어."

그래, 어차피 내가 설득해 봤자 안 들을 거야.

가예는 그렇게 저 스스로 변명하며 다시 침대에 가지런히 몸을 눕혔다. 슬쩍 고개를 돌려 바라보니 태석은 정말로 태연한 표정으로 앉아서 책을 읽고 있었다.

"불 꺼도 되지?"

"태석 씨 책 읽는 거 아니에요?"

"스탠드 켜면 돼."

태석은 저벅저벅 걸어가 방의 불을 완전히 껐다. 순식간에 어둠이 깃든 방 안에서는 색색대는 두 사람의 숨소리만 들려왔다. 가예는 어둠에 행여나 그가 넘어지기라도 할까 봐 곧장 옆에 두었던 휴대폰을 들어 불빛을 밝혀 주었다.

스탠드 불빛은 책을 읽기에는 그리 밝지 않았다. 평소 집에서는 안경을 끼는 그의 눈이 더 나빠질까 봐 염려됐지만, 어둠 속에서 마음껏 그를 볼 수 있다는 욕심에 가예는 잠자코 말을 아꼈다.

가예는 그가 신경 쓸까 봐 이불을 들치지도 못하고 얌전히 누워 고개만 살짝 돌려 책을 읽고 있는 태석을 가만히 바라보았다. 자는 모습이 아닌, 무언가에 몰두하고 있는 태석은 참 오랜만에 보는 것 같았다.

그와 눈을 마주치게 되면 곧장 눈을 감고 자는 척을 할 생각이었다. 매정한 건지, 다행인 건지 태석은 가예에게 눈길을 주지 않고 계속 읽고 있는 책에 집중했다.

따뜻한 침대 안에서 오늘 종일 얼어붙었던 몸의 긴장이 스르르 녹아내리는 기분이 들었다.

오늘은, 좋은 꿈을 꿀 것 같았다.

마치 상황을 의식하듯 일정하게 내뱉던 새근거리는 그녀의 숨결이 점차 불규칙해지자, 도무지 집중이 되지 않던 책을 내려놓은 태석은 뻐근한 고개를 돌리는 척 무심코 가예를 바라봤다. 자신의 등장에 잠 한숨도 못 잘 줄 알았던 그녀는 고단했는지 무척이나 곤히 자고 있었다.

태석은 그녀가 자는 침대 가까이에 조용히 의자를 옮겨다 놓고는 옆으로 몸을 돌려 앉았다.

자는 척을 하고 있다면 다가오는 기운에 벌써 잔뜩 긴장을 하고 눈을 질끈 감았을 테지만, 깊이 잠이 든 가예는 그가 제 코앞에 있는지도 모르고 무방비 상태로 새근새근 잘도 자고 있었다.

태석은 덮인 이불 사이로 나와 있는 가예의 붕대 감긴 손을 바라봤다.

저장되어 있지 않았지만, 휴대폰에 뜬 번호는 기억하지 않을 수 없는 옛 친구의 전화번호였다.

평생 보지 못할 줄 알았던 그 번호로 전화가 걸려온 순간부터 태석은 불안함에 가슴이 뛰었다.

이제껏 그녀를 제일 아프게 한 장본인이면서 가예가 손등이 데였다는 말을 들으니 울컥 화부터 났다. 아마 통화가 길어지기라도 했다면 기환에게 일부러 그랬냐는 말도 안 되는 헛소리를 내뱉었을 것이다.

그녀에게 가는 길 내내 초조했던 탓에 운전대를 잡고 있는 손에는 저절로 힘이 들어갔다.

태석은 손을 뻗어 가예의 붕대 감은 왼손에 제 손을 살짝 올려 두었다.

이 작은 왼손에 붕대를 칭칭 감고 진료실에서 나오는 그녀를 보는 순간 그는 가슴이 저릿함을 느꼈다. 많이 아팠을 텐데도 흔한 투정 하나 없이 오히려 자신을 신경 쓰지 말라고 말하는 그녀의 태연한 목소리가 태석을 못 견디게 만들었다.

곤히 잠든 탓인지, 아니면 칭칭 둘러맨 붕대 때문에 감각이 없는 건지 가예는 미동조차 없었다. 그 모습을 가슴 아픈 눈으로 지켜보던 태석은 이번엔 조금 더 과감하게 그녀의 손을 살짝 들어 이불 속으로 넣어 주었다.

"가예야."

결혼할 여자라는 말과 함께 그녀의 이름을 처음 들었을 때, 옆에서 제 옆구리를 하도 찌르는 화진의 성화에 못 이겨 처음 꺼낸 말이었다.

'이름, 예쁘네요.'

어서 무슨 말이라도 해 보라는 강요 탓에 생각할 틈도 없이 자연스레 툭 내뱉어진 말이었다. 그런데 정작 예쁘다고 생각한 그녀의 이름을 친절하게 불러 준 적이 까마득했다.

가예가 자신을 바라보고 웃었던 적이 몇 번이었는지 태석은 곰곰이 생각했다. 웃는 기억은 희미했지만 가예가 자신 때문에 눈물 짓는 것은 한 달 새에 벌써 두 번이나 보았다. 아마 2년 동안 남몰래 흘린 눈물이 더 많을 것이다. 그만큼이나 그녀를 힘들게 해 놓고 이제 와서 마음이 흔들린다고 하는 것이 얼마나 이기적인 짓인가.

"듣고 싶지 않겠지만, 이 말밖에 할 말이 없다."

무겁고 아픈 이 고요함 속에서, 애달픈 외로움을 혼자 감당하게 만들어서.

"미안해."

언제 끝날지 모르는 이별의 서늘함을 느끼게 해서.

한발 늦어 버린 진심을, 이제야 알아차려서.

6화. 다가오기 두렵다면, 그 자리에라도 있어 줘

어렴풋이 잠에서 깨어났지만 아직 어둠이 걷히지 않았으니 괜찮겠지, 하는 마음에 늑장을 부리던 가예는 한참이 지나도 알람이 울리지 않자 이상하게 여기고 설핏 눈을 떴다. 창문을 모두 가려 버린 커튼 탓에 그녀가 있는 안방은 어젯밤으로부터 시간이 멈춘 것처럼 어두웠다.

커튼을 친 기억이 없던 가예는 눈을 비비며 휴대폰으로 시간을 확인했다. 그녀가 일어난 시간은 오전 10시 15분이었다.

깜짝 놀라 오뚝이처럼 몸을 일으킨 가예는 태석의 걱정으로 재빠르게 거실을 나갔지만 그가 이 시간까지 집에 있을 리 없었다. 2년 동안 회사에 출근하는 그를 배웅하지 않았던 적이 없었는데, 어제 화상으로 놀랐던 몸의 긴장이 풀려 제시간에 일어나지 못한 것이다.

그때 주방에서 나는 맛있는 냄새가 가예의 코를 자극했다. 고개를 오른쪽으로 돌려 보니 식탁에 음식 덮개가 가지런히 덮여 있었다. 음식 덮개를 열어 보자, 식탁에는 그녀가 며칠 전 끓여 놓았던 된장찌개와 냉장고에 있던 밑반찬, 그리고 갓 지어진 밥이 정갈하게 놓여 있었다.

가예는 낯이 익은 포스트잇 쪽지를 확인했다.

[밥 먹고 약 챙겨 먹어.]

쪽지 옆에는 그녀가 챙겨 먹어야 할 아침 약 봉지가 친절하게 놓여 있었다. 쪽지를 확인한 가예의 얼굴에 잔잔한 미소가 차올랐다.

그녀가 금방 일어날 거라고 생각한 태석이 아침을 차려 놓고 간 것이다. 특히 가예는 그가 밥을 해 놓았다는 사실에 적잖게 놀랐다.

출근하기에도 바빴을 텐데 자신을 위해 아침까지 준비해 준 태석에게 고마움을 느끼며 가예는 그대로 자리에 앉았다. 꽤 시간이 흘러 찌개와 밥은 미적지근했지만, 그가 직접 준비해 줬다는 것에 의미를 두고 차려진 그대로 밥을 먹었다.

남김없이 밥을 먹은 가예는 안방에서 휴대폰을 가져와 메시지 버튼을 눌렀다. 한참을 지웠다가, 썼다가를 반복하던 그녀는 제일 상투적인 메시지를 보냈다.

[아침 고마워요. 잘 먹었어요.]

메시지 전송이 되자마자 가예는 앓는 소리를 내며 휴대폰을 내려났다. 자신이 보낸 메시지를 다시 확인해 보니 아무래도 너무 성의 없어 보였다. 이모티콘이라도 하나 보냈어야 했나, 후회하는 도중 답장을 알리는 진동이 식탁을 울렸다.

가예는 마치 메시지가 없어질 것을 두려워하는 사람처럼 재빠르게 그의 답장을 확인했다.

[인터넷에서 하란 대로 했는데 밥이 질더라.]

태석의 메시지를 본 가예가 해죽 웃음을 지었다. 혼자 주방에 서서 휴대폰으로 밥하는 방법을 알아봤을 그의 모습이 상상되는 것도 모자라, 질어진 밥을 보며 투덜거리는 태석의 메시지에 말투가 음성 지원돼서 들린 탓이었다.

하지만 정작 밥을 먹은 그녀는 태석이 밥을 해 줬다는 사실이 믿어지지가 않을 만큼 기뻐서 밥이 질었는지 고슬고슬했는지 크게 개의치 않아 했다.

가예는 빠른 손놀림으로 타닥타닥 다시 답장을 보냈다.

[맛있었어요. 나는 이제 준비하고 병원 가려고요.]

문자를 마저 보낸 가예가 휴대폰을 내려놓고 씻기 위해 욕실로 가려는데, 금세 진동이 울렸다. 메시지치고 꽤 길게 울리는 진동 소리에 다시 돌아와 살펴보니 태석의 전화였다.

가예는 그의 전화를 받았다.

"여보세요?"

「기다려. 내가 갈게.」

어제도 평소답지 않게 회사에서 일찍 퇴근한 태석에게 오늘까지 시간을 뺏을 순 없었다. 가예는 태석에게 보이지 않을 고개를 가로저으며 사양했다.

"그러지 마요. 바쁜데 굳이 나 신ㄱ……."

입버릇처럼 또다시 신경 쓰지 말라는 말을 꺼낼 뻔했던 가예가 눈을 질끈 감고 나서 다시 말을 고쳤다.

"걱정하지 말고 일해요. 오늘 붕대 풀 수도 있어서 괜찮아요."

태석은 선뜻 결정을 내리지 못하겠는지 잠시 대답이 없었다.

"태석 씨?"

「……그럼 병원 갔다가 연락해.」

"알겠어요."

가예는 태석과 전화를 끊고 왼손에 감긴 붕대를 바라봤다. 병원에서 치료를 받을 때만 해도 불편하기만 했었는데 24시간이 지난 지금, 가예는 제 손을 감싸고 있는 붕대가 고맙게 느껴지기까지 했다.

전화를 끊은 태석은 혼자 병원에 갈 그녀가 걱정돼서인지 휴대폰을 옆에서 떨어뜨리지 못했다. Z5의 디자인 유출 보고를 설명하는 최 팀장의 말을 들으면서도 그의 마음은 쭉 가예가 있는 집을 향하고 있었다.

"그래서 지금 상황은 어떻습니까?"

방금 전화를 끊은 가예 탓인지, 아니면 출시일이 뒤로 미뤄질지 모르는 Z5 탓인지 태석은 사무실 책상을 톡톡 두드리며 초조한 기색을 보였다. 최 팀장은 가져온 자료를 내밀며 설명했다.

"다행히 금형틀은 기존 개수를 따라잡을 수 있을 것 같습니다."

"반가운 소식이네요."

태석은 쓰고 있던 뿔테안경을 내려놓으며 피곤한 듯 얼굴을 쓸어내렸다. 요즘 들어서 부쩍 달라진 제 상사를 눈여겨보던 최 팀장은 걱정스러운 얼굴로 그의 안색을 살폈다.

"요즘 무슨 일 있으십니까?"

이제껏 일에 중독된 사람처럼 회사에서 밤늦게까지 일을 하던 그가 6시도 안 돼서 퇴근을 하는 것, 중요한 회의를 박차고 나가서는 회사에 돌아오지 않는 것 등의 행동은 태석 취임 이래로 처음 있는 일이었다.

가뜩이나 중요한 시기에 그가 다른 곳에 한눈을 파는 것은 아닌지, 최 팀장은 쓸데없는 걱정이 들었다.

"벌 받고 있는 중입니다."

"예?"

태석은 고개를 좌우로 돌리며 슬쩍 미소를 지었다.

"요즘 안방에서 쫓겨나서 서재에서 자고 있거든요."

부하 직원 대하듯이 부인까지 손에 쥐락펴락할 줄 알았던 태석이 쫓겨났다는 단어를 쓰자, 동병상련의 아픔을 느낀 최 팀장이 실없이 웃으며 겪어 본 이로서 조언했다.

"그럴 때는 무조건 잘못했다고 비시면 돼요."

"어떻게 빌면 되는데요?"

결혼한 지 어느덧 5주년에 접어드는 최 팀장은 일말의 망설임도 없이 대답했다.

"여자는 진심이 중요하더라고요. 무조건 진심을 담아서 사과하세요. 큰 잘못에는 뇌물공세도 아무 소용 없더라고요."

아침에 밥 짓기를 보기 좋게 망치자마자 가예에게 줄 선물을 생각하던 태석이 살짝 뜨끔했다.

최 팀장이 묵례를 하고 사라지자 태석은 옆에 두고 있던 펜을 손가락으로 굴리며 생각에 잠겼다.

다행히 진물이 나올 정도로 심각한 화상이 아니라 그녀는 하루 만에 붕대를 풀었다. 다만 10원짜리보다 조금 작은 크기로 흉이 진 부분에는 꾸준히 연고와 선크림을 발라야 색소침착이 없다고 의사는 강조했다.

답답했던 붕대를 푼 가예는 가벼워진 손을 만지작거리며 병원을 나섰다. 병원에서 집까지의 거리는 걷기엔 꽤 멀었지만, 얼굴에 닿는 쌀쌀한 공기가 좋아 걸어가던 중이었다.

가예는 집에서 약속했던 대로 태석에게 전화를 걸었다.

「손은?」

전화를 받자마자 손의 안부부터 묻는 태석의 다급한 목소리에 가예는 제 손등을 바라보며 씩 웃었다.

"괜찮아요. 이제 관리만 잘해 주면 된대요."

그때 가예의 짧은 머리가 사정없이 흩날릴 만큼의 거센 바람이 불어왔다. 성능 좋아진 휴대폰 탓에 바람 소리를 고스란히 듣게 된 태석이 걱정스럽게 물었다.

「어디야?」

"집에 걸어가고 있어요. 바람 소리 들려요?"

「추운데 왜 걸어가. 데리러 갈까?」

며칠 전부터 계속되는 한겨울의 따뜻한 손난로 같은 보살핌도 모자라, 데리러 가느냐는 그의 한마디에 가예는 날씨가 추운지도 모를 정도였다.

"안 그래도 되니까 오늘 일찍 퇴근해 줄 수 있어요?"

예전 같으면 선을 넘게 되는 말이면 어쩌지? 부담을 느끼면 어쩌지? 란 두려움에 쉽게 꺼내지 못할 말이었는데, 너무 자연스럽게 튀어나온 말에 가예가 급하게 말을 이어 붙였다.

"태석 씨가 밥을 많이 해 놓는 바람에, 쉬기 전에 다 먹어야 돼요."

「알겠어. 일찍 갈게.」

태석에게 확답을 들은 가예의 표정이 눈에 띄게 밝아졌다. 짧은 통화를 마친 가예는 기분 좋은 웃음을 흘리며 횡단보도의 신호가 바뀌기만을 기다렸다.

가예가 집으로 향하는 익숙한 길목 입구에 들어서자 멀리서 길게 줄을 선 무리가 개미처럼 작게 보였다. 줄을 선 사람들이 향하는 곳은 다름 아닌 윤베이커리였다. 그의 가게가 장사가 잘 된다는 건 알고 있었지만, 줄을 서 있는 경우는 처음 본 가예의 눈이 커다래졌다.

가까이 다가가 사람들의 뒷모습 너머로 가게를 살펴보니 기환이 계산을 하고, 빵을 커팅하고, 다 구워진 빵을 꺼내는 등 혼자 모든 것을 처리하느라 정신이 없어 보였다. 예전처럼 단골손님 정도였다면 상관하지 않고 돌아섰겠지만 이제 기환에게 빵을 배우는 입장인 데다가 그가 태석의 친구라니 도저히 그냥 지나칠 수 없었다.

고민을 마친 가예는 결국 가게로 들어갔다.

앞에 서 있는 손님에게 계산을 마치고 인사하던 중에 가예를 발견한 기환은 얼떨떨한 표정으로 그녀를 맞았다. 기환에게 꾸벅 인사를 한 가예는 자연스럽게 계산대 안으로 들어가 자리에 서서 묵묵히 손님의 빵을 커팅하기 시작했다.

"사장님, 여기 카드요."

"아, 네."

가예에게 어찌 된 영문인지에 대해 물어볼 틈도 없이 손님이 내민 카드를 받은 기환은 우선 계산을 했다. 카드를 준 여자 손님은 계산대 앞에 있던 바구니를 가리키며 물었다.

"이건 시식용이에요?"

"네, 제가 오늘 처음 만들어 본 카카오브레드예요."

기환의 말이 끝나기가 무섭게 뒤에서 듣고 있던 손님들의 손이 바구니로 뻗어졌다. 카카오브레드를 먹어 본 손님들은 줄 서 있던 것도 잊고 다른 빵들에 비해 팔리는 속도가 더디던 카카오브레드를 들었다. 아무래도 빵에 대한 정보가 없어서 다들 사기를 망설였던 모양이다.

"저, 이 빵도 같이 계산해 주세요."

커팅 중에 부엌 오븐에서 소리가 나자, 가예가 뒤돌아 주방으로 들어가려는 걸 기환이 재빠르게 막아섰다.

"가예 씨는 당분간 출입 금지예요."

가예는 멋쩍은 얼굴로 고개를 끄덕이며 그가 잠시 비운 계산대로 가서 손님들의 계산을 도왔다. 그래도 가예가 일을 도와주니 복잡했던 가게 분위기가 한층 안정돼 기환은 바빴음에도 마음이 편해졌다.

가게가 열기도 전에 들이닥친 손님들 덕분에 윤베이커리의 빵은 오후 1시 30분에 완판이라는 기염을 토해 냈다. 심지어 오늘은 평소에 몇 개씩 남던 쿠키까지 모두 팔린 것이다.

쉴 새 없이 빵을 자른 탓에 가예는 묵직해진 자신의 왼팔을 이리저리 돌리며 의자에 털썩 앉았다. 기환은 원두커피 두 잔을 뽑아 한 잔을 가예에게 건넸다.

"가예 씨, 오늘 정말 고마워요. 손은 좀 어때요?"

"보시다시피 아주 멀쩡해요."

가예는 일부러 흉 진 부분을 보여 주지 않고 손을 이리저리 흔들며 기환을 안심시켰다.

"그것보다, 기환 씨가 저 말고 다른 수강생 구한다고 하셨다면서요?"

"태석이가 그래요?"

"네."

자신의 말을 교묘하게 바꿔서 가예에게 전달한 태석이 유치해 기환이 코웃음을 쳤다. 태석의 장난을 받아 주지 말까 싶다가도, 부부 사이에 괜히 심술을 놓는 것 같아 태석이 한 말에 적당히 맞춰 주기로 했다.

"잠깐 그럴까도 생각했는데, 오늘 일 도와줬으니까 그 말은 취

소할게요."

"저 끝까지 가르쳐 주셔야 해요!"

가예는 진열대에 하나도 남지 않은 빵들을 바라보며 오늘은 사 갈 빵이 없다며 무척이나 아쉬워했다. 그러면서도 장사가 잘 돼서 다행이라며 기쁨의 미소를 지었다.

그녀의 해맑은 미소를 본 기환은 왜 태석이 그 지리멸렬한 사랑을 다시 시작하고 싶어 하는지에 대해 조금 알 것도 같았다.

가예의 말대로 회사가 끝나자마자 곧장 집으로 돌아온 태석은 도어록을 해제하고 안으로 들어갔다. 문이 열리고, 가지런히 놓여 있는 그녀의 플랫슈즈가 제일 먼저 그를 반겼다. 곧 앞치마를 맨 가예가 콩콩 뛰어 거실로 나왔다.

"정말 일찍 왔네요?"

웃는 얼굴로 자신을 반기는 가예에게 태석이 희미하게 미소를 지었다. 그녀가 웃는 얼굴로 자신을 반겨 준 적은 결혼 생활 이후로 처음인 것 같았다.

늘 조그마한 목소리로, 제 심기를 건드릴까 봐 불편해하는 얼굴로 있던 가예를 보지 않아서 좋았다. 태석은 거실로 들어와 가예의 손부터 확인했다.

"괜찮은 거야?"

태석은 차가워진 손으로 따뜻한 그녀의 손을 잡았다.

"그럼요."

기환에게 했듯이 일부러 흉터를 보여 주지 않으려 했지만 눈썰미 좋은 태석에겐 어림도 없었다. 흉터를 본 태석의 표정이 언짢게 변하자, 가예는 서둘러 화제를 돌렸다.

"저녁은 부대찌개 준비했는데, 어때요?"

"난 괜찮은데……."

집 안에서는 온통 매콤한 부대찌개 냄새가 풍겼지만 어딘가 모르게 이질적인 냄새가 섞여 났다. 태석은 곧장 그녀에게 한 발자국 다가갔다. 고개만 숙이면 그의 가슴에 부딪칠 만큼 가까운 거리에 선 가예가 두 발자국 물러서자, 이번에는 태석이 세 발자국 다가가 그녀의 목 근처로 고개를 가까이했다.

졸지에 그의 품에 안긴 것 같은 자세가 된 가예가 흑, 숨을 들이마셨다. 이게 무슨 상황인지 판단도 서기 전에 그녀의 머리 위에서 태석의 목소리가 들렸다.

"베이커리 다녀왔구나."

이질적인 냄새의 정체를 알아차린 태석이 눈썹을 치켜세우자, 가예는 어색하게 웃으며 당시 상황을 설명했다.

"너무 바빠 보여서 그냥 지나칠 수가 없었어요."

평소 같으면 미안하다는 말과 함께 고개를 푹 숙이고 죄인처럼 있었을 그녀는 어느새 배시시 웃으며 미안하다는 말을 눈웃음으로 대신하고 있었다. 웃을 때 쏙 들어가는 그녀의 오른쪽 볼의 보조개는 무척 매력적이었다.

"태석 씨?"

가예의 부름에 정신을 차린 태석은 일부러 목을 좌우로 돌리며 피곤한 척 굴었다.

"나 옷 좀 갈아입고 올게."

"천천히 하고 나와요."

옷을 갈아입기 위해 들어온 안방에는 가예의 은은한 향기가 풍기고 있었다. 아련히 코에 와 닿는 그녀의 향기에 태석은 숨을 들이마시며 옷장을 열었다.

가예에게로 향하는 마음을 순순히 인정하고 나니 그녀를 대하는 모든 것들이 나날이 달라지고 있었다. 그동안 부정당하고, 외면당했던 마음속 진심들이 어서 그녀에게 털어놓으라며 제 머릿속을 헤집는 것 같아 태석은 부쩍 피곤했다. 그녀에게 조금씩, 천천히 다가가야 하는데 폭포수처럼 내리쏟아지는 진심들을 털어낸다면 가예가 다 감당하지 못할 것 같았다.

"꼴좋다, 한태석."

2년 동안 그녀를 힘들게 한 주제에, 고작 몇 주 마음고생을 했다고 앓는 소리라니 가당치도 않았다. 그는 뿌린 대로 거둔다는 옛말을 떠올리며 편한 옷으로 갈아입고 안방에서 나왔다. 저녁 준비를 도울 게 없는지 살피려는데 가예가 누군가와 통화를 하고 있었다.

"아니요, 아직 저녁 전이에요. 어머님."

깍듯하게 어머님이라는 호칭을 쓰는 가예의 말에 태석의 표정이 단번에 냉연해졌다. 그 뒤로 몇 번 네, 라는 대답을 반복하던 가예는 무언가 이야기를 전해 들었는지 잠시 뒤를 돌아서 태석을 올려다보더니 말을 이었다.

"옆에 있습니다. 지금 본가로요? 네, 네."

가예의 대답만으로 대충 상황 파악을 한 태석이 본가에 가지 않으려 그녀의 전화를 뺏어 받으려고 했다. 그러나 가예는 어쩔 수 없다는 의미로 고개를 가로저었다.

통화를 마치고 부대찌개에 들어가는 재료들을 밀폐용기에 담는 그녀의 모습을 팔짱 끼고 지켜보던 태석이 푸념 소리를 했다.

"가면 좋은 소리도 안 하실 텐데, 뭐 하러 간다고 했어."

"하실 말씀 있으신 것 같은데 언젠간 들어야 할 얘기잖아요."

"가만 보면 당신, 내 말 하나도 안 듣는 거 알아?"

본가에 가는 걸 극도로 불편해하는 태석을 아는 가예는 그가 무엇을 걱정하는지도 알고 있었다. 하고 싶은 말을 속에 담고 살지 않는 화진의 직설적인 언사 때문이었다.

"알아요. 얼른 준비해요. 늦겠어요."

다년간의 경험으로 화진의 화법에 제법 내성이 생긴 가예는 도마를 제자리에 두고 태석을 돌아보며 생긋 웃었다. 괜찮다는 얼굴로 옷을 갈아입으러 들어가는 가예의 뒷모습을 보던 태석이 나지막한 한숨을 내뱉었다.

결국, 그녀의 뜻대로 자신의 본가에 가게 된 태석은 넘고 싶지 않은 높은 대문을 열고 안으로 들어갔다. 아직 집 안에 들어서지도 않았는데 그는 왠지 모르게 가슴이 답답해져 얼굴을 찡그렸다. 거실에는 널찍한 소파에 앉아 한가하게 책을 보고 있는 태석의 모친, 화진뿐이었다.

"어머님, 저희 왔어요."

집 안에서도 한 치의 흐트러짐 없는 사업가의 모습을 한 화진은 뒤에서 들리는 며느리의 목소리에 자리에서 일어났다. 주위를 둘러보던 태석이 퉁명스레 물었다.

"아버지는요?"

"골프 가셨어. 배고플 텐데 우선 밥부터 먹자."

오랜만에 보는 모자는 그동안 잘 지냈는지, 아픈 곳은 없는지 등의 흔한 안부 인사도 없이 곧장 주방으로 들어갔다. 익숙하게 상석에 앉는 화진의 오른편에 태석과 가예가 나란히 앉아 식사를 시작했다. 가예는 새삼 오늘 붕대를 풀길 잘했다는 생각이 들었다.

밥을 두 번 정도 떠먹었을까, 궁금한 걸 참는 성격이 아닌 화진은 시금치를 집으며 단도직입적으로 본론을 꺼냈다.

"너희 이혼할 거니?"

밥을 먹으면서 나눌 주제치고 너무 무거운 이야기에 가예는 저도 모르게 젓가락질하던 손을 멈추었다. 그러나 놀란 가예와는 다르게 이야기를 꺼낸 화진은 너무 태연하게 식사를 계속하고 있었다.

태석은 올 것이 왔다는 마음이었지만 옆에 앉은 가예를 의식하고 무표정한 얼굴로 대답했다.

"갑자기 그게 무슨 소리세요?"

"소문이 자자하더라."

"대체 그런 헛소문은 어디서 듣고 다니세요?"

"사업하는 사람의 귀는 늘 열려 있어야 하는 법이지."

화진은 해성전자에서 만드는 휴대폰의 액세서리 관련 사업을 하고 있었다. 시작은 미비하였으나 해성전자가 부쩍 성장함과 동시에 사람들의 스마트폰 수요가 늘어나면서 휴대폰 케이스, 액정 보호필름, 이어폰 캡 등 휴대폰 액세서리를 사는 사람이 늘어 시장은 완전히 성황을 이루고 있었다.

그래서인지 시시콜콜한 남들 집안의 흉을 보며 즐거워하는 다른 기업의 사모들과는 분위기부터가 달랐다.

하지만 사모임에 참석하지 않는 화진에게도 소식통은 있었다. 죄지은 사람처럼 젓가락을 내려놓고 고개를 숙이고 있는 며느리와 헛소문이라며 대수롭지 않게 화제를 넘기려는 제 아들의 행동은 무척 대조적이었다.

화진은 옆에 놓인 물을 마시며 목소리를 가다듬었다.

"오늘 안 원장한테 전화가 왔다."

안 원장이라 함은 소위 말하는 상류층 결혼을 중매하고 다니는 중매쟁이였다.

"네 재혼할 여자를 물색해 놨다고 하는데, 알고 보니 그들 사이에서는 이미 너희 둘 이혼 이야기가 돌고 있더구나. 벌써 판을 짜서 나에게 연락을 한 걸 보면, 아예 뜬소문은 아닌 것 같은데."

증권가에서 돌고 있는 한낱 찌라시가 중매쟁이의 귀에까지 들어갔다니 태석은 기가 막혔다. 이래서는 가예에게 사실을 말하지 않고 감춘 것이 무용지물이 된 셈이었다. 아직 이혼도 하지 않은 상황에서 굳이 가예가 있는 곳에서 자신의 재혼할 여자를 운운하는 화진의 잔인함에 당장에라도 자리를 박차고 싶었지만, 태석은 붙어 있는 이성을 최대한 끌어 잡아 덤덤하게 말했다.

"헛소문에 일일이 신경 쓰지 마세요."

"대답은 가예한테 듣고 판단하마."

서로를 속이고 속이려 드는 사업가들의 눈치 싸움에 이골이 난 화진은 다소곳하게 앉아 있는 자신의 며느리를 바라봤다. 가예는 차분한 어조로 대답했다.

"이혼 이야기, 주고받았습니다."

"가예야."

"계속하렴."

숨기고 있는 진실을 꿰뚫어 보려는 화진의 날카로운 눈이 듣고 싶었던 진실을 듣게 되자 살짝 누그러졌다.

"그런데 Z5 출시 전까지는 태석 씨 옆에 있기로 했습니다. 아버님께 말씀드렸지만 어머님께 말씀드리지 않은 건, 어차피 이혼을 미룬 상황이라 미리 걱정 끼쳐 드리고 싶지 않아서였어요."

화진이 원하는 요점만 간략하게 줄여 말한 가예에게서는 떨림이나 긴장을 찾아볼 수 없었다. 그녀의 대답에 화진은 만족한다는 듯 설핏 미소를 띠며 다시 젓가락을 들었다.

"이혼을 미뤘으면 내가 당장 태석이 재혼 상대를 알아봐 달라고 할 필욘 없겠구나."

"네, 어머님."

"그래, 어서 밥 먹어라."

이혼 생각도 없었지만, 재혼 생각은 더더욱 없었던 태석이 나서려고 했지만, 핑퐁처럼 빠르게 주고받는 그녀들의 대화는 그가 끼어들 틈도 없이 어느덧 마무리되어 있었다.

식사를 마치고 가예가 잠시 자리를 비운 사이, 태석은 소파에 앉아 다과를 즐기는 제 어머니를 노려보며 타박을 놓았다.

"이런 이야기는 저한테 전화로 물어볼 수 있으셨잖아요."

"너한테 물어봤자 아까처럼 헛소문이라고 발뺌만 했겠지."

태석이 대충 둘러대며 상황을 덮을 것을 알고 있던 화진이 미리 수를 쓴 것이다. 제 모친의 대답에 태석이 냉소적인 말투로 쏘아붙였다.

"가예 괴롭히지 마세요. 어머니가 직설적으로 하시는 말씀, 듣는 사람한테 상처가 될 수 있다는 거 모르세요? 제 아내인 사람한테 어떻게 제 재혼에 대해 운운하세요?"

분노가 가득 담긴 목소리에도 화진은 냉정함을 유지한 채 차를 한 모금 마시고는 씩씩거리는 태석을 바라봤다. 결혼하고 나서는 부모를 돌 보듯 하던 아들이 평소답지 않은 얼굴을 하고 제 아내의 일에 흥분하고 있었다.

화진은 소파 옆 테이블에 두었던 책을 들어 올리며 코웃음을 쳤다.

"네가 가예를 두고 상처 운운할 입장은 아니지 않니? 그 애한테 제일 야박한 사람이 넌데."

남편, 아들 할 것 없이 직설적이다. 화낼 자격이 없다는 화진의 뉘앙스에 변명할 수 없는 태석의 입이 굳게 닫혔다.

가예가 돌아오자 화진은 자리에서 일어났다.

"피곤하구나. 먼저 들어갈 테니 조심해서 가라."

"네, 어머님. 쉬세요."

굳은 표정의 태석과 상반된 여유로운 표정을 한 화진을 보니 승자는 아무래도 화진 쪽인 듯 보였다.

집으로 돌아가는 길, 태석은 가던 길에 차를 잠시 세우더니 근처 약국에서 소화제 두 개를 사서 그녀에게 하나 건넸다. 그의 큰 손바닥에 놓인 소화제를 보던 가예가 작게 웃고는 고개를 흔들었다.

"난 필요 없어요."

"어머니가 하신 말씀, 한 귀로 듣고 흘려."

미안해하는 태석의 표정을 본 가예가 개의치 않아 하며 너그럽게 말했다.

"아예 뜬소문도 아니잖아요."

"그거 말고 재혼 이야기 말이야. 마음에 담아 두지 말라고."

사실 태석의 재혼이라는 말에 잠시 마음이 덜컥했던 것은 부정할 수 없었다. 그러나 그 말에 상처까진 받지 않았다. 제 아들의 불안정한 결혼 생활을 걱정하는 화진의 마음을 느낄 수 있었으니까.

"어머님은 거짓말하거나 돌려 말하는 걸 싫어하는 분이세요. 본인이 직설적인 만큼, 남도 본인에게 직설적으로 말하기를 바라시는 분이고요."

"어머니에 대해 나보다 더 잘 아네."

"말은 차갑게 하셔도 어머니 말씀 이해하고 나면 마냥 차갑지 않다는 게 느껴져요."

태석은 몇 십 년을 같이 지내 온 자신도 이해하지 못하는 화진의 말과 행동을 이해하고 있다는 가예를 신기한 듯이 바라봤다.

"어머니 성격 불편하지 않아?"

"처음엔 힘들었지만, 지금은 좋아요. 적어도 빈말은 안 하시니까요."

"그런 게 뭐가 좋다고."

태석은 툴툴거리며 소화제를 따서 단숨에 마셨다. 조수석에 앉아 그 모습을 지켜보던 가예의 얼굴에 작은 미소가 그려졌다.

집 앞에 도착한 가예는 태석이 차를 주차하는 동안 먼저 안으로 들어가지 않고 보름달이 환하게 뜬 하늘을 바라봤다. 검은빛으로 가득 찬 밤하늘에 오늘따라 유난히 별들이 반짝거리고 있었다.

주차장에서 돌아오던 태석은 그녀가 올려다보고 있는 하늘을 따라 바라봤다.

"보름달이에요."

"그러네."

둥그렇게 뜬 보름달을 보고 있으니 꼭 금방이라도 마음속 바라고 있던 소원이 이루어질 것 같았다.

고개가 빠지도록 하늘을 올려다보고 있는 가예를 지켜보던 태석이 잠시 갈등하다가 말을 꺼냈다.

"산책하다가 들어갈까?"

이런 감성적인 시간에 태석과 나란히 걸으면 터져 나오려는 마음을 감당할 수 있을까.

가예는 잠시 고민했지만, 또다시 마음을 숨길 생각에 급급한 자신을 알아차리고 일단 무작정 고개를 끄덕였다.

매서운 겨울바람이었지만 차 안에서 내내 히터를 맞고 있었더니 얼굴에 닿는 찬바람이 마냥 시원하게 느껴졌다.

시원함을 한껏 느끼던 가예가 제 볼을 만지자, 추워서 하는 행동인 줄로 착각한 태석은 입고 있던 재킷을 벗어 그녀에게 걸쳐주려고 했다.

"나 괜찮아요. 태석 씨 감기 걸려요."

"당신이 걸리는 거보다 나아."

뿌리치려는 어깨를 단단히 잡고 기어이 재킷을 걸치고야 마는 태석의 행동에 가예가 졌다는 듯 그의 배려를 받아들였다.

"그럼 저 앞까지만 걷고 얼른 들어가요."

"그래."

두 사람은 한산한 동네를 걷는 내내 일정한 간격을 유지했다. 알게 모르게 자신에게 거리를 두는 가예를 보던 태석이 먼저 말을 꺼냈다.

"요즘 기분은 어때?"

결혼 생활 내내 우울한 얼굴로만 지내던 가예는 요즘 부쩍 눈에 띄게 웃음이 늘었다. 이혼을 이야기하고 난 순간부터 무거운 짐을 내려놓은 사람처럼 홀가분해 보이기도 했다.

태석은 그녀의 웃음이 늘어난 계기가 정말 이혼 때문인지 진지하게 고민하고 있었다. 그의 걱정스러움을 아는지 모르는지 가예는 맑은 미소를 띠며 솔직하게 대답했다.

"즐거워요. 행복하기도 하고."

즐겁고 행복하다는 그녀의 말에 태석은 남몰래 아랫입술을 질끈 깨물었다. 그는 걷는 내내 어떻게 하면 자신의 진심을 고스란히 가예에게 전달할 수 있을지 고민했다.

한참 고민하고 있는 태석의 귓가에 가예의 나지막한 목소리가 들렸다.

"고마워요."

변변히 해 준 것도 없는 이에게 듣는 고맙단 말에 태석이 걸음을 멈추고 그녀를 바라봤다.

"뭐가 고마워?"

"지금 태석 씨가 얼마나 나를 위해 노력하는지 알아요. 그래서 고맙다고요."

가예를 위한 노력도 아니었고, 잘해 주기 위해 억지로 하는 노력은 더더욱 아니었다. 그저 태석은 지난 2년 동안 자신이 소홀했던 그녀와의 관계를 개선하기 위해서, 한발 늦어 버린 자신의 마음이 잘 전달될 수 있게 최선을 다하는 것뿐이었다.

"우리 이혼하지 말자."

가예가 말한 골목의 끝자락에 다다랐을 무렵, 태석이 어렵게 말을 꺼냈다.

가로등 밑에 선 그녀가 다시 왔던 길을 돌아가려다 말고 우뚝 멈춰 섰다. 그는 곧은 눈으로 가예를 바라봤다.

"진심이야."

믿을 수 없다는 표정을 한 그녀에게 다시 한 번 각인시켰다. 흔들리는 눈빛으로 자신을 바라보는 가예에게 태석이 한 발자국 다가갔다. 더는 속이고 싶지 않은 자신의 진심을 그녀에게 꺼내 보여 주고 싶었다.

"당신을 놓치고 싶지 않아."

사람의 마음을 한순간에 들어 버린 사람치고 태석은 무척 절실해 보였다. 가예는 저도 모르게 한 발 뒤로 물러섰다.

"지금 그 말이 나한테 어떻게 들릴지 알고 하는 말이에요?"

"알아."

"익숙함에 착각할 문제 아니에요, 태석 씨."

굳이 그 사람이 아니어도 되는데 어느새 그 사람이어야 한다는 생각을 들게 하는 익숙함이 무서웠다.

감히 꿈꿔 보지 못했던 그의 고백이 단순한 태석의 착각이라는 생각이 들자 겁이 났다. 간신히 가까워진 사이가 다시 예전처럼 멀어지게 될까 봐, 행복하다고 믿는 이 순간들이 산산조각 나는 것이 싫었다. 가예가 다시 한 걸음 물러서려고 하자, 태석이 그녀의 손을 붙잡았다.

"내 옆에 있는 사람이 너였으면 좋겠어."

'너.' 라는 별것 아닌 호칭에도 주책없이 가예의 가슴이 떨렸다. 태석이 자신에게 세우던 벽을 완전히 허물었다는 기분이 들었기 때문이다.

"늦은 거 알아. 이제 와서 후회하는 내가 싫고 밉겠지. 내 마음 의심한다고 해도 할 말 없어. 그래도……."

말끝을 흐리던 태석이 그녀의 손을 더욱 꽉 붙잡았다. 꽉 잡힌 손끝에서 그의 긴장이 역력하게 느껴졌다.

"나한테 한 번만 기회를 줘, 가예야."

가예의 마음을 여지없이 흔들어 놓을 만한 절절한 고백이었다.

고백을 들은 가예는 그간 태석 때문에 힘들었던 순간들이 떠올라 막을 틈도 없이 눈에 눈물이 가득 고였다. 또 제 앞에서 눈물을 보이는 가예의 모습에 태석은 그녀를 끌어당겨 자신의 가슴에 다정하게 안았다.

"당신이 울면 내가 어떻게 해야 할지 모르겠어."

연신 훌쩍대는 가예의 등을 다독이던 태석은 고개를 숙여 그녀와 눈을 마주쳤다.

"내가 다 잘못했어. 그러니까 나 때문에 그만 울어."

떨리는 태석의 목소리를 들은 가예는 눈시울이 잔뜩 붉어졌지만 울지 않으려 윗입술을 꾹 깨물고 그의 품에서 나왔다. 그와 간격을 두고 마주 선 가예가 나지막한 목소리로 물었다.

"만약에 내가 태석 씨 마음을 확신할 수 없다면요?"

그녀의 입에서 곧장 거절이 나오지 않은 것만으로도 태석은 참았던 숨을 몰아쉬었다. 얼마나 긴장했는지 칼바람이 부는데도 한여름처럼 지독히 더웠다.

"지금부터 보여 줄게."

태석은 가예의 앞에 아주 조금 발걸음을 떼서 다가갔다.

"멀어지지 말고 그 자리에만 있어 줘."

이제까지 당신이 겪은 외로움, 천천히 하나하나 채워 줄 테니까.

태석은 흔들리는 가예의 눈빛을 바라보며 속마음으로 그녀의 앞에서 굳게 맹세했다.

7화. 잔잔해진 마음의 파도에 휘몰아치는 바람

집으로 돌아온 가예는 마치 꿈속에 잠겨 있는 것 같은 기분이었다. 그러나 아직 자신의 어깨에 걸쳐져 있는 그의 재킷, 거실까지 어정쩡하게 맞잡고 온 손의 온기는 조금 전까지의 일이 꿈이 아님을 말해 주고 있었다.

태석을 마주하기 부끄러웠던 가예는 곧장 안방으로 들어와 방문 앞에 우두커니 서서 기댔다.

태석이 눈앞에 없는데도 그를 생각하면 주체하지 못할 만큼 가슴이 쿵쾅거렸다. 옆에 있어 달라고 말하던 그의 고백을 곱씹기라도 하면 정수리부터 발끝까지 불에 휩싸인 것처럼 화끈거렸다. 2년 동안 태석을 사랑하면서 이렇게 몰아붙이듯 밀려오는 두근거림은 처음이었다.

화끈거리는 얼굴을 손으로 부채질하며 마음을 진정시킬 무렵 똑똑 노크 소리가 들렸다. 가예가 한 발 뒤로 물러서자 태석이 조심스럽게 문을 열었다. 집에 들어온 모습 그대로 얌전하게 서 있던 가예가 정신을 차리고 바라본 그의 손에는 머그잔 하나가 쥐어져 있었다.

"이거 마셔."

태석이 준 머그잔에는 이제 막 데워진 따뜻한 우유가 들어 있었다. 그녀의 손바닥에 닿은 머그잔의 온도는 적당히 따뜻했다.

"잘 자."

어색하게 컵을 쥐고 있는 가예의 손을 바라보던 태석이 짤막한 미소를 짓곤 방문을 닫았다. 가예는 들고 있던 우유를 빤히 바라보다가 그가 준 우유가 식기 전에 홀짝홀짝 마셨다. 우유 탓인지, 그녀를 생각하는 태석의 마음 탓인지 따뜻함이 온몸에 퍼져 나가자 그제야 가예의 마음에도 안정이 찾아왔다.

잠잘 준비를 마치고 침대에 앉아 무릎을 껴안고 있던 가예는 벽시계를 한 번 바라봤다. 이러고 가만히 앉아 있은 지도 벌써 1시간째였다.

잠을 자려고 누워도 봤지만, 자신의 마음을 표현하던 태석의 확신에 찬 목소리가 자꾸 귓가에 맴돌아서 가슴이 고동치고 있었다.

그를 사랑하는 동안 가예를 제일 힘들게 만들었던 건, 아무리 기다려도 태석의 마음이 돌아서지 않을 거라는 가예 자신의 확신 때문이었다. 2년 동안 그 확신을 외면하면서 자신을 괴롭히던 가예가 결국 현실을 인정하고 이혼하겠다고 한 것인데, 오늘 그 확신은 보기 좋게 깨져 버렸다.

'멀어지지 말고 그 자리에만 있어 줘.'

태석의 고백에는 남들이 흔히 말하는 좋아한다, 사랑한다는 말은 없었지만 그가 할 수 있는 최선의 표현을 다 했다. 아마 그가 온갖 미사여구를 늘어놓으며 고백했다면, 되레 솔직하게 들리지 않았을 것이다.

가예는 늘 태석이 누워 있던 빈자리를 바라봤다. 넓은 침대에 그는 없고, 그의 베개만 덩그러니 놓여 있었다. 태석을 사랑하면서도 그에게 단 한 번도 표현해 보지 못했다. 이제까지 자신이 받았던 상처만 돌보기 바빠서 그가 이 방을 나간 뒤로 어떤 마음으로 지냈는지에 대해 알려고 하지 않았다.

"너도 똑같아, 주가예."

사랑하는 사람에게 버림받고 다른 사람을 받아들일 여유조차 없는 태석을 괜찮다고 받아들인 사람은 자신이면서, 그에게 다른 감정을 바랐다. 당신 상처 때문에 상처받는 나는 보이지 않느냐는 말을 몇 번이나 꾹꾹 눌러 담았으면서, 정작 요 며칠 그녀가 똑같은 행동을 반복했던 것이다.

가예는 빈 머그컵을 들고 슬그머니 거실로 나갔다. 창가로 들어오는 빛에 의존해 컵을 싱크대에 두고 나서 가예는 그가 있을 서재를 바라봤다. 굳게 닫힌 서재 문 사이로 희미하게 불빛이 새어 나왔다.

노크를 하려다가 혹시라도 그가 잠이 들었을지도 모른다는 생각에 가예는 아주 천천히 문을 열었다.

환하게 켜진 서재의 불빛이 거실에 닿으며 서재 의자에 기대

있는 태석이 보였다. 문을 열고 들어오는 가예를 보고 놀란 태석이 자리에서 일어나 그녀를 바라봤다.

"무슨 일 있어?"

태석은 갑작스레 서재로 들어온 가예를 의아하게 바라봤지만, 그녀는 대답 대신 주변을 두리번거렸다. 거실과 서재에는 그가 덮을 만한 이불이 하나도 보이지 않았다. 태석은 어느새 서재에 발을 들여놓지 않은 가예의 앞으로 와 있었다.

"뭐 필요해?"

"왜 아직 안 자고 있어요?"

"당신이랑 같은 이유 아닐까."

고백 때문임을 에둘러 말한 태석이 짧게 웃음 짓자, 가예도 순순히 인정하는 웃음을 지었다.

"……그러지 말고 안방에 와서 자요."

"내가 가면 당신은 어디서 자려고."

"당신이 오면, 내가 나가야 하는 거예요?"

각방 제안을 한 사람은 가예였다. 당연히 자신과 같이 잘 생각이 없을 거라고 생각했던 태석이 의외의 대답을 듣고 눈을 게슴츠레 떴다.

"같이 자자고?"

가예는 말없이 고개만 까닥이며 말간 눈으로 그를 바라보았다.

"멀어지지 말라면서요."

그녀는 제 방식대로 표현하기로 했다. 태석에 대한 마음을 완전히 정리하지 못했기 때문에 그의 고백을 단호하게 거절할 순 없었지만, 받아들일 만한 확신도 없었다. 다만 전처럼 도망치듯 급급하게 태석의 마음을 피하고 싶지 않았다.

"다시 내가 있던 자리로 돌아가는 것뿐이에요."

이혼을 말하기 전이었던 딱 그 감정만큼만. 이제까지 그를 보내기 위해 멀어졌던 거리만큼 다시 다가와 태석의 앞에 서기로 했다. 비겁하게 숨어 버리는 건 그만하고 싶었다.

"후회 안 할 자신 있어?"

"안 해요."

침대에서 무슨 짓을 할 줄 알고 방금 자신에게 고백한 남자를 안방으로 들이는 건지. 자신의 선택이 옳다고 믿는 가예의 확신에 찬 표정을 바라보니 태석은 헛웃음이 흘러나왔다.

졸지에 다시 그녀와 합방을 하게 된 태석은 늘 자신이 눕던 왼편에 자리를 잡고 누웠다. 침대에 나란히 누운 그들 사이에는 전과 같이 알게 모를 벽이 세워져 있었다. 결혼 생활에 무심하기만 했을 때는 마음에 없는 가예의 손끝 하나라도 건드려서는 안 된다는 생각에 의식적으로 조심했지만, 지금은 고백한 지 몇 시간도 지나지 않아서 그녀의 몸에 닿게 된다면 제 마음이 행여나 다른 뜻으로 비춰질까 조심스러웠다.

태석은 멀뚱히 천장을 바라보며 두 눈을 깜빡이는 가예를 향해 고개만 살짝 돌렸다.

"안 졸려?"

그의 질문에 가예는 같이 덮고 있던 이불을 바스락거리며 고개를 끄덕였다.

"태석 씨는요?"

"나 오늘 당신한테 고백했어."

아까부터 너무 태연하게 누워 있어서 고백한 걸 잊은 건 아닐까 하는 걱정까지 들게 한 사람이, 또 한 번 고백이라는 단어로 가예의 온몸을 뜨겁게 만들었다.

"고백한 사람이 바로 옆에 누워 있는데, 잠이 쉽게 올 리가 없지."

태석과 결혼하고 나서 가예가 그랬다. 처음 신혼 여행지에 도착해서 잠을 자던 날, 자신의 옆자리에서 아무렇지 않게 잠을 자던 태석을 가만히 바라본 적이 있었다. 이 사람은 아무렇지도 않구나.

무딘 태석을 보며 가슴이 조금 따끔했는데, 이제 그가 더는 자신에게 무디지 않다는 것만으로도 가예는 기분이 좋아졌다.

"얼른 자."

"태석 씨도 잘 자요."

가예는 누워 있던 자세 그대로 눈을 감았다. 옆에 누워 있는 태석의 고개가 자신을 향해 있다는 걸 고스란히 느끼고 있었기 때문이다. 아마 누워 있는 상태로 그의 얼굴을 마주한다면 얼굴이 잘 익은 사과보다 더 빨갛게 달아오를 것이다.

가예는 억지로 두 눈을 꼭 감고 태어나서 처음으로 양 한 마리를 차례대로 세기 시작했다.

이른 새벽, 태석은 고요하게 눈을 떴다. 가예가 곤히 잠든 모습을 조금 더 보고 싶어서 평소보다 일찍 일어났는데, 밤새 뒤척이던 그녀는 태석에게 등을 돌린 채로 누워 자고 있었다.

태석은 웅크린 채로 잘도 자는 가예의 등을 바라봤다.

"나도 이랬었나."

결혼 초창기부터 태석은 침대의 왼편에 누웠고, 가예는 오른편에 누웠다. 어렸을 적부터 왼쪽으로 누워 자는 습관이 있던 태석은 자연스럽게 제 오른편에 누워 있는 가예에게 등을 돌리기 일쑤였고, 가예 역시 오른쪽으로 누워 자는 습관이 있는 바람에 태석에게 등을 돌린 채로 잠에 빠지는 날이 많았다. 그렇게 두 사람은 늘 서로에게 등을 돌린 채로 잠을 자곤 했다.

그러나 평소 아침 준비로 태석보다 일찍 일어나는 가예는 아마 태석의 등 돌린 모습을 더 많이 봐 왔을 것이다. 가예가 이제까지 봐 왔을 자신의 돌아선 등이 얼마나 크고 높은 벽 같았을지 헤아린 태석은 제 눈썹을 매만졌다.

그녀는 태석이 생각했던 것보다 훨씬 더 많이 아프고, 외로운 하루하루를 보내고 있었다.

태석은 가예를 제 쪽으로 바라보게 하기 위해서 그녀의 어깨를 감싸 안아 방향을 바꾸려다가 잠시 멈칫했다. 진심을 말한 지 하루도 채 지나지 않아서 그녀에게 손을 대는 것이 태석에게는 마냥 조심스러웠다.

결국 태석은 허공에 뻗은 손을 거두었다. 더 마음을 보여 주고, 그때 가예에게 다가가도 늦지 않았다.

2년 동안 가예와 함께 살면서 누군가를 만나 본 적도 없었지만, 그도 남자인지라 마음 가는 여자를 옆에 두고 참기란 좀처럼 어려웠다. 그렇지만 급할수록 돌아가라는 말처럼 조급해하지 않았다. 언젠가 그녀의 마음이 돌아설 수 있다는 확신이 있는 것도 아니었지만, 그녀가 허락하지 않는다면 태석에겐 아무 의미가 없었다.

대신 태석은 이불을 끌어당겨 그녀의 어깨에 덮어 주며 침대에서 나왔다. 가예와 함께 누워 있는 침대는 이제 태석에게 훨씬 자극적이고, 위험한 곳이었다.

❖·❖·❖

약속된 시간에 강습을 받으러 온 가예는 기환이 가게를 정리하는 틈을 타 휴대폰으로 케이크 만드는 법을 열심히 찾아보고 있었다. 청소를 끝낸 기환은 휴대폰에 빨려 들어갈 기세로 집중하고 있는 가예의 옆으로 슬금슬금 다가갔다.

"뭘 그렇게 열심히 봐요?"

"깜짝이야!"

기환이 불쑥 고개를 내밀자 가예는 마치 수업 시간에 메시지를 보내다가 들킨 학생처럼 휴대폰을 뒤로 숨겼다. 그리고 그녀의 행동은 기환의 호기심을 끌기에 충분했다.

"뭔데 그렇게 숨기는데요?"

기환은 엉성하게 뒤로 감춘 가예의 휴대폰 액정을 빤히 들여다보더니 별거 아니라는 말투로 진열대에 있는 소쿠리들을 한곳에 모아 두며 물었다.

"케이크 만들려고요?"

"아…… 네. 혼자 만들기 어려울까요?"

"간단하게 만들려면 만들 수도 있죠. 케이크는 왜……."

말을 하던 기환이 오늘 날짜를 떠올렸다. 가을이라기엔 너무 춥고, 겨울이라기엔 서늘함이 부족한 딱 이맘때의 날씨. 늘 같은 장소에 모여서 케이크를 각자의 얼굴에 묻히며 짓궂게 놀던 날들이 떠올랐다.

"곧 있으면 태석이 생일이네요."

가예는 다음 주면 있을 태석의 생일을 기억하는 기환을 뚫어져라 쳐다봤다. 태석에게도, 기환에게도 서로를 미워하는 감정이 크게 보이지 않는데도 선뜻 화해하지 못하고 맴도는 두 사람이 안타까웠다. 그러나 곧바로 그들이 싸운 이유가 윤주 때문이었다는 쓸쓸한 진실이 스치고 지나갔다.

가예는 떠오르는 생각들을 지우고 어색한 웃음을 띠며 고개를 끄덕였다.

"태석이한테 직접 케이크 만들어 주려고요?"

"네."

"어디서 만들려고요?"

"집에 오븐 있어서 한번 도전해 보려고요."

올해만큼은 꼭 그의 생일을 축하해 주고 싶었다. 작년 태석의 생일을 챙기긴 했지만, 그 당시에만 해도 집에서 밥을 잘 먹지 않던 태석 때문에 그를 위해 끓여 놓은 미역국은 모두 가예의 차지였다.

생일 기분이라도 내주기 위해 가예가 케이크를 준비해 그를 기다렸지만, 야근 때문에 다음 날 새벽이 돼서야 집에 들어온 태석은 결국 초를 불지 않았다. 그 덕분에 작년 그에게 주려고 했던 생일 선물은 주인을 잃고 드레스룸에 세워 둔 캐리어에 아직 숨겨져 있었다.

"그럼 가게에서 만드는 건 어때요?"

"가게에서요?"

기환은 고개를 끄덕였다.

"오븐도 여기가 더 크고, 가게에서 만드는 게 더 편할 거예요. 재료도 어느 정도 다 있고요. 게다가 전문가인 내가 도와주면 더 맛있지 않겠어요?"

"기환 씨가 도와주신다고요?"

휘둥그레진 눈을 하고 바라보는 가예에게 기환이 미소를 지으며 고개를 끄덕였다. 처음에는 그의 생일 케이크를 온전히 자신의 힘으로 만들고 싶기도 했지만, 기환과 함께 만든 케이크를 태석에게 선물해 주는 것도 그것 나름대로 그에게 의미 있는 생일이 될 것 같았다.

"태석 씨랑 싸웠다고 해서 케이크에 이상한 재료 넣을 건 아니죠?"

"그런 건 다 가예 씨 몫이죠. 난 옆에서 도와주기만 할게요."

"그럼 저야 감사하죠."

기환은 자신의 도움을 받기를 쉽게 수락하는 가예에게 고마움을 느꼈다. 이렇게라도 자신의 어리석음으로 인해 소원해진 친구의 생일을 축하해 주고 싶었다.

이제야 가예로 인해 제 행복을 찾아가는 듯 보이는 태석에게 지난 일을 들춰 가며 제 못난 후회를 일일이 열거하고 싶지 않았다. 그때의 일을 끄집어낸다는 것 자체가 태석에게 얼마나 상처인지 알기 때문이다.

❖❖❖

한가로운 휴일이었지만 태석은 Z5 출시를 앞두고 회사에 출근한 상태라 집에는 가예뿐이었다. 혼자 보내는 주말이 한두 번도 아닌데 이제 그가 없는 집은 왠지 쓸쓸한 기운이 감돌아 더욱 외롭다는 생각이 들게 만들었다.

소파에 가만히 누워 무기력하게 하루를 보내던 가예가 잠에 빠지려던 찰나, 테이블에 올려 둔 휴대폰이 진동을 울렸다.

"여보세요?"

「혼자 심심하지?」

웃음기를 담은 그의 질문에 뽀로통해진 가예는 누웠던 몸을 일으켜 발 장난을 치며 괜히 바쁜 척 굴었다.

"심심하긴요. 이제 막 청소 끝내고 소파에 앉았는데요."

「나와. 데이트하자.」

데이트라는 말에 가예의 표정이 점차 환해지며 수줍음으로 홍조를 띠었다. 이제까지 태석과 제대로 된 데이트를 한 번도 해 본

178

적이 없었던 만큼 그녀는 기대에 찬 표정으로 가슴을 부풀렸다.

"무슨 데이트요?"

일부러 무심한 척 대답했지만, 말끝에 섞이는 웃음을 숨길 수가 없었다. 그러나 태석은 알아차리지 못하고 거절하려는 줄 착각한 모양인지 단호하게 말했다.

「일단 준비하고 있어. 집 앞으로 갈 테니까.」

"자, 잠깐만요! 얼마나 걸리는데요?"

「한 시간이면 되겠어?」

"그럼 끊어요!"

촉박한 준비 시간에 끝까지 튕기지 못한 가예가 서둘러 전화를 끊었다.

태석과의 첫 데이트가 무엇일지 상상하던 가예는 한 번 더 샤워를 하고 옷장에 있는 옷들을 모두 꺼내 제 옷들을 차례대로 몸에 대 보았다. 침대 위에 옷을 한 무더기를 꺼내 놓고 한참 동안 고심하던 그녀는 결국 침대 가장자리에 걸쳐져 있던 원피스를 들었다.

"괜찮을까?"

가예는 연신 혼잣말을 중얼거리며 원피스를 입고선 전신 거울에 이리저리 자신의 모습을 비쳐 봤다. 괜스레 살이 찐 것 같아 그녀는 잡히지도 않는 제 허리 살들을 만지작거리며 입술을 내밀었다.

가예는 화장을 마치고 허전한 손을 잠시 바라보더니 서랍을 열어 태석과 맞춘 결혼반지를 꺼냈다. 손등이 뎄던 날에 붕대를 한 바람에 할 수 없이 잠시 빼 놓고 있던 반지였다. 망설이던 가예는 반지를 다시 자신의 왼손 약지에 끼었다.

　일찍 집 앞에 도착해서 가예를 기다리던 태석은 문을 열고 나오는 그녀에게서 눈을 떼지 못했다. 연회장에서 보는 그녀는 기품과 우아함이 넘치는 모습이라면, 집에서 보는 가예는 화장기 없는 모습조차 수수하고 맑아 보였다. 그러나 지금, 짧은 단발머리를 귀 뒤로 살짝 넘긴 채로 원피스를 입고 사뿐히 걸어오는 모습은 끓어오르는 남자의 본능을 걷잡게 할 수 없을 만큼 사랑스러웠다.

　태석은 곧장 차에서 내려 그녀에게 다가갔다.

　"원피스 입었네."

　"오랜만에 입었는데…… 괜찮아요?"

　괜찮은 정도가 아니었다. 당장 데이트를 관두고 집으로 들어가 그녀를 소유하고 싶은 본성이 들끓었다. 하지만 가예에게 아직 자신의 소유욕을 드러낼 처지가 아니라는 것쯤은 태석도 잘 알고 있었다. 그는 마른침으로 목을 다듬고 애써 태연한 목소리를 냈다.

　"응. 추우니까 얼른 타."

　태석은 가예를 조수석에 태웠다. 아직 목적지가 어딘지 모르는 가예는 운전하는 그를 힐끔 쳐다보며 물었다.

　"정말 데이트하는 거예요?"

　"응."

　"어디로요?"

　"당신이 좋아할 만한 곳이야."

"내가요?"

그가 자신이 좋아하는 곳을 정말 알고 있을까. 자신만만하게 고개를 끄덕이는 태석의 행동에 차를 타고 이동하는 동안 가예의 기대감은 더욱 커져 갔다.

태석이 가예를 데리고 온 곳은 다름 아닌 청계천에서 열리는 등불축제였다. 1년마다 열리는 대규모적인 축제이다 보니 청계천 근처에는 축제를 보러 온 사람들로 인산인해였다. 태석의 회사가 청계천과 멀지 않은 곳에 있어서 그들은 회사 주차장에 차를 주차하고 청계천까지 조금 걸어가기로 했다.

청계천 다리 위로 줄줄이 늘어선 포장마차와 북적거리는 사람들을 바라보던 가예가 조금 들뜬 목소리로 말했다.

"이거 TV에서 축제한다는 광고 본 적 있어요!"

"사람 많은 곳 좋아해?"

"난 좋아하는데, 태석 씨는 안 좋아하죠?"

"당신이 좋아하면 이제 나도 좋아해 봐야지."

이제 태석은 서슴없이 제 감정을 가예에게 표현했다. 사랑하는 사람과 좋아하는 것을 공유하는 것이 얼마나 가슴을 벅차게 만드는 것인지 두 사람은 조금씩 깨닫고 있었다.

등불축제가 열리는 입구로 가던 길, 가예의 시선을 잡아끈 것은 다름 아닌 소스가 먹음직스럽게 발린 숯불닭꼬치였다. 그녀가 시선을 두고 있는 곳을 확인한 태석은 손을 꼭 붙잡고 사람 많은 도로를 건너 포장마차 안으로 들어갔다.

"닭꼬치 2개 주세요."

"4천 원이에요."

태석은 지갑을 꺼내 닭꼬치값을 계산했다. 달콤한 간장소스를 바른 닭꼬치를 건네받은 태석은 하나를 가예에게 주었다. 길거리 음식을 좋아하지 않을 줄 알았던 그가 선뜻 닭꼬치를 사서 먹자, 가예가 의아한 눈으로 그를 바라봤다.

"왜 그런 눈으로 봐?"

"길거리 음식 안 좋아할 줄 알았어요."

어렸을 적부터 음식을 편식하지 않던 가예는 이것저것 잘 먹었지만 태석은 입맛이 까다로워서 가리는 음식이 많았다. 게다가 뭐든 깔끔한 걸 좋아하는 태석이 아까 포장마차의 위생 상태를 마음에 들어 할 리 없었다.

"말했잖아. 당신이 좋아하면 나도 좋아해 보겠다고."

그가 자신에게 다가오기 위해서 하는 노력은 고마웠지만, 굳이 내키지 않은 일들을 하게끔 하고 싶진 않았다.

"나 때문에 억지로 그러지 않아도 돼요."

"내가 좋아서 하는 일이야."

그러더니 전혀 거리낌 없이 손에 든 닭꼬치를 한 입 베어 물었다. 가예는 자신이 만든 음식을 평가받는 사람처럼 초조하게 서서 그의 입술이 떨어지기만을 기다렸다.

"맛있다."

생각했던 것보다 맛있었는지 태석이 입매를 끌어 올려 미소 짓자 그제야 가예도 픽 웃으며 닭꼬치를 먹었다. 긴 꼬치 때문에 아랫부분에 있는 닭꼬치가 먹기 불편해지자 아예 산적 뜯듯 양손으로 꼬치를 잡고 열심히 닭꼬치를 먹는 그녀의 모습을 지켜보던 태석은 일부러 못 본 척 고개를 돌리고는 새어 나오려는 웃음을 간신히 참아냈다. 제 눈엔 마냥 귀여워 보이는 모습이지만 분명 가예는 무안하다며 하던 행동을 뚝 멈출 테니까.

태석은 점점 자신을 의식하지 않고 제 모습을 드러내고 있는 가예의 있는 그대로가 좋았다.

도착한 청계천 입구 다리 아래로 내려가자 〈한국의 위인들〉이 라는 축제 주제에 맞게 한국의 위인들과 위인들의 작품을 형상한 구조물들에 화려한 불빛이 수놓아져 있었다.

TV로만 보던 구조물들을 직접 눈으로 보게 된 가예는 감탄사 를 연발하며 신기한 듯 구조물들을 바라봤다.

서울시에서 주최하는 유명 축제인 데다가 주말이라 그런지 생 각보다 훨씬 많은 인파에 태석은 옆에 서 있던 가예의 손에 깍지 를 끼었다. 쉽게 뺄 수 없을 만큼 꽉 엉겨 잡은 그의 손길에 놀란 가예가 태석을 올려다봤다.

"놓치면 안 돼."

가예는 살며시 웃으며 맞잡은 태석의 손을 꼭 붙잡는 걸로 대 답을 대신했다. 다행히 다리 중간중간 배치된 진행 요원 덕분에 사람들은 마치 전시회를 보는 것처럼 빠른 걸음으로 길을 따라 걸었다.

"태석 씨, 저기 봐요."

그나마 사람들과 덜 부딪치는 벽 쪽으로 서라고 했지만, 굳이 가까이서 보겠다며 바깥쪽에 선 가예는 마주 잡은 손을 들어 화려한 불빛의 거북선을 가리켰다.

"정말 멋있지 않아요?"

"응. 잘 만들었네."

태석은 눈앞에 있는 모형의 거북선보다 자신이 데리고 온 등불 축제에 어린아이처럼 신이 나 있는 가예를 바라보는 것이 더 즐거웠다.

그러나 태석의 즐거움은 그리 오래가지 못했다. 축제에 정신이 팔린 가예가 손을 잡고 있는 태석의 존재를 까맣게 잊고 그저 구조물을 보는 데만 정신이 팔린 것이다. 심지어 저 구조물은 어떠냐며 종종 고개를 돌려 물어보던 그녀는 거리의 2/3쯤 다다르자 아예 손만 내준 채로 고개도 돌리지 않고 연신 위인들의 구조물을 보기 바빴다.

"이제 하다 하다 구조물한테까지……."

"네?"

용케 태석의 혼잣말을 들은 가예가 고개를 돌렸을 때였다.

"잠깐 지나갈게요!"

두 사람의 뒤편에 있던 남자는 사람들의 어깨를 치며 좁은 청계천 다리를 빠르게 뛰어오고 있었다. 태석은 재빨리 가예의 어깨를 끌어당겨 자신이 서 있는 벽 쪽으로 그녀를 세웠다. 자리를 비집고 앞으로 나가는 남자에게 사람들이 야유를 퍼부었지만, 가예는 그 순간 아무 소리도 들리지 않았다. 사람으로 가득 찬 공공장소에서 꼼짝없이 태석의 품에 안긴 것이다.

이제까지 눈곱만큼의 긴장도 하지 않던 가예가 어깨를 옹크리고 잔뜩 몸을 구부린 모습에 태석은 피식 웃음을 터뜨렸다. 그러고는 찬바람으로 흐트러진 머리를 쓸어 넘겨 주는 척하더니 곧 그녀의 이마에 자신의 입술을 내리눌렀다.

거절할 틈도 없이 순식간이었다. 차가운 태석의 입술이 자신의 이마에 닿자 가예는 그대로 온몸이 굳은 사람처럼 얼어 버렸다. 계속 길을 막고 서 있을 수 없던 태석이 가예의 손을 이끌고 다시 걷기 시작했지만 가예는 여전히 입술을 살짝 벌린 채로 얼떨떨하게 그를 바라볼 뿐이었다.

"어제부터 지금까지 나한테 등 돌린 벌이라고 생각해."

벌치고는 너무 달콤하고, 설레는 일이라 이런 벌이라면 얼마든지 받을 수 있지 않을까란 생각이 들 정도였다. 가예는 두 뺨을 발그레 물들인 채 그에게 물었다.

"……세상에 이런 벌이 어디 있어요?"

"당신한테만 해당되는 벌이야."

태석은 차가워지는 가예의 손등을 엄지로 쓸어 만지더니 곧 자신의 코트 주머니에 손을 집어넣었다.

다리가 끊어지지 않았으면 좋겠다. 이대로, 아주 오래오래 태석과 함께 걷고 싶었다. 가예는 엉겨 있던 손가락을 풀어 태석과의 깍지를 풀었다. 멀어지려는 가예의 손을 잡으려는 태석의 손바닥에 보들보들한 조그만 손 하나가 살포시 올라와 그의 손을 맞잡았다. 태석이 눈이 커지자 가예는 맑은 웃음으로 그의 가슴을 두드렸다.

함께하는 순간에 맞잡아진 두 사람의 손의 온기가 서로의 마음을 따뜻하게 데워 주고 있었다.

연말연시가 되니 어찌나 이혼을 하겠다는 사람들이 많은지, 준섭은 연이어 밀려 들어오는 이혼소송으로 골머리를 앓았다. 특히 오늘 오전에는 황혼이혼을 하겠다는 중년 여성의 지난 20년간 부부 생활 이야기와, 갓 결혼한 신혼 3개월 차 부인의 바람기를 못 이긴 남편의 하소연을 듣느라 밥 먹을 시간조차 없었다.

준섭은 다 식어 버린 아메리카노를 마시며 일지를 정리했다.

「이 변호사님.」

또다시 인터폰으로 자신을 찾는 비서의 목소리에 준섭은 차라리 책상 아래로 숨어 버리고 싶었다.

준섭은 스케줄이 적힌 제 달력을 바라보며 신음 섞인 한숨을 내뱉었다.

"이번에는 또 누군가요?"

「저 그게, 변호사님 친구분이 찾아오셨는데요.」

"내 친구요?"

「네. 저기요! 손님! 그렇게 들어가시면……!」

비서의 다급한 목소리와 함께 준섭의 사무실 문이 벌컥 열렸다. 그리고 준섭은 들어오는 여자를 보고 멍한 표정으로 천천히 자리에서 일어났다.

"너."

"오랜만이다, 이준섭."

준섭은 곧장 사나운 표정을 하고 그녀를 바라봤다. 가장 아끼는 제 친구들을 철저하게 무너뜨리고 사라졌던 윤주가 태연하게 제 친구랍시고 비서에게 소개를 한 것도 모자라, 멋대로 사무실에 들이닥친 것이다. 준섭은 곧장 자리에서 일어나 그녀에게 다가갔다.

"하윤주, 맞아?"

준섭의 한없이 가라앉은 목소리를 알아차리지 못한 건지, 아니면 모르는 척 구는 건지 윤주가 핸드백을 소파에 내려놓으며 자리에 앉았다.

"그래, 나야. 차 한잔할 시간은 되지?"

가까스로 이성을 붙들고 있는 준섭의 손이 파르르 떨렸다. 아마 여자만 아니었다면 벌써 예전의 기환이 태석에게 그랬듯이 말보다 주먹이 먼저 나갔을 것이다. 준섭은 서늘한 기류를 지켜보고 있던 비서에게 윤주가 들으라는 듯이 큰 소리로 말했다.

"차는 필요 없어요. 금방 나갈 손님이니까."

매정한 준섭의 목소리에 자리에 앉아 다리를 꼬고 있던 윤주가 표정을 굳혔다. 비서가 방에서 나가자, 준섭은 울컥 터져 나오려는 화를 억누르며 일단 그녀의 맞은편에 앉았다.

"네가 무슨 염치로 나를 찾아와."

"염치가 없으니까 너를 찾아왔지. 적어도 한태석한테 먼저 가진 않았잖아."

자신이 저지른 잘못이 무엇인지 모르는 자신만만한 태도가 딱 하윤주다웠다. 누구에게나 자존심이 먼저인 여자. 철없을 20대에는 윤주의 이런 모습이 당당해 보였는지 몰라도 지금은 아니었다.

어이없을 만큼 천하 태평한 윤주의 말에 준섭은 바싹 마른 제 입술을 달싹였다.

"언제 귀국했어?"

한때 태석을 위해서랍시고 준섭은 제 인맥을 총동원해서 윤주의 행방을 찾았지만, 그녀는 이미 한국을 떠난 뒤였다.

윤주는 고개를 들어 말을 길게 늘어뜨렸다.

"한…… 2주 됐지? 한국에서 와인박람회가 열려서 잠깐 들어왔어. 나 프랑스에서 소믈리에 공부했거든."

"태석이네서 받은 돈으로?"

날카롭고 예리하게 파고드는 준섭의 질문에 여유를 유지하던 윤주의 낯빛이 누르락푸르락 변했다. 그녀의 아킬레스건을 제대로 건드린 준섭이 이번에는 여유로운 웃음으로 소파에 몸을 묻더니 팔짱을 꼈다.

"왜 그런 표정이야? 내가 틀린 말한 것도 없는데."

"그래도 우리 한때 친구였는데."

"친구?"

윤주의 입에서 나온 친구라는 단어에 준섭이 몸을 바짝 세워 적을 발견한 맹수처럼 그녀에게 날 선 눈빛으로 경고했다.

"그따위 말 입에 담지도 마. 네가 나를 친구라고 생각했고, 한 태석을 사랑이라고 생각했으면 그렇게 떠났으면 안 되는 거지. 안 그래?"

그 당시 자신이 얼마나 힘들었는지에 대해 조금도 이해하지 못하고 쉽게 말하는 준섭에게 윤주가 발끈하고 나섰다.

"넌 아무것도 몰라! 내가 그때 얼마나……."

"변명하지 마. 네 변명 들어줄 시간도, 가치도 없어."

"태석이 전화번호 알려 줘."

소파에서 일어나는 준섭의 뒤에 꽂힌 윤주의 말에 준섭이 단정하게 입고 있던 재킷을 거칠게 풀며 뒤돌아섰다.

"돌았구나, 너."

"네가 알려 주는 게 낫지 않겠어? 알잖아. 네가 아니라도 내가 태석이 번호 알 수 있는 방법은 많아."

"그럼 잘난 네가 어디 한번 알아내 봐."

"그래, 그럼."

윤주는 일말의 망설임 없이 자리에서 일어났다. 준섭이 쉽게 반겨 주지 않을 거라는 예상은 하고 있었지만, 이 정도로 자신을 사람 취급도 하지 않을 줄은 몰랐던 것이다. 어차피 같은 편이 아니라면 더는 그와 같은 공간에서 한 공기를 마실 이유가 없었다.

원하는 바를 얻어 내지 못한 윤주는 사무실을 나가기 전에, 고개만 살짝 돌려 씩씩거리고 있는 준섭을 바라봤다.

"아참, 기환이는 잘 지내지?"

윤주의 말에는 기환에게 찾아갈 거라는 의도가 다분하게 들어 있었다.

준섭은 성큼성큼 걸어가 핸드백을 고쳐 메려는 그녀를 강하게 돌려세워 싸늘한 눈길로 경고했다.

"태석이랑 기환이 눈앞에 나타나기만 해."

"왜, 변호사가 폭행이라도 하게?"

"친구들을 위해서 그 정도도 못 할까 봐."

"눈물겨운 우정이네."

실소를 터뜨린 윤주는 다시 여유를 찾고 준섭에게 한발 물러서서 말했다.

"조만간 또 보자."

다음 만남을 기약하고 사라지는 윤주의 말은 준섭을 좌절시키기 충분했다. 준섭은 유유히 사라지는 윤주를 붙잡지 않았다. 그가 태도를 바꾸고 설득한다고 해도 어떻게 해서든 다시 나타날 여자였다.

준섭은 자리에 앉아 눈을 감고 흥분한 마음을 가라앉히며 생각에 잠겼다. 도통 움직이지 않는 녀석들을 위해 제가 나서야 할 차례였다.

8화. 애초부터 멀어진다는 게 불가능한 사이였다

올해 태석의 생일은 토요일이었다. 금요일부터 가예는 조금 들떠 있었다. 제일 먼저 그의 생일을 축하해 주고 싶었던 가예는 기환의 배려로 윤베이커리의 빵이 모두 팔리자마자 문을 닫고 태석의 케이크를 만들기로 했다.

홀을 모두 정리하고 부엌으로 들어온 가예는 케이크 만들 준비를 모두 끝내 놓은 기환에게 고마움을 듬뿍 담은 눈빛을 보냈다.

"제가 다 해도 되는데, 감사해요."

"가예 씨가 부엌에서 큰 전적이 있어서 제가 꼼꼼하게 준비해 뒀어요."

기환의 시선이 자신의 손등에 가 있다는 걸 눈치챈 가예는 어색한 웃음을 지으며 테이블 앞에 섰다.

"만드는 방법은 잘 찾아보고 왔죠?"

"그럼요. 대신에 틀린 거 있으면 옆에서 잘 가르쳐 주세요."

"걱정하지 마요."

가예는 일단 케이크시트라고 불리는 제누아즈를 만들기 시작했다. 그녀가 적은 계량법을 곁눈질로 확인하던 기환은 옆에 서서 재료 준비를 도와주었다. 꽤 열심히 알아본 탓인지 가예는 버벅거리지도 않고 제법 능숙한 손길로 재료들을 섞기 시작했다. 스승이 제자를 바라보듯 흐뭇한 얼굴로 그녀를 지켜보던 기환은 가예가 제누아즈를 만드는 동안, 케이크에 올릴 과일을 씻어 놓았다.

"어? 잠깐만요, 가예 씨."

씻어 놓은 과일을 보기 좋게 그릇에 담고 있던 기환이 예열된 오븐으로 다가가는 가예를 잽싸게 세웠다.

"오븐에 접근 금지라고 했죠?"

"이제 정말 그런 바보 같은 실수 안 한다니까요."

"태석이한테 미안할 짓 그만하고 싶어서 그래요."

기환은 덤덤하게 말했지만 그 말을 잠자코 듣고 있던 가예는 코앞에 우정을 두고 헤매는 기환과 태석이 안타깝기만 했다. 가예의 표정을 미처 보지 못한 기환은 유산지에 넣어진 반죽을 확인하곤 공기를 빼 준 뒤에 오븐을 열었다.

"제누아즈가 맛있어야 케이크가 맛있는 건데. 맞죠?"

"정성이 들어갔으니 맛있을 거예요. 아까 계량하는 것도 좋았고요. 30분 정도 구워야 하는데, 잠깐 차 한잔할까요?"

생각보다 너무 술술 풀리는 케이크 만들기에 가예가 방그레 미소를 띠었다.

"이렇게 여유 부려도 될까요?"

"여기 전문가가 있잖아요."

결국, 가예는 기환을 따라 홀에 몇 안 되는 테이블에 자리를 잡고 앉았다. 그사이 기환은 집에서 만들어 왔던 쿠키를 접시에 담아 커피와 함께 그녀의 앞에 놓았다. 가게에서 팔지 않는 쿠키라는 걸 알아본 가예가 물었다.

"새로 만든 쿠키예요?"

"유학 갔을 때 시도했던 블루베리 쿠키인데 이번에 내놓을까 하고요."

바삭한 쿠키와는 다르게 부드러운 식감의 블루베리 쿠키는 씹는 순간 새콤한 맛이 입안에 맴돌아 자꾸만 손이 가게 했다. 과육도 풍부한 데다가, 일반 쿠키와는 다르게 부스러기가 별로 없어서 가예는 마음에 들었다.

"진짜 맛있어요. 블루베리 말고 다른 걸 넣어도 맛있을 것 같아요."

"몇 개 만들었으니까 이따가 가져가요."

가예는 고개를 끄덕이곤 맛있게 한 입 베어 문 쿠키를 내려놓으며 슬쩍 입을 뗐다.

"태석 씨 생일케이크 만드는 걸 도와줄 만큼 그 사람이 밉지 않다면…… 이제 그만 화해할 생각은 없으신 거예요?"

기환의 가게에서 일을 하면서 가예는 그가 얼마나 좋은 사람인지 알고 있었기에, 태석에게 다시 좋은 친구를 되찾아 주고 싶었다. 혹시 너무 많은 시간이 흘러 화해할 기회를 잡지 못하는 거라면 가예는 자신이 직접 나서서라도 두 사람의 관계를 다시 회복

시켜 주고 싶은 마음이 들었다.

"아마 태석이가 싫을 거예요."

"……하윤주 씨, 때문에요?"

가예의 입에서 흘러나온 예상치 못한 이름에 기환이 곧장 응수를 하지 못하고 당황해했다. 어물어물하며 흔들리는 시선을 바라보던 가예는 되레 담담하게 커피를 내려놓았다. 잠깐 무거운 침묵의 공기가 베이커리 안을 내리눌렀다.

"무슨 이야기를 들었는지 모르지만, 나는 태석이한테 화낼 자격 없는 놈이에요. 내가 그 녀석한테 일방적으로 잘못했고, 결국은 내가 용서받아야 하는 입장이죠."

기환 역시 다시 태석과 예전으로 돌아갈 수만 있다면 돌아가고 싶었다. 하지만 예전의 우정을 바라기엔 자신이 얼마나 제 친구를 불행하게 만들었는지 알고 있었기에 선뜻 손을 내밀 수가 없었다.

"태석 씨, 기환 씨 안 미워해요."

"왜 그렇게 생각하는데요?"

"음……."

가예는 동문회에 다녀오고 나서 태석과 잠시 다퉜던 때를 떠올렸다.

"믿는다는 말에, 어쩌면 기환 씨도 포함이었을 테니까요."

처음으로 가예가 그의 품에 안겼던 날, 어쩌면 태석의 '믿어'라는 말은 오래된 제 친구에게도 해당되는 말인지도 모른다. 기환이 궁금하다는 듯한 얼굴로 바라보자, 가예는 설명 대신 그가 만든 쿠키를 마저 먹으며 "제 말 믿으세요."라는 확신에 찬 말만 반복했다.

30분이 지나고 기환은 완전히 식힌 제누아즈를 이리저리 살펴보더니 엄지를 치켜세우며 돌림판에 제누아즈를 올려놓았다. 그리고 자신이 준비했던 시럽으로 촉촉함과 달콤함을 더해 주었다.

"여기부터가 진짜예요. 케이크는 장식이 생명인 거 알죠?"

"당연하죠."

가예는 만들어 놓았던 생크림을 제누아즈에 듬뿍 얹어 아이싱을 시작했다. 온 정신을 케이크 만들기에 쏟고 있는 그녀를 바라보던 기환도 짐짓 심각한 얼굴로 그녀의 아이싱을 가만히 지켜보고 있었다. 그러나 잘하려는 욕심 때문에 생크림이 너무 두껍게 발리고 있었다.

기환은 가예를 도와 능숙하게 돌림판을 돌리며 두껍게 발린 생크림을 덜어 내 완벽하고 깔끔한 케이크를 만들어 냈다.

"역시 전문가는 다르네요."

"이걸로 밥 먹고 사는데 이 정도는 해야죠. 가예 씨, 이거 한번 해 볼래요?"

원래 생크림 위에 과일 장식과 간단한 글씨만 적으려고 했던 가예는 그가 가져온 원형깍지를 신기하게 바라봤다. 기환은 유산지를 깔아 놓은 테이블에 아주 조그맣게 파이핑을 해 보였다.

"예쁘긴 한데……."

능숙한 기환과는 달리 자신이 없던 가예는 케이크를 망칠까 봐 손사래를 쳤다. 그러나 기환은 기어이 그녀의 손에 원형깍지를 쥐여 주었다.

"일단 유산지에 해 봐요. 내가 도와줄게요."

마지못해 연습을 시작한 가예는 생각보다 감을 쉽게 잡았다. 손의 스냅을 이용해 제법 같은 크기와 모양을 짜내는 가예를 본 기환은 손뼉을 치더니 케이크 돌림판을 가져와 그녀의 앞에 놔주었다.

"자, 이제 실전이에요. 이거 하면 진짜 예뻐요."

가예는 손을 바들바들 떨면서 겨우겨우 케이크 장식에 성공했다. 비록 간격은 조금 삐뚤삐뚤했지만, 오히려 서툰 장식들이 가예가 직접 케이크를 만들었다는 정성을 느끼게 했다. 가예는 자신이 만든 케이크를 보며 연신 뿌듯한 기분이 들었다.

"과일은 내가 다듬어 놨으니까 마음대로 올려요."

가예는 태석이 좋아하는 딸기와 키위, 그리고 기환이 가져온 초콜릿 장식품을 올려 케이크를 완성했다.

"조금만 더 배우면 가예 씨가 우리 가게 케이크 만들어도 되겠어요. 안 그래도 나 혼자 만들기에는 손이 부족해서 케이크 진열까지는 힘들었는데."

"다 기환 씨 덕분이죠. 태석 씨가 좋아하겠죠?"

"가예 씨가 만들었으니까 좋아할 거예요."

기환의 말을 들은 가예가 방긋 웃으며 고개를 끄덕였다. 뒷정리를 마치고 상자에 조심스럽게 케이크를 담은 가예는 외투를 챙겨 입고 기환에게 인사했다.

"하루 종일 일하느라 힘드셨을 텐데 도와주셔서 감사해요."

"내가 한 건 하나도 없는데요. 이제 곧 저녁 시간인데 얼른 가

봐요."

"그럼 다음 주에 뵙겠습니다!"

"아, 가예 씨. 저기……."

기환이 머뭇거리며 그녀에게 건넨 것은 다름 아닌 와인이었다. 선물의 의미를 알아차린 가예가 빙그레 웃으며 와인을 받아 들었다.

"태석 씨한테 기환 씨가 줬다고 말해도 되죠?"

"내가 비밀로 해 달라고 해도 말할 거잖아요."

"당연하죠. 기환 씨가 줬으니까, 태석 씨도 좋아할 거예요."

가예는 아까 기환이 자신에게 했던 말을 그대로 다시 돌려주었다. 줄지 말지 몇 번이나 고민했던 기환의 표정은 그녀의 말에 아까보다 조금 더 밝아져 있었다.

집에 도착한 태석은 내심 문 앞에서부터 자신을 반겨 주는 가예를 기대했지만, 그녀는 피곤해서 쉬겠다는 말과 함께 안방에서 꼼짝도 하지 않았다. 피곤하다는 그녀를 괴롭힐 순 없어서 태석은 푹 쉬라는 아쉬움 섞인 말만 꺼내곤 곧장 서재로 들어갔다.

일부러 그를 섭섭하게 만든 가예는 좀처럼 볼 수 없는 장난기 가득한 얼굴을 하고 밤 열두 시가 되자마자 슬그머니 문을 열었다. 조용한 태석의 기척에 안심하며 가예는 발꿈치를 들고 도둑고양이처럼 방에서 나와 미리 준비해 둔 선물을 숨기고, 케이크에 촛불을 켜고 식탁에 올려 두었다. 그러고는 서재에 노크를 했다.

"태석 씨."

가예는 태석이 조명이 바뀐 거실을 볼 수 없게 몸을 바짝 붙여 최대한 빠르게 서재로 들어가 문을 닫았다. 시큰둥한 표정으로 턱을 괸 채 책을 읽던 태석은 반가운 목소리에 곧장 고개를 들었다.

"많이 바빠요?"

"바쁜 건 당신이었지."

태석의 투덜대는 모습을 처음 본 가예는 조그맣게 웃으며 그에게 손짓했다.

"안 바쁘면 잠깐 나 좀 도와줄래요?"

"뭐 도와줄까?"

"아…… 거실 불이 나가서 전등을 갈아야 할 것 같아요."

"그래?"

너무 허술한 거짓말을 꺼낸 가예는 제 머리를 쥐어박고 싶었다. 그러나 그녀의 말이라면 한 치의 의심도 없는 태석은 고개를 끄덕이며 가예에게 다가갔다.

행여나 초가 다 녹아 버릴까 봐 그를 붙잡고 서둘러 밖으로 나간 가예는 은은하게 켜 놓은 거실 조명과 식탁 가운데 환하게 켜져 있는 케이크 촛불을 확인하고 태석을 돌아보며 생긋 웃었다.

"놀랐죠? 일단 촛불부터 끄고……."

식탁으로 자신을 끌고 가려는 가예의 손을 잡은 태석이 그대로 그녀를 뒤에서 안았다. 그러고는 그녀의 귓가에 얼굴을 묻고 속삭이듯 나지막하게 물었다.

"이거 준비하느라 바빴던 거야?"

감동한 기색이 역력한 태석의 말투에 가예는 고개를 끄덕이며 자신의 가슴 언저리 부분에 온 태석의 손을 붙잡았다.

"감동은 나중에 하고 촛불부터 꺼요. 케이크에 촛농 다 떨어지겠어요."

태석은 우선 가예가 시키는 대로 의자에 앉았다. 그리고 태석은 케이크를 본 순간 눈이 휘게 웃을 수밖에 없었다. 자신이 좋아하는 과일만이 올라간 케이크 정중앙에는 오늘 날짜와 함께 통통한 하트가 그려져 있었다.

"얼른 소원 빌어요."

"생일 축하 노래 안 불러 줘?"

은근슬쩍 노래는 넘어가려던 얄팍한 수가 틀어지자, 가예는 할수 없이 조그맣게 축하 노래를 부르기 시작했다.

"생일 축하합니다. 생일 축하합니다. 사랑하는 태석 씨의 생일 축하합니다."

노래 부르는 가예의 모습을 처음 본 태석은 그대로 그녀를 있는 힘껏 안아 버리고 싶었다. 특히 사랑하는 태석 씨, 라고 수줍게 말하는 가예의 모습은 그의 가슴을 두근거리게 하기 충분했다.

태석이 잠시 눈을 감아 짧은 소원을 빌고 한 번에 촛불을 끄자 가예가 손뼉을 치며 그의 생일을 축하했다.

"생일 축하해요, 태석 씨."

불이 켜지고 태석은 식탁에 놓인 케이크를 보며 가예에게 다정스레 웃으며 물었다.

"당신이 만들었어?"

"그럼요."

그러나 시중에 팔아도 될 만큼 군더더기 없이 깔끔하게 만들어진 케이크에 태석이 고개를 갸웃거렸다. 그의 의심 어린 눈초리에 가예는 5초도 안 돼서 이실직고했다.

"기환 씨가 조금 도와줬어요."

"같이 만들었다고?"

질투심이 타오른 태석의 목소리가 분기를 띠었다. 가예는 상황을 모면하기 위해 냉큼 와인을 꺼내 태석에게 건넸다.

"이거, 기환 씨가 태석 씨한테 준 선물이에요."

태석은 자신의 앞에 놓인 와인을 가만히 바라보았다.

"그리고 생일 축하한다고도 전해 달랬어요."

"윤기환은 그런 말 안 했을 텐데."

가예보다 기환을 더 잘 아는 태석이 예리하게 알아맞히자, 거짓말을 못 하는 그녀가 겸연쩍게 웃으며 날름 혀를 내밀었다.

"기환 씨한테 태석 씨가 고마워했다고 전할게요."

"내가 언제 그랬어?"

"태석 씨 표정에 그렇게 쓰여 있는데요?"

사람을 녹이는 그녀의 미소에 태석은 졌다는 듯 순순히 고개를 끄덕였다. 조만간 기환과 만나야겠다고 생각한 태석은 자신과 기환의 연결 고리가 되어 준 가예에게 고마움을 느꼈다.

가예는 특별한 날인 만큼 기분을 내고 싶다며 와인잔을 꺼내 그와 자신의 잔에 와인을 채웠다. 와인잔이 부딪치는 소리와 함께 태석은 드라이한 와인 맛에 잠시 인상을 쓰며 포크로 달콤한 케이크를 한 입 먹었다.

"맛이 어때요?"

"이제까지 먹어 본 케이크 중에 제일 맛있어."

빈말이어도 듣기 좋은 태석의 대답에 가예의 얼굴이 해사하게 빛났다. 기분이 좋아진 가예는 또다시 와인잔을 들어 그의 잔에 홀로 건배를 했다. 그새 와인 한 잔을 다 마신 가예는 자신이 준비한 선물을 태석에게 건넸다.

"이건 내 선물이에요."

큰 쇼핑백에 담겨 있는 상자에는 윤이 나는 구두가 담겨 있었다. 게다가 신발 상자는 하나가 아닌 둘이었다.

"두 켤레나?"

"하나는 작년에 주려다가 못 준 거고, 또 하나는 어제 산 거예요."

"신발 선물의 의미는 도망가라는 뜻이라던데."

"그래서 두 켤레 준 거예요. 두 켤레가 되면 어디 가지 말고 내 옆에 있으라는 의미래요."

백화점 직원의 상술 섞인 구두 선물의 의미를 그에게 전달한 가예는 다시 홀짝홀짝 와인을 마셨다. 어느새 그녀의 볼은 발갛게 달아올라 있었다.

태석의 앞에서 완전히 느슨해져 버린 가예는 와인과 분위기에 한껏 취해 있었다. 잘 준비를 마치고 침대에 누워 있는 가예를 본 그가 반대편을 손짓하며 다가왔다.

"이제부터 당신이 왼쪽에서 자."

"왜요?"

"서로 등 돌리고 자는 거, 싫어."

"……우리 그렇게 자는 거 어떻게 알았어요?"

"저번에 등 돌린 벌까지 받아 놓고 새삼스럽게."

태석이 줄곧 등 돌린 자신을 봐 왔다는 사실에 가예의 코끝이 찡해졌다. 누군가의 돌아서지 않는 등을 바라본다는 것이 얼마나 외로워지는 일인지 알기 때문에 더욱 그랬다.

태석과 마주 보고 누운 가예는 태석의 눈동자에 금방이라도 빨려 들어갈 것처럼 그를 빤히 응시했다. 와인이 아니었으면 도저히 낼 수 없는 용기였다.

태석은 눈싸움이라도 하는 사람처럼 시선을 피하지 않고 자신을 바라봐 주는 가예가 고마우면서도 귀여워서 피식 웃음을 터뜨렸다.

"뭘 그렇게 빤히 봐?"

"태석 씨 눈동자에 내가 보여요."

"앞으로도 당신만 보일 거야."

와인을 마신 데다가 하루의 피로가 몰려오자 가예는 눈을 나른하게 풀고, 행동도 전보다 눈에 띄게 느릿해졌다. 태석은 사랑스러운 그녀의 보송보송한 볼에 손을 올리고 싶은 욕심을 간신히 참아 내며 숨을 내뱉었다.

"오늘 케이크랑 선물 고마워."

사실은 그녀가 준 물질적인 선물보다도 구두 두 켤레가 내 옆에 있으라는 의미를 담고 있다던 가예의 말에 더욱 감동을 받았다. 그 말을 들은 가예는 쭈뼛거리며 말했다.

"사실 진짜 선물은 따로 있어요."

"또?"

가예는 대답을 하지 않고 수줍게 고개를 꾸벅 끄덕여 보였다.

"그 선물은 언제 줄 건데?"

잠자코 태석을 바라보던 가예는 짧게 호흡을 내쉰 뒤에 누워 있던 태석에게로 가까이 다가가 그의 이마에 가볍게 입을 맞추고 다시 제자리로 돌아와 누웠다. 기습적으로 입맞춤을 당한 태석은 다시 제자리에 누운 가예의 손을 다급하게 붙잡았다.

"가예야."

"나는 당신한테서 멀어지는 게 안 되나 봐요."

가예는 가늘게 떨리는 목소리로 나직이 대답했다.

"당신을 많이 사랑하니까."

그녀가 준비한 마지막 태석의 생일선물은, 변함없이 한결같았 던 제 마음을 밝히는 고백이었다.

태석에게 이혼을 말하고 나서도 그에 대한 마음의 방향이 쉽게 변하지 못했다. 사랑을 멈추지 못했으니 그녀의 말대로 애초부터 멀어진다는 게 불가능한 사이였다.

사랑하는 사람을 눈앞에 두고 떠난다는 것만큼 바보 같은 일이 어디 있을까. 게다가 그 사람도 나를 열렬히 사랑해 주겠다는데, 주저할 이유가 없었다.

가예의 고백이 끝나기가 무섭게 태석은 그녀의 볼을 어루만지 며 다가가서 파르르 떨리는 가예의 입술에 제 입술을 덮었다. 가 예는 지그시 눈을 감고 태석의 숨결을 삼키며 그의 입술을 받아들였다.

누운 채로 꼭 끌어안고 있는 서로의 심장 소리가 고스란히 느껴졌다. 달콤하게 서로를 옭아맨 혀는 뜨겁고 애틋했다.

태석은 떼고 싶지 않은 입술을 잠시 떨어뜨리고 그녀에게 속삭였다.

"사랑해."

태석을 바라보는 가예의 눈빛은 무척 유혹적이었다. 가예는 제 볼에 올라와 있는 그의 손을 잡으며 살며시 미소를 지었다.

"이제 후회해도 소용없어. 나 당신 못 놔. 이혼도 안 해 줄 거야."

"나야말로 이제 정말 당신 못 놔요. 그러니까 태석 씨도, 나 놓지 마요."

가예의 진심을 확인한 태석이 그녀에게 입을 맞추고는 귓가로 입술을 옮겨 벅찬 숨결을 밀어냈다. 귓불이 뜨거워짐과 동시에 그의 손길이 봉긋하게 올라온 가예의 가슴으로 향했다.

흥분으로 제법 딱딱해진 그녀의 가슴을 부드럽게 감싸 쥔 태석은 다시 한 번 그녀의 입술을 머금었다. 달콤한 생크림 맛이 나는 그녀의 입안을 고루 훑던 그가 점점 흐트러지는 그녀의 머리카락을 쓸어 넘겼다. 코끝에 스치는 가예의 샴푸 냄새가 태석의 정신을 아찔하게 만들었다.

이불 속에서 서로의 사랑을 확인하는 두 사람의 체온은 점점 올라갔지만, 오롯이 자신들을 위한 동굴같이 느껴져 누구도 이불을 걷어 낼 생각을 하지 않았다.

태석은 다정한 손길로 그녀의 잠옷을 끌어 올려 가예의 허벅지를 쓰다듬었다.

"태석 씨……."

야릇하게 나온 가예의 음성에 태석은 결국 참지 못하고 그녀의 잠옷을 완전히 벗겨 버렸다. 순식간에 그의 앞에 모든 걸 보여 주게 된 가예가 이불을 끌어 올리며 작게 중얼거렸다.

"나만 이러는 건 반칙이잖아요."

"벗겨 줄래?"

부끄러워하는 가예의 모습이 보고 싶어서 짓궂게 장난친 태석이 그녀의 손을 잡았다. 그런데 가예는 태석의 기대와는 달리 잠시 망설이는 것 같더니 곧장 그의 바지에 손을 가져다 댔다. 도발적인 그녀의 행동에 태석은 기다릴 여유를 갖지 못하고 제 상의를 스스로 벗어 침대 아래에 떨어뜨리고 가예의 위로 올라갔다.

실오라기 하나 걸치지 않은 상태에서 서로의 살갗을 맞댄 가예에게 흥분한 태석의 남성이 고스란히 느껴졌다. 태석은 그대로 입술을 내려 가예의 목덜미를 농밀하게 지분대며 다른 한 손으로 말캉한 가슴을 움켜잡았다.

"하아……."

몸살에 걸렸을 때처럼 온몸이 뜨거웠다. 그녀의 달뜬 목소리만을 기다렸다는 듯 태석이 가예의 분홍빛 정점을 혀로 간질였다. 그러자 가예의 입에서 절제하고자 하는 작은 신음이 터져 나왔다.

자신과는 달리 아직 부끄러움을 신경 쓸 만한 이성이 남아 있는 가예를 바라보던 태석은 이번엔 조금 더 강하게 그녀의 정점을 빨아들였다.

"아, 잠깐……."

가예가 몸을 움찔거리며 허리를 비틀었다. 그의 입술이 줄곧 머물러 있던 가슴을 지나 점점 납작한 배로 향하자, 가예는 참았던 숨소리를 터뜨리며 멀어지는 태석을 애타게 찾았다.

"태석…… 씨……."

그녀에게 불리는 제 이름이 좋았다. 언제나처럼 청아하고 나지막한 목소리로 자신을 찾는 가예가 지금처럼 변함없이 제 옆에 있어 주었으면 좋겠다고 생각했다.

태석은 고개를 들고 올라와 가예의 발간 광대에 입을 맞추었다.

"나 여기 있어."

가예는 말없이 고개를 끄덕였다. 그녀의 눈빛에서 떨리는 긴장을 확인한 태석은 그녀의 위에서 내려와 옆에 누워 얼굴을 마주 봤다. 그러곤 그녀의 허벅지 안쪽으로 손을 가져갔다. 이미 그녀의 중심은 촉촉하게 젖어 그를 맞이할 준비를 하고 있었다.

제 얼굴을 빤히 바라보며 은밀한 곳으로 다가가는 태석의 손길이 부끄러워 가예가 결국 긴 속눈썹을 덮었다. 태석은 길게 뻗은 중지를 천천히 그녀의 안으로 밀어 넣었다.

제 안으로 깊이 들어오는 그의 손길에 당황한 가예가 눈을 뜨자, 태석이 매력적인 미소로 화답하고는 신음을 내뱉으려는 가예의 입술을 막았다. 그의 부드러운 혀를 감당해 내는 것도 모자라 태석이 주는 짜릿한 자극에 가예의 허리가 연신 강하게 비틀어졌다.

그녀의 타액으로 채워지지 않는 갈증을 해결하던 태석은 더 이상 참을 수 없다는 듯 손가락을 빼고 다시 가예의 위로 올라갔다. 그리고 태석은 자신을 받아들이기 위해 준비된 그녀의 안으로 자신의 분신을 밀어 넣었다.

"훗……."

함초롬하게 젖은 눈을 한 가예의 입에서 더욱 강렬한 신음이 울렸다. 태석이 조금씩 움직이기 시작하자 아랫배가 묵직해지면서 묘한 쾌감이 온몸에 스며들었다. 가예가 다리를 들어 그를 완전히 포박하자, 태석은 거친 신음을 내뱉으며 다시 온몸을 움직였다.

"가예야."

"하아…… 태석 씨……."

흥분으로 잔뜩 쉰 유혹의 목소리를 들은 태석은 그녀가 앗, 하고 놀랄 틈도 없이 가예를 일으켜 세웠다. 이불이 걷어지고 서로의 불꽃에 땀으로 범벅이 된 가예는 부끄러움도 잊은 채 그에게 완전히 밀착되어 태석의 목을 세게 끌어안았다.

탱탱한 가슴이 가슴팍에 닿자마자 그는 더욱 맹렬하게 허리를 움직였다. 흥분을 고조시키는 그의 움직임에 가예가 엉덩이를 들썩이며 뜨거워진 그의 입술에 입을 맞추었다.

그렇게 가예와 태석은 스스로에게 표현할 수 있는 사랑의 전부를 쏟아 내었다.

결혼하고 나서 처음으로 제 팔에 누워 단잠에 빠진 가예를 보고 있던 태석은 새근새근 자고 있는 그녀의 입술에 조심스레 제 입을 갖다 댔다. 뜨거운 사랑을 여러 차례나 나눈 탓에 곯아떨어진 가예는 태석의 입술이 닿았는지도 모르고 간지러운 입술을 달싹이며 몸을 움찔거렸다.

태석은 눈앞에 있는 사랑스러운 여자의 이마, 코, 볼, 입술에 차례대로 제 입술을 맞대었다.

"으음……."

그녀를 깨우고 싶진 않았기 때문에 태석은 잠시 숨을 참고 얼음땡을 하듯 그대로 동작을 멈추었다. 하지만 태석의 노력을 몰라 준 가예는 무거운 눈을 씀벅 감았다가 떴다.

자신을 바라보고 있는 태석과 눈이 마주친 가예는 방긋 웃으며 조금 떨어진 그의 품으로 더 가까이 다가갔다.

"졸려요."

"얼른 더 자."

가예는 몽롱한 정신으로 고개를 끄덕였다. 태석은 손을 뻗어 그녀의 등을 어루만지며 토닥토닥 두드려 주었다.

그녀가 이렇게나 빨리 다시 마음을 열어 주리라곤 기대하지도 않았다. 자신이 가예에게 보였던 어둠이 얼마나 칠흑같이 컴컴했는지 알기에 더욱 그랬다. 그녀가 아프게 하면 아프고, 괴롭게 하면 괴롭고, 상처 주면 상처받는 대로 지내려고 했다. 어차피 그 아픔을 치료할 수 있는 연고가 될 사람도 가예일 테니까.

그때 가예가 다시 게슴츠레 눈을 떴다. 태석은 머리를 쓰담쓰

담 해 주며 의아한 눈빛으로 왜 더 자지 않느냐고 물음을 대신했다.

"더워요."

"온도 좀 줄일까?"

"아니, 태석 씨가 너무 뜨거워서…… 그래서 더워요."

줄곧 그의 품에서 안겨 잠을 자고 있던 가예는 탄탄하고도 뜨거운 열기를 뿜어내는 그의 온몸이 뜨거워 다시 쉽게 잠들 수가 없었다. 그러자 태석은 일부러 더 그녀를 아스러지도록 힘껏 껴안았다.

"당신도 뜨거운 거 알아?"

"나도 뜨거워요?"

"당연하지."

태석은 아까 가예가 자고 있을 때 했던 것처럼 흔적을 남기듯 곳곳에 입을 맞추었다. 그의 애정을 온몸으로 느끼던 가예의 얼굴이 붉게 상기됐다.

"이러니까 뜨겁죠."

"적응해야 할 거야. 앞으로 차가워질 일은 없으니까."

"갑자기 너무 행복해져서, 꿈일까 봐 겁나요."

자신의 사랑을 종종 불안해하는 그녀에게 확신을 주는 일이라고는 오롯이 그녀 옆에서 한결같이 사랑해 주는 것뿐이었다. 각지고 모난 기억들을 사랑의 조각칼로 조금씩 다듬어서 보드라운 추억으로 만드는 건 이제 태석의 몫이었다.

"꿈인 것 같으면 여기가 꿈속이라고 생각해. 현실인 것 같으면 현실이라고 생각하고. 꿈속이든, 현실이든 계속 옆에 있을 테니까."

태석의 뒷모습만 바라보면서도 자신을 향해 돌아보지 않는 그를 원망한 적 많았지만, 한 번도 그를 사랑하는 마음을 후회해 본적 없던 가예였다. 많이 아팠지만, 이 사람을 사랑하길 잘했다. 그 말을 곱씹던 가예의 눈시울에 결국 눈물이 스쳤다.

태석이 고개를 들자 가예의 눈이 감기며 가랑가랑 맺혀 있던 눈물이 두 뺨을 타고 흘렀다. 고이 감긴 가예의 눈에 짧게 입을 맞춘 태석은 그 뒤로도 몇 번이나 흘러내리는 가예의 안도하는 눈물을 닦아 주었다.

9화. 잃어버린 시간 속에서의 후회

기환을 찾아온 준섭은 베이커리 근처에 있는 카페에서 그를 기다렸다. 준섭은 가게 구경도 할 겸 베이커리로 직접 찾아가겠다고 했지만, 손님이 줄을 설 정도로 그의 가게는 정신이 없었기 때문에 해묵은 이야기를 하기 적합한 장소가 아니었다.

바쁜 연말에 연차까지 내놓고 기환을 기다리던 준섭은 자신의 관자놀이를 지그시 누르며 해야 할 말들을 차분히 곱씹고 있었다.

가게를 정리하고 카페에 도착한 기환은 심각한 표정으로 앉아 커피를 마시는 준섭의 맞은편에 앉았다. 먼저 만나자고 말한 사람치고 준섭의 얼굴은 반기는 기색 없이 사뭇 딱딱하게 굳어 있었다.

"서운하다, 윤기환."

준섭은 아직도 동문회 날의 일을 마음에 담아 두고 있었다. 그렇게 매정하게 가 버려 놓고 메시지 하나 없던 기환에게 서운한 마음이 생기는 건 당연했다. 꽤 시간이 흘렀음에도 그때의 일을 곱씹고 있는 준섭을 향해 기환이 머쓱하게 웃으며 변명조로 말했다.

"미리 태석이 온다는 얘기해 줬으면 좋았잖아."

"그랬으면 네가 그 자리에 왔겠어? 내 연락도 무시했겠지."

틀리지 않은 준섭의 말에 기환은 아무 말도 하지 못했다. 아마 그 자리에 태석이 온다는 사실을 알았다면 재고의 여지없이 자리에 참석하지 않았을 것이다.

자신과 태석을 화해시키기 위해 이제껏 준섭이 얼마나 부단한 노력을 해 왔는지 알고 있었다. 돈이나 명예보다 우정이 더 소중하다고 말하던 준섭에겐 태석과 다른 의미로 미안한 마음이 앞섰다. 그래서 최근 가예 덕분에 태석과 통화도 주고받고, 생일 선물도 전달했다는 말을 하면 반색할 준섭의 표정이 눈에 선했다.

먼저 연락하지 못한 미안함을 기쁜 소식으로 대신하려는 찰나, 준섭이 무겁게 말을 꺼냈다.

"하윤주랑 연락하냐?"

기환이 마음속에서 완벽하게 끊어 내지 못한 이름이 튀어나왔다. 오랜만에 누군가에게서 듣게 된 이름 석 자. 태연한 척 굴었지만 흔들리는 기환의 눈빛에서는 미련의 잔재가 남아 있었다.

기환은 고개를 저으며 앞에 놓인 커피 한 잔을 마셨다.

"윤주는 갑자기 왜?"

"그냥, 궁금해서."

이유 없이 윤주의 안부를 궁금해할 만큼 그녀를 향한 준섭의 감정이 곱지 않다는 것쯤은 기환도 알고 있었다. 그래서 그냥이라는 둘러대는 친구의 말을 믿지 않았다. 행여나 자신이 놓치는 게 있을까 봐 준섭을 빤히 보고 있던 기환의 눈빛이 가늘어졌다.

"숨기는 게 너답지 않다, 이준섭. 무슨 일이야?"

"언제부터였어?"

"뭐가?"

한참 만에 입술을 뗀 준섭의 질문에는 주어가 빠져 있었다. 이미 지나간 일 따위, 그것도 다신 기억하고 싶지 않은 윤주와의 추억을 되새기고 싶지 않았지만 기환의 눈빛을 보니 짚고 넘어가야 할 문제인 듯했다.

"하윤주 좋아한 거, 언제부터였냐고."

윤주에 행방에 대해서나 물어볼 줄 알았던 준섭의 입에서 예상치 못한 이야기가 흘러나오자 기환이 죄인처럼 고개를 푹 숙였다. 준섭과 태석이 짐작하고 있을 거라고 생각은 하고 있었지만, 그 말을 직접 듣게 되니 어떤 대답을 해야 할지 감이 오지 않았다.

아무 말도 못 하는 기환을 보던 준섭의 입에서 깊은 한숨이 터져 나왔다.

"그만큼 좋아했으면서 왜 태석이를 소개해 준 거야."

마음을 털어놓지 못하고 이제까지 꼭꼭 숨겨 둔 것도 모자라, 지금도 윤주 이야기에 고개를 숙이는 기환의 모습은 안타깝고, 한편으로는 측은하기까지 했다.

"태석이도…… 알아?"

"당연한 거 아니야?"

준섭은 기환이 처음이자 마지막으로 태석에게 주먹을 날렸던 날을 떠올렸다.

"생전 얼굴 한 번 안 구기던 놈이 윤주가 떠났다는 말에 주먹을 썼는데."

기환과 연락을 끊고 1년쯤 지나서, 양주에 얼근하게 취한 태석은 술을 마시다 말고 처음으로 준섭에게 물었다. 기환이 윤주를 언제부터 좋아했는지 혹시 아느냐고. 그동안 태석이 윤주 때문에 힘들어한다고 생각했던 준섭은 그 질문에 한 방 맞은 듯 멍한 얼굴로 그를 바라봤다.

생각해 보지도, 아니 생각하려고 해 보지도 않았던 경우의 수였다. 윤주가 떠났다는 말에 기환이 그답지 않게 흥분하긴 했지만, 그저 자신들보다 윤주를 더 오래전부터 알았기 때문에 우정의 깊이가 깊은 것뿐이라고 준섭은 마음속으로 단정 지었던 상태였다.

태석은 윤주에 대한 그리움이나 원망이 아닌, 기환에 대한 미안함으로 한참을 괴로워했다. 되돌릴 수 없는 시간만 하염없이 떠올리며 친구가 가진 감정을 조금만 더 일찍 깨달았다면, 하는 자괴감이 태석을 짓누르고 있었다.

친구도 사랑도 잃은 태석은 태석대로, 한 여자 때문에 상처받고 멀어진 두 친구를 그리워하던 준섭은 그 나름대로 몇 년을 힘들어했다. 정작 비극을 만든 한 여자는 돈까지 챙겨 떠나 버렸는데, 남은 사람들만 지옥에서 살고 있다는 사실에 때론 참을 수 없이 화가 나서 견딜 수가 없었다.

"내가 비겁했어."

기환은 쓸쓸하게 웃었다. 3년이라는 긴 시간 동안 남몰래 짝사랑하던 여자의 시선이 줄곧 자신이 아닌 제 옆에 서 있는 가장 소중한 친구를 향하고 있다는 사실을 알았기 때문에, 그녀에게 멋진 남자라도 돼 보겠다는 못난 생각에서 고백도 포기하고 윤주를 태석에게 소개해 주었다.

누군가가 겁쟁이라고 손가락질해도 좋았다. 자신만 포기하면 모두 다 행복해지는 것이라는 섣부른 판단을 했었다.

그러나 사랑을 양보한다는 생각 자체가 얼마나 어리석고, 비겁했는지를 사랑과 우정을 둘 다 놓치고 나서야 알았다. 그 당시에 모든 사실을 알게 될 태석의 무거워질 마음보다, 믿어 의심치 않던 친구에게 윤주를 양보한다면 마음이 놓일 것 같다는 본인의 이기심과 태석을 좋아하는 윤주가 행복해질 거라는 생각뿐이었다. 태석은 자신이 윤주를 좋아했다는 사실을 절대 알게 될 일이 없을 거라는 착각 속에 살았다.

"갑자기 유학 간 것도 다 하윤주랑 태석이 때문이었어?"

준섭에게 거짓말을 할 자신이 없던 기환은 묵묵히 그의 질문을 듣고만 있을 뿐, 이렇다 할 변명도 대답도 하지 못했다.

태석에게 윤주를 소개해 주고 나서는 그녀를 완전히 잊어야 했기에 스스로 선택했던 유학이었다. 그리고 2년 동안 완벽하게 잊었다고 생각했다. 아니, 잊었다고 믿고 싶었는지도 모른다.

맘을 굳게 먹고 두 사람을 축복해 주기 위해 돌아온 한국에서는 너무 많은 것들이 변해 있었다.

태석과 윤주가 헤어진 것도 모자라서 도망갔다는 이야기를 듣는 순간, 미처 치우지 못한 미련의 잔재가 튀어 올라 태석을 때리고 말았다. 그 당시에 윤주의 도망으로 혼이 나가 있었던 태석은 보이지 않고, 도망갈 만큼 힘들었을 윤주를 먼저 떠올린 건 분명 기환의 잘못이고, 실수였다.

2년은 누군가를 잊기엔 부족하지 않은 시간이지만, 기환에게는 첫사랑이었던 윤주를 깨끗하게 잊기에는 부족한 시간이었다. 그 사실을 끝내 인정하지 않고 덮어 둔 채 견뎌 왔던 것이 태석의 앞에서 터지게 된 것이다.

"바보 같은 놈."

준섭이 한숨을 토해 내자 기환은 순순히 인정한다는 듯 고개를 끄덕이며 힘없이 웃었다.

"바보처럼 그렇게 포기했으면, 미련이라도 두지를 말았어야지."

아직 윤주를 잊지 못하고 미련을 두는 기환의 모습은 더욱 준섭을 속상하게 만들었다. 그리고 기환에게 왜 깨끗하게 잊지 못했느냐는 한탄 섞인 말밖에 꺼낼 수 없는 이 상황이 잔인하다고 생각했다.

"준섭아."

"어."

"내가 태석이한테 윤주를 소개하지만 않았어도 모든 게 다 달라졌겠지?"

힘없이 말하는 기환의 목소리에 준섭이 고개를 돌려 그를 바라봤다.

"내가 비겁하게 태석이 뒤에 숨지만 않았어도, 나랑 태석이 멀어질 일도 없었을 거잖아. 윤주가 한국을 떠날 일도 없었을 테고."

"그만해."

자신의 탓이라고 자책하는 기환의 모습을 더는 보고 싶지 않았다. 식어 가는 커피 때문인 건지, 얼마큼 곪아 버렸는지 짐작조차 할 수 없는 친구의 마음 때문인 건지 준섭은 입안이 썼다.

"하나만 물어보자."

준섭은 아랫입술을 꾹 깨물었다. 평생을 가자던 친구 사이가 하윤주, 한 사람으로 속절없이 흐트러졌고, 그 흐트러진 사이를 정리할 틈도 없이 그 여자가 다시 나타났다. 준섭은 다시 한 번 여러 사람의 인생이 송두리째 흐트러질까 봐 두려웠다.

"아직도 하윤주 사랑해?"

만약 그렇다는 대답이 나온다면 어떻게 해야 하나, 준섭은 속이 탔다. 태석이 기환을 위해서라도 절대 말하지 말라고 했던 윤주가 떠난 이유를 모두 털어놓고 싶었다. 그저 하윤주는 돈을 쫓아갔을 뿐이라고, 네가 그리워할 만큼 좋은 여자가 아니라고 마음에서 느끼는 대로 다 쏟아 내고 싶었다.

"그런 거 아니야."

다행히 기환의 대답은 꽤 단호했다. 갑자기 찾아와 몇 년도 더 지난 윤주의 이야기를 꺼낸 준섭이 이상하다고 생각했는지 기환은 그를 뚫어져라 바라봤다.

"그런데 갑자기 윤주는 왜?"

"하윤주 한국 왔어."

마음을 가다듬던 기환의 동공이 커다래졌다. 미국으로 떠났다는 말을 듣고 나서 그녀를 찾으려고 여기저기 수소문해 봤지만 어디로 꼭꼭 숨은 건지 한 번도 소식을 들을 수 없었다. 그런 윤주가 다시 나타났다고 하니 놀랄 수밖에 없었다.

"네가 어떻게 알아?"

"나한테 찾아왔더라. 태석이 번호 알려 달라고."

"알려 줬어?"

"내가 미쳤냐!"

기환은 안도의 한숨을 쉬었다. 이제 더는 태석이 윤주를 사랑하지 않는다는 걸 안다. 게다가 태석이 가예와 사랑을 시작하려는 모습을 봤기 때문에, 윤주가 나타나면 결코 좋은 상황이 벌어질 리 없었다.

준섭은 커피 잔을 만지작거리며 말했다.

"태석이랑은 계속 이렇게 지낼 거야?"

기환 역시 태석과 예전의 사이로 다시 돌아가고 싶었다. 그러나 자신이 정리하지 못한 미련 때문에 틀어진 우정에 다시 뻔뻔하게 손을 내밀 수가 없었다.

"나 태석이한테 손 내밀 자격 없다. 내가 태석이한테 어떻게 했는데."

우정을 망가뜨린 사람은 다름 아닌 자신이었다. 태석의 말도 들어 보려고 하지 않고 다짜고짜 주먹을 날렸다. 힘들어하고 있는 친구의 얼굴은 안중에도 없었던 당시의 자신을 기억하기에 기환은 더욱 태석에게 다가갈 수 없었다. 사과라면 얼마든지 할 수 있었지만, 준섭의 뜻대로 예전처럼 돌아갈 순 없을 거라고 생각했다.

"태석이는 너한테 염치없어서 자격 없다고 하던데. 누가 죽 잘 맞는 친구 사이 아니랄까 봐 생각하는 것도 똑같네."

준섭은 두 사람의 행동이 우스운지 코웃음을 치며 고개를 절레절레 흔들었다. 태석이 그런 말을 했다는 사실이 놀라운지 기환이 커피를 마시다 말고 잔을 내렸다.

"태석이가 나한테 왜?"

"본인은 친구가 사랑했던 여자를 뺏은 나쁜 놈이라던데."

"그게 무슨 말도 안 되는……."

"둘이 평생 미안해만 하다가 남은 세월 다 보낼 생각 아니면 이쯤 하고 풀어."

준섭이 타이르듯 말했다. 서로에게 선뜻 다가서지 못하는 두 사람의 마음은 이해하지만 이런 식으로라면 평생 태석과 기환이 화해하는 모습을 볼 수 없을 것 같았다.

"그래서 말인데, 하윤주 돌아왔다는 얘기, 네가 태석이한테 직접 해."

"준섭아."

"분명히 찾아갈 거야, 한태석한테. 이제 와서 하윤주가 나타났다고 흔들릴 녀석도 아니지만, 지금 하윤주가 태석이 앞에 나타나면 누가 제일 힘들어질 것 같아?"

기환의 머릿속에 자연스럽게 가예가 떠올랐다. 자신이 감히 가늠할 수 없을 만큼 그녀는 태석을 사랑하고 있었다. 그리고 태석 역시, 가예를 사랑하고 있었다. 태석을 떠올리며 수줍게 웃던 가예의 미소, 가예와 무슨 사이냐고 묻던 태석의 초조한 표정이 떠오르자 준섭은 저절로 마른 얼굴을 쓸어내렸다.

"하윤주 얘기는 너랑 태석이가 언젠가는 풀어야 할 얘기야. 그러니까 자격 없다는 헛소리하지 말고 네가 먼저 다가가."

오늘 기환에게 하려던 이야기를 끝낸 준섭이 옆 의자에 걸어 둔 재킷을 챙기며 자리에서 일어났다. 기환을 지나쳐 1층으로 내려가려던 준섭은 잠시 걸음을 멈춰 돌아서서 그를 바라봤다.

"기환아, 나는 말이야. 우리 우정이 이런 일로 끊어질 건 아니라고 생각해."

비통에 잠긴 얼굴을 하고 담담하게 내뱉는 준섭의 목소리가 기환의 고개를 더욱 떨구게 만들었다.

"너랑 태석이도 같은 생각이었으면 좋겠다."

그 말을 끝으로 준섭은 터덜터덜 걸어 카페를 나섰다. 2층 창가에서 멀어지는 준섭의 뒷모습을 바라보던 기환은 그동안 가슴속에 뭉쳐 놓았던 친구를 향한 그리움이 넘실대는 것을 느꼈다.

출시가 미뤄질 것 같던 해성전자의 Z5는 갑작스러운 경쟁업계 K사의 스마트폰 출시 예정으로 발등에 불이 떨어졌다. 며칠 전까지만 해도 내년 상반기 출시를 언급하던 K사가 돌연 말을 바꾼 것이다.

다른 전자기기는 출시일이 매출에 크게 영향을 미치지 않았지만, 스마트폰의 경우에는 성능은 기본이고 사람들이 휴대폰을 바꿀 만한 적절한 시기를 노린 출시가 매출을 좌지우지한다.

국내 스마트폰의 한 획을 그은 해성전자의 Z시리즈인 Z2가 출시된 지 어언 1년 반이 지난 지금은 Z5를 세상에 내놓기 가장 적절한 시기였다. 이 절호의 기회를 속수무책으로 빼앗길 수 없었다.

느긋하게 보도 자료를 준비하던 홍보팀은 물론, Z5의 프로모션을 준비하던 마케팅팀까지 모두 업무에 비상이 걸렸다.

태석은 산더미처럼 쌓인 브리핑 자료들을 일일이 살피며 잡아 둔 일정을 모두 앞당기기 시작하자 최 팀장의 안색이 창백하게 변했다.

"광고대행사 측에서는 뭐라고 합니까?"

"최대한 빠른 시일로 조정 중이라고 합니다. 그쪽에서는 다음 주 화요일 정도로……."

"늦어요. 이번 주 주말까지 구성안 완료하라고 하세요."

"네. 내일 다시 연락하겠습니다."

태석의 요구가 이어질수록 최 팀장의 메모 속도도 점차 빨라졌다.

"CS팀 보강 건은 어떻게 됐습니까?"

"2차 면접 끝나는 대로 교육 시작해서 Z5 출시 전에 투입 예정입니다."

"간담회 참석할 기자 리스트는요?"

최 팀장은 보고서를 빠르게 넘기며 추려 놓았던 기자들 리스트를 점검했다.

"우선 차주에 진행될 1차 간담회는 보고드렸던 대로 72명으로 확정했습니다. 리스트는 메일로 보내 드리겠습니다."

"좋습니다. 그리고……."

이어서 말하려는 태석의 말을 막은 건 그의 휴대폰 진동이었다. 윤기환이라는 이름 석 자에 태석은 회의 중인 것도 잊고 급하게 전화를 받았다.

"무슨 일 있어?"

「가예 씨한테 생긴 일 아니야.」

잠시 긴장했던 온몸에 힘을 푼 태석은 놀란 가슴을 쓸어내렸다. 제 전화에 귀를 기울이며 눈치를 보고 있는 최 팀장을 본 태석은 눈짓으로 나가 봐도 좋다는 신호를 보냈다.

최 팀장이 꾸벅 고개를 숙이고 자리를 피하자 태석은 전신으로 퍼지는 고단함을 버티며 말을 이었다.

"말해."

「시간 되는 날에 좀 보자.」

조만간 기환에게 보자고 말하려던 태석이 보기 좋게 선수를 빼앗겼다. 그는 느릿하게 고개를 끄덕이며 좋다는 신호를 보냈다.

"어디서 볼래?"

"내일모레 솜마르레에서 일곱 시까지 보자."

"그래."

전화를 끊고 잔뜩 어질러진 자료들을 정리하는 태석의 입가에 조그마한 미소가 번졌다. 그는 알고 있었다. 통화 내내 서로가 서로에게 무뚝뚝한 목소리로만 일관했지만, 이것이 두 사람의 우정을 다시 되돌릴 신호탄이라는 것을.

❖❖❖

오늘 집으로 나오기 전, 태석은 가예에게 오늘 좀 늦을 것 같다

222

는 말과 함께 기환을 만난다는 말을 꺼냈다. 가예는 마치 제 일인 양 기뻐하며 꼭 화해하고 오라며 신신당부했다. 기환을 만난다고 말하면 가예만큼 기뻐할 사람이 한 명 더 생각나긴 했지만, 우선 그에게 전화하는 것은 보류하기로 했다.

그러나 약속 장소에 도착해 예약된 방으로 들어간 태석은 황당할 수밖에 없었다. 기환만 있을 줄 알았던 자리에 자신이 연락을 보류한 준섭이 떡하니 팔짱을 끼고 상석에 앉아 있던 것이다. 게다가 준섭은 벌써 혼자 양주를 홀짝홀짝 마시고 있었다. 태석은 눈썹을 세우고 방문을 닫으며 물었다.

"넌 어떻게 왔어?"

"나는 증인."

"뭐?"

"너희 또 주먹질하면 그땐 내가 경찰에 신고해서 목격자 진술하려고."

솜마르레는 세 사람의 단골 술집임과 동시에 2년 전, 두 사람이 처음으로 싸운 곳이기도 했다.

2년 전에 앉았던 자리와 반대 방향에 엉덩이를 내린 태석은 기환이 주는 술을 말없이 받아 들었다. 이곳까지 온 이상, 더는 시간을 지체하고 싶지 않았던 태석이 먼저 입을 열었다.

"선물 고맙다."

주말이 지나고 강습 받으러 오자마자 '태석 씨가 고맙다고 전해 달랬어요.'라며 해맑은 목소리로 말을 전달하던 가예가 떠올랐다. 기환이 말없이 웃기만 하자, 준섭이 눈을 크게 뜨고 두 사람의 대화에 끼어들었다.

"무슨 선물?"

"윤기환이 생일 선물로 와인 줬어."

"뭐? 윤기환이 와인을? 아니, 생일을 챙겨 줬단 말이야?"

서로 모르는 척 남남으로 지낸다고 생각했던 두 사람이 생일 선물을 주고받았다고 하니 준섭은 놀라면서도 상황이 잘 이해되지 않았다. 그는 기환이 따라 준 술을 비우며 입을 벌린 채 멍해 있는 준섭을 바라봤다.

"다음 날 전화해서 과음하느라 생일도 못 챙겨 줬다고 말하던 놈보다 낫지?"

"야! 너 내가 그날 얼마나 중요한 재판에 성공했는지 알아? 너도 나한테 축하한단 말 안 했잖아!"

"그러니까 누가 예의 없이 주말 아침부터 전화를 해?"

한창 가예와 침대에서 이야기를 나누던 중에 포기도 모르고 울리던 준섭의 전화를 떠올린 태석이 미간을 찌푸렸다. 그러자 준섭이 기환을 노려보며 입을 씰룩거렸다.

"윤기환, 너는 치사하게 왜 혼자 생일을 챙겨?"

"난 당연히 네가 챙길 줄 알았지."

"인생에 당연히가 어디 있어!"

"왜 또 윤기환 못 잡아먹어서 안달이야, 너."

서로 별것 아닌 일에 아옹다옹하는 태석과 준섭을 보는 기환의 얼굴빛이 모처럼 환해졌다.

시간이 지나도 세 사람의 관계는 변함이 없었다.

능글맞고 깐족거리기 좋아하는 준섭은 매번 태석에게 짓궂게 굴다가 당하기 일쑤였고, 그에게 진 준섭이 만만한 기환에게 화풀이를 하면 서글서글한 기환은 늘 너그럽게 준섭의 장난을 받아주는 식이었다. 그럼 그 모습을 지켜보던 태석은 기환의 편을 들어 주며 투덜대는 준섭을 궁지에 몰곤 했다. 반응이 시시각각 다른 준섭을 놀리는 재미로 지내던 태석과 기환은 언제나 하이파이브로 장난의 끝을 냈다.

그제야 기환은 일부러 2년 전과 같은 방을 잡은 준섭의 의도를 알 것 같았다. 모든 것을 없었던 일로 되돌릴 수 없다면, 그 당시의 일을 떠올리며 서로의 입장에서 한 번 더 생각해 보는 것.

"……지난번에 날 세워서 미안했다."

기환이 여러 가지 상념에 빠져 있을 때, 이번에도 역시 태석이 먼저 사과하는 말을 꺼냈다. 분위기를 한껏 띄우려던 준섭의 눈이 무겁게 가라앉았다.

"그땐 하윤주 때문이 아니라……."

"알아. 가예 씨 때문이라는 거."

희미하게 웃어 보이던 기환은 다 마신 술잔을 내려놓으며 태석을 바라봤다.

"나도 미안했다. 내가 유치하게 굴었어."

경쟁이라도 하는 것처럼 사과하는 두 사람의 모습에 마음이 흐뭇해진 준섭은 언제 그랬냐는 듯 다시 아이 같은 짓궂은 얼굴로 태석과 기환에게 항의했다.

"너희 왜 나한테는 미안하다고 안 하냐? 그날 제일 당황했던 건 나였는데."

"넌 나한테 태석이 안 온다고 거짓말했잖아."

"나한테는 기환이 온다는 귀띔도 안 해 줬고."

"하여간 나 궁지에 모는 일에만 한통속이지? 나쁜 놈들."

아마 준섭이 없었다면 두 사람의 분위기는 어색하고 썰렁한 정적만이 감돌았을 것이다. 준섭의 활약으로 분위기가 한결 풀어진 술자리는 간간이 예전에 있었던 추억들을 안주 삼으며 편안하게 이어졌다.

다시 주먹이 오가는 건 아닌지 우려했던 마음이 가시자 긴장이 풀린 준섭은 마음을 놓고 잠시 자리를 비웠다. 그가 휴대폰을 들고 밖으로 나가자, 태석은 술기운을 빌려 어렵게 말을 꺼냈다.

"윤기환."

"어?"

"그때 왜 그랬냐."

아무리 돌고 돌아도 결국 누군가는 짚고 넘어가야 할 이야기였다. 기환은 기억을 더듬었다. 그때란 언제를 말하는 걸까. 윤주를 소개시켜 줬던 날이었을까, 아니면 이 자리에서 자신을 때렸던 날이었을까.

"네 마음 알았으면 난, 그 소개 안 받았을 거야."

만약 시간을 되돌릴 기회가 주어진다면 태석은 망설임 없이 기환에게 윤주를 소개받던 그 시간으로 돌아가리라고 몇 번이고 다짐했다. 너무 태연한 얼굴로 윤주와 잘해 보라는 기환의 거짓말을 바보같이 믿었다. 잘되면 내 덕이라며 큰소리를 치는 친구의 평상 시답지 않던 행동을 알아차렸어야 했다.

"나는 그때 내 행동이 최선이라고 생각했어."

기환의 시선이 바닥으로 떨어졌다. 자신의 순간적인 선택이 이렇게 모두를 불행하게 만들 거라고는 생각해 본 적 없었기에 더욱 그랬다.

"아직이야?"

"뭐가?"

"하윤주에 대한 네 감정."

또 한 번 솔직하지 못한 대답을 하려던 기환이 멈칫했다. 속으로 끙끙 앓기만 했던, 아프게만 했던 첫사랑인지라 아직 윤주만큼 누군가를 사랑할 자신이 없었다.

"윤기환. 왜 똑바로 대답을 못 해?"

멀찌감치 서서 두 사람의 대화를 듣고 있던 준섭의 눈매가 사나워져 있었다. 자신을 만났을 때처럼 단호하게 아니라고 대답하지 못하는 기환을 보던 준섭이 자리에 앉으며 태석에게 시선을 돌렸다.

"기환이한테 다 말하자. 저 녀석도 알 건 알아야지."

"이준섭."

"뭘 다 말해?"

끝까지 묻어 두고자 했던 이야기를 준섭이 다시 수면 위로 떠올렸다. 누구에게도 이로울 것 없는 진실은 차라리 모르고 사는 편이 나았다. 특히 윤주를 사랑했던 기환에게 그녀에 대한 안 좋은 이야기를 꺼내고 싶지 않았다. 태석이 허리를 곧게 세우며 하

227

지 말라는 눈빛을 보냈지만 준섭은 아랑곳하지 않고 이야기를 계속했다.

"하윤주, 태석이랑 헤어지는 조건으로 돈 받아서 도망간 거야."

기환은 잠시 제 귀를 의심했다. 돈과 도망이라는 말에 곧장 태석을 바라봤지만, 그는 부정하지 않고 무거운 입을 열었다.

"어쨌든 나 때문에 힘들어서 떠난 거야."

"힘들었어도 그러면 안 되는 거였어. 어떻게 한 번 거절도 없이 5억 준다는 소리에 바로 짐을 싸서 떠나? 그게 사랑이야?"

윤주를 떠올린 준섭의 격앙된 목소리에도 기환은 아무 반응을 보일 수 없었다. 유학 가기 전에 마지막으로 봤던 윤주는 자신이 그랬던 것만큼 태석을 절절하게 좋아했었다. 그깟 돈에 흔들릴 만큼 가벼운 사랑이 아니었다.

혼란스러워하는 기환의 표정을 읽은 태석은 낮은 음성으로 입을 열었다.

"네 탓이라고 생각하지 마. 윤주가 떠난 건 우리 둘 문제였으니까."

"태석아."

"어."

준섭은 윤주에 대한 이야기를 듣고 충격받아 아무 말도 하지 못하는 기환을 대신해 이야기를 꺼냈다.

"하윤주, 한국 왔어."

달갑지 않은 소식을 접한 태석의 얼굴이 구겨졌다.

"만난 거야?"

"나한테 찾아왔어. 네 연락처 알려 달라고."

태석은 말없이 술잔에 술을 가득 따라 한입에 털어 넣었다. 윤주가 반드시 제 앞에 나타날 거라는 확신이 그를 더욱 불안하게 만들었다. 윤주에 대한 감정 때문이 아니었다. 이제 간신히 제 손을 잡아 준 가예가 흔들릴까 봐, 그동안 저로 인해 아프기만 했던 가예가 또 다시 아파질까 봐 두려웠다.

"기환아."

아직 제대로 된 확신도 주지 못했다. 그녀에게 꽁꽁 묵혀 두고 있었던 진심의 반의반도 보여 주지 못했다.

"부탁 하나만 하자."

넋을 놓고 있던 기환이 태석의 부탁이란 단어에 그제야 정신을 차렸다. 절실해 보이는 태석의 표정을 보아하니 그가 어떤 부탁을 하려는지 듣지 않아도 알 수 있었다.

"너한테도 갈 거야. 하윤주."

"그렇겠지."

가예가 기환의 가게에 강습 받으러 가는 날 말고도 빵을 사러 자주 드나든다는 것을 알기에, 상상도 하고 싶지 않았지만 만에 하나라도 그녀가 윤주를 마주치는 일이 없기를 바랐다.

"혹시라도 가예랑 마주치게 돼도, 가예가 몰랐으면 좋겠다. 더는 상처 주고 싶지 않아."

갑자기 나타난 윤주에 대한 배신감도, 증오도 아닌 가예에 대한 걱정으로 꽉 차 있는 태석을 보던 준섭이 안심하는 숨을 내쉬었다. 한편으로는 이제야 비로소 애틋해진 두 사람 앞에 나타난 윤주가 더없이 못마땅하고 싫었다.

"걱정하지 마. 그런 일 없게 할게."

서로에게 상처뿐이었던 지난 기억들을 되짚은 세 사람은, 같은 실수를 되풀이하지 않기 위한 방법을 생각하느라 한동안 아무 말도 하지 않았다.

늦은 시간 집으로 돌아온 태석은 불 꺼진 거실을 지나 가예가 잠들어 있는 안방으로 들어갔다. 태석을 기다리다 잠이 든 건지, 한쪽엔 미처 제자리에 두지 못한 책 한 권이 놓여 있었다. 그리고 항상 그가 누워 있는 방향으로 베개에 손을 올려둔 채 곤히 자고 있었다.

태석은 옷도 갈아입지 않고 제 자리에 조용히 걸터앉아 그녀의 손을 다정하게 잡았다. 가예에 대한 마음이 깊어질수록 지난 시간에 대한 미안함도 더욱 깊어진다. 어떻게 표현해도 그녀가 받았던 상처를 치료하기에는 부족하게만 느껴졌다.

"왔어요?"

따뜻한 손길에 뒤척이다 눈을 뜬 가예가 그를 반겼다. 고개를 끄덕이는 태석의 표정이 어두워져 있자, 가예는 그의 손을 꼭 잡으며 물었다.

"화해 못 했어요?"

"아니, 잘 풀었어."

기환과 화해했다는 태석의 말이 반가워서 가예는 졸린 눈을 비비며 그대로 자리에서 일어나 그를 꼭 끌어안았다.

"축하해요, 정말로."

가예는 그가 혼자 감당해 내던 아픔들이 하나둘 사라지는 것에 진심으로 기뻐했다. 태석은 그녀의 머리를 쓰다듬으며 제 품으로 더욱 끌어안았다.

"가예야."

태석의 부름에 가예는 얼굴 한쪽을 지그시 그의 어깨에 기대는 거로 대답을 대신했다.

"고마워."

"뭐가요?"

"당신 덕분에 화해한 거나 마찬가지니까."

아마 가예가 아니었다면 태석은 기환과 다시 만날 일이 없었을 것이다. 이제 와 지난 시간을 구구절절 기환에게 설명할 성격이 못 됐으니까. 그런 태석에게 기환을 만나게 해 준 것도, 기환과 이야기를 하게 만든 것도, 속으로 미안해만 했던 마음을 표현하게 만들어 준 것도 모두 가예였다.

"나 아무것도 한 거 없어요."

"아니. 당신이 내 옆에 없었으면 불가능했을 일이야."

혼자 태석을 사랑하던 때에는 그의 옆자리에 서 있으면서도 이 자리는 내 자리가 아니라고 생각했던 적이 많았다. 그런데 지금 이 순간, 그의 사랑을 받는 것도 모자라 자신의 옆자리는 제 자리라고 태석이 직접 말해 주고 있었다.

"계속 내 옆에 있어 줘."

태석의 당연한 이야기에 가예가 싱긋 웃으며 그의 등을 쓰다듬었다.

"그럼요. 지금처럼 태석 씨 옆에 있을게요."

흔들리지 않을 굳은 마음을 보여 주며 상대방을 안심시켜야 할 사람은 정작 태석인데, 옆에 있겠다는 가예의 대답에 안심을 얻고 말았다.

태석은 그녀의 입술에 살며시 제 입술을 갖다 댔다. 태석에게서 전해져 오는 달콤쌉쌀한 술맛 탓인지, 아니면 점점 부풀어 오르는 사랑의 감정 탓인지 서로의 입술에 취해 버린 두 사람은 타들어 갈 것 같은 뜨거운 열기를 느끼며 한참 만에야 입술을 뗐다.

"약속할게."

"무슨 약속이요?"

"힘들게 하지 않겠다는 약속."

스스로가 생각해도 바보 같다고 느껴질 만큼, 태석이 하루에도 몇 번씩 전해 주는 사랑 탓에 그간 아팠던 일들은 거짓말처럼 잊힌 지 오래였다. 아니, 사랑받는 걸 온전히 느끼기만 해도 모자란 시간이라 그때의 기억들을 되새길 시간이 없었다.

남들과 같은 속도에 맞춰 사랑을 해야 한다는 법은 없다. 그래서 태석이 옆에 오는 시간이 조금 늦었더라도 괜찮았다.

지금 이 순간,

같은 마음으로 서로를 향해 마주 보고 있는 걸로 충분하니까.

10화. 사막에 핀 꽃이 쉽게 시들지 않는 것처럼

태석과 윤주가 만나는 데는 그리 오랜 시간이 걸리지 않았다.

기환과 준섭을 만나고 나서 정확히 일주일 뒤, 그에게 모르는 번호로 문자 한 통이 왔다. [회사 앞 아르마니 카페에서 기다릴게.]라고 온 간결한 문자를 한참 보던 태석은 외투를 챙겨 자리에서 일어났다.

피한다고 될 일도 아니었고, 그녀를 피할 만큼 감정이 추슬러지지 않은 것도 아니었다. 카페 맨 구석 창가 자리에는 2년 만에 보는 윤주가 초조한 표정으로 앉아 있었다. 떠났을 때보다 살은 더 빠져 있었고, 길었던 머리는 여전했다. 가무잡잡한 피부 톤에 이목구비가 뚜렷한 그녀는 어딘가 모르게 처연해 보였지만, 낯선 이가 쉽게 다가갈 만큼 서글한 인상은 아니었다.

쌍까풀 진 큰 눈으로 울리지 않는 휴대폰을 덧없이 보고 있던 윤주가 따가운 시선에 고개를 들었다. 윤주는 감정을 숨기려는 듯이 안색을 싹 바꾸고 그에게 오랜만의 인사로 오른손을 들어 보였다.

태석은 무감한 얼굴로 그녀의 앞에 앉았다.

"안 나올 줄 알았는데."

"안 나오면 몇 날 며칠이고 기다릴 테니까."

싫은 것과 더 싫은 것 중에 그나마 싫은 것을 골랐을 뿐이다.

태석의 뾰족한 한마디에 윤주의 표정이 딱딱하게 굳어졌다.

"결혼했다면서?"

"응."

당연하다는 듯 대답하는 태석의 말에 윤주가 씁쓸한 표정을 지었다. 자신이 나타날 준비가 될 때까지 태석의 옆자리가 비어 있기를 바라는 마음이 얼마나 이기적인지 알고 있었다. 그러나 태석이 자신이 떠나고 곧장 결혼을 했다는 이야기를 뒤늦게야 알게 된 그녀는 허탈한 웃음을 흘려야 했다. 그나마 위안으로 삼았던 건 태석이 그렇게나 치를 떨던 기업 간의 비즈니스, 부모님의 강요에 의한 결혼이었다는 것.

"정략결혼이라며."

그건 태석과 가예 사이에 떼어 낼 수 없는 꼬리표였다. 정략결혼이라는 단어를 들춰내는 윤주의 말 뒤에 섞인 비웃음이 느껴져 태석의 입가가 사납게 틀어졌다.

"말하고 싶은 게 뭐야."

"행복하니?"

"응."

한 치의 망설임도 없이 대답하는 태석을 보던 윤주의 입술이 미세하게 떨렸다. 불같이 사랑했던 2년이 쓸모없는 휴지 조각이 되어 구겨져 버려진 기분이었다.

태석 모르게 화진을 만났던 날, 화진은 윤주에게 태석의 옆에 있을 자격을 운운하며 두둑한 봉투를 건네고 남자 하나에 어리석게 네 인생을 걸지 말라는 조언까지 곁들였다. 사랑만 가지고 결혼하겠다고 할 만큼 세상 물정 모르는 나이가 아니었기에 그 봉투 앞에서 속절없이 흔들렸다. 화진이 건넨 봉투가, 어쩌면 아무리 올라가려고 해도 제자리였던 제 인생을 바꿔 줄 마지막 기회일 거라는 생각에 그녀는 차마 밀어낼 수가 없었다.

봉투를 쥔 순간, 화진의 입가에 번지는 희미한 미소는 아직 윤주의 기억에 생생하게 남아 있었다. '네가 그러면 그렇지.'라고 조롱하는 미소. 자신의 욕심 덕분에 고상함을 유지할 수 있었던 화진이 유유히 사라지고 나서 윤주는 이를 악물고 금방이라도 가슴을 뚫고 터져 나오려는 비참함을 억누르며 결심했다.

이 돈으로 태석의 옆에 있을 그 자격이라는 걸 얻어 내겠다고. 나를 위해서가 아니라, 우리의 사랑을 위해서 받은 돈이라고. 그렇게 윤주는 자신의 행동을 정당화시켰다.

아는 이 하나 없는 타지에 홀로 서 있었지만 그래도 버틸 수 있었던 건, 태석이 언제까지라도 자신을 기다리고 있을 거라는 희망 때문이었다. 그 희망이 산산 조각난 지금, 윤주는 이 자리에 앉아 있는 본인의 모습이 초라하게 느껴졌다.

"진심이야?"

"응."

벌써 세 번째 수긍의 대답이었다. 태석의 눈동자가 방황하길 바라는 윤주와는 다르게, 그는 무감하고 차분한 모습으로 일관된 대답만 했다.

태석은 마치 당연한 질문을 하는 그녀를 바보 같다고 생각하고 있는 사람 같았다. 감정이라고는 찾아볼 수 없는 그의 차가운 태도에 윤주는 자존심이 상했다.

"너는 나한테 궁금한 거, 없어?"

"하나 있어."

그는 손목시계로 시간을 한 번 확인하고 나서 윤주를 바라봤다.

"보자고 한 이유가 뭐야."

태석의 질문을 들은 윤주의 온몸에서 힘이 쑥 빠졌다. 내심 지난 사랑의 추억을 꺼낼 거라고 기대했던 맘을 뭉개 놓을 만한 질문이었다.

"그게 다야?"

"더 있을 필요가 없지, 이제."

태석은 이제라는 말을 강조하며 과거와 현재의 선을 완벽하게 그었다. 그 말에는 더는 우리가 마주 앉아 있을 이유가 없다는 뜻을 포함하고 있었다. 윤주는 흘러내리는 머리카락을 쓸어 올리며 자조적인 웃음을 지었다.

"궁금했어."

가벼운 윤주의 대답에 태석의 미간이 절로 좁아졌다.

"네 행복을 위해서라도 난 안 된다고 하시던 두 분의 아들인 넌 지금 행복한지, 잘나고 높으신 한민재 회장님과 박화진 사모님이 받아들인 며느리는 누군지. 그런 것들."

아무렇지도 않게 가예를 궁금해하는 윤주의 모습에 태석의 마음이 점점 차갑게 식어 갔다. 제 등장에 그녀가 상처받을 것은 조금도 안중에 없는 오연한 태도였다.

"이제 내 일에 궁금해할 자격 없어, 너."

"태석아."

"게다가 그 사람은 더더욱 네가 알아야 할 이유가 없고."

제 안사람을 자신에게서 과보호하는 태석의 반응을 보고 있자니 윤주는 유치한 줄 알면서도 그를 더욱 자극하고 싶었다. 그럴수록 말라 비틀어져 바스락거리며 부서질 본인의 자존감은 미처 생각하지 못한 채.

"그렇게 말하니까 꼭 한번 만나 보고 싶네. 네 아내."

"하윤주."

"너는…… 나에 대한 미련이 조금도 없는 거야?"

"없어."

두 사람이 가지고 있는 서로에 대한 그리움의 크기가 더는 같지 않았다. 이제 태석에게는 떠나 버린 사랑에 미련을 담을 마음의 공간도 없었을뿐더러, 윤주와 마주 앉아 아프고 괴롭기만 했던 2년간의 일들을 굳이 상기시키고 싶지도 않았다.

한때 열렬히 사랑했던 여자를 앞에 두고 차갑게 식어진 모습을 하고 있을 제 모습에 태석은 스스로 생각해도 자신이 냉정하다는 걸 인정했다.

"어떻게…… 그렇게 마음이 쉽게 변할 수 있어?"

쉽다는 그 한 마디에 태석은 쓴웃음을 지었다. 아마 외면하려
했던 가예에 대한 제 마음을 인정하기 전에 윤주가 나타나서 똑
같은 말을 했다면, 그녀가 없는 동안 자신이 얼마나 괴로웠고 처
절하게 외로워했는지에 대해 증명해 보이기 위해 안간힘을 썼을
것이다.

그러나 이제 윤주에 대한 지난 감정들은 태석에게 무의미했다.
되레 윤주에게 그 시간을 설명하는 것은 결국 그만큼 가예를 힘
들게 했던 시간이었다는 것을 증명하는 꼴이니 더더욱 설명하고
싶은 마음이 사라졌다.

"네가 보자고 했을 때 들었던 생각은 딱 두 가지야."

태석은 머릿속에서 제일 마음이 여린 두 사람을 떠올렸다.

"하나는 왜 보자고 했을까, 둘은 어떻게 해야 너를 내 주변인
들로부터 멀리 떨어뜨릴 수 있을까."

"한태석 너 진짜……."

그의 잔인한 말에 윤주는 입가를 뒤틀며 치욕을 느끼는 얼굴로
그를 바라봤다. 이곳으로 올 때까지만 해도 태석이 결혼했다는 말
은 그녀에게 장애가 되지 않았다. 이 바닥에서 사랑 없이 하는 정
략결혼은 흔한 일이니, 배신감으로 돌아선 태석의 마음만 다시 자
신에게로 되돌리면 모든 것이 제자리로 돌아올 것이라고 기대했
다.

소믈리에로 제법 성공한 그녀는 이제 가진 것 하나 없는 예전

의 하윤주가 아니었다. 돈이라면 아쉽지 않을 만큼 스스로 벌고 있으니 민재와 화진이 그토록 거론하던 그 자격이라는 걸 얻어 냈다고 생각했다.

"다신 내 앞에도, 내 사람들 앞에도 나타나지 마. 이 말 하고 싶어서 나왔어."

태석은 이야기를 끝내고 먼저 자리에서 일어나려고 했다. 이 자리에 잠시나마 있는 것만으로도 가예에게 죄를 짓는 것 같아 마음이 편치 않았다.

그가 자리에서 일어나 앉아 있는 윤주의 옆을 지나칠 때, 잠시 충격으로 멍해졌던 그녀가 뒤늦게야 정신을 차리고 다급하게 그의 손을 붙잡았다.

"네가 어떻게 나한테…… 내가 그때 얼마나 힘들었는데! 얼마나 아팠는데……!"

윤주는 자신의 아픔을 알아주지 않는 태석에게 원망스러운 얼굴을 하고 소리쳤다. 분을 이기지 못하고 거칠게 씩씩대는 그녀는 마지막 자존심으로 두 눈에 고인 눈물만큼은 떨구지 않으려 잔뜩 애를 쓰고 있었다.

"너야말로."

어떻게 이제 와서 나에게 이러냐고 묻고 싶었지만, 태석은 목 울대까지 차오르는 그 말을 간신히 끌어 내리며 말했다.

"나한테 2년 전 감정, 기대하지 마."

이미 태석에게 윤주는 지나간 사랑일 뿐이었다. 그 당시에는 가슴이 저밀 만큼 아팠지만, 지금은 언제 그랬냐는 듯 담담하기만

했다. 오히려 매몰차게 저를 떠났던 그녀가 이제 와 자신에게 변심을 운운하는 모습에서는 씁쓸한 기분마저 느꼈다.

잡힌 손을 빼내고 다시 카페를 나서는데, 흥분으로 앙칼지게 변한 윤주의 목소리가 그의 발걸음을 멈추게 했다.

"나 사랑은 했니, 한태석?"

태석은 고개를 들어 그녀를 바라봤다. 한때 열렬히 사랑했던 여자. 그러나 지금은 제 앞에서 금방이라도 무너질 것 같은 모습을 하고 있는 여자. 사랑했던 시간을 부정하고 싶은 생각은 없었지만, 그렇다고 윤주의 앞에서 인정하고 싶은 생각도 없었다.

태석은 잠시 숨을 고르고 말했다.

"너는 아직 과거에 살고 있나 보다."

"태석아……."

"그 질문은, 2년 전에 내가 너한테 묻고 싶은 질문이었어."

"그땐 정말 어쩔 수 없었어! 내가 너한테 가려면, 나도 쥐고 있는 게 있어야 했다고! 너한테 갈 수 있는 그 자격을 얻으려면 널 떠나야 했어. 그럴 수밖에 없었던 날 이해해 줄 수는 없는 거야?"

어쩔 수 없었다, 그럴 수밖에 없었다, 떠나야만 했다. 태석은 애석하게도 그 무책임한 말들을 이해해 줄 수 없었다. 그는 그러지 않았을 테니까. 적어도 사랑하는 사이에서 윤주가 운운하는 자격이라는 건 상대방을 향한 진심과 믿음만 있으면 충분하다고 생각하니까.

"우린 딱 그만큼이었던 거야. 그래서 이렇게 헤어지는 거고."

2년 전에 제대로 하지 못한, 참 오래 걸린 이별.

이제야 윤주에게 완전한 이별을 고한 태석은 흐느끼며 우는 그녀를 외면한 채 카페를 나왔다. 그들이 뒤늦은 이별을 하는 동안, 멀리서 카메라 렌즈를 당기고 있는 이가 있었다는 걸 아는 사람은 아무도 없었다.

✦✦✦

윤베이커리의 장사 수완이 좋아져 가게 문이 일찍 닫힐수록 가예가 빵을 배울 수 있는 시간은 점점 늘어났다. 오늘도 어김없이 오후 3시가 되기도 전에 빵을 다 팔아 버린 기환은 기분 좋은 얼굴로 가게 문을 닫고 가예의 제빵 연습을 도왔다.

일찍 강습을 끝내고 집으로 곧장 온 가예는 기환이 챙겨 준 빵들과, 오늘 아침 미리 준비해 둔 재료로 만든 김밥을 찬합에 차곡차곡 담아 쇼핑백에 넣었다. 그리고 어제 집에 들어오지 못한 태석을 위해 그가 갈아입을 만한 옷가지도 몇 벌 챙겨서 집을 나섰다.

곧 출시를 눈앞에 두고 있는 Z5는 불규칙적으로 발생하고 있는 속도 저하 기능으로 골머리를 앓고 있었는데, 그 덕분에 태석은 며칠째 공장과 회사를 오가며 밤샘하는 중이었다.

이제까지 아무리 바빠도 태석은 집에 혼자 있을 가예가 걱정돼 잠깐이라도 얼굴을 비추고 나가곤 했지만, 어제는 쉴 새 없이 이어지는 회의와 공장 방문으로 그마저도 짬이 안 나 집에 들어오지 못한 것이다.

택시를 타고 회사 앞에 도착한 가예는 조금 마음이 들떴다. 불과 한 달 전만 해도 시아버지에게 태석과의 이혼을 말하기 위해 이곳에 찾아왔었는데, 지금은 태석의 끼니가 걱정되어 도시락까지 챙겨 왔다는 것이 새삼 믿기지 않았다. 짧았지만 결코 잊을 수 없던 한 달, 그사이에 달라진 태석과 자신의 관계를 돌이켜 보던 가예는 희미하게 웃어 버리고 말았다.

회전문 너머로 양손에 쇼핑백을 들고 있는 그녀를 유심히 지켜보던 경비원은 지난 방문에 한 치의 머뭇거리는 기색 없이 회장실을 찾아왔다고 말하던 가예를 알아보고 깍듯한 인사를 건넸다.

"제가 들어 드리겠습니다."

"아니에요. 괜찮습니다."

윤기가 도는 그녀의 맑은 눈이 경비원에게 감사하다는 인사를 대신했다. 엘리베이터를 타고 태석의 사무실에 도착하자, 의자에 편하게 기댄 뻐딱한 자세로 그의 스케줄을 정리하고 있던 송 비서가 자리에서 벌떡 일어났다.

"사모님……!"

불편한 구두를 옆으로 치워 두고 책상 아래에서 남모르게 슬리퍼를 신고 있던 송 비서는 구두를 꺾어 신은 채로 절뚝거리며 그녀의 앞에 섰다. 자신의 갑작스러운 등장에 당황한 송 비서를 향해 엷게 웃은 가예가 꾸벅 고개를 숙이곤 태석의 사무실 문을 바라봤다.

"혹시 그이 회사에 있나요?"

"네. 그런데 지금 회의 들어가셨어요. 회의 들어가신 지 2시간

넘으셨으니까 곧 오실 겁니다."

"그럼 안에서 기다릴게요."

혹시나 회사로 오겠다고 미리 말하면 그가 가뜩이나 바쁜 일정을 저로 인해 조정한다고 할까 봐 몰래 온 가예는 다소곳하게 사무실 소파에 앉아 태석을 기다렸다.

사무실에 혼자 있을 가예가 마음에 걸린 송 비서는 차를 준비해서 노크를 하고 사무실로 들어왔다. 태석인 줄 알고 자리에서 일어났던 가예의 표정에서 설핏 아쉬움이 묻어났다.

"사모님. 아무래도 이사님 회의가 길어지시는 것 같은데……연락을 해 보시는 게 어떠세요?"

"아니에요. 제가 약속 없이 찾아왔으니 기다려야죠. 저 신경 쓰지 않으셔도 돼요."

짧게 미소 짓는 그녀는 태석이 깜짝 놀랄 것을 기대하며 즐거운 기다림의 시간을 보내고 있었다.

가예가 묵묵히 그를 기다린 지 1시간가량 지났을 무렵, 사무실 문이 벌컥 열리며 태석이 다급하게 들어왔다.

"당신……."

태석은 미처 그녀가 왔다는 사실을 알지 못하고 문을 열다 놀랐다기보다, 급하게 소식을 듣고 다급하게 달려온 사람의 얼굴을 하고 있었다. 결국 송 비서가 그에게 연락을 취했다는 걸 눈치로 알아차린 가예가 겸연쩍게 웃으며 자리에서 일어났다.

"회의 중단하고 온 건 아니죠?"

그는 대답 대신 저벅저벅 걸어가 곧장 가예를 품에 안았다. 물기라고는 찾아볼 수 없는 퍽퍽한 하루하루를 보내던 태석은 그녀의 얼굴을 보고 나니 그나마 살 것 같았다. 그동안 자고 있는 그녀의 모습만 슬쩍 봤을 뿐, 이렇다 할 대화를 나누지 못했기 때문에 오늘 회사에 저를 보러 와 준 가예가 한없이 고맙기만 했다.

"태석 씨, 얼굴이 그새 많이 상했어요. 잠은 좀 잤어요?"

"음, 3시간?"

본인이 잔 시간만큼이나 회의를 하고 왔으면서도 이렇게 멀쩡하게 서 있을 수 있다는 게 신기할 정도였다. 지금 태석에게 필요한 건 김밥이 아님을 확신한 가예는 그의 품에서 나와 맞닿은 손을 꼭 잡았다.

"그럼 얼른 눈 좀 붙여요."

"가려고?"

이제야 숨통이 조금 트였건만, 갈 차비를 하는 가예의 행동에 태석이 서운한 기색을 여과 없이 내비쳤다.

"내가 오래 있으면 일하는 데 방해되잖아요."

"당신이 있어야 내가 살아."

가예가 고개를 갸웃거리는 틈에 태석은 다시 그녀의 손목을 붙잡아 소파에 앉혔다.

"당신 지금 가면, 각 부서 팀장들이 또 올라와서 회의하자, 공장 가자 날 잡아먹을걸. 당신이 내 옆에 있어 주는 게 내가 쉬는 유일한 방법이지."

회사 일이라면 철두철미하게 신경 쓰는 그에게 어울리지 않는 꼼수였다. 가예가 조그맣게 웃으며 고개를 끄덕이자, 태석은 그녀

옆에 놓여 있는 쇼핑백을 가리키며 물었다.

"이건 다 뭐야?"

"태석 씨 갈아입을 옷이랑 김밥 좀 싸 왔어요. 끼니는 챙겨 먹고 있는 거죠?"

"적어도 하루에 한 끼는 먹었어."

"오늘은요?"

"……아직."

오후 4시가 다 되도록 밥 한 끼를 못 먹었다는 그의 말에 속상해진 가예의 입가가 아래로 내려갔다.

"그럼 우선 밥부터……."

쇼핑백에서 찬합을 꺼내려는 가예의 손목을 낚아챈 태석은 그녀를 잡아당겨 끌어안았다. 그러고는 부드러운 손길로 가예의 머리를 연신 쓰다듬었다.

"잠깐만 이렇게 더 있자."

제 존재가 일에 지친 태석에게 잠시나마 위안이 될 수 있다는 것조차 가예에겐 행복이었다. 그의 지친 어깨와 등을 가볍게 어루만져 주던 가예는 문득 이곳이 그의 회사라는 걸 깨닫고 자신의 보드라운 뺨에 도홧빛 물을 들였다.

"요 며칠 혼자 있어서 무서웠겠다."

서로를 향하는 깊은 마음을 확인한 두 사람에게 각자 떨어져 있는 시간은 예기치 못한 곤혹이었다. 특히 태석은 하루에도 몇 번씩 그녀의 깊은 눈길과, 저를 향한 애틋한 손길이 그리워 가슴이 뻐근해짐을 느꼈다.

"나는 괜찮았어요."

"정말? 그럼 나도 앞으로 괜찮아져야겠다."

사랑에 빠진 태석은 자신과는 달리 괜찮았다는 그녀의 말에 속 좁은 아이처럼 똑같이 대답하며 유치하게 굴었다.

"내가 안 괜찮다고 하면 태석 씨가 걱정하잖아요."

"걱정하는 게 뭐 어때서."

"태석 씨가 나 때문에 속상해하는 거 싫어요."

가예의 말에 태석이 픽 웃음을 터뜨렸다.

"그럼 난 석고대죄 해야겠다. 잠도 못 자고, 밥도 못 먹어서 당신 속상하게 만들었으니까. 나도 당신이 나 때문에 그만 속상해했으면 좋겠거든."

그녀를 아프게 하고, 속상하게 만들었던 제 행동들을 그녀의 기억에서 구석구석 씻겨 내고 싶었다. 후회는 언제 해도 늦다는 말이 있지만, 반대로 후회한다고 느끼는 지금이 가장 빠른 순간이라고 말한 이가 있으니까. 태석은 후자를 믿기로 했다.

"그럼 당신이 만든 김밥 먹어 볼까?"

태석의 말에 가예가 반색하며 쇼핑백에서 김밥을 꺼냈다. 아직 식지 않은 김밥에 미역국까지 보온병에 담아 왔던 그녀의 준비성에 태석은 감탄 일색이었다. 식욕을 잃어버린, 굶주렸던 배는 맛있는 김밥을 맛보자마자 본인이 허기졌음을 알아채고 끊임없이 가예의 김밥을 받아들였다.

태석이 말도 없이 김밥을 우걱우걱 먹는 모습을 본 가예가 풋, 하고 웃음을 터뜨렸다.

"왜?"

"나, 태석 씨가 이렇게 밥 잘 먹는 모습 처음 봐요."

태석은 잘 썰린 김밥 하나를 들어 입에 가져가며 그녀의 말에 수긍했다.

"맛있다. 종종 만들어 줘."

"다음에는 더 맛있게 만들어 줄게요."

"오늘 베이커리 가는 날이었지? 잘 배웠어?"

"그럼요. 요즘 가게가 바빠서 베이커리에 나가는 빵 반죽 도와주고 있거든요. 이제 기환 씨 가게에서 팔리는 빵 몇 개 정도는 혼자서도 만들 수 있을 것 같아요."

가예는 그간 이야기하지 못했던 제 일상을 태석과 공유했다. 마트에 갔다가 아주머니의 호객 행위에 못 이겨 끝내 만두를 세 봉지나 사게 된 이야기, 동네에 새로 들어선 음식점 이야기 등의 지극히 평범한 일상 속 이야기였다. 물론 태석의 흥미를 끄는 이야기는 아니었지만 가예가 너무 진지하게 이야기를 하는 바람에 그는 고개를 끄덕이며 대화에 맞장구를 쳐주었다.

"오늘은 집에 올 수 있어요?"

"나도 가고 싶어."

확신이 아닌 바람이 담긴 그의 대답에 가예는 무척 아쉬웠지만 바쁜 태석의 앞에서 내색하진 않았다.

그때, 태석의 사무실 전화가 시끄럽게 울렸다. 누구도 침범할 수 없는 두 사람만의 시간을 방해받은 태석의 미간이 좁아졌다. 아내와 같이 있다는 사실을 알면서도 전화를 연결한 송 비서에게 그는 냉랭한 말투로 말했다.

"뭡니까."

「이사님, 죄송하지만 지금 밖에 손님이 오셨는데…….」

"기다리라고 하세요."

전화 내용을 듣고 있던 가예가 손님이란 말에 자리에서 일어나려고 하자, 태석이 그녀를 손으로 가리키며 고개를 흔들었다. 어떤 손님도 가예보다 중요하진 않았다.

일방적으로 전화를 끊은 그가 다시 가예의 옆으로 가려는 순간 벌컥 문이 열렸다. 예상치 못하게 찾아온 손님은 다름 아닌 화진이었다.

"어, 어머님."

화진을 본 가예가 급하게 매무시를 가다듬고 자리에서 일어났다. 아들이 회사에 취임하고 나서도 단 한 번도 사무실에 찾아오지 않았던 화진의 갑작스러운 등장에 태석도 조금 놀란 눈치였다.

"여긴 어쩐 일이세요?"

화진 역시 사업을 하는 사람이었기에, 무례하게 약속도 없이 불쑥 들이닥치는 걸 좋아하지 않았다. 그러나 오늘 그녀가 알아낸 일은 반드시 짚고 넘어가야 할 일이었다.

제 눈치를 보며 일어서 있는 가예를 스윽 바라본 화진이 태석을 향해 입을 열었다.

"그 아이 만났니?"

딱딱한 말투로 나온 화진의 그 아이라는 지칭이 누굴 뜻하는지 금방 알아차린 가예와는 다르게, 그녀를 완벽하게 잊고 있던 태석은 애석하게도 서류 봉투에 담긴 사진들이 책상에 흩뿌려지고 나서야 화진이 말하는 이를 떠올렸다.

"5억을 손에 쥐고 떠나 놓고 너를 다시 만나러 온 그 아이, 배짱도 대단하구나."

봉투 사이로 흘러나온 사진에는 태석과 윤주가 마주 보고 이야기를 하는 모습, 카페를 나서려는 그의 손을 붙잡은 모습들이 찍혀 있었다. 멀리서 사진을 확인한 가예의 고개가 저절로 떨궈졌다. 그 모습을 지켜보던 태석이 고개를 돌려 화진에게 말했다.

"이 사진들, 다 어디서 나셨어요?"

"사진의 출처를 묻기 전에 상황 설명을 먼저 해 줘야 할 것 같구나."

하필이면 오늘 같은 날, 가예와 같이 있는 자리에서 굳이 윤주의 이야기를 꺼내는 모친의 잔인함에 태석은 학을 뗐다.

자신의 지나간 사랑으로 더는 가예가 힘들어하는 일이 없기를 바랐다. 그녀가 저로 인해 받았던 쓰리고 아렸한 상처를 다시 덧나게 하고 싶지 않았는데, 제 뜻과는 다르게 벌어지는 상황에 태석은 결국 가예의 앞에서 윤주의 일을 언급해야 했다.

"잠깐 만나자고 찾아왔어요. 그냥 두면 두고두고 연락이 올 것 같아서 확실하게 정리하려고 만났고요."

"너희 2년 전에 이미 정리한 사이야."

"그건 어머니가 일방적으로 저 대신 하신 정리죠."

윤주와의 만남을 변명하려고 한 건 아니었다. 다만 다시 찾아온 옛사랑에 대한 예의 정도는 지켜 주고 싶었다. 한때 사랑했던 여자를 바닥으로 끌어 내리는 일은 어찌 됐든 제 얼굴에 침 뱉기나 마찬가지인 행동이니까.

그는 말하는 내내 계속해서 가예의 표정을 주시했다. 가예는 잠시나마 이 상황을 잊으려는 사람처럼 멍하게 자신이 만든 김밥만 바라보고 있었다. 그 모습을 바라보던 태석은 짧은 한숨 후에 화진에게 말했다.

"이제 다시는 만날 일 없어요. 그러니까 괜한 걱정 안 하셔도 돼요."

화진은 적어도 거짓말하지 않는 아들에게서 듣고 싶었던 대답을 들은 후에야 안심한 듯 숨을 내쉬었다.

"불행인지 다행인지, 유강일보 사회부 인턴이 취재 나갔다가 우연히 찍은 모양이더구나. Z5 기사랑 엮어서 겁도 없이 데스크에 올렸다가 편집국장 선에서 해결됐다니 걱정은 마라."

사진이 손에 들어온 일의 자초지종을 설명하고 난 화진은 우두커니 서 있는 가예와 태석을 번갈아 바라보다가, 테이블에 놓여 있는 얼마 남지 않은 김밥을 바라봤다.

"식사 중이었구나."

의식적으로 두 사람의 대화를 듣지 않으려고 다른 생각을 하던 가예가 오래 이어지는 침묵에 고개를 들었다. 화진의 시선이 자신을 향해 있다는 걸 그제야 알아차린 그녀는 화진이 한 말을 듣지 못해서 대답을 하지 못하고 머뭇거렸다.

"그럼 나는 이만 가 보마. 사진은 네가 없애겠니?"

"제가 알아서 할게요. 그만 가 보세요."

250

아무리 냉혈한인 화진이라도 태석이 윤주를 만났다는 말에 연신 얼떨떨해져 있는 가예가 신경 쓰였다. 하지만 며느리의 감정까지 헤아리기에는, 화진에겐 아들의 앞에 다시 나타난 윤주의 검은 속내를 알아내는 것이 우선이었기에 별수 없는 선택이었다.

태석과 가예는 화진을 배웅하고 다시 사무실로 들어왔다. 조금 전까지 오붓하고 아늑했던 분위기는 화진의 등장 이후 조금 경직되어 있었다. 사무실에 들어온 가예의 시선이 잠시 그의 책상에 뒹굴고 있는 두 사람의 사진으로 향했다.

"가예야."

태석은 의도가 어쨌든 사과를 해야 했다. 곤란한 표정으로 이마를 문지르며 미안하다는 말을 꺼내려는 찰나, 그녀의 눈이 계속해서 사진에 가 있다는 걸 본 태석은 조용히 제 책상으로 가서 사진들을 모두 서류 봉투에 다시 담았다.

"……언제 만났어요?"

물어볼까, 말까. 수없이 고민하던 가예가 결국 마음 가는 대로 입을 열었다. 태석은 그녀에게 다가가며 순순히 대답했다.

"일주일 조금 넘었어."

"그랬구나."

공교롭게도 태석이 바빠진 날들의 기간이 그쯤 됐으니, 그가 미처 말하지 못한 것이리라. 혹은 이 일로 상처받을 자신을 생각해서 한 결정일 것이라고.

가예는 속으로만 생각하며 고개를 끄덕였다.

"김밥은 두고 갈게요. 식으면 맛없긴 하지만, 그래도 안 먹는 것보단 나으니까."

일부러 아무 일도 없는 척, 가예는 목소리를 띄워 더 밝은 얼굴을 하고 조금 전 일을 까맣게 잊은 사람처럼 행동했다. 그리고 그 모습은 태석을 더욱 가슴 아프게 만들었다. 그는 소파에 앉은 가예의 옆으로 다가가 앉았다.

"화나는 만큼 때려."

태석은 그녀가 펴고 있는 손바닥을 주먹을 쥐게 하곤 제 가슴팍에 갖다 댔다. 그가 시키는 대로 고분고분 주먹을 쥔 가예의 입가에 잔잔한 미소가 감돌았다.

"고민 중이에요."

"응?"

"당신한테 화나지 않았는데, 이런 일에도 화나지 않았다고 하면 내가 너무 바보 같아 보일까 봐. 일부러 화나는 척을 해야 하나 고민 중이었어요."

윤주가 태석의 앞에 나타났다는 말을 듣는 순간, 찜찜하고 불안한 생각이 소용돌이쳤다. 그런데 신기하게도, 태석의 한마디가 그녀의 마음을 거짓말처럼 진정시켰다.

'그건 어머니가 일방적으로 저 대신 하신 정리죠.'

별것 아닌 말이었는데도, 그 말이 이제 더는 그녀를 사랑하지 않는다는 단호한 말로 들려 흔들리던 마음이 순식간에 차분해졌다. 그래도 태석에게서 언급되는 윤주의 이야기가 듣고 싶지 않은 건 그의 아내로서 자존심 같은 것이었다.

"왜 화가 안 나. 윤주 한국 온 거 알고도 내가 당신한테 아무 말 안 했잖아."

"그건 언제 알았는데요?"

"기환이랑 화해했던 날. 준섭이한테 들었어."

그런데 이번에는 그 말을 들은 그녀의 얼굴이 점차 밝아졌다. 영문을 모르는 그의 눈이 벌어지자 가예가 여유 있는 웃음을 지으며 주먹 쥔 손을 펴 그의 손을 붙잡았다.

"그 말 들으니까 더 안심이 되는데요?"

"왜?"

"기환 씨랑 화해하고 온 날, 그 얘기 듣고 당신이 나보다 더 불안해했잖아요. 내가 흔들릴까 봐."

가예는 오래된 우정을 다시 찾은 사람치고 무척 위태로운 얼굴을 하고 있던 태석을 기억하고 있었다. 그리고 힘들게 하지 않겠다는 새심스리운 약속까지. 그때 당시에는 미처 알지 못한 태석의 행동들이 이제야 전부 이해가 갔다. 내가 아플 것이 걱정돼서 불안해하는 사람의 진심을 어떻게 의심할 수 있을까.

자신의 진심을 알아봐 준 가예가 고마워서, 태석은 하마터면 눈물이 날 뻔했다. 행여나 그녀가 괜한 오해와 의심과 상상으로 스스로를 괴롭힐까 봐 걱정이었지만 가예는 생각보다 단단한 모습을 보여 주었다. 되레 약하다고 생각한 것이 미안하게끔 만들었다.

"태석 씨 마음이 나한테 있다는 거 아니까, 나는 괜찮아요."

"다신 만나는 일 없을 거야. 걱정하지 마."

"그래요. 나도 두 번은 싫을 것 같아."

솔직한 가예의 말에 태석이 세차게 고개를 끄덕였다. 우연으로라도 그녀를 위해 윤주를 만나지 않을 것이다. 그러나 태석은 지금 이 순간, 다시 나타난 윤주에게 딱 한 가지 고마워했다. 어떤 시련이 와도 흔들리지 않을 서로의 믿음을 확인하게 해 준 것.

마치, 사막에 핀 꽃이 쉽게 시들지 않는 것처럼,

휘몰아치는 바람에도 두 사람의 사랑은 쉽게 날아가지 않았다.

11화. 제자리를 찾아가는 길

그날 밤, 태석은 모처럼 집으로 퇴근을 하고자 했다. 오늘만큼은 일찍 들어가 보겠다는 태석의 말에 최 팀장은 순간 난색을 비쳤지만, 그간 상사가 겪은 고생스러움을 알기 때문에 그는 말없이 태석의 뜻을 따랐다.

소파에서 책을 읽고 있던 가예는 도어록이 해제되는 소리에 고개를 들었다. 오후에 그녀가 회사로 가져다준 와이셔츠로 갈아입고 집으로 돌아온 태석을 본 가예가 어리둥절한 표정으로 두 눈만 끔벅거렸다.

"어떻게 온 거예요?"

"보고 싶어서 왔지."

태석은 그녀가 아스러질 만큼 힘껏 껴안으며 그녀의 귓가에 낮은 목소리로 속삭이듯 말했다.

사실 오후에 가예가 회사에서 나간 뒤로 태석은 일에 집중하기 어려웠다. 그녀가 아무리 괜찮다고 했어도 태석 본인이 전혀 괜찮지 않았다. 그곳에 우두커니 서서 이야기를 듣고 있을 가예의 감정은 안중에도 없이 윤주의 이야기를 꺼낸 제 모친을 원망하기도 했지만, 원인 제공을 한 사람은 저이기에 그는 누구도 원망하려 하지 않았다.

"오늘은 꼭…… 같이 있고 싶었어요."

수줍게 사랑을 속삭이는 한마디에 태석은 말없이 동그스름하게 나온 그녀의 이마에 제 입술을 맞추었다.

"나도."

"옷 갈아입고 나와요. 저녁 차려 줄게요."

"알겠어."

가예가 저녁을 준비해 주는 사이, 태석은 안방으로 들어가 숨을 한껏 들이마셨다 뱉기를 반복했다. 방 안 곳곳에서 나는 그녀의 향기를 흠뻑 제 몸에 휘감고 싶었다.

그 상태로 잠시 안정을 찾던 그는 편한 옷으로 갈아입고, 평소 거추장스러워서 잘 끼지 않는 검은 뿔테 안경을 찾기 위해 서랍장을 열었다. 그러나 서랍장에서 뜻밖의 봉투 하나를 발견했다. 봉투 상단에는 서울가정법원이라고 적혀 있었다.

봉투를 손에 쥔 태석의 가슴 한편이 답답하게 조여 왔다. 그는 일각의 망설임도 없이 봉인된 봉투를 열어 보았다. 안에는 그녀가 정갈한 글씨체로 쓴 이혼신청서가 들어 있었다.

혼자서 끙끙 앓으며 이런 서류까지 준비해야 했던 가예의 마음이 이해가 되면서도, 한편으로는 마음을 확인하고 나서도 이 서류를 아직 버리지 않고 있던 그녀의 마음이 궁금했다. 혹시나 지금 이 시간들이 모두 제 미몽일까 두렵고, 그녀가 사라질까 봐 불안했다. 착잡한 마음을 숨기지 못하는 그의 악력으로 이미 신청서의 끝자락은 형편없이 구겨졌다.

"태석 씨, 찌개 다 데웠는데……."

저녁 준비를 마친 가예가 한참 소식 없는 태석을 부르기 위해 안방으로 들어왔다. 화장대 의자에 앉아 이혼신청서를 손에 쥔 그를 본 가예가 짧은 탄식을 내며 그에게 다가왔다.

"어떻게 찾았어요?"

"언제 쓴 거야?"

"태석 씨랑 이혼 얘기하고 난 다음 날에요."

적어도 마음을 확인한 다음이 아니라 태석은 안도의 숨을 내쉬었다. 그러고는 서류 봉투를 있는 힘껏 형편없이 구겨 쓰레기통에 처박고는, 이혼신청서의 한가운데를 손으로 잡아 찢을 준비를 했다.

"찢는다."

"음……."

가예는 태석의 애를 태우기 위해 일부러 도톰한 입술을 꼭 다문 채로 한쪽으로 고개를 갸웃거리며 고민하는 척했다. 오늘 사무실에서 있었던 일에 대한 소심하고도 귀여운 복수였다. 고민하는 가예의 모습을 본 그는 미간을 찡그리며 이혼신청서를 발기발기 찢어 버렸다.

가루로 만들 기세를 하고 연신 이혼신청서를 죽 찢는 태석의 모습에 가예가 쿡쿡 웃으며 그의 손을 잡았다.

"그만해요. 이 정도면 됐어요."

"뭐가 좋아서 웃어?"

이혼신청서를 본 순간 제 속도를 찾지 못하는 심장박동을 느끼며 불안해하던 자신과는 달리 얄궂게 이 상황을 즐기는 듯해 보이는 그녀의 모습을 보니, 차라리 이렇게라도 그녀를 웃을 수 있게 한다는 것이 다행으로 느껴졌다.

"태석 씨가 못 웃는 거, 내가 대신 웃는 중이잖아요."

태석이 아직 낮의 일로 자신의 눈치를 본다는 걸 느낀 가예는 일부러 더 해맑게 웃으며 그를 배려하고 있었다. 할 말을 잃은 그는 자리에서 일어나 다시 한 번 가예를 품에 안았다.

"내가 전생에 아주 좋은 일을 했나 봐. 당신 같은 여자를 내 아내로 두고."

"그럼 나는요?"

그는 안고 있던 가예를 품에서 조금 떨어뜨리곤 곧장 그녀의 입술에 따뜻한 키스로 대답을 대신했다.

거실에서 식어 가는 찌개 걱정도 잠시, 부드럽게 제 잇속을 핥는 그의 혀를 도저히 거부할 수가 없었다. 아이스크림처럼 살살 녹아내리는 입맞춤에 가예는 고개를 조금 더 내밀며 그의 목을 더욱 끌어안았다.

코앞에 다가와 자신을 유혹하는 그녀를 마다할 이유가 없던 태석은 두 손으로 가볍게 가예를 안아 올렸다. 자연스레 두 발로 자신의 허리를 포박하는 가예의 강렬한 유혹에 태석은 곧장 그녀를 침대에 눕혔다. 그러고는 그녀의 뺨에 팬 작은 보조개에 가볍게 입을 맞추었다.

"당신도 분명, 좋은 일을 했을 거야."

"나도 그렇게 생각해요."

"부정하지 않아 줘서 고마운데."

"사실이니까요."

함께하는 시간을 통째로 아름답게 만들어 버리는 이 여자를 놓쳤으면, 인생에서 얼마나 큰 후회를 하며 살았을까.

그는 속옷의 자태를 은근히 드러내는 그녀의 얇은 잠옷을 한 번에 들어 올려 벗겼다. 그리고 살짝 들려진 등허리로 손을 가져가 브래지어 후크를 풀었다. 뜨거운 태석의 입술이 한껏 부푼 가슴에 닿자 가예가 낮게 신음하며 허리를 비틀었다. 봉긋한 가슴 한쪽은 손에 가득 움켜쥐고, 반대쪽에 꼿꼿이 서 있는 유두를 부드럽게 빨고 핥는 태석의 뜨거운 갈망은 가예를 견딜 수 없게 만들었다.

조용한 방 안에 퍼지는 가예의 열에 들뜬 신음 소리는 그를 부르는 수신호와도 같았다. 자신의 입김으로 풍선처럼 부풀어 뜨겁게 달궈진 그녀의 가슴에서 한참 머물던 태석이 고개를 들었다.

"아프겠다. 그만 깨물어."

태석이 흥분에 잠긴 목소리로 말하며 지그시 깨물고 있는 가예의 아랫입술을 제 혀로 축였다.

"내 거 아프게 하면 안 돼."

붉어진 제 입술이 자신의 소유임을 주장하는 태석의 진지한 한

마디에 가예는 웃고 말았다.

"그럼 내 거는요?"

그녀의 물음에 태석은 곧장 제 입술을 그녀의 입술에 겹쳤다. 깊숙하게 파고 들어온 그의 혀는 그녀 입안의 살들을 모조리 훑으며 이리저리 도망 다니는 가예의 혀를 찾기 시작했다.

낚아채려면 멀어지고, 줄 듯 말 듯 혀를 날름거리며 애태우는 그녀의 입꼬리는 한쪽으로 올라가 있었다. 자신을 도발하는 그녀의 행동에 태석은 가예의 얼굴을 어루만지던 제 오른손을 아래로 뻗어 그녀의 중심에 가져다 댔다.

"아…… 잠깐……."

"먼저 도발한 건 당신이잖아."

어느새 팬티 끝자락에 손을 걸어 놓은 태석은 그녀의 엉덩이를 쓰다듬으며 능숙하게 마지막 속옷을 벗겨 냈다. 전과 달리 환한 불빛 아래 드러난 가예의 고운 살결은 간신히 붙잡고 있던 자제력을 끊어 놓기 충분했다.

희고 야들야들한 가예의 온몸에 구석구석 입술의 흔적을 남기던 태석의 손가락이 중심의 은밀한 곳으로 파고 들어갔다.

"태석 씨……!"

평소 같으면 자신을 찾는 가예의 부름에 고개를 들었겠지만, 배꼽에서 점차 아래로 내려가는 태석의 고개는 오늘만큼은 들리지 않았다.

입술을 아래로 지분거리며 손가락 끝으로 딱딱하게 솟아 있는 유두를 간질이는 그의 손길에 가예의 눈빛이 흥분으로 점점 흐려졌다. 적나라하게 방 안을 메우는 질척대는 소리에는 베개에 얼굴을 묻고 숨고 싶을 만큼 부끄러웠다.

이미 촉촉하고도 남는 그녀의 동굴에 태석이 얼굴을 묻자, 낯선 세계의 생경함이 주는 묘한 쾌감에 가예가 흐느끼듯 신음했다. 하나도 잊어버리지 않게, 그가 주는 사랑을 똑똑히 기억하리라 했던 처음의 다짐과는 달리 그녀는 태석이 주는 아찔한 쾌감에 다른 생각을 할 여유가 없었다.

"으읏······."

끊임없이 그녀의 동굴을 헤집는 그의 야릇한 혀 놀림에 가예가 흐느끼며 그의 머리를 끌어안았다. 이제 그만이라고 말해야 하는데 태석에게 그 말을 할 수가 없었다. 아니, 오히려 그가 멀어지면 아쉬워할 스스로의 모습이 두려워 아무 말도 할 수 없었다.

"하····· 가예야."

태석이 그녀의 이름을 부르며 한껏 거추장스러운 자신의 티와 바지를 모두 벗어냈다. 드로즈를 뚫고 나올 것 같은 자신의 페니스를 자유롭게 한 태석은 끈적끈적해진 그녀의 안으로 제 것을 깊숙하게 넣었다.

"하읏······."

"윽!"

그는 전보다 더 대담하게 그녀의 엉덩이를 들어 강하게 밀어붙이며 속도를 냈다. 절정을 향해 몸을 흔드는 태석에 맞춰 가예는 조금씩 스스로 엉덩이를 움직이면서 그에게 맞춰 가기 시작했다.

"하아. 사랑해, 가예야."

가예는 마음을 울리는 그의 고백에 달뜬 신음으로 대답을 대신했다. 밀물처럼 들어왔다가 썰물처럼 빠져나가기를 반복하던 태석을 온몸으로 받아들이던 그녀의 머리는 헝클어져 있었는데, 그 정돈되지 않은 흐트러진 모습은 어느새 유혹의 자태가 되어 그의 가슴을 헤집어 놓았다.

"태석 씨…… 으응……."

잔뜩 쉰 목소리로 태석의 이름을 애타게 부르던 가예는 자신의 매끈한 다리로 그의 허리를 휘감았다. 도발적인 그녀의 몸짓에 태석은 찌릿한 전류가 온몸에 타고 들어와 흐르는 것 같았다. 격렬한 절정으로 향해 가던 그는 그녀에게 자신의 모든 것을 채워 넣었다.

태석과 가예는 간단하게 씻은 뒤에 욕조에 따뜻한 물을 받아놓고 자리를 잡고 앉았다. 침대가 아닌 찰랑거리는 물속에서 그와 알몸으로 같이 있다는 생각에 수줍어진 가예가 자꾸 도망가려고만 하자, 태석은 아예 그녀의 허리를 낚아채 자신의 무릎에 앉혔다. 불끈 솟아오른 그의 남성이 고스란히 엉덩이에 느껴지자 놀란 가예가 자리에서 일어났다.

"어디 가."

"그게, 음, 저기……."

"여기서는 안 할게. 그러니까 이리 와."

이제껏 표현하진 않았지만 가예가 관계에 있어 조금의 두려움을 가진다는 걸 알고 있었다. 그리고 민망해할 자신을 위해 내색하려 하지 않으려는 것에 태석은 고마움을 느꼈다.

그는 끄트머리가 조금 젖은 그녀의 머리카락을 앞으로 넘겨 주며, 기린같이 매끈하게 도드라지는 오른 목선에 입을 맞췄다. 그러자 가예가 어깨를 움츠리며 고개를 돌렸다.

"간지러워요!"

"좋다."

"나 안 무거워요?"

"말이 나와서 말인데, 당신 살 좀 찌워. 너무 말랐잖아."

태석은 자신의 탄탄한 가슴에 가예가 편하게 기댈 수 있게 욕조 뒤에 몸을 기대 누웠다. 가예는 다소 뻣뻣한 움직임으로 그의 가슴에 조심스레 등을 갖다 대었다. 적당히 따뜻한 온도로 찰랑거리는 물과 두 사람의 완벽한 나체가 맞닿았다.

"이거 봐. 하나도 안 무거워."

"내가 무거우면 나중에 태석 씨가 힘들걸요?"

"주가예가 힘들게 하는 거면 군말 없이 받아들여야지."

진지한 태석의 말에 가예가 그의 얼굴을 돌아보며 눈웃음을 짓고 고개를 끄덕였다. 태석은 그 틈을 놓치지 않고 연붉은 그녀의 입술에 입을 맞추곤 제 큰 손으로 따뜻한 물을 떠서 차가워진 가예의 어깨를 적셔 주었다.

"조금 있으면 회사 일도 금방 여유 생길 거야."

"얼른 그랬으면 좋겠어요."

"하고 싶은 거, 있어?"

"음……."

잠시 고민하던 가예가 입술을 달싹이다 말을 이었다.

"평범한 것들."

"예를 들면?"

절대 평범하지 않았던 결혼 생활 탓인지, 그녀는 지극히 평범한 것들을 해 보고 싶었다. 평소답지 않은 특별한 것들을 하게 되면, 꼭 마지막 의식을 치르는 것 같은 기분이 들 것 같아 싫었다. 게다가 두 사람은 해 본 일보다 못 해 본 일들이 더 많았기에 하고 싶은 것을 고르는 건 어렵지 않은 일이었다.

"집들이하고 싶어요. 기환 씨랑, 준섭 씨 불러서."

"집들이?"

TV에서나 접했던 집들이 장면을 떠올린 태석이 눈을 가늘게 떴다.

"그거 당신이 힘든 거잖아."

"초대하고 싶어요. 당신이랑 가장 오래 함께한 친구들이잖아요. 내가 모르는 한태석의 10대와 20대를 알고 있는 사람들이고. 그런 사람들 내 편으로 만들면 나중에 태석 씨랑 싸우게 돼도 든든하잖아요."

"당신이랑 내가 싸울 일이 있을까?"

"없을 것 같아요?"

"응. 내가 항상 질 거거든."

더 많이 사랑하는 사람이 약자가 돼야 한다면, 태석은 가예에게 평생 약자가 될 생각이었다.

"그럼 집들이하기 전에 내가 하고 싶은 것도 하자."

"뭔데요?"

"당연히 비밀이지."

"치사해요. 나는 다 말해 줬는데."

"난 당신 놀라서 감동하는 모습 보는 게 제일 좋거든."

가예는 입을 샐쭉거리며 고개를 가로저었다.

"절대로 감동한 티 안 내야겠다."

"얼마나 안 내는지 기대할게."

자신만만한 태석의 행동에 궁금증이 더해진 가예는 그녀답지 않게 말해 달라고 조르기도 해 봤지만, 그는 어깨만 으쓱거릴 뿐 그 뒤로 힌트가 될 만한 이야기가 나올까 봐 철저하게 말을 아꼈다.

가예가 물기 머금은 손을 모았다 펴서 그의 얼굴에 뿌리며 복수의 물장난을 시작하자, 태석은 무방비 상태였던 그녀의 유두를 손끝으로 간질이며 지지 않고 반격했다.

욕조 안에서 서로에게 장난을 치는 두 사람은 소박한 행복에 잔뜩 취해 있었다.

✤✤✤

정신이 하나도 없는 오전이 지나가고, 평화로운 윤베이커리의 오후가 찾아왔다. 진열대에는 한두 개의 빵들이 주인을 찾지 못한 채 놓여 있었고, 강습을 받으러 일찍 도착한 가예는 손님이 오지 않는다면 자신이 사가겠노라 눈독을 들이고 있었다.

기환이 오늘 강습에 필요한 재료를 사러 잠시 마트에 간 사이, 가예는 그가 청소하려고 꺼내 놓았던 대걸레로 베이커리 청소를 대신하며 콧노래를 흥얼거렸다.

요즘 그녀의 얼굴에서 웃음을 찾는 것은 그야말로 식은 죽 먹기보다 쉬웠다. 기환도 요즈음 그녀의 표정을 보면 덩달아 기분이 좋다는 말을 할 정도였다. 가게가 바쁠 때마다 기환을 도와주었던 가예를 알아본 몇몇 동네 단골손님들은 길거리를 지나다니면서도 그녀를 발견하면 편하게 인사를 건네주곤 했다.

그때 아침마다 가게를 찾는 단골손님인 혜영 엄마가 허겁지겁 가게 안으로 들어왔다. 목욕탕에 다녀온 건지 그녀의 손에는 목욕 바구니가 들려 있었다. 대걸레를 들고 있던 가예는 빙그레 웃으며 그녀를 맞았다.

"안녕하세요."

"어머, 오늘은 사장님이 아예 안 계시네?"

"잠깐 마트 가셔서 제가 가게 지키고 있었어요."

"그렇구나. 그나저나 빵이 다 팔렸네. 내가 이럴 줄 알았어!"

"목욕탕 다녀오셨나 봐요."

혜영 엄마는 목욕 바구니를 내려놓고 집게와 쟁반을 들어 빵을 모조리 담으며 투덜거리는 목소리로 하소연을 시작했다.

"나랑 매일 같이 다니는 주영 엄마 알죠? 등 밀러 가자고 어찌나 나를 들들 볶던지."

"주영 어머니는 같이 안 오셨어요?"

"어제 여기서 5만 원어치 사 갔거든. 오늘은 버틸 수 있다나 뭐라나? 나만 손해 봤지, 뭐!"

부스러기만 남아 있는 진열대를 안타깝게 바라보는 혜영 엄마를 보던 가예가 엷은 미소를 띠며 계산대로 들어갔다.

때마침 청아한 종소리와 함께 가게 문이 열렸다. 대화를 마치고 손님에게 인사를 하기 위해 고개를 든 가예는 들어온 손님을 확인하고 그 자리에 굳은 채로 설 수밖에 없었다.

어떻게 생겼을까 숱하게 상상해 봤던 얼굴, 며칠 전 사진 속에서 봤던 여자가 그녀 앞에 서서 가게를 두리번거리고 있었다. 빵집에 들어온 낯선 여자를 발견한 혜영 엄마는 행여나 늦게 온 손님에게 빵을 뺏길까 봐 서둘러 쟁반에 빵을 담아 계산대 앞에 놓았다.

"이거 다 계산해 줘요."

"네……."

카드를 받는 중에도 가예의 시선은 여전히 그녀에게 가 있었다. 그녀는 마치 이곳에 종종 와 본 사람처럼 익숙하게 의자에 다리를 꼬고 앉아 휴대폰을 만지작거리고 있었다.

"그럼 수고해요."

혜영 엄마가 나가자 베이커리 안에는 가예와 그녀, 두 사람만이 남았다. 의자에 앉아 있던 그녀는 손님이 떠나자마자 자리에서 일어나 계산대 앞으로 걸어와 정면에 있는 메뉴판을 한참 동안 응시했다.

"바닐라 라떼 하나 주세요."

"3,500원입니다."

아무렇지 않게 커피를 시키는 그녀, 하윤주를 바라보던 가예는 직감적으로 그녀가 자신이 누구인지 모르고 있다는 사실을 알아차렸다. 가예는 태연하게 계산을 해 주고 바닐라 라떼를 만들어 그녀가 앉은 테이블에 직접 갖다 주었다.

"고마워요. 그런데 사장님은 어디 가셨나요?"

"잠깐 마트 가셨으니까 곧 오실 거예요."

가예를 한낱 아르바이트생으로 본 윤주는 고개를 끄덕이며 가게 이곳저곳을 훑어보기 시작했다. 윤주는 지금 자신이 태석과 기환의 앞에 나타나는 것이 그들에게 얼마나 잔인한 것인지 모르는 듯했다.

"제가 좀 늦었죠? 오늘따라 마트에 사람이 왜 이렇게 많은지……."

계산대에 앉아 슬쩍 윤주를 바라보던 가예가 고개를 치켜세웠다. 마트에서 두 손 묵직하게 장을 보고 온 기환은 미처 문 가까이에 앉은 손님을 발견하지 못하고 가예에게 넋두리를 늘어놓으려 했다.

"기환아."

가슴 아픈 원망만 새겨 놓은 목소리, 그리고 한 번쯤 그리워해 봤던 목소리.

윤주의 부름에 기환이 곧장 뒤를 돌아봤다.

"너……."

그러나 오랜만에 본 윤주를 반가워할 틈도 없이 기환은 곧장 가예부터 살폈다. 그의 의중을 알아차린 가예가 티 나지 않게 고개를 저었다. 가예가 윤주를 알아봤다는 사실에 기환은 놀랐지만 두 사람 사이에 냉기가 돌지 않는다는 것에 우선 안심했다.

기환은 한시라도 빨리 윤주를 이곳에서 내보내려 했다.

그때 빵을 사서 나갔던 혜영 엄마가 빠끔히 고개를 내밀더니 다시 가게 안으로 들어왔다.

"내 정신 좀 봐. 빵 사느라 정신없어서 목욕 바구니를 놓고 갔네."

"아, 여기요."

가예는 계산대 앞에 두고 간 목욕 바구니를 챙겨 혜영 엄마에게 전했다.

"아유, 고마워요. 31번지……. 아니지, 내가 새댁 이름으로 불러 준다는 걸 맨날 깜빡하네. 고마워요, 가예 새댁."

통상 동네에서 주부들의 호칭은 누군가의 엄마로 통하곤 했다. 그러나 아직 아이가 없는 가예는 집 주소인 31번지 새댁으로 불리곤 했는데, 얼마 전 그 호칭이 마음에 걸렸는지 동네 아주머니들은 그녀의 이름을 알아 갔다. 그 뒤로 아주머니들은 시시콜콜한 이야기를 주고받을 때마다 그녀를 가예 새댁이라고 불렀고, 가예 역시 31번지 새댁보다 그게 더 친근하게 느껴져 그 호칭이 은근히 마음에 들었었다.

그러나 하필 이 상황에서, 자신의 이름을 부르며 가게를 나가는 혜영 엄마의 목소리에 가예가 움찔거렸다.

기환을 바라보던 윤주는 낯익은 이름에 고개를 돌렸다. 정보의 홍수라는 인터넷에서 태석의 결혼 기사를 검색해 보던 중 알게 된 그녀의 이름은 윤주의 머릿속에 선연하게 남아 있었다. 상황을 파악하기 위해 기환에게 고개를 돌리자, 그는 이미 엎질러진 상황을 어찌 해결해야 할지 고민하는 표정이었다.

"가예 씨, 오늘은 아무래도 강습 못 할 것 같아요. 제가 나중에 다시 연락드릴게요."

"네, 알겠어요."

가예의 이름을 듣자마자 표정이 바뀌는 윤주를 알아본 기환은 더는 숨기지 않고 그녀의 이름을 불렀다. 가예는 자신을 뚫어져라 바라보는 그녀를 모른 척하고 가방을 챙겨 가게를 나섰다.

이렇다 할 말 한 마디도 못 해 보고 황망히 가예를 보낸 윤주가 뒤늦게 정신을 차리고 가예를 쫓아 밖으로 나가려 했다. 그러나 한발 빨랐던 기환이 윤주의 손목을 붙잡고 놔주지 않았다.

"나 보러 온 거잖아."

"태석이랑 결혼한 여자, 맞지?"

"오랜만이다. 우리 딱 4년 만에 보네."

자꾸 말을 돌리려는 기환의 태도가 짜증이 난 윤주가 그에게 잡힌 손목을 빼내려고 했지만 놓지 않으려고 맘먹고 잡고 있는 기환을 이기긴 쉽지 않았다.

"윤기환!"

"가예 씨 쫓아가서 무슨 말 하려고. 이제 와서 태석이 내놓으라고 하게?"

"맞구나, 저 여자."

윤주는 기환의 반응에 확신하며 빼내려고 힘주던 제 손을 힘없이 내려놓았다.

화진이 그러하듯 잘난 집안의 핏줄을 타고난 가예 역시 고상한 척, 콧대 높은 사모님의 모습을 하고 있을 거라고 무모하게 확신

270

했었다. 그러나 그녀의 예상을 비웃기라도 하듯 가예는 재벌의 이미지를 떠올리기 힘들 정도로 수수했다. 그럼에도 불구하고 타고난 귀티로 인해 풍기는 온화한 분위기는 숨길 수 없었다. 그 모습이 윤주를 더욱 좌절하게 만들었다.

"왜 저 여자가 네 가게에 있어? 강습은 또 뭐고?"

"내가 아무 대답 하지 않을 거 알잖아."

무조건적인 내 편이라고 믿었던 사람들 모두가 자신이 아닌 가예를 감싸고 도는 모습에 윤주가 찬웃음을 지었다.

그저 조금 가까이에서 지켜보고 싶었을 뿐이다. 그녀의 어떤 모습이, 태석의 마음을 움직이게 했는지. 태석이 자신을 다시 돌아보지 않을 만큼의 이해할 만한 이유가 있기를 바랐다.

다시 자리에 앉은 윤주는 가예를 놓쳐 버린 기회를 아쉬워하며 그녀가 만들어 준 바닐라 라떼를 한 모금 마셨다.

"4년 전에, 말도 없이 유학 갔다고 해서 조금 놀랐어."

"나야말로 한국에 와서 놀랐어. 네가 말도 없이 떠났다고 해서."

태석을 알기 전에 기환을 먼저 알았고, 태석을 소개해 준 것도 기환이었기에 윤주는 그 앞에서만큼은 솔직하게 제 감정을 터놓았다.

"나는 그때 정말…… 돈이 필요했어, 기환아."

옛날부터 다른 것은 다 버려도 자존심 하나만큼은 지키려고 하던 윤주의 입에서 돈이 필요했다는 말이 나왔을 때, 기환은 나지막한 한숨을 내쉬었다. 그래도 꼭 그랬어야 했느냐고 되묻고 싶었다.

기환의 다음 질문을 예상이라도 한 듯 윤주가 씁쓸하게 웃으며 말을 이었다.

"지긋지긋한 가난에서 벗어나고 싶었으니까."

그 당시에 아무것도 손에 쥐고 있지 않았던 그녀에게 안쓰러운 마음이 드는 건 어쩔 수 없었다. 측은하게 저를 바라보는 기환의 눈빛을 읽은 윤주가 힘주던 어깨를 떨어뜨리며 커피를 내려놓았다.

"그런 눈으로 보지 마."

준섭과 태석에게 매몰차게 외면당하고, 기환에게까지 외면당하면 어쩌나 조바심을 느꼈던 윤주는 그제야 긴장된 마음을 풀어 내려놓았다.

"조만간 다시 프랑스로 갈 거야."

"벌써? 온 지 얼마 안 됐잖아."

"박람회는 사실 핑계였어. 한국 들어와서 다시 태석이랑 잘해 보고 싶었는데…… 네가 봐도 안 될 것 같지?"

태석의 바짓가랑이라도 붙잡으며 제 자존심을 다 구겨 봐야 2년 전으로 돌아갈 수 없다는 걸 너무 늦게 깨달아 버렸다.

비록 오랜 시간이 흘렀지만, 사랑하는 마음은 변치 않을 거라고 자만했다. 하지만 사실은 그저 치우기 막막하고 버거웠던 사랑을 내버려 뒀던 것뿐이다. 그렇게 방치된 그들의 사랑은 멀어진 사이 낡고 닳아 버려서 초라해지고 말았다.

"준섭이도 보고, 태석이도 봤는데 너를 안 보는 건 말도 안 되는 것 같아서 찾아왔어."

"……"

"고맙다, 윤기환. 나한테 바로 등 돌리지 않아 줘서."

현실의 벽에 가로막혀 무너진 윤주가 돈에 흔들릴 수밖에 없던 것도, 그녀가 결코 태석의 짝이 될 수 없다는 것도 어쩌면 처음부터 이미 정해진 일이었는지도 모른다. 살아온 환경이 너무 다른 두 사람의 벽은 사랑만으로 극복하기엔 너무 크고 무거운 것이라는 것을, 무모했던 20대에는 몰랐을 뿐이다.

기환은 차가워진 바닐라 라떼를 들고 자리에서 일어나는 윤주를 따라 일어나 그녀를 마중했다. 짧게 인사하고 돌아서는 윤주를 향해 그는 들릴 듯 말 듯한 목소리로 어렵게 말을 꺼냈다.

"돈이 필요했다면, 나였어도 됐었잖아."

4년 만에 만난 첫사랑에게 간신히 먼저 꺼낸 한마디였다. 윤주를 보게 되면, 해야 할 말도 하고 싶은 말도 많을 것 같았는데 머릿속이 하얀 백지가 된 것처럼 아무 말도 떠오르지 않다가 마지막이 돼서야 떠오른 말이었다.

"내가 너 좋아했던 거, 몰랐다고 말하지 마."

태석의 집만큼은 아니었더라도 넉넉하게 살았던 자신을 이용해도 됐을 일이었다. 태석과 준섭의 앞에서는 철저하게 감정을 숨겼지만 두 사람보다 윤주를 먼저 알았던 1년 동안 자신의 호의와 관심을 온몸으로 받던 당사자인 그녀가 알아차리지 못했을 리 없었다. 지난 사랑의 고백까진 아니었지만, 왜 눈앞에 있는 자신을 이용하지 않았는지가 궁금했다.

"넌 나한테 진심이었으니까."

윤주는 갑작스레 비가 오던 추운 11월의 가을, 하나뿐인 우산을 제 손에 쥐여 주곤 비를 맞으며 뛰어가는 기환의 뒷모습을 떠올렸다.

"태석이 배경이 좋아서, 그 애한테 호감 갔던 거 인정해. 너한테 소개시켜 달라고 말했을 때만 해도 서로 적당히 좋아하다가 남들 헤어지듯 그렇게 끝날 줄 알았어. 그런데…… 우리가 서로를 그렇게 좋아하게 될 줄 몰랐어."

처음부터 태석이 자신과 다른 세상에 사는 사람이라는 걸 알았다. 그래서 크게 욕심내지 않았던 남자였다. 비록 조금 위험해 보였지만 한순간 연애로 지나칠 사람이라면 안전한 회전목마보다, 조금 더 위험한 롤러코스터가 타 보고 싶다는 단순한 호감이었다. 그 호감이 자신의 인생을 완전히 뒤바꿔 놓을 거라고는 그땐 미처 알지 못했다.

"그리고 태석이 아니었더라도 네 마음 못 받았을 거야."

"……"

"나한테 너는 평생 잃고 싶지 않은 소중한 친구였으니까."

자신을 바라보는 그녀의 눈빛이 줄곧 우정이라는 걸 알았기에 이제 와 새삼 윤주의 거절이 마음을 아프게 하진 않았다. 사실 냉정하게도, 마음을 아프게 할 만큼 그녀에 대한 사랑이 기환에게 남지 않았다는 표현이 맞았다.

그러나 쓸쓸하게 돌아서 멀어지는 윤주의 뒷모습이 보이지 않을 때까지, 기환은 한참 동안 가게 앞에 서 있었다.

12화. 떠나는 사람, 남겨진 우리

　다음 날, 어제 하지 못했던 강습을 하는 내내 기환은 본의 아니게 계속 가예의 눈치를 살피며 일을 했다. 어제 가게를 찾아온 이가 윤주라는 걸 알게 된 가예의 심정이 어떠할지 짐작이 갔기 때문이다.

　하지만 그녀의 기분이 저조할 것이라는 기환의 예상과는 달리 오늘 가게로 온 가예는 평소와 똑같이 그에게 인사를 했고, 강습을 받았고, 본인이 만든 빵을 맛보며 기뻐했다.

　바로 그 점이, 기환을 더욱 좌불안석하게 만들었다.

　"남은 생크림 제가 가져가도 되죠?"

　"그래요."

　야무지게 남은 생크림을 챙기는 그녀의 뒷모습을 바라보며 윤주의 이야기를 해야 하나, 말아야 하나 고민하던 찰나에 가예가 자신이 만든 빵을 담은 봉지를 품에 안고 돌아서서 말했다.

"기환 씨."

"네?"

"제 눈치 그만 보셔도 돼요."

눈치 빠른 가예는 기환이 자신의 눈치를 보고 있다는 걸 진작 알아차릴 수 있었다. 강습 받는 중에 윤주의 이야기를 꺼낼까 했지만, 굳이 윤주의 이름을 언급하고 싶지 않아 모른 척했을 뿐이다. 그러나 자신에게 미안해하는 마음 착한 기환의 표정을 도저히 외면할 수가 없었다.

갑작스러웠던 윤주의 등장이 그의 탓은 아니었기에, 가예는 가벼운 표정으로 어깨를 으쓱해 보였다.

"저기, 가예 씨. 어제는……."

"기환 씨가 더 당황하셨죠? 제 이름 언급 안 하려고 노력하셨는데 그렇게 들켜 버려서."

자신의 마음을 꿰뚫고 있는 가예의 말에 기환이 겸연쩍게 웃었다. 윤주의 등장이 분명 가예에게는 절대 달갑지 않은 일이었고, 두 사람이 마주치지 않게 해 달라는 태석의 부탁까지 받았는데 그 부탁을 들어주지 못한 것에 대한 미안함이 컸다.

"태석이한테 윤주 만났다고 말했어요?"

"아니요. 신경 쓸 것 같아서 말 안 했어요. 별일도 없었고요. 혹시 말하셨어요?"

"나도 말 안 했어요."

"그럼 태석 씨한테는 비밀로 해 주세요. 마주친 거 알면, 그 사람 저한테 또 미안해할 거예요."

"부럽네요, 두 사람."

자신이 상처받을 일에 미안해할 태석을 걱정하는 가예의 모습을 보던 기환은 너무도 자연스럽게 부럽다는 말을 입에 올렸다. 그리고 문득 두 사람이 하고 있는 사랑이란 것을 다시 할 수 있을까라는 무서운 질문을 자신에게 던졌다.

"저보다 안색이 더 안 좋으세요."

가예의 말에 기환이 쓸쓸하게 웃었다. 그는 윤주를 만나고 나서 어수선해진 마음이 표정에 그대로 드러나고 있었다. 물론 윤주를 떠올리는 기환의 표정은 더 이상 기쁘지도, 설레지도 않았다. 그저 지나간 아픈 추억이 떠올라 마음 한구석이 아릿해질 뿐.

쓸쓸하게 멀어져 가는 사랑했던 여자의 초라해진 뒷모습이 떠올라 마음이 무거웠다. 아마 그가 이런 생각을 하고 있다는 걸 알면 준섭이 당장 달려와 미친놈이라고 말하겠지만.

"그나저나 요즘 태석이 많이 바빠요? 우리가 나오라고 해도 안 나오던데."

우중충한 이야기를 접으며 기환이 화제를 돌렸다. 태석의 이야기가 나오자마자 그녀의 표정이 빛을 받은 사람처럼 이내 환해졌다.

"며칠 전까지는 바빠서 집에도 못 들어왔어요."

"정말요? 그 녀석 빵이나 몇 개 만들어 줘야겠네요."

"그래 주시면 저야 감사하죠. 제가 만든 빵은 아직 부족해서, 태석 씨한테 먹어 보라고 못 주겠어요."

"가예 씨가 돌로 만들어도 맛있게 먹을 놈이에요. 그런 걱정하지 마요."

"네! 그럼 조만간 도전해 봐야겠네요."

가예는 눈을 찡긋거리며 그에게 줄 빵을 만들 생각에 조금 들 뜬 목소리로 대답했다. 누군가를 사랑하고 있다면, 저런 표정이겠 구나.

기환은 얼굴에서 웃음을 숨길 수 없는 그녀의 표정에 따라 웃 고 말았다.

무조건적인 사랑을 주고받는 것. 내 마음에 누구도 들어올 자 리 없이 상대방의 생각으로 가득 채우는 것. 그 사람 때문에 마음 이 아플 수는 있어도, 마냥 아프기만은 하지 않는 것.

기환은 자신이 꿈꿔 온 사랑을 하고 있는 태석과 가예가 이 세 상에서 그 누구보다도 더 부러웠다.

가예는 기환과의 인사를 마치고 굳은 뒷목을 이리저리 움직이 며 가게를 나섰다. 바쁘던 회사 일이 차차 정리되면서 집에 일찍 들어오는 태석을 위해 오늘 저녁은 무엇을 만들지 고민하는 것이 행복했다.

어린왕자에 나오는 〈네가 오후 4시에 온다면, 나는 3시부터 행 복해지기 시작할 거야.〉란 말이 지금 그녀의 설레는 마음을 제대 로 표현하는 말이었다.

그가 먹고 싶다던 김밥을 다시 만들기로 결정하고 마트에 가려 던 가예가 방향을 바꿔 가게를 지나 뒤돌아섰다. 그리고 몇 걸음 가지 않아 걸음이 멈춰졌다. 그녀를 가로막고 있는 한 여자 때문이었다.

"안녕하세요."

태석의 생각으로 생글생글 웃던 가예의 표정이 조금 딱딱하게 굳어졌다. 또다시 기환을 찾아온 거라고 생각하기에는 그녀가 너무 제 앞을 노골적으로 가로막고 있었다. 윤주의 용건이 자신이라는 걸 확인한 가예가 조금 날이 선 목소리로 그녀에게 물었다.

"저한테 용건 있으신 건가요?"

"네. 오늘 기환이 가게에 올 것 같아서 기다렸어요. 바쁘지 않으면, 얘기 좀 하고 싶어요."

바쁘지 않지만 그쪽과 할 얘기 없다고 거절했으면 될 일이었다. 그러나 제 앞에 당당하게 나타난 윤주가 너무 기세등등해서 물러서고 싶지 않았다. 처음부터 이 만남을 피해야 하는 사람은 자신이 아닌 그녀였으니까.

가예는 수락의 의미로 살짝 고개만 끄덕였다.

앉아 있는 두 여자의 분위기는 극명하게 대조되었다. 꽃으로 비교했을 때 윤주가 붉은 자태를 뽐내는 화려한 장미라면, 가예는 부드러운 느낌을 주는 수수한 물망초 같았다. 피부 톤도, 커피를 마시는 자세도, 무엇 하나 같지 않은 두 사람은 우선 아무 말 없이 앞에 놓인 찻잔에 시선을 두었다.

"내가 주가예 씨 찾아온 거 알면 누구도 좋아하지 않겠지만, 이미 욕먹은 김에 한 번 더 먹어도 상관없겠다 싶어서 찾아왔어요. 그쪽이 궁금했거든요."

윤주는 제 속을 가감 없이 드러내며 솔직하게 이야기했다. 후회하고 싶지 않다는 이유로 그녀를 찾아왔다는 것이 얼마나 무례한 일인 줄 알고 있었지만 가예를 직접 마주해야 태석과 끝을 내는 것에 미련이 없을 것 같았다.

자신이 생각한 것보다 형편없는 여자라면 그를 한껏 비웃으며 떠날 것이고, 자신보다 더 멋있는 여자라면 깨끗하게 인정하고 떠날 생각이었다. 그녀가 어떤 여자이냐에 따라 자신이 안고 갈 마음이 달라지기에 윤주는 못나게도 이왕이면 가예가 형편없는 여자이기를 바랐다.

"저도 그쪽이 궁금했어요."

조용히 이야기를 듣고 있던 가예가 대답했다. 그녀 역시 한때 태석이 사랑했던 윤주가 궁금하지 않았다면 거짓말이었다. 왜 그를 찾아왔는지도 궁금했고, 언제까지 그의 주변을 맴돌 건지에 대해서도 궁금했다. 그러나 궁금한 질문들을 선뜻 입 밖으로 꺼내진 않았다. 그 질문들이 입 밖으로 나오는 순간, 자신이 얼마나 초라해질지 겁이 났다.

"기환이 베이커리에서 일하는 건가요?"

가예에 대해 궁금한 것이 많았던 윤주가 먼저 물었다.

"제가 기환 씨한테 제빵을 배우고 있어요."

"제빵을요?"

"네."

잠시 두 사람 사이에 짧은 침묵이 맴돌았고, 가예는 지난 일들을 구구절절 말하지 않고 윤주의 궁금증을 풀 수 있을 만큼만 짧게 이야기했다.

"태석 씨가 기환 씨가 만든 빵을 좋아하거든요. 그래서 배우고 있어요."

그 말에 윤주의 미간이 찌푸려졌다. 태석이 빵을 좋아한다고 해서 모든 부귀영화를 다 누릴 수 있는 위치에 있는 재벌가의 사모님이, 제 체면을 깎으며 고작 동네 빵집에서 제빵을 배운다는 것은 그녀의 입장에선 도무지 설득력 없고, 이해 가지 않는 이야기였다.

이해할 수 없는 상황에 윤주는 헛웃음을 지으며 다시 물었다.

"고작…… 태석이가 빵을 좋아해서 그 일을 배운다고요?"

"사랑하는 사람이 좋아하는 걸 만드는 일이 고작이라고 표현될 정도로 하찮은 일은 아니죠."

대수롭지 않다는 투로 말하고 뜨거운 차를 호호 불며 마시는 가예의 의연함에 윤주는 기가 막힌다는 웃음을 지었다.

"주가예 씨는 한태석 중심의 인생을 사는군요."

분명 윤주의 말에는 조롱의 기색이 듬뿍 담겨 있었지만 가예에게는 한태석 중심의 인생이라는 말이 나쁘게 들리지 않았다. 그리고 무엇보다 그 말이 사실이었기에 부정하고 싶은 생각도 없었다.

그의 뒷모습만 바라보던 때에는 오로지 앞서 멀어지는 태석을 따라가기 바빠 제 모습을 잃고 무너졌지만, 지금은 아니었다. 태석의 사랑을 넘칠 듯이 받고 있었고, 빵 만드는 일 역시 그녀가 즐겁기에 계속할 수 있는 일이었다.

"그런 인생도 나쁘진 않죠."

"한태석 인생 말고, 주가예 씨 본인 인생을 위해 사는 게 어때요? 이건 한태석을 떠나서 같은 여자로서 주가예 씨 인생이 너무 아까워서 해 주는 말이에요."

윤주는 모든 것을 손에 쥐고도 아무것도 사용하지 않고 오로지 사랑에만 목을 매는 가예가 한심해 보이고 답답하기도 해서 저도 모르게 충고를 던졌다. 한 남자를 사이에 두고 신경전을 벌이던 중에 인생에 대한 충고라니.

돌아가는 상황이 어이없던 중에 가예의 입에서 나온 대답이 윤주를 더 당황하게 만들었다.

"하윤주 씨처럼 출세를 위해, 오로지 본인만 생각하면서 돈을 받고 도망쳤던 행동이…… 나를 위해 사는 건가요?"

남에게 상처 주는 말이라고는 할 줄 모르는 참한 얼굴로 자신의 아킬레스건을 건드리는 가예에게 윤주가 발끈하고 나섰다.

"남의 사정도 모르면서 함부로 말하지 마요."

"적어도 그때 행동은, 하윤주 씨가 말하던 나를 위한 행동 아닌가요? 태석 씨를 생각했다면 그런 결정은 못 내렸겠죠."

혼자서만 알고 있었던 비밀을 들켰다는 생각에 윤주는 되레 더 목소리를 높이며 가예를 비웃었다.

"사랑만 믿고 사는 게 얼마나 바보 같은 건지 모르는 건 주가예 씨죠."

윤주는 마치 사랑이란 감정 자체를 부정하려 애쓰는 사람처럼 말하고 있었다. 중요한 걸 놓치고도 자신이 어떤 것을 놓치고 있는지 모르는 그녀에게 안타까운 마음이 들었다.

"하윤주 씨 눈에는 태석 씨만 바라보고, 그 사람 중심으로 사는 내가 바보 같고 한심해 보이겠죠."

사나운 얼굴을 하고 있는 그녀를 향해 가예가 덤덤하게 말을 이었다.

"그런데 나는, 사랑을 버려두고 떠난 당신이 더 바보 같아요. 물론 우리 두 사람 중에 누가 맞고, 누가 틀렸다고 생각하지 않아요. 가치관이 다른 거니까. 오히려 하윤주 씨 덕분에 내가 태석 씨를 만났으니까 나는 그 가치관을 고맙게 생각해야겠네요."

윤주는 사랑을 손에 쥐고 당당하게 구는 가예가 한편으론 대단하게 느껴졌다. 자신과는 완벽하게 다른 여자. 마치 태석을 사랑하고 있는 자신의 모습을 당연하게 받아들이는 그녀의 똑 부러진 모습에는 보여 주기 식의 거짓이 보이지 않았다. 정답이 없는 일인 줄 알면서도, 자꾸만 자신이 틀렸다는 생각이 들어서 오히려 윤주는 가예의 말을 더욱 부정했다.

"그건 주가예 씨처럼 가진 게 많은 사람이나 부릴 수 있는 여유예요. 나같이 하루 살기 바빴던 사람들한테는 낭만적인 사랑 타령은 사치라고요."

"내가 가진 게 없었다면, 나는 태석 씨를 더 안 놓쳤을 거예요. 그 사람이 내 전부가 돼 줬을 테니까."

가예의 이야기를 들으면 들을수록 힘없이 서 있는 나무에서 자신이 지키려 했던 것들이 하나둘 떨어지는 초라함을 느꼈다. 가예를 아직 사랑 타령이나 하는 현실성 없는 철부지라고 치부하고 싶었고, 그러면서도 밑바닥에서부터 차고 올라오는 부러움을 인정하고 싶지 않았다.

윤주와 가예는 처음부터 원하던 것이 달랐다. 윤주는 태석을 만남으로써 끝을 정해 놓은 사랑 안에서 자신이 가질 수 있는 것들을 계산했고, 가예는 태석의 변치 않는 마음 하나만을 원했다. 두 사람 모두 원하는 것을 얻었지만 행복해 보이는 건 가예뿐이었다.

더 이상 자신의 말에 반기를 들지 않고 혼자 골똘히 생각에 잠긴 윤주를 보던 가예는 자리에서 일어났다. 아무래도 지금 그녀에겐 대화보다도 혼자 남아서 생각할 시간이 필요한 것 같았다. 그러자 윤주가 나직이 그녀를 올려다보며 물었다.

"그렇게까지 한태석을 사랑해서, 주가예 씨한테 남는 게 뭔데요?"

말을 꺼내면서도 윤주가 자조석인 웃음을 띠었다. 물으나 마나 한태석이 남는다거나, 그가 주는 사랑이 남는다는 대답이겠지. 스스로 질문의 대답을 내린 윤주가 정신을 차리려는데 가예의 입에선 전혀 다른 대답이 나왔다.

"글쎄요. 그 사람을 사랑해서 나한테 남는 게 뭔지, 잃는 건 뭔지 한 번도 재고 따진 적이 없어서요."

윤주는 방심하고 있던 찰나 뒤통수를 세게 얻어맞은 것 같은 기분이었다.

그들만의 세상에서 지금까지 존재하는 정략결혼이란 것은, 각자에게 어떤 이득이 될 집안인지 일일이 비교하며 관계를 맺는 비도덕적인 일이었다. 그래서 가예가 철석같이 믿는 그 절절한 사랑의 시작도 결국에는 자신이 태석을 처음 만났을 때의 제가 가질 이득을 생각하는 불순한 마음과 별반 다를 것 없다고 생각했다.

그러나 그들의 사랑에는 계산이 없었다. 정작 사랑을 하며 계산기를 두드린 사람은, 윤주 혼자였다.

"하윤주 씨는요? 그렇게까지 본인을 사랑해서, 남는 게 뭔가요?"

가예의 질문에 윤주는 아무런 대답도 할 수 없었다. 지금 그녀에게 남은 거라곤 고작 생활의 여유를 갖게 해 주는 조금의 돈과 소믈리에로 이름을 알릴 수 있는 명예 정도였다. 그러나 자신의 20대를 반짝하게 빛내 주던 모든 것들을 잃었다. 태석을 손에서 놓은 순간 자신에 대한 확신으로 당당했던 순수한 제 모습 대신 비겁함으로 물든 모습으로 더럽고 축축한 세상에 혼자 던져졌음을 인정할 수밖에 없었다.

질문을 던진 가예가 천천히 뒤돌아 멀어졌다. 윤주는 자신에게서 멀어지는 그녀를 하염없이 바라보기만 했다. 적어도 태석을 향한 사랑의 크기만큼에서는 그를 홀로 두고 떠나 버렸던 윤주의 완벽한 패배였다.

"누굴 만났다고?"

가예가 썰어 놓은 김밥을 옆에서 야금야금 집어 먹고 있던 태석의 눈가가 잔뜩 일그러졌다. 다소 험하게 변한 그의 표정에도 불구하고 가예는 차분하게 김밥을 접시에 담아 뒤에 서 있던 태석을 뒤로하고 소파로 향하며 말했다.

"하윤주 씨요."

가예의 입에서 윤주의 이름이 다시 한 번 언급되자, 그가 성난 걸음으로 가예에게 다가와 앉았다. 왜 만났냐는 말로 자신을 나무랄 태석의 입에 가예가 김밥 하나를 쏙 넣어 주며 말을 가로챘다.

"며칠 전에 우연히 기환 씨 가게에서 처음 봤어요."

"왜 나한테 말 안 했어?"

"그때는 별말 없이 스치듯 지나갔어요. 오늘은 날 만나러 찾아온 거고요."

태석은 얼굴에 그늘을 가득 서린 채로 그녀의 손을 잡았다. 무엇보다 가예가 상처를 받았을까 걱정이 됐다.

"무시하지 그랬어."

"나도 궁금했거든요."

그에게 주기 위해 들고 있던 김밥을 태석이 받아먹지 않자, 가예는 김밥을 내려놓고 그의 앞에 놓인 찻잔에 녹차를 따랐다.

"내가 어떤 사람인지 궁금했대요. 그런데 나도 궁금했어요. 태석 씨가 좋아했던 여자가 어떤 여자였는지. 그런데 만나 보니까 당신이 하윤주 씨 어떤 모습을 좋아했는지 알 것 같았어요."

"그런 건 몰라도 될 일이야."

단호하게 말하는 태석과 달리 가예는 되레 궁금증이 풀려서 홀가분하다는 표정이었다.

"사실 하윤주 씨 앞에서 내색은 안 했는데, 나랑은 너무 달라서 조금 부러웠어요."

"……뭐가 부러워."

"어디서나 당당하고, 기죽지 않는 모습이요. 난 잘 못 그러겠던데. 특히 태석 씨 앞에서는."

배시시 웃던 가예는 자신을 걱정하는 눈빛으로 바라보는 그에게 다시 김밥을 건넸다. 팔을 치켜들며 두 눈을 동그랗게 뜨는 그녀의 표정에, 태석은 졌다는 듯 마지못해 그 김밥을 받아먹으며 말했다.

"나한테는 만나지 말라고 해 놓고, 당신이 만나면 어떻게 해."

"그럼 우리 비긴 걸로 해요. 됐죠?"

"나도 두 번은 싫을 것 같다고 말하면 되는 건가?"

자신이 했던 말을 따라 하는 태석의 모습에 가예가 방긋 웃으며 고개를 끄덕였다. 그 웃음을 가만히 바라보고 있던 태석은 가예를 제 품에 가두며 머리를 쓰다듬어 주었다.

"무슨 말을 들었는지 몰라도, 다 잊어."

"내가 걱정돼요?"

"응. 당신한테 상처 준 사람은 나 하나로 끝났으면 좋겠거든."

윤주가 그녀에게 어떤 말을 쏟아 냈을지 몰라서 걱정이 됐고, 그 말들에 알게 모르게 신경 쓸 가예가 걱정이었다.

"오히려 내가 하윤주 씨한테 더 상처될 말 많이 했어요."

"설마."

"진짠데……."

태석이 자신의 말을 순순히 믿지 않자, 가예가 입술을 새초롬하게 내밀며 삐죽였다. 그녀를 잠시 품에서 떼어 낸 그가 픽 웃으며 새초롬하게 내밀어진 그녀의 입술에 제 입을 가볍게 맞췄다.

"주말에 바람도 쐴 겸 놀러 갈까?"

"나 토요일은 시간 안 돼요."

"왜?"

재고의 여지없이 안 된다는 단호한 말에 태석의 표정이 시무룩해졌다.

"어머님이랑 꽃꽂이하러 가요."

"우리 어머니랑 그런 걸 해?"

"분기별로 한 번씩은 해요. 이런 거라도 하지 않으면, 얼굴 뵙기 힘드니까요."

태석은 아무리 제 어머니였지만 가예에게 늘 상처를 주는 화진의 언사를 알고 있기 때문에 자신을 뺀 두 사람의 만남이 그리 탐탁지 않았다. 태석의 표정이 다시 굳어지자 가예는 그의 입꼬리를 부드럽게 매만지며 물었다.

"또 걱정돼요?"

"아니라곤 못 하겠다."

"그렇다고 어머님을 안 뵐 수는 없잖아요."

"나도 같이 갈까?"

정말 따라갈 기세로 묻는 그를 보며 가예가 풋, 하고 웃음을 터뜨렸다.

"당신도 꽃꽂이하려고요?"

"못 할 것도 없지."

"오래 안 걸리니까 걱정하지 마요."

타들어 가는 태석의 속마음과는 달리 가예는 걱정이 되지 않는지 생글생글 웃고 있었다.

"어머니 말씀에 일일이 상처받지 마."

"만약에 상처받으면, 태석 씨가 위로해 줄 거죠?"

"상상하고 싶지 않은 그림이야. 당신이 내 주변 사람으로 인해 상처받고, 내가 그걸 위로해 주는 거."

"태석 씨, 나 때문에 요즘 점점 마음 약해지는 것 같아요."

"당신이 좋아질수록 내가 어려지는 기분이야."

가예가 그의 사랑으로 인해 더 단단해지고 있는 반면에, 태석은 자꾸 자신이 준 상처에 그녀가 도망가진 않을까 불안하고 초조했다. 가예를 제 옆에만 계속 두고 싶은 못난 소유욕이 불쑥불쑥 이는 자신에게 어이없을 정도였다.

"방금 그 말, 나 되게 감동해도 되는 거죠?"

"한심하게 생각하는 거 아니고?"

"나는 태석 씨가 질투하고, 어린애처럼 구는 것도 좋은데."

"실체를 알고 나면 내가 한심해서 혀를 찰 수도 있어."

"음…… 기환 씨한테 질투하는 거?"

"어머니한테도 조금."

진지하게 대답하는 태석의 말투에 가예가 소리 내며 웃었다. 그는 자신의 앞에서 해맑게 웃고 있는 가예의 머리카락을 귀 뒤로 다정하게 넘겨 주었다.

"태석 씨."

"응?"

"나야말로 온종일 태석 씨만 생각하고, 바라보고 있잖아요. 내가 변변하게 할 수 있는 것도 없이 당신한테만 매달려 있으면…… 나 매력 없겠죠?"

"그게 무슨 소리야?"

사실 윤주의 말에 조금 당황했던 것도 같았다. 자신을 위해 아무것도 투자하지 않는 여자가 얼마나 매력 없을지 가예도 잘 알고 있었다. 다른 것은 몰라도, 나중에 그에게 매력 없는 그저 그런 여자가 될까 봐 불안했다.

"당신이 왜 할 줄 아는 게 없어? 날 웃게 하는 유일한 여잔데. 내가 밖에서 하는 일보다 훨씬 가치 있는 일을 하는 게 당신이야."

말하지 않아도 알지만 그래도 늘 확인해 보고 싶은 게 사랑 아닐까. 태석의 말에 안심한 가예는 그를 꼭 끌어안으며 그의 목에 제 얼굴을 묻었다.

"그 마음 절대 변하지 말아줘요."

"당신도. 나중에 돼서 나한테 유치하다고 하기 없기야."

가예는 대답 대신 그의 목덜미에 촉촉한 입술을 갖다 대며 고개만 끄덕였다. 수줍게 자신을 유혹하는 그녀의 입술에, 태석은 주저할 것 없이 가예를 번쩍 들어 안방으로 향했다.

❖ ❖ ❖

공항에 도착한 윤주는 출국 수속을 마치고 가벼운 캐리어를 끌어 면세점 옆에 있는 카페로 들어와 자리에 앉았다.

그녀는 흘러내리는 결 좋은 머리카락을 한 손으로 쓸어 넘겼다. 귀국할 때만 해도 2년 전으로 되돌아갈 수 있을 거라고 내심 기대했던 제 모습이 얼마나 부질없는 상상이었는지 알았다.

윤주는 휴대폰을 바꿀 때마다 옮겨 두고 있었던 태석과의 사진들을 하나씩 살펴보았다. 다가갈 수 없을 만큼 멀어진 줄도 모르고 이 사진을 보물처럼 갖고 있었다는 사실에 마음이 눅눅해졌다.

미련 없이 사진을 모두 삭제한 윤주는 짧은 한숨을 짓고 전화번호부를 뒤적거렸다. 그리고 곧장 기환의 이름이 적힌 번호로 통화를 시도했다.

「여보세요?」

신호가 몇 번 울리기도 전에 기환이 전화를 받았다. 윤주는 테이블에 놓아두었던 자신의 여권을 만지작거리며 대답했다.

"나야."

「응, 알아.」

"나 지금 공항이야."

공항임을 들은 기환에게서는 한참 동안 아무 대답이 없었다. 그의 대답을 기다리던 윤주가 무거운 침묵을 깨고 먼저 말을 꺼냈다.

"말도 없이 떠나는 거, 이제 그만하고 싶어서. 그래서 연락했어."

「그래. 조심해서 가.」

"응."

어색한 통화를 마치기 위해 윤주가 끊겠다는 말을 하려는데, 휴대폰 너머 들려오는 기환의 말이 조금 더 빨랐다.

「윤주야.」

"어?"

「우리, 다신 연락하지 말자.」

이별을 고하는 기환의 목소리에서 윤주의 심장이 철렁 내려앉았다. 잡아 주는 것까지 기대하진 않았지만, 간간이 기환과는 연락하며 지낼 수 있을 거라고 생각했던 것이다. 울컥한 그녀를 아는지 모르는지 그는 무심함이 뚝뚝 흐르는 목소리로 말했다.

「아무렇지 않게 연락할 수 있는 사이가 안 된다는 거 알잖아.」

기환은 그건 욕심이라는 말을 넌지시 돌려 가며 말하고 있었다. 그가 말하고자 하는 바를 알아차린 윤주는 흔들리는 마음을 티 내지 않으려 마른 입술을 혀로 축이며 한 톤 높인 목소리로 대답했다.

"알지. 나도 너한테 마지막으로 연락한 거야."

「윤주야.」

"듣고 있어."

「잘 지내. 아프지 말고.」

차라리 태석이나 준섭같이 끝까지 차갑고 모질게 굴었으면 좋았을걸.

제 건강을 챙기는 기환의 따뜻한 목소리에 울음을 참던 윤주의 충혈된 눈에서 결국 눈물 한 방울이 뚝 떨어졌다. 기환에게 대답을 해 줘야 하는데 한 번 솟아오른 눈물은 쉽게 멈추지 않고 연신 두 볼을 타고 흘러내렸다.

그녀는 먹먹해진 가슴을 주먹으로 툭툭 치며 휴대폰에 새어 들어가지 않도록 긴 숨을 내쉬었다.

"걱정하지 마. 난 잘 지낼 거야."

「그래.」

태석과 대면했을 때도 참아지던 눈물이 기환의 이별 앞에서는 속수무책이었다. 전화를 끊겠다는 말을 해야 하는데, 목까지 차오른 울음 탓에 아무 말도 할 수 없었다. 그럼에도 불구하고 기환은 윤주의 대답이 나오기까지 묵묵히 기다려 주었다.

"비행기 시간 다 됐다. 끊어야겠어. 너도 잘 지내."

기환의 마지막 대답도 안 듣고 쫓기듯 전화를 끊은 윤주는 테이블에 휴대폰을 던지듯 두고 제 갸름한 얼굴을 손으로 가렸다. 남들이 자신을 어떻게 쳐다보는지도 신경 쓸 겨를이 없을 만큼, 파르르 떨리는 아랫입술을 꾹 깨물며 어깨를 들썩였다.

그리고 거짓말처럼 가예의 목소리가 귓가에 맴돌았다.

'하윤주 씨는요? 그렇게까지 본인을 사랑해서, 남는 게 뭔가요?'

아무것도 남은 것이 없다. 사랑도, 친구도, 꿈 많던 20대의 하윤주도 모두 잃어버리고 말았다. 태석과의 관계에 조금 더 솔직하고 진지했더라면, 화진이 주던 사랑의 대가에 흔들리지 않았더라면, 태석도, 기환도, 준섭도, 모두 잃지 않을 수 있었을까? 그랬다면 그날의 가예처럼 행복한 표정을 지을 수 있었을까?

〈……헤일리?〉

같이 와인박람회를 준비했던 제이슨이 여유롭게 휘파람을 불며 카페 안을 들어오다가 흐느끼는 윤주를 보고 입을 벌렸다. 평소 칭찬보다 지적이 더 많은 그들의 캡틴인 맥스가 호통을 쳐도 눈 하나 깜빡거리지 않고 오히려 제 의견을 드러내는 거침없던 그녀의 눈물이라 놀람은 더욱 배가 됐다.

제이슨은 서둘러 자리에 앉아 그녀를 달랬다.

〈무슨 일이야? 한국에서 하겠다던 일이 잘 안 된 거야?〉

전후 사정을 알 순 없었지만, 제이슨은 프랑스에서 같이 공부했을 때부터 윤주가 한국에서 꼭 찾아야 할 것이 있다는 말을 버릇처럼 했기에 그녀가 얼마나 한국을 그리워했는지를 알고 있었다. 그래서 이번 한국에서 열리는 박람회에도 자신들이 올 필요가 없었지만 굳이 맥스를 설득시켜 이곳에 온 것이었다.

쉽사리 울음을 멈추지 못하는 윤주를 간신히 달래 비행기에 탑승한 제이슨은 옆자리에 앉아 그녀가 보는 것을 곁눈질로 슬쩍 바라봤다. 윤주는 휴대폰에 보이는 사진만 뚫어져라 바라보고 있었다. 아까 태석의 사진을 지우면서 남겨 두었던 기환과의 사진들이었다.

그녀는 돌아갈 수 없는 시절 속에서 웃고 있는 자신과 기환의 사진을 과감하게 삭제해 버렸다. 그 모습을 지켜보던 제이슨이 물었다.

〈……삭제해도 괜찮은 거야?〉

〈그래야 다 괜찮아지니까.〉

기환이 일부러 자신에게 냉정하게 말했다는 걸 그녀가 모를 리 없었다. 울음을 멈추고 한참 아프던 마음이 진정되고 나서야 깨달았다. 그들의 지나간 추억은 열어서는 안 될 판도라의 상자였다는 걸.

결국 윤주가 한국에 와서 얻어 간 것이라고는 태석과 자신이 이루어질 수 없던 인연이었다는 걸 확인한 것과, 기환과도 다신 친구가 될 수 없다는 것뿐이었다.

"손님 여러분, 저희 비행기는 잠시 후 이륙하겠습니다. 좌석벨트를 매셨는지 다시 한 번 확인해 주십시오."

스튜어디스의 낭랑한 목소리가 들리자, 제이슨은 목소리를 가다듬고 윤주를 향해 작게 소곤댔다.

〈조만간 제리가 한국에 파견될 수도 있다고 했어. 캡틴한테 잘 부탁하면…….〉

〈아니.〉

윤주는 서서히 이륙 준비를 시작하는 비행기 창가를 바라보며 말했다.

〈다신 오고 싶지 않아, 한국.〉

외톨이가 된 이곳에서 윤주가 찾을 것이라곤 이제 아무것도 없었다.

요란한 소리와 함께 비행기가 활주로를 벗어났다.

점점 형체가 작아지는 서울을 내려다보던 윤주는 천천히 눈꺼풀을 내리덮었다.

13화. 사랑은 끝을 지나 처음으로

때늦은 겨울비가 추적추적 내리고, 본격적으로 황막한 겨울로 접어들었다.

태석이 사 준 목도리를 두른 가예는 화진과의 꽃꽂이를 위해 서울 근교에 있는 한울수목원으로 찾아갔다. 그녀의 부케를 제작해 준 곳이기도 한 한울수목원은 입구에서부터 직접 재배한 여러 가지 꽃과 나무들이 만발해 있었다.

화진과 꽃꽂이를 한 것도 6번째, 분기마다 한 번씩 하는 예회이니 벌써 1년하고도 반이나 지났다. 지난해, 화진은 가예에게 먼저 꽃꽂이를 함께하지 않겠냐고 제안했었다. 명색이 고부지간인데 반년이 넘도록 이렇다 할 왕래도 없이 지냈다는 것이 영 마음에 걸린 모양이었다.

물론 지금까지 꽃꽂이를 하면서 가예와 화진이 나눈 대화 주제는 다섯 손가락에 꼽을 정도로 적지만, 바쁜 사업 속에 뛰어든 자신의 시어머니가 한 달에 한 번 한울수목원에서 꽃꽂이를 하는 걸로 마음의 안정을 찾는다는 걸 알기에 가예는 묵묵히 꽃꽂이를 하는 일에 집중하며 그녀의 옆자리를 지켰다.

"작은 사모님 오셨어요?"

가예가 온몸 가득 퍼지는 은은한 꽃향기에 빠져 있을 무렵, 한울수목원의 주인이자 플로리스트인 정원이 다가와 그녀에게 인사를 했다. 사모님이란 말이 아직 듣기 어색한 가예는 입꼬리를 끌어 올리며 맑은 미소를 띠었다.

오랜만에 만난 두 사람이 두런두런 이야기꽃을 피우고 있을 때였다. 낯익은 검은색 세단이 수목원 입구에서 속도를 낮추다 멈춰 섰다. 운전기사의 보필을 받으며 차에서 내린 사람은 예상대로 화진이었다.

먼발치서부터 들리는 그녀의 구두 소리에 가예와 정원은 그녀를 마중 나갔다.

"어머님 오셨어요."

"일찍 왔구나. 한 선생도 오랜만이에요."

"어서 오세요, 사모님."

짧은 인사를 마치고 수목원 내부로 들어간 세 사람은 먼저 오늘 꽃꽂이 할 꽃을 고르기로 했다. 수북하게 자리 잡은 여러 꽃을 보던 화진이 통로 옆으로 가득 메워진 수선화를 가리키며 말했다.

"나는 이게 좋겠어."

"오늘은 어떤 걸 만드시겠어요?"

"집에 꽃병이나 바구니는 많은데, 특별한 거 없나?"

"부케는 어떠세요? 수선화로 만든 부케가 특히 예쁘거든요. 벽에 걸어 두면 모양도 제법 그럴듯하고요."

"그래?"

정원의 추천으로 수선화를 고른 화진의 시선이 자연스레 가예에게 옮겨졌다. 그녀는 한참 떨어진 곳에서 천일홍을 빤히 바라보고 있었다. 고운 자줏빛으로 물든 천일홍을 담은 통에는 아기자기한 글씨체로 꽃말이 적혀 있었다.

[변치 않는 사랑]

어느새 가예의 옆으로 다가온 정원은 그녀가 바라보고 있는 천일홍을 같이 바라보며 설명을 덧붙였다.

"천일홍은 한 번 피면 좀처럼 시들지 않고 오래 피어 있어서, 꽃말이 변치 않는 사랑이에요."

우연히 본 천일홍은 태석에게만 온전히 마음을 쏟던 그녀의 마음을 표현하기에 가장 적합한 꽃이었다. 가예도 그렇게 느꼈는지 작게 웃으며 천일홍을 가리켰다.

"꽃말이 예쁘네요. 이걸로 할게요."

정원은 두 사람이 고른 수선화와 천일홍 외에도 꽃꽂이에 필요한 스톡과 재료들을 가져와 실내정원 테이블에 준비해 두었다.

꽤 오랜 시간 꽃꽂이를 배워 온 두 사람에겐 별다른 지도가 필요하지 않았다. 정원은 화진과 가예에게 인사를 하고 두 사람이 있는 실내정원을 빠져나왔다.

화진이 테이블에 놓인 수선화를 손에 쥐면서 자연스럽게 꽃꽂이가 시작됐다. 가시 제거기로 꽃을 다듬는 두 사람의 손길이 제법 능숙해 보였다. 한참을 말없이 꽃 다듬기에 집중하던 화진이 먼저 입을 뗐다.

　"태석이는 집에 있니?"

　"여기 바래다주고 약속 있다고 잠깐 나갔어요."

　"요즘 많이 바쁜 것 같던데."

　"일주일 전까지만 해도 바빴는데 지금은 괜찮아요. 어머님도 요즘 바쁘시죠?"

　"네 시아버지가 이번 Z5 액세서리에는 특히나 민감하게 굴어서 애를 좀 먹었지."

　"너무 무리하지 마세요. 이제 건강 챙기셔야 해요."

　본인에게 특별히 해 준 것도 없고, 살갑게 굴지도 않는 자신의 건강을 유일하게 챙기는 사람은 가예뿐이었다. 화진은 정원이 두고 간 헬레보레스 가지를 수선화에 대 보며 천연덕스러운 어조로 말을 꺼냈다.

　"그날 일은 미안했다."

　너무도 아무렇지 않게 꺼낸 화진의 미안하다는 말에 가예는 하마터면 무심코 네, 라고 대답할 뻔했다. 남에게 쉽게 굽힐 줄 모르는 제 시어머니에게서 미안하다는 말을 들은 가예가 당황한 빛이 역력한 얼굴로 바라보자, 그녀의 속마음을 알아차린 화진이 낮게 웃으며 가시 제거기를 내려놓았다.

　"내 입에서 미안하다는 말이 나오니 놀랐구나."

"그게……."

"내 잘못에 대해선 금방 인정하고 시인하는 편이야. 그날 태석이 사무실에선 내가 너무 경황이 없었다. 내 아들이 그 아이를 다시 만났다는 생각에 조금 흥분해 있던 상태였으니까."

정신이 없던 화진을 영 이해할 수 없는 것도 아니었다. 5억이라는 거금을 주고 태석의 옆에서 떼어 냈던 여자가 다시 나타나 제 아들을 흔들어 놓을지도 모를 일이었고, 가뜩이나 태석과 가예의 사이가 좋지 않다는 흉흉한 소문이 돌고 있는데 사람들이 오해하고 수군거리기 좋은 사진들이 찍혀 버렸으니 화진의 입장에선 머리가 쭈뼛 설 만한 일이었다.

그다지 살가운 모자 사이는 아니었지만 화진은 제 방식대로 아들을 아끼고, 사랑했다.

"어머님이 그러셨던 거, 충분히 이해해요."

"윤주를 만났더구나."

가예가 윤주를 만났다는 사실을 안다는 것은 이미 화진이 그들 사이에서 있었던 일들을 모두 파악하고 있다는 거나 다름없었다. 가예는 손질하고 있던 꽃을 내려놓으며 화진을 바라봤다.

"……하윤주 씨를 계속 주시하고 계셨던 거예요?"

"더 이상 그 아이가 내 아들, 며느리 근처에 얼씬거리는 걸 원치 않았으니까. 태석이를 못 믿는다기보다는 그 아이를 못 믿은 거지."

윤주가 태석에게 접근했다는 사실을 알고 난 뒤로 화진은 사람을 시켜 윤주의 뒤를 밟게 했다. 한국에서 모든 것을 잃은 그녀가 순순히 돌아간다면 다행이었지만 모든 걸 잃은 사람일수록 밑바닥으로 가는 것을 두려워하지 않는다는 것을 알고 있었던 화진은 윤주가 다른 악의를 품고 있진 않을지 걱정이었다.

"만나서 험한 얘기라도 들었으면 어쩌려고 무모하게 만났니?"

"저 그렇게 여리지만은 않은 거, 어머님도 아시잖아요."

"나랑 같이 1년 넘게 꽃꽂이를 하고 있는 것만 봐도 그렇긴 하지."

화진의 농담 섞인 대답에 가예가 소리 없이 웃으며 다시 꽃을 들어 다듬기 시작했다. 화진은 어느새 꽃의 가시와 잎사귀를 모두 정리하고 부케의 주가 될 수선화를 들어 능숙하게 매듭을 짓고 꽃을 더하기 시작했다. 화진은 꽃에만 시선을 둔 채로 말을 이어 갔다.

"처음부터 나는 할 말은 똑 부러지게 하는 네가 마음에 들었어. 할 말 하고 사는 나와 비슷한 구석이 있는데도, 내 성격이랑은 달리 사람을 대하는 법을 아는 것 같아서 더 좋았지."

자기중심적으로 유년시절을 자란 화진은 사업을 시작하면서부터 제 감정을 겉으로 드러내지 않고 속내를 숨기는 방법을 터득했다. 냉랭한 분위기와 차가운 말투는 자라 온 환경 탓에 쉽게 고쳐지지 않았지만, 되레 그녀의 사업 파트너들은 그런 화진의 분위기를 종종 호탕하다고 표현하곤 했다.

반면에 상대방의 입장에서 한 번 더 생각하고 말을 꺼내는 가예는, 부드럽게 말하는 법도 알아서 화진과 같은 말을 해도 받아들이는 사람의 기분을 좋게 만들었다. 화진은 자신과는 다른 그 모습이 마음에 들었다.

"회장님과 내가 왜 너를 며느리로 삼았는지 아니?"

당시 태석의 약혼녀가 되겠다며 선 자리에 나오겠다고 자청하던 재벌가의 여자는 수도 없이 많았다. 그럼에도 불구하고 민재와 화진은 가예를 선택했다. 가예는 줄곧 그 이유에 대해 자신의 집안이 해성전자에 도움이 될 이동통신업체이기 때문이라고 생각했다.

"네가 우리랑은 아주 많이 달랐거든. 그게 가장 큰 이유였어."

보이는 것과는 달리 화진과 민재는 연애결혼이었다. 변변하게 가진 것 없이 민재에게 시집온 화진은 민재의 모친에게 갖은 수모를 겪으며 그의 옆에 있었다. 시집온 몇 달간은 집에서 시어머니의 시중을 들며 온갖 서러움을 참아 내야 했다. 태석을 가지고 나서 시집살이가 줄어들 무렵, 민재는 그녀에게 일을 해 보지 않겠냐는 뜻밖의 제안을 했고 화진은 반색하며 고개를 끄덕였다.

민재가 좋아서 결혼한 것은 명백한 사실이었지만, 그렇다고 그녀는 집에만 있으면서 남편을 떠받들 현모양처가 될 생각은 없었다. 남몰래 야심을 품었던 화진은 태석을 낳자마자 민재를 도와 사업을 시작했고, 절실하게 엄마가 필요했던 제 아들을 본의 아니게 남의 손에 자라다시피 하게 만들었다.

"사실 태석이의 어린 시절이 잘 기억나지 않아. 네 시아버지도, 나도 그땐 일에 미쳐서 살았거든. 해성전자가 자리를 잡고 태석이를 돌아보니 그 아이는 혼자 자라서 중학생이 됐고, 그땐 이미 태석이가 우리한테 마음을 닫은 상태였지."

화진에겐 쓰라린 기억이었다. 아들에게 미처 다 바치지 못한 모정을 뒤늦게 깨달았지만 너무 늦은 뒤였다. 아들은 부모에게조차 벽을 세웠고, 사업을 성공적으로 일궈 낸 그녀는 점점 독해졌으며, 변해 버린 화진의 모습을 옆에서 지켜보던 민재는 그녀를 더 이상 여자로 보지 않았다.

"그래서 나는 태석이가 욕심 없고 순수한 여자를 만나서 온전한 가정을 꾸리길 바랐어. 부모라고 해 준 것도 없는데, 아들이 좋아한다는 여자랑 결혼시킬까도 생각해 봤지만 윤주 그 아이는······ 처음 만나는 순간부터 소름 돋을 만큼 나랑 너무 비슷했거든."

어느새 가예는 꽃의 손질을 멈추고 화진의 이야기를 가만히 듣고 있었다. 그러나 그녀와는 반대로 화진은 마치 남의 이야기를 하는 사람처럼 제 부케에 양귀비를 덧대며 이야기를 계속했다.

"나는 야망에 가득 찼던 내 얼굴을 거울 속으로 수천 번씩 봐 왔기 때문에 알 수 있었어. 하윤주가 나랑 똑같은 얼굴을 하고 있다는 걸. 장담하지만, 아마 태석이가 그 아일 만났다면 결국 나와 네 시아버지의 삶을 반복하고 있었을 거다. 생각만 해도 오싹한 일이지. 이 불행을 아들한테까지 겪게 하는 건."

화진은 자신의 지난 삶을 떠올리며 쓰디쓴 얼굴로 자조의 웃음을 지었다.

이야기를 들으면 들을수록 가예는 외롭게 자란 태석이 안쓰러웠다. 부모의 과잉보호를 받으며 그 보호 안에서 숨이 막혔던 자신과는 반대로, 부모의 무관심 속에서 살았던 그가 지금 이 순간 무척이나 보고 싶었다.

가예는 자신을 태석의 결혼 상대로 선택했던 민재와 화진의 이유도 있는 그대로 납득하긴 어려웠지만, 이미 망가질 대로 망가진 자신들의 삶을 되풀이하지 않길 바라는 부모의 마음은 어렴풋이나마 알 수 있을 것 같아 고개를 끄덕였다.

어찌 됐든 그들의 선택이 아니었다면 태석을 만날 수 없었을 것이고, 그렇다면 그녀 역시 어딘가 누군가의 옆에서, 허울만 좋은 의미 없는 결혼 생활을 하고 있을지 모르니까.

"사업하다 보니 사람 보는 눈만 늘더구나. 너라면, 태석이를 잘 다독여 줄 것 같았어."

"칭찬 감사합니다."

"태석이랑은 좋아 보이더구나."

무작정 태석의 사무실을 찾아가 윤주와의 일을 추궁하고 돌아서던 길, 화진은 차에 타고 나서야 사무실 테이블에 놓여 있던 정성스런 도시락과 우두커니 서 있던 가예가 떠올랐다. 최근 들어서 태석이 가예를 유난히 감싸고 도는 것을 눈치채긴 했지만 그녀가 아들의 사무실에 찾아와서까지 식사를 할 정도면 두 사람이 확실히 마음을 나눴다고 짐작할 수 있었다.

아무리 소원해도 제 배로 낳은 아들이 태석이었다. 이제까지 가예에게 철저히 간격을 두며 거리를 좁히지 않던 태석이 느슨해진 건 분명 감정의 변화 탓이었다.

잠정적으로는 Z5가 출시되기 전까지 이혼을 미루기로 합의를 봤던 두 사람이었기에 화진은 단도직입적으로 물었다.

"이혼은 진행할 생각이니?"

"아…… 아니요."

그에게 온통 마음이 뺏겨 있었던지라 미처 그의 부모님에게도 이혼을 거론했다는 것을 까맣게 잊고 있었다. 가예가 말을 번복하는 데 망설이며 애꿎은 가지를 만지작거리자 화진이 편안하게 웃곤 다 만든 부케를 몇 번 흔들더니 꽃다발용 노끈으로 단단히 묶었다.

"부부 사이가 마냥 좋을 수야 있겠니. 이혼 도장을 찍은 것도 아닌데, 너무 마음 쓰지 마라."

"아버님께는 조만간 저희가 찾아뵙고 말씀드리겠습니다."

"그래, 아주 좋아하시겠구나."

두 사람의 이혼 이야기가 나온 이후로 외부와의 만남을 자제하고 있던 민재에게는 더할 나위 없이 기쁜 소식일 것이다. 그 말에 살짝 안도한 가예는 다시 가위를 잡고 꽃꽂이를 시작했다.

"Z5 출시 끝나면, 좀 한가해지시죠?"

"아마도 그렇겠지."

"그럼 태석 씨도 한숨 돌릴 테니까, 본가에 자주 들를게요."

소원해진 모자 사이를 한순간에 돌려놓을 순 없겠지만, 만약 그들의 소원해진 이유에 윤주가 결정적인 역할을 한 것이라면 가예는 더더욱 그들의 관계를 회복시키고 싶었다. 더는 태석에게서 윤주의 흔적을 남기고 싶지 않았다.

"아마 네가 불편할 거야. 그 녀석이랑 나, 생각보다 많이 으르렁거리거든."

"그건 그것대로 좋고요."

차츰 서로를 배제시키는 무관심보다야 얼굴 보며 다투는 편이 나았다. 그녀의 살가운 제안을 거절할 이유가 없던 화진은 안온하게 웃으며 다 만든 부케를 옆에 내려 두고 손을 털어 내며 한마디를 했다.

"그동안 고생했다."

천일홍을 만지던 가예의 손이 멈칫했다. 마치 화진에게 진정 태석의 아내임을, 자신의 며느리임을 인정받았다는 기분에 콧등이 시큰해졌다.

가예가 화진과 꽃꽂이를 하러 간 사이, 태석은 오랜만에 기환과 준섭을 보기 위해 자주 가는 한정식집으로 그들을 불렀다. 먼저 일찍 와서 주문을 마치고 편하게 앉아 사색을 즐기던 여유도 잠시, 미닫이문이 발칵 열리며 기환과 준섭이 모습을 드러냈다.

"때 맞춰서 잘 왔네."

"어이쿠, 이게 누구야? 연예인보다 얼굴 보기 힘들다는 한태석 아니야?"

"오늘 가게 쉬지?"

"응, 주말이잖아."

준섭의 이죽거림을 가볍게 무시하고 태석이 기환에게 시선을 돌렸다. 그가 쌩하니 고개를 돌리자 준섭은 입고 온 재킷을 옷걸이에 걸어 둠과 동시에 그간 서운했던 감정을 속사포처럼 쏟아냈다.

"넌 어떻게 내 전화를 그렇게 싹 무시하냐?"

"이준섭, 내가 밤에 전화하지 말랬지?"

"네가 낮에 전화를 안 받으니까 밤에 하는 거잖아!"

"낮에는 회사에서 일하느라 바쁘고, 밤에는 가예랑 같이 있느라 바빠. 넌 요즘 안 바쁘냐?"

"그래! 난 회사 일도 안 바쁘고, 아내도 없어서 한가하다. 어쩔래!"

태석은 꽈배기처럼 잔뜩 꼬인 준섭을 턱 끝으로 가리키며 기환을 향해 물었다.

"얘 왜 이래?"

"심심한가 봐. 난 요즘 이준섭이 내 애인인 줄 알았다. 어찌나 전화해서 만나자고 닦달인지. 태석이 넌 나 없는 동안 이 녀석 어떻게 받아 줬냐?"

"그동안 내가 고생했으니까 이제 네가 바통 받아라."

"이것들이 또 시작이지!"

준섭은 밖에서는 피도 눈물도 없는 냉정한 변호사였지만, 친구들 사이에만 있으면 영락없는 17살 고등학교 소년이었다. 태석과 기환은 자신들을 고등학교 시절로 돌려놓는 준섭의 행동을 능력이라고 표현했다.

태석과 준섭이 아옹다옹하는 사이, 미리 시켜 놓은 한정식들이 한 상 가득 차려졌다. 기환은 훈제오리를 입안으로 넣으며 물었다.

"그런데 가예 씨는 어쩌고 이 시간에 우리랑 점심이야?"

"아, 어머니랑 꽃꽂이하러 갔어."

"꽃꽂이?"

묵묵히 앉아서 밥을 먹고 있던 준섭은 의혹의 눈초리로 태석을 바라봤다.

"한태석 이거, 우리 이용했다. 기환아."

뜨끔한 태석이 헛기침을 내뱉자, 준섭은 그를 향해 손가락을 들어 올리며 혀를 끌끌 찼다.

"가예 씨 없으니까 혼자 심심했다, 이거지? 우린 꿩 대신 닭이었던 거야."

"친구 좋다는 게 뭐냐."

"순순히 시인하니까 더 얄밉다. 그치, 기환아?"

"네들 둘 다 심심해서 나한테 연락하는 건 똑같거든."

제 편을 들어 주지 않는 기환의 말에 준섭이 투덜거리자, 태석이 어깨를 으쓱하며 의기양양한 승자의 표정으로 밥을 먹었다.

식사 내내 태석과 기환이 이번에 해성전자에서 나올 신제품에 대해 얘기하는 모습을 가만히 지켜보던 준섭의 입가에 미소가 스쳤다. 멀어졌던 시간이 무색할 정도로 다시 가까워진 두 사람을 볼 때마다 그의 가슴에 뜨거운 것이 차오름을 느꼈다.

"맞다. 가예 씨가 조만간 집들이한다던데. 언제 할 거야?"

"내가 가예한테 해 주고 싶은 게 있는데, 그거 끝나고 조만간 초대할게."

"오, 이벤트야?"

"한태석 로맨티스트 다 됐다."

식사를 마치고 차를 마시던 기환과 준섭의 입에서 누가 먼저랄 것도 없이 "우~" 하는 야유가 터져 나왔다. 자신을 놀리는 데 재미 들린 두 사람의 멈추지 않는 야유에 그는 시끄럽다는 듯 손을 허공으로 저으며 그들을 진정시켰다.

"결혼사진 좀 다시 찍으려고."

태석은 가예와 사이가 좋아진 후로, 집안 곳곳에 걸려 있는 자신들의 결혼사진이 마음에 걸렸다. 무감하게 정면만 응시하고 있는 제 표정은 보면 볼수록 인상을 찌푸리게 만들었고, 그런 자신의 옆에서 팔짱을 끼고 서 있는 그녀의 슬픈 표정은 그의 가슴 한 구석을 뻐근하게 만들었다.

두 사람의 결혼사진은 그만큼 결혼 생활을 불행하게 시작했다는 근거이기도 했다. 마음 같아서는 결혼식을 다시 치르고 싶었지만 현실적으로 어려웠기에 차선책을 선택할 수밖에 없었다.

더는 사진으로라도 그녀의 슬픈 얼굴은 보고 싶지 않았다. 이제 태석의 눈에 가예는 무얼 해도 예뻐 보이지만, 그중에서도 웃는 모습이 가장 사랑스러운 여자니까. 태석은 할 수만 있다면 2년 동안 자신으로 하여금 잃어버렸던 그녀의 웃음을 몇 배로 갚아 돌려주고 싶었다.

"그래서 말인데, 우리 동창들 중에 웨딩 사업하는 애는 없나?"

"내가 아는 애들 중에선 없는데."

기환의 아쉬운 대답을 들은 태석이 이번에는 준섭을 바라봤다. 그런데 천진했던 얼굴은 어느새 사라지고 그의 낯빛은 어딘지 모르게 진지하고 초조해져 있었다.

좀처럼 보기 힘든 준섭의 진지한 얼굴에 태석과 기환이 어리둥절하여 눈빛을 교환하는 사이, 준섭이 다시 표정을 바꾸며 머리를 긁적였다.

"나 아는 곳 한 군데 있는데."

"어디?"

"지인이 웨딩플래너야. 연락처 줄 테니까 한번 만나 볼래?"

"친한 사람이야?"

대답을 고르던 준섭이 어색하게 웃으며 제 어깨를 한 번 으쓱거렸다.

"좀 소원해졌어. 실력은 보증해. 정말 괜찮은 사람이야."

"네 이름 대고 가면 뭐 있어?"

"돈도 많은 놈이 공짜 바라면 대머리 된다. 이따가 연락처 보내 줄게."

준섭은 농담을 섞어 이야기를 던졌지만, 평소처럼 말투에 장난기를 담진 않았다. 그 미세한 차이를 두 사람이 알아차리지 못할 리 없었다.

결혼사진 이야기 이후로 잠자코 차를 마시는 준섭을 보며 태석은 눈썹을 살짝 찡그리고 그의 속내를 읽어 보려고 계속 말을 걸었지만, 그는 질문에 대한 대답 그 이상의 말은 꺼내지 않았다.

점심 식사를 마치고 곧장 한울수목원으로 온 태석은 근처에 차를 주차해 놓고 가예를 기다렸다. 그녀가 말해 준 오후 3시가 한참 지났음에도 모습을 드러내지 않자, 지루함을 참지 못한 그가 결국 차에서 내렸다.

수목원 입구에는 크기가 제각각인 화분들과 꽃들이 무성했다. 안으로 들어갈수록 코끝을 자극하는 농농한 꽃향기에 태석은 저도 모르게 숨을 한껏 들이마셨다.

"어떻게 오셨어요?"

수목원에서 좀처럼 보기 드문 남자의 등장에 정원이 눈을 빛내며 다가왔다. 게다가 그는 평소 길에서 마주쳐도 한 번쯤 돌아보게 할 법한 준수한 외모였기 때문에 어느 여자라도 태석을 의식하지 않을 수 없었다.

"제 아내가 여기서 꽃꽂이를 하고 있어서요."

그에게 이다음엔 어떤 말을 꺼낼지 고민하고 있던 정원의 몸이 뻣뻣하게 굳었다. 지금 수목원 안에서 꽃꽂이를 하고 있는 사람은 가예와 화진 둘뿐이었고, 그렇다면 제 앞에 있는 남자가 누구인지 금방 답이 나왔다.

"아, 안녕하세요. 저는 한울수목원 플로리스트 한정원입니다."

"안녕하세요. 꽃꽂이 끝나려면 아직 멀었나요?"

"아니요. 지금 마무리 중이시니까 금방 나오실 거예요."

"네."

그사이 태석은 수목원을 구경했다. 살면서 꽃을 볼 일이 많지 않았던 태석은 처음 보고 듣는 히아신스, 에델바이스 같은 다양한 종류의 꽃들이 신기한 듯 눈을 떼지 못했다. 그런 그의 눈에 띈 꽃이 하나 있었다.

멀리서 태석을 지켜보던 정원이 천천히 걸어와 두 손을 모으며 박수쳤다.

"어머, 오늘 작은 사모님이 이 꽃으로 꽃꽂이하고 계세요."

"그래요?"

"네, 꽃말이 마음에 든다고 좋아하셨어요."

우연의 일치인지 태석이 줄곧 보고 있던 꽃은 다름 아닌 천일
홍이었다. 그 역시 변치 않는 사랑이라는 꽃말이 마음에 들었던
것이다. 천일홍의 꽃말은 앞으로 태석이 그녀에게 해 주고 싶은
사랑의 고백이자, 자신이 그녀에게 받았던 사랑의 고백과도 같았
다.

"이거 꽃다발로 주실 수 있나요?"

"그럼요. 작은 사모님께 선물하시려고요?"

"네."

태석은 쑥스러운 듯 살짝 고개를 내리며 눈웃음을 지었다. 가
예를 생각하며 웃는 그의 한쪽 뺨에 매력적인 보조개가 피자 정
원은 저도 모르게 얼굴을 붉히며 부러움이 담긴 눈으로 천일홍을
뽑았다.

천일홍과 어울리는 다른 꽃들을 뽑아 꽃다발을 만들러 가는 정
원의 뒤를 쫓아가던 태석이 걸음을 멈췄다. 그리고 그는 앞서가는
정원을 불러 세웠다.

"저기, 이 꽃으로도 한 다발 더 만들어 주세요."

"네, 알겠습니다."

정원이 만들어 준 두 개의 꽃다발을 차의 뒷좌석에 넣을 무렵,
꽃꽂이를 마친 화진과 가예가 나란히 수목원에서 나왔다. 먼저 두

312

사람을 발견한 태석이 그들 곁으로 가까이 다가갔다.

"태석 씨?"

그가 마중 올 줄은 미처 몰랐던 가예의 표정이 금세 밝아졌다. 그녀는 화진에게 잠시 고개를 숙이곤 태석에게 빠른 걸음으로 걸어갔다.

"어떻게 왔어요?"

"기환이랑 준섭이랑 밥 먹고 왔어. 일찍 끝난다더니 오래 걸렸네."

"어머니랑 얘기가 길어져서요."

"무슨 얘기?"

또 가예가 제 모친에게 못마땅한 말만 들었을까 봐 태석의 눈가가 절로 찌푸려졌다. 화진은 팔짱을 낀 채로 다가가 표정을 구기고 있는 제 아들에게 톡 쏘아붙였다.

"걱정 마라. 가예 심기 건드릴 소리 안 했으니."

"그럼 다행이고요."

냉소적인 그의 대답에 옆에 서 있던 그녀가 태석의 옆구리를 콕 찔렀다. 아들의 반응을 예상하고 있던 화진은 작게 코웃음을 치며 대기하고 있던 차에 올라탔다. 가예가 그녀에게 인사를 하는 사이, 제 차에서 꽃다발을 들고 온 태석은 한 손으로 뒷짐을 지고 차 문을 열었다. 영문 모를 그의 행동에 두 여자가 그를 빤히 바라봤다.

"가예 것만 사려다가…… 받으세요."

태석이 어물쩍거리며 모친의 앞에 내민 것은 국화 꽃다발이었다. 생각지도 못한 아들의 선물에 화진의 표정이 소녀처럼 밝아졌다. 화진을 위해 스스로 꽃다발을 준비한 태석의 마음 씀씀이에 가예의 표정도 덩달아 밝아졌다.

"가예가 시켰니?"

"아뇨, 어머니! 제가 그럴 시간이 있었나요. 태석 씨가 직접 준비했나 봐요."

"말씀드렸잖아요. 가예 것만 사려다……."

모친과 제 사이에 오가는 훈훈한 분위기가 어색했는지 굳이 하지 않아도 될 말을 덧붙이려 하는 태석을 가예가 막았다. 한참 꽃다발을 바라보던 화진은 옆자리에 두었던 오늘 만든 수선화 부케를 가예에게 내밀었다.

"좋은 꽃을 선물 받았으니 이건 내가 너에게 줘야겠구나."

"전 괜찮습니다. 이건 어머니가 만드신 건데……."

"아무리 생각해도 이 부케는 한남동보다야 너희 둘 집에 더 어울릴 것 같다. 예쁘게 장식하렴."

시어머니의 말을 두 번 거절하긴 어려웠던 가예가 두 손으로 부케를 받아 들었다. 단아한 분위기를 물씬 풍기는 가예와 청초한 수선화는 무척이나 잘 어울렸다.

화진을 먼저 보낸 태석과 가예도 차에 올라탔다. 자신이 만든 천일홍과 화진이 준 수선화 부케를 손에서 놓을 줄 모르는 그녀를 나른하게 바라보던 태석이 물었다.

"둘 중에 어느 꽃이 더 좋아?"

"당연히 어머니가 주신 부케죠. 거실에 걸어 두면 예쁠 것 같아요."

"걸지 마."

태석의 단호한 대답에 가예가 눈을 크게 뜨고 섭섭한 얼굴을 했다.

"왜요?"

"조만간 쓸데가 있어. 그리고 이건 내 선물."

그는 뒷좌석에 손을 뻗어 화진의 꽃과 함께 준비했던 천일홍 꽃다발을 그녀에게 건넸다. 졸지에 꽃다발을 품에 가득 안은 가예의 얼굴에 함박웃음이 가득 차올랐다.

"천일홍이네요?"

"응. 당신이 이 꽃으로 꽃꽂이한 줄 모르고 고른 거야."

"우와, 그럼 우리 통한 거예요?"

"항상 통하지."

가예의 입술에 짧고 가볍게 입을 맞춘 태석은 안전벨트를 매 주며 그녀의 품에 자신이 선물해 준 꽃만 남게 하고 나머지는 뒷좌석으로 보내 버렸다.

"내가 준 것만 가지고 있어."

"천일홍은 금방 시들지 않는다고는 하던데, 만약에 시들게 되면 슬플 것 같아요. 태석 씨가 처음으로 선물해 준 꽃인데."

가예는 아직까지 활짝 피어 제 모양을 내고 있는 천일홍을 만지작거렸다. 그 말에 핸들을 잡으려던 태석이 고개를 돌려 무릎 아래 가지런히 내려놓았던 그녀의 왼손을 포갰다.

"아직까지 당신한테 처음으로 해 주는 일이 있다는 게 미안하네."

가예는 제 손을 덮은 태석의 손에 깍지를 끼며 생긋 웃었다.

"천천히 다 해 봐요, 우리. 요즘 100세 시대라잖아요. 주어진
시간 많으니까 두고두고 서로한테 못 해 줬던 거 다 해 줘요."

"그래, 그러자."

조급해하지 말라고 말해 주는 가예가 아주 오랫동안 제 옆에
있을 거라는 사실만으로도 태석은 가슴이 벅찼다. 그는 한 손으로
핸들을 잡고, 다른 한 손으로는 조그만 그녀의 손을 맞잡았다.

다정히 잡은 두 사람의 손의 온기가 서로의 마음을 따뜻하게
만들고 있었다.

14화. 사랑을 돌아보다

꽃꽂이를 마치고 집으로 돌아온 태석은 가예에게 자신이 맛있는 저녁을 만들어 주겠다는 제안을 했다. 그의 제안을 흔쾌히 받아들인 가예가 먼저 옷을 갈아입는 사이, 그는 오늘 메뉴로 결정한 파스타를 준비하기 시작했다.

지난번 손에 붕대를 감았을 때 그가 지은 밥을 맛봤던 그녀는 요리를 해 본 적 없는 태석이 영 불안했는지 부엌에서 계속 서성거리며 그를 바라봤다.

"나 못 믿어?"

"나야 믿죠. 당연히 태석 씨는 믿는데……."

"내 요리는 못 믿겠다?"

"파스타 해 본 적 없죠?"

"자신 있어. 걱정 마."

태석은 능숙하게 파스타 면을 삶았다. 사실 오늘 가예에게 요리를 해 주기 위해 수없는 검색 끝에 남자들이 쉽게 만들 수 있다는 파스타를 하기로 한 것이다. 그녀를 기다리는 동안 차 안에서 20개 가까이 되는 파스타 요리법을 살펴봤기 때문에 태석은 전에 만들었던 밥 짓기보단 훨씬 자신감에 차 있었다.

사실 태석은 자신이 만드는 파스타를 요리라고 말하기도 민망했다. 그가 준비한 건 면을 삶고 베이컨과 양파를 썰어 소스와 후라이팬에 볶는 정도였는데, 파스타의 맛을 결정하는 소스는 이미 완제품으로 나와 있는 것을 마트에서 샀기 때문에 맛은 어느 정도 이미 보증된 셈이었다.

가예는 부엌에서 나와 오늘 자신이 만든 천일홍은 꽃병에 담아 식탁 가운데에, 태석이 준 천일홍은 거실 가운데에 두었다. 곳곳에 꽃을 두니 집 안이 화사해진 듯했다.

그사이 파스타를 완성한 태석은 집게로 파스타를 돌돌 말아 보기 좋게 접시에 담아 가예의 자리 앞에 내놓았다. 부엌으로 돌아온 그녀는 냉장고에서 오이피클을 꺼내 자리에 앉아 설레는 표정으로 파스타를 바라봤다.

"맛있을 것 같아요. 잘 먹을게요."

"맛없으면 솔직히 말해도 돼."

"정말이죠?"

"당연하지."

심사 위원의 평가를 기다리듯 태석은 그녀가 파스타를 먹어 보는 모습을 초조한 얼굴로 바라봤다. 기대 이상으로 훌륭한 맛에 그녀가 양손으로 엄지를 치켜세우고 나서야 그의 얼굴에는 안도의 빛이 감돌았다.

태석도 한 입 먹어 보고 맛이 만족스러웠는지 고개를 끄덕였다.

"나중에는 크림파스타도 해 줘요."

"얼마든지."

그녀의 칭찬에 자신감이 붙은 태석은 흔쾌히 승낙하며 파스타를 포크에 말아 가예에게 내밀었다. 가예가 방긋 웃으며 입을 벌려 파스타를 받아먹자, 태석이 농담조로 말을 건넸다.

"이제 손 안 다쳐도 내가 주는 거 다 먹는 거야?"

"그땐 처음 있었던 일이라 부끄럽기도 했으니까요."

"그럼 그때 내가 당신 씻겨 줄 걸 그랬다."

둘만 있는 공간임에도 불구하고 그는 속삭이듯 낮은 목소리로 자신의 본심을 여과 없이 드러냈다. 파스타를 먹던 가예가 생각지도 못한 대답에 캑캑대며 물을 찾자, 태석은 물을 따라 놓은 컵을 건넸다.

"그랬으면 지금은 안 쑥스러워할 거 아니야."

"그건 몇 번이 지나도 부, 부끄럽죠!"

"그럼 오늘 한번 해 보고……."

"태석 씨!"

아직까지 침대에서 그의 큰 손이 제 몸에 닿을 때마다 전기에 감전된 것마냥 움찔대기 일쑤인데, 욕실에서까지 그 손길을 받게 된다면 아마 혼이 반쯤은 나가 있어야 할 것 같았다.

당황해하는 그녀와는 반대로 태석은 오늘 또 새로운 가예의 표정을 발견한 것이 즐거운지 얼굴 전체로 웃으며 자신을 밉지 않게 흘기는 그녀에게 두 손을 들고 항복을 선언했다.

"알겠어. 파스타 얼른 먹자. 면 불겠다."

"태석 씨, 점점 장난이 늘어 가는 거 알아요?"

"말했잖아. 당신이 좋아질수록 내가 어려지는 기분이라고. 어린애처럼 구는 거 좋다며, 벌써 마음 변하면 곤란한데."

그의 말에 아무런 반박을 할 수 없던 가예는 대답 대신 웃음을 터뜨리며 고개를 끄덕였다. 태석이 점점 어려지는 것 같다고 느끼는 건, 그만큼 자신을 사랑하고 있다는 좋은 반증인 셈이니까.

맛있게 저녁을 먹은 두 사람은 나른한 몸을 이끌고 소파에 앉았다. 태석은 그녀의 얄팍한 허벅지를 베고 누워 미처 다 보지 못한 보고서를 읽고 있었고, 가예는 TV에서 하는 토크쇼를 보고 있었다. 점점 MC들의 목소리와 웃음소리가 높아지자 가예는 리모컨으로 소리를 줄이며 그를 내려다보았다.

"여기서는 집중 안 될 텐데…… 서재로 가서 일해요."

"당신이랑 같이 있는 게 좋아."

대답을 들은 가예가 조용히 TV를 끄자, 태석이 들고 있던 보고서를 테이블에 내려놓았다.

"TV 재미없어?"

"보고서 읽는데 시끄럽잖아요."

"나 때문이면 괜찮아. 켜도 돼."

"아니에요. 나도 책 읽으면 돼요. 잠깐 기다려요. 서재에서 책 가져올게요."

그러나 태석은 일어나려는 그녀의 손을 붙잡아 다시 앉히고 자신이 누웠던 자리에서 일어났다.

"아니야. 일 그만할래."

"그래도 돼요?"

"나중에 하면 돼. 우리 뭐 할까?"

"그럼 산책하러 나갈래요?"

"괜찮겠어? 밖에 추울 텐데."

"조금 답답해서요."

아무래도 겨울이라 따뜻하게 데워 놓은 집 안 공기가 답답했던 모양이다. 태석은 가예의 제안에 흔쾌히 고개를 끄덕이고 두둑하게 옷을 챙겨 입고 밖으로 나갔다. 아직 초저녁이었지만 밤이 길어진 탓에 달빛은 어둠 속에서 청명하게 빛났고, 입으로 가느다란 숨을 쉴 때마다 옅은 입김이 서서히 번져 나왔다.

태석은 문 앞에 서서 다시 한 번 가예의 겉옷을 여미었다.

"감기 걸리면 안 돼."

"겨우 몇 분 걸어서 산책하는 거잖아요."

"그래도. 장갑은?"

"태석 씨 손잡으려고 안 챙겼어요."

듣기 좋은 가예의 말에 태석은 고개를 끄덕이고 그녀의 손을 잡아 제 코트 속에 쏙 집어넣었다. 차갑기 그지없는 계절 속에서 두 사람은 서로의 체온을 느끼며 한적한 동네를 걸었다. 차가운 겨울 공기는 집 안의 더운 공기와는 사뭇 달라 더 맑고 쾌적하게 느껴졌다.

"나오니까 좋네."

"그죠? 우리 동네, 산책하기 좋은 곳 같아요."

"그래도 혼자 다니지는 마. 위험해."

실제로 태석과 가예가 사는 동네는 모두 전원주택으로 지어진 집들뿐이라 그런지 한산하고 조용했다. 게다가 거리마다 일정한 간격으로 설치된 가로등은 해가 저물기가 무섭게 켜져 거리를 밝게 비춰 주었다. 여름에는 간간이 벤치에서 데이트를 하는 남녀를 볼 수 있었는데, 겨울이라 그런지 오붓하게 앉아서 대화를 하는 이들을 찾기 어려웠다.

"어머니랑은 무슨 얘기 했는지 정말 안 알려 줄 거야?"

저녁을 먹으면서도 그는 슬쩍 화진의 이야기를 꺼냈지만 가예는 일부러 모른 척 굴며 다른 말로 화제를 돌렸다. 그 모습을 말하고 싶어 하지 않는다고 확신한 태석은 그녀가 제 모친에게 다시 한 번 원치 않는 상처를 받았을까 걱정이었다. 만약 그렇다면, 그 상처를 자신이 보듬어 주는 것이 맞다고 생각했다.

"당신이 생각하는 것만큼 어머님 나쁜 분 아니라니까요."

"의도하고 그런 말 하시는 분 아니라는 거 알아. 그런데 그 말에 번번이 상처받는 사람도 있어. 나도 그랬고."

가예는 나도 그랬다는 태석의 말에서 씁쓸하고 공허한 기운을 느꼈다.

"어머니 살아오신 얘기 들었어요. 됐죠?"

"그게 다야?"

"음……. 하윤주 씨 만난 일은 조금 꾸중 들었어요. 왜 그 자

322

리에 나갔냐고."

윤주의 이름이 언급되자마자 태석이 미간을 좁히며 한숨을 푹 내쉬었다.

"것 봐. 당신 앞에서 굳이 그 얘기를 왜 꺼내셔서는……."

"나는 숨기고 감추는 게 더 싫어요. 특히나 태석 씨에 관련된 일이라면 더 그래요."

태석을 홀로 좋아했을 때는 그의 본심을 모르는 게 약이라고 생각했다. 진심으로 태석을 마주 대하면 부담을 느낀 그가 자신의 곁을 떠날까 봐 무심한 척, 마음 주지 않은 척 굴며 스스로 상처 받지 않기 위해 바보 같은 얕은 수를 쓰며 시간을 허비했다.

태석과 같은 길을 걷고 있는 지금, 가예는 모르는 게 나은 일은 없다고 믿었다. 그건 그저 진실을 외면해 버리는 비겁한 일일 뿐 이니까. 비겁한 건 그에게 제대로 다가가지 못했던 지난 시간들로 충분했다.

"가예야."

가예는 태석이 자신의 이름을 다정하게 불러 줄 때마다 마음이 설레었다. 마치 그에게 사랑받고 있는 사람은 나라는 것을 확인받 는 기분이었다. 그래서인지 그 순간만큼은 모든 순간이 정지되고, 태석의 목소리만이 귓가에 또렷하게 들려왔다.

"왜요, 태석 씨?"

태석은 코트 주머니에 잡고 있는 손을 더욱 꽉 잡으며 걸음을 멈췄다.

"앞으로 지나가는 말이라도 그 이름, 당신한테 들리게 하고 싶지 않아."

윤주의 이야기를 불편해할 자신을 신경 쓰는 그의 마음을 모르는 것이 아니었기 때문에 가예는 잔잔하게 웃으며 대답했다.

"억지로 안 그래도 돼요."

"나는, 내가 당신한테 다른 사람으로 인해 힘들어했던 모습을 보여 줬다는 게 제일 미안해. 그건 굳이 보여 주지 않아도 될 모습이었잖아."

사랑하는 남자가 다른 여자로 인해 모든 일에 회의적인 태도로 일관하는 모습을 지켜봐야 했던 그녀가 얼마나 힘들었을지 짐작이 가기에 더욱 마음에 걸렸다.

"평생 안고 가야 할 마음의 짐이라는 거 알아. 그래도……."

"내가 왜 태석 씨랑 결혼한다고 했는지 알아요?"

갑작스러운 가예의 질문에 태석이 말을 잇지 못했다. 그녀는 지난날을 회상하며 담담한 얼굴로 그를 바라봤다.

"태석 씨가 누군가를 사랑하면서 아파했던 모습이, 나한테는 인상 깊었어요. 나는 그때 무미건조한 삶을 살고 있었으니까. 이렇게 사랑에 아파해 본 사람이라면, 나도 나중에 이 사람한테 그런 사랑 받을 수 있겠다고 생각했어요."

태석과의 혼담이 오갈 당시, 가예는 엄격하고 집착이 강한 부모님 때문에 극도의 스트레스를 받고 있었다. 자신의 뜻에 거스르지 않는 선에 하나뿐인 딸을 가두고 그녀를 제 뜻대로 휘두르길 원했고, 그마저도 부친과 모친의 의견이 맞지 않아 이리 치이고 저리 치이기 일쑤였다. 그런 환경에서 자란 탓에 가예는 부모의 뜻을 거스르며 다른 이를 만날 시간이나 여유조차 없었다.

처음 화진에게 태석이 잊지 못하는 여자가 있다는 이야기를 들었을 때도 상관없다는 말을 꺼낸 이유는, 태석만이 자신을 무미건조한 삶에서 빠져나오게 해 줄 도피처라고 생각했기 때문이다. 게다가 같은 환경에서 자랐음에도 불구하고 절절한 사랑을 해 봤다는 그가 신기하고, 대단하게 느껴졌다.

그래서 꼭 태석이어야 했다. 무미건조한 삶을 산 자신과는 다른 남자. 사랑을 할 줄 아는 그를 원했다.

경험을 해 본 사람만이 그 일에 대해 잘 알 듯이, 사랑도 해 본 사람이 더 잘 알 테니 나중에 시간이 지나면 태석에게 그런 사랑을 받을 수 있을 거라고 막연히 기대한 것도 있었다. 태석을 잘 알지 못했기에 할 수 있는 착각이었다.

그러나 사랑에 배신당한 그의 상처는 생각보다 깊었고, 묵묵히 지켜보며 그에게 마음을 쓰다 보니 어느새 마음이 태석에게 물들어져 가고 있었다. 이제껏 무미건조했던 삶을 한꺼번에 보상하기라도 하듯, 2년 동안 그를 향한 절절한 사랑을 시작하게 된 것이다.

"물론 내가 태석 씨를 이렇게 많이 사랑하게 될 줄은 몰랐지만요."

생각을 마친 가예가 웃으며 팔짱을 끼자, 태석이 눈썹을 찡그리며 그녀를 안고 물었다.

"후회해?"

"아니요. 태석 씨가 내 첫사랑이라 다행이에요."

비록 그녀에게 똑같이 첫사랑이라는 말을 해 줄 순 없지만 이 말만은 확실하게 해 줄 수 있었다.

"나도 다행이야. 당신이 내 마지막 사랑이라서."

태석에게 푹 안긴 채로 달콤한 말을 듣고 있으니 차가운 겨울이었지만 마음은 따뜻하다 못해 뜨거워졌다.

"내가 평생 잘할게."

"지금처럼만 사랑해 줘요."

"지금보다 더는 싫고?"

"그럼 욕심일 것 같아서……."

"욕심내도 돼. 당신 그럴 자격 충분해."

가예는 그의 품에서 나와 해사하게 웃으며 고개를 끄덕였다.

누구나 한 번쯤 인생에 불어오는 바람에 흔들릴 수 있다. 중요한 건 그 불어오는 바람 속에서 제대로 된 중심을 잡을 수 있느냐다. 두 사람을 흔들어 놓을 바람이 불어오긴 했지만 쉽게 흔들리지 않을 서로에 대한 무거운 마음이 있기에 버틸 수 있었다.

설사 지금보다 더 거센 바람이 불어오더라도, 그 불어오는 바람으로 인해 상대방이 내게 있어 얼마나 위안이 되는 존재인지, 마음속으로 전해지는 사랑이 얼마나 따뜻한지 느낄 수 있기에 괜찮았다. 바람이 불어오는 사이에도 같은 길을 걸어갈 테고, 엇갈렸던 시간보다 앞으로 함께할 시간이 더 많을 테니까.

✥ ✥ ✥

그다음 주말, 대청소를 해야 한다는 그녀를 데리고 태석이 찾아온 곳은 다름 아닌 준섭이 소개시켜 준 스튜디오였다.

그의 손에 이끌려 차에 탔던 가예는 스튜디오 입구 쇼윈도에 보이는 웨딩드레스와 태석을 번갈아 보며 말했다.

"태석 씨 설마 여기 온 거예요?"

"응."

"여긴 왜요?"

"우리 결혼사진 다시 찍으러."

가예가 얼떨떨하게 앉아서 내릴 생각을 하지 않자, 태석은 먼저 차에서 내려 그녀를 내려 주었다. 가예는 제 손을 잡고 스튜디오 안으로 들어가려고 하는 태석의 앞을 잠시 가로막으며 물었다.

"정말 다시 찍으려고요?"

"전부터 마음에 걸렸어. 서로 웃고 있지 않은 결혼사진, 집 안 곳곳에 걸려 있는 거 더는 못 보겠어. 당신 웃고 있는 모습만 보고 싶어."

가예는 태석의 깊은 마음에 적잖게 감동했다. 가끔 집에 있으면서 무감한 얼굴로 정면만 바라보는 결혼사진이 눈에 띄긴 했지만, 그땐 그랬지, 라고 생각하며 웃어넘길 수 있을 만큼의 여유와 태석에 대한 확신이 있었기에 더는 과거에 연연해하지 않기로 마음먹었던 일이었다. 이제 과거에 있었던 일은 두 사람의 사랑에 있어서 아무런 걸림돌이 되지 않았다.

"나는 이제 괜찮은데……."

"내가 안 괜찮아. 혹시 찍기 싫은 거야?"

"아뇨. 그게 아니라, 안 그래도 태석 씨 바쁜데 이것 때문에 시간 뺏기는 거 아닌가 해서요."

"당신한테 시간을 쏟는 거지. 뺏기는 게 어디 있어?"

태석은 이참에 확실히 해 두기 위해 양손으로 그녀의 볼을 가볍게 쓸어 주며 말했다.

"나한테는 당신이 1순위야. 그러니까 앞으로 내가 뭘 묻든 당신 위주로만 생각하고 결정해. 신경 쓰지 말라, 시간 뺏긴다는 그런 말 싫어. 다음에도 또 그러면 그땐 정말 화낼 거야."

"정말 화낼 거예요?"

커다란 눈을 깜빡이며 보조개를 만드는 가예의 웃음에 태석이 길게 한숨을 내쉬더니 고개를 가로저었다.

"그만큼 속상할 거라는 뜻이야. 알겠지?"

"알겠어요."

그녀에게 확답을 받아 낸 태석은 만족스런 웃음을 짓고 스튜디오 문을 열었다. 스튜디오 입구에서부터 이어지는 벽면에는 다양한 결혼사진이 걸려 있었다. 사진을 구경하는 동안 사무실에 앉아 있던 여자가 나와 깍듯한 인사를 건넸다.

"안녕하세요. 혹시 예약하셨나요?"

"네, 오전에 연락드렸던 한태석입니다."

"아, 이쪽으로 오세요."

두 사람은 여자가 안내하는 응접실로 들어갔다. 따뜻한 커피를 몇 모금 마시는 사이, 실장이라는 직급 치곤 굉장히 젊어 보이는 여자가 들어와 두 손을 가지런히 모으고 인사를 꾸벅했다.

"안녕하세요. 오웰스튜디오 실장 백미현이라고 합니다."

미현의 등장에 가예는 자리에서 일어나 같이 꾸벅 인사를 한 반면, 그녀의 이름을 들은 태석의 표정이 잠시 진지하게 바뀌었다. 어디서 많이 들어 본 익숙한 이름에 그가 미현을 바라보자 그녀 역시 태석을 바라보며 어색하게 웃으며 눈인사를 건넸다.

이준섭, 이 자식.

미현의 눈인사를 받은 태석은 그제야 그녀가 누군지 짐작이 갔다. 그녀는 최근에 준섭과 헤어진 여자였다. 믿고 따라와 달라고 말했지만 자신이 없다며 제 친구를 놓아 버린 여자.

최근에 준섭이 지겹게 전화를 걸어서는 웨딩사진을 찍었냐며 재촉하던 것, 스튜디오 명함을 달라고 해도 전화번호만 알려 주며 꼭 실장과 이야기를 나누라고했던 의문스럽던 행동들에 대해 하나둘 납득이 가기 시작했다.

상황을 알지 못하는 가예는 테이블에 놓인 결혼사진들을 가리킨 채 멋쩍은 웃음을 지으며 말했다.

"저희가 예비 신혼부부는 아니고요……."

구구절절 설명하려는 가예의 손을 태석이 붙잡으며 말했다.

"내가 대충 설명드렸어. 결혼사진만 다시 찍고 싶은 거라고. 내용 아시죠?"

"네, 그럼요."

태석에게 설명은 들은 적 없었지만, 준섭과 만나던 동안에 가장 친한 친구 중 한 명이라는 그의 결혼 생활을 어느 정도 들어 알고 있는 미현은 가예를 향해 작게 웃으며 고개를 끄덕였다.

미현은 우선 자신이 가져온 결혼사진들의 콘셉트를 설명하기 시작했다. 처음 결혼사진 촬영에는 그저 스튜디오에서 하라는 대로 했다면, 이번에 가예는 전보다 훨씬 더 적극적으로 미현의 설명을 들으며 콘셉트를 골랐다.

"두 분, 시간 괜찮으시면 지금 웨딩드레스 고르시겠어요?"

"온 김에 고르고 갈까?"

"지금이요?"

가예가 서슴서슴 대답을 망설이자 태석은 그녀의 안색을 살피며 물었다.

"오늘은 싫어? 다음에 고를까?"

"그게 아니라……."

차마 점심 먹은 지 한 시간도 지나지 않았다고 말하기가 낯부끄러웠다. 그녀의 속마음을 전혀 알아차리지 못한 태석은 걱정스러운 듯 애꿎은 가예의 이마를 짚어 보았다. 가예는 제 이마에 놓인 그의 손을 잡으며 고개를 끄덕였다.

"나 안 아파요. 오늘 골라요."

"무리하지 않아도 돼."

"그런 거 아니에요. 실장님, 오늘 고르고 갈게요."

"네, 그럼 지하 1층으로 내려오세요. 바로 준비해 드리겠습니다."

웨딩드레스 준비를 위해 미현이 먼저 사무실을 나갔다. 그녀를 뒤따라 나가려던 가예는 태석의 붙잡음에 걸음을 멈췄다.

"왜요?"

"정말 괜찮아?"

아무래도 가예의 망설이던 모습이 영 마음에 걸리는 모양이었다. 가예는 듣는 사람이 있는지 살피다가 할 수 없이 태석에게 사실대로 이야기했다.

"점심 먹은 지 얼마 안 됐잖아요. 나 다이어트도 못 했는데……."

"……뭐?"

태석은 걱정했던 것과는 달리 그녀의 허무한 대답에 할 말을 잃고 허탈한 미소를 지었지만, 자신의 배를 한 번 내려다보는 가예의 표정은 그 어느 때보다 진지했다.

"이럴 줄 알았으면 점심 안 먹었을 텐데."

"일부러 먹고 온 거야. 당신 너무 말라서 이렇게라도 살 좀 찌우게 하려고."

"말도 안 돼요! 내일부터 당분간 저녁은 태석 씨 혼자 먹어요."

"매일 야식 먹어야겠다. 그것도 치킨으로."

야식을 두고 아옹다옹하며 지하 1층으로 내려온 두 사람은 웨딩드레스를 입는 것을 도와줄 몇몇 직원들의 인사를 받으며 일단 소파에 앉았다. 사방에 거울이 세워진 드레스룸에는 다양한 액세서리와 웨딩슈즈가 진열되어 있었다.

준비를 마친 미현은 가예에게 커튼으로 가려진 탈의실을 가리켰다.

"신부님, 이쪽으로 오세요."

"네."

가예가 커튼 안으로 모습을 감추자, 태석은 주위를 두리번거리며 다소 초조한 표정으로 그녀가 사라진 탈의실만 빤히 바라봤다.

돌이켜 보니 결혼할 당시 웨딩드레스를 고르는 자리에도 태석은 그녀와 함께하지 않았다. 웨딩드레스를 입은 신부의 모습을 신랑이 봐 주고 좋아해 줬어야 하는데, 그 당연한 것도 해 주지 못했다. 결혼을 준비하는 동안 그녀에게 아무것도 해 준 것이 없다는 사실은 태석을 더욱 고개 숙이게 만들었다.

잠시 탈의실에서 나온 미현은 그가 마실 녹차를 가져다주며 다시 한 번 인사를 건넸다.

"이름 듣고 혹시나 했는데……. 준섭 씨 친구분, 맞으시죠?"

"네, 그 녀석이 여기 소개해 줬어요."

"아……."

"준섭이는 잘 지내는 척하면서 지내요."

준섭과 헤어지고 나서 한동안 의식적으로 일에만 빠져 지내던 미현의 눈에 준섭의 소식을 듣자마자 눈물이 치솟았다. 벌써 준섭과 미현이 헤어진 지도 한 달이 넘었다. 그의 부모님 앞에 나설 자신이 없다며 비겁하게 먼저 도망친 쪽은 미현이었고, 준섭은 그 뒤로 미현에게 어떠한 연락도 먼저 하지 않았다.

그가 너무 그리웠지만, 매몰차게 먼저 등을 보인 사람은 그녀였기에 준섭에게 다시 염치없이 연락할 엄두가 나지 않았다.

"이준섭 특기잖아요. 무슨 일이든 다 괜찮은 척하는 거. 특기 살리면서 그럭저럭 지내고 있어요."

"저…… 이제 준섭 씨랑 상관없는 사람이에요."

"준섭이는 그렇게 생각 안 하는 거 같은데."

태석은 미현이 가져다준 녹차를 입에 갖다 대며 탈의실에 시선을 고정한 채 말했다.

"그랬으면 나한테 언제 결혼사진 찍을 거냐고 매일 전화하지 않았겠죠. 굳이 여기 소개시켜 주면서 꼭 실장을 만나라는 말도 안 덧붙였을 거고."

"왜 그런 얘기를 저한테……."

"이준섭이 이걸 바라고 날 여기 보냈을 테니까요. 좋은 스튜디오 소개받은 값을 치르는 중이라고 해 두죠."

까다롭게 구는 것 같아도 결국 태석은 친구인 준섭을 위해 미현에게 그의 안부를 대신 전해 주고 있었다.

때마침 커튼이 열리면서 머메이드라인의 웨딩드레스를 입은 가예가 모습을 드러냈다. 허리와 골반 라인이 확연하게 드러나 그녀의 몸매를 한눈에 가늠할 수 있었다. 태석은 벌떡 자리에서 일어나 단상 위에 수줍게 서 있는 그녀에게 다가갔다.

"어때요?"

예쁘다는 말은 너무 평범한 것 같아서, 눈앞에 있는 가예에게 지금 느끼는 감정을 어떤 말로 표현해야 할지 한참을 고민했다. 어느새 가예의 옆에 다가온 미현은 태석의 표정을 바라보며 작게 웃었다.

"너무 예뻐서 말씀을 못 이으시네요."

"태석 씨?"

그는 단상까지 올라가 그녀를 코앞에서 보고 싶은 충동을 간신히 누르며 최대로 다가갈 수 있는 거리에 섰다.

"진짜 예쁘다. 너무 예뻐서 나만 보고 싶을 정도야."

사랑이 뚝뚝 묻어나는 그의 대답에 가예가 얼굴을 붉히자, 옆에서 그녀를 도와주던 직원들은 모두 부럽다는 얼굴로 두 사람을 바라봤다. 그동안 숱하게 많은 예비 신부의 드레스를 입혀 보았지만, 화장기 거의 없는 수수한 얼굴에 화려한 웨딩드레스를 소화하는 가예는 여자들까지 사로잡을 만큼 청순한 미모를 지니고 있었다.

"그럼 두 번째 드레스로 갈아입겠습니다. 오늘 꽤 많이 입어볼 거니까 다 기억하고 계셔야 해요."

"아, 그럼 사진 찍어도 되나요?"

오웬스튜디오의 경우에는 외부 디자이너가 직접 만드는 수제 드레스를 공수해 오기 때문에 원칙적으로 사진 찍기는 불가능했으나, 찍겠다는 이가 태석이었기에 미현은 순순히 고개를 끄덕였다.

태석은 마치 자신이 사진작가라도 된 것 같은 자세로 가예의 모습을 휴대폰 카메라에 담았다.

그 뒤로도 가예는 총 8벌이나 되는 웨딩드레스를 더 갈아입어 봐야 했다. 태석은 사진을 찍고 나서 미현과 이야기를 주고받으며 드레스를 보고 느낀 점까지 꼼꼼히 메모해 두었다.

웨딩드레스를 다 입어 보고 나온 가예는 다소 피곤에 지친 얼굴로 내려와 그의 옆에 앉았다.

"몇 번째 드레스가 제일 예뻤어요?"

"난 다 예뻐서 잘 못 고르겠어."

"에이, 그래도 태석 씨가 골라 주는 걸 내가 입어야 의미가 있죠."

"나는 세 번째 드레스가 제일 예뻤어. 당신은?"

"나도 A라인이 제일 예뻤어요."

웨딩드레스의 정석이라고 볼 수 있는 A라인 웨딩드레스를 선택한 두 사람은 그 외에도 미현이 추천해 주는 머메이드 드레스와 미니 드레스 두 벌을 더 골랐다. 태석은 집에 있는 맞춤 턱시도를 입기로 이야기를 끝내고, 두 사람은 미현의 깍듯한 마중을 받으며 차에 올라탔다. 가예는 안전벨트를 매며 곧장 미현의 이야기를 꺼냈다.

"여기 실장님 참 친절하신 것 같아요. 처음 드레스 고르러 갔을 때는 내가 누구 집 딸인지 다 아는 사람들이라 불편하기만 했는데. 여긴 안 그래서 좋아요."

태석은 차에 시동을 걸며 가예를 바라봤다.

"백미현 실장, 우리가 누군지 다 알아."

"정말요? 태석 씨가 말했어요?"

"아니, 백미현 실장이 준섭이 헤어졌다던 애인이거든. 전에 말해 준 적 있지? 준섭이 헤어졌었다고."

"그럼 혹시 여기도……."

"응. 준섭이가 소개해 줬어. 아직 서로 마음 있는 것 같은데, 둘이 알아서 잘하겠지."

"그러지 말고, 우리가 조금 도와주는 게 어때요? 좋은 스튜디오 소개받은 보답으로."

"어떻게?"

❖ ❖ ❖

두 사람의 웨딩촬영이 있던 날, 멀끔하게 정장을 차려입고 익숙한 스튜디오 앞에 선 준섭은 유리문에 비친 제 모습을 몇 번이나 확인하며 긴장함이 역력한 기색으로 숨을 크게 들이마시고 내쉬기를 반복했다.

웨딩촬영이 진행될 2층으로 올라가니 먼저 옷을 갈아입고 대기 중인 태석이 가예가 나오기만을 기다리고 있었다.

"한태석."

준섭이 어색하게 손을 흔들며 다가오자, 태석이 이마에 주름을 잡고 인상 쓴 얼굴로 말했다.

"누가 보면 네가 신랑인 줄 알겠다."

"아무렴 내가 네 외모를 어떻게 따라가겠냐."

준섭은 태석의 말에 대꾸를 하면서도 연신 스튜디오 안을 두리번거렸다. 그가 찾는 이가 누군지 대번에 알아차린 태석은 딱 벌어진 친구의 어깨를 두어 번 두드리며 말했다.

"가예 웨딩드레스 갈아입는 거 도와주러 들어갔어."

"어?"

"네가 찾는 여자. 백미현 실장."

"알고 있었냐?"

수가 뻔히 보이는 얄팍한 속셈을 던져 놓고도 모른 척 구는 준섭의 연기는 무척이나 어색했다.

"내가 몰랐으면 여기에 널 불렀겠냐? 기환이 불렀겠지."

"맞다. 기환이는 왜 안 불렀어?"

"아버지 뵈러 간다더라. 어차피 사진만 다시 찍는 건데, 뭘. 원래 너도 안 부르려고 했던 거야. 네가 여기 왜 온지는 알지?"

"미현이한테 내 얘기해 봤어? 표정이 어땠어?"

"글쎄. 우리 사진 찍는 동안 옆에서 도와줄 거라고 했으니까 네가 직접 확인해 봐."

사실 웨딩사진을 찍는 동안 가예를 도와주는 일은 미현의 아랫사람이 해야 할 일이었지만, 태석은 특별히 그녀에게 도와 달라는 말을 꺼냈다. 흔쾌히 알겠다고 대답하는 그녀에게 친구가 올 거라는 말을 덧붙였지만, 준섭이란 말은 하지 않았다. 하지만 금세 표정이 어두워진 그녀는 태석이 말하는 친구가 당연히 준섭임을 알아차린 눈치였다.

잠시 후 웨딩드레스를 입은 가예가 면사포를 쓰고 스튜디오로 나왔다. 준섭과 이야기를 나누던 태석은 가예를 보고 한달음에 달려가 걸음이 불편한 그녀를 잡아 주었다. 화진이 준 수선화를 손에 든 가예는 순백의 드레스가 잘 어울리다 못해, 눈부시게 아름다울 정도였다.

"가예 씨, 안녕하세요. 저 왔습니다. 오늘 정말 아름다우시네요."

"어? 준섭 씨."

가예의 시선이 저도 모르게 미현에게 향했다. 준섭은 일부러

미현을 바라보지 않은 채 가예에게 연신 박수를 쳤다.

"가예 씨는 점점 더 예뻐지시는 것 같아요. 아무리 생각해 봐도 가예 씨는 태석이한테 너무 과분해요."

"야, 이준섭."

"그렇게 칭찬만 해 주시니까 더 부끄러워요. 오늘 잘 부탁드려요."

"네, 맘껏 부려먹으세요."

오늘 두 사람의 결혼사진을 찍을 사진작가는 두 사람이 가장 먼저 찍을 벚꽃을 배경으로 한 무대로 안내했다. 멀찌감치 서서 포즈를 잡는 태석과 가예를 지켜보던 준섭은 조심스레 미현의 옆에 다가섰다.

"못 본 사이 더 말랐네."

미현의 귓가에 준섭의 안타까운 듯한 목소리가 맴돌았다. 차마 준섭을 마주할 자신이 없던 그녀는 정면에 시선을 고정한 채로 고개를 좌우로 흔들었다.

"난 잘 지냈어요. 전보다 살도 쪘고요."

"밥은 안 먹고 매일 술만 마시니까 그렇지."

미현이 고개를 돌려 준섭을 바라보았다. 자신이 한동안 마시지도 못하는 술에 빠져 살았다는 걸 그가 어떻게 알았는지 궁금했다. 준섭은 그제야 자신을 바라봐 주는 미현에게 잔잔한 미소를 띠었다.

"마시려면 안주나 제대로 시켜서 먹든가. 매일 잔치국수가 뭐야?"

"……나 쫓아다녔어요? 왜요?"

"보고 싶으니까."

행복한 남의 결혼사진 촬영을 앞두고 청승맞게 눈물을 보이고 싶지 않았다. 미현은 제 마음을 다스리며 준섭의 시선을 피해 다시 태석과 가예에게 눈을 돌렸다. 두 사람은 준섭과 미현을 신경 쓰지 않고 사진작가의 요구에 맞춰 웃음 가득한 얼굴로 사진 찍기에 여념이 없었다. 사진작가는 연신 셔터를 누르며 환호했다.

"신부님 웃는 모습 너무 예쁘세요. 자, 포즈 바꾸지 마시고 마지막으로 한 번!"

스튜디오를 가득 울리는 사진작가의 활기찬 목소리에 태석과 가예의 긴장도 점차 풀려 갔다. 그러나 웨딩드레스와 헤어스타일을 몇 번이나 바꿔야 하는 가예의 고단함을 이루 말할 수 없었다. 게다가 태석보다 더 독사진을 많이 찍는 그녀는 하도 많이 웃어서 입가가 파르르 떨릴 지경이었다.

그는 점점 지쳐 가는 가예의 어깨를 주물러 주며 그녀를 다독였다.

"이게 마지막 드레스니까 조금만 더 참아."

"태석 씨, 나 배고파요."

"아침 먹으라니까 말 안 듣더니."

"이따가 준섭 씨랑 같이 저녁…… 아, 준섭 씨는 안 되겠다. 그죠?"

"아마도. 아까 둘이 얘기는 하는 것 같더라고."

"잘됐으면 좋겠어요. 같이 서 있는 모습이 잘 어울리던데."

"우리보단 아니지만."

태석은 방심하고 있는 그녀의 입술에 살짝 입을 맞추었다. 그의 기습뽀뽀에 수줍음 가득한 얼굴로 바뀐 가예의 표정을 멀리서 바라보던 사진작가는 카메라 렌즈를 마저 갈아 끼우고 두 사람을 마지막 배경 앞에 세웠다.

"자, 이제 마지막이니까 힘내시고요! 신부님은 문 앞에 있는 계단에 올라가 주시고, 신랑님은 두 칸 아래에 서 주세요."

사진작가가 시키는 대로 계단에 서자, 두 사람은 코가 닿을 만큼 가까운 거리에 얼굴을 마주하게 됐다. 자신을 빤히 들여다보는 태석의 눈빛에 그녀의 가슴이 연신 방망이질을 쳤다. 가예가 부끄러워서 제대로 얼굴을 들지 못하자, 사진작가가 호탕하게 웃으며 카메라를 잠시 떨어뜨렸다.

"신랑님, 손 내리고 있기 너무 어색하시죠? 우리 신부님 허리와락 안으시면 더 좋을 것 같은데."

"마지막 사진 화끈하네요."

두 사람을 지켜보고 있던 준섭의 장난 섞인 말에 가예의 얼굴이 더욱 화끈거렸다. 태석이 그녀의 허리를 한 손으로 살짝 끌어안자, 색색거리는 그녀의 가는 숨소리가 귓가를 간질였다.

"부끄러워?"

"조, 조금……? 준섭 씨도 보고 있잖아요."

"우리 처음 웨딩사진에는 이런 포즈 없었지?"

"당연하죠. 그때 우리는 손도 안 잡았어요."

사진에 잘 나오도록 미현이 가예의 웨딩드레스 뒤 트레인을 풍성하게 잡아 주는 사이, 태석이 짓궂은 목소리로 말했다.

"내가 여기서 뽀뽀하면, 당신 더 부끄러워할 거야?"

"그럼 나 정말 홍당무……."

사진작가와 눈빛을 교환한 태석이 그녀의 입술에 주저 없이 자신의 입술을 맞대었다. 촬영을 지켜보던 사람들의 부러움 섞인 탄성이 스튜디오를 가득 메웠고, 카메라의 셔터 소리가 쉴 새 없이 쏟아졌다. 뜨겁게 닿았던 입술이 떨어지고, 금세 뺨을 붉게 물들인 가예를 바라보던 태석이 만족한 미소를 지었다.

"이 사진이 제일 예쁘겠다."

"태석 씨, 진짜 짓궂은 거 알죠?"

"난 사진작가가 사인 보낸 대로 포즈 취한 것밖에 없어."

태석이 오리발을 내미는 사이, 찍은 사진들을 확인해 보던 사진작가가 박수를 치며 두 사람의 시선을 빼앗았다.

"아까 그 포즈 정말 좋았는데, 신부님이 너무 놀라셔서 딱 한 번만 다시 갈게요!"

"다시요?"

가예가 난감하다는 얼굴로 입술을 내밀자, 태석은 불그스레함이 가시지 않은 그녀의 뺨을 부드럽게 어루만지며 싱긋 웃었다.

"내가 늘 말하잖아. 한 번이 어렵지, 두 번은 쉬울 거라고."

"나는 아직도 두근거린단 말이에요."

가벼운 입맞춤이 처음인 것도 아니었는데, 사람들 앞이라 그런지 두근거리는 심장이 좀처럼 가라앉을 줄을 몰랐다.

"난 주가예 앞에서 언제나 그래."

"정말요?"

"그래."

남들에게는 한없이 무뚝뚝하기만 한 태석이 자신의 앞에서 늘 두근거린다니, 상상만으로도 웃음이 새어 나왔다.

가예의 미소를 확인한 그는 아까보다 조금 더 편안하게 그녀의 입술에 입을 맞추었다. 길고 긴 웨딩사진 촬영에 지쳐 있던 두 사람의 행복 가득한 미소가 카메라에 담기자, 사진작가의 만면에도 희색이 넘쳐흘렀다.

사랑하는 이에게 가는 길이 멀고 험해서 그 자리에 멈춰 서서 왔던 길을 돌아보게 되더라도 사랑을 향해 다시 걷게 되는 이유는 하나였다.

그 사람을 사랑하기 때문에.

돌아봐서는 안 되는 사랑이라고 생각했고 돌아볼 자격 없는 사랑이라고 생각했지만, 그럼에도 불구하고 사랑일까 봐, 사랑이라서 자꾸 돌아보게 됐다. 어쩌면 사랑을 놓고 놓치는 과정이 있었기에 그들은 자신의 사랑을 스스로 직면하여 돌아볼 수 있게 된 것인지도 모른다.

그들에게 있어 사랑을 돌아보는 일은 누군가에게 한껏 쏟아부었던 자신을 의미 있게 만드는, 신이 주신 행복할 수 있는 시간의 선물이었다.

에필로그 1

    결혼사진을 바꾼 태석과 가예는 얼마 지나지 않아 약속한 대로 집들이를 열었다.

    아침부터 음식을 준비하는 가예의 손길이 분주하게 움직였다. 태석은 가예의 고생을 덜어 주기 위해 출장뷔페를 시키자고 말했지만, 집들이에 대한 예의가 아니라고 말한 그녀는 기어이 하나부터 열까지 제 손으로 음식을 준비했다.

    태석은 청소를, 가예는 음식을 준비하며 각자 맡은 일을 하다 보니 어느덧 약속한 집들이 시간이었다.

    그녀는 월남쌈부터 잡채, 갈비찜, 샤브샤브, 새우구이, 각종 전과 반찬 등 상다리가 휘어질 정도로 많은 음식을 차렸다. 태석은 차려 놓은 음식들과 그녀를 번갈아 바라보더니 주방에 있는 가예에게 다가가 말없이 어깨를 꾹꾹 주물러 주었다. 마지막으로 베이컨꼬치를 만들던 가예는 그의 안마에 픽 웃으며 고개를 돌렸다.

"청소 다 했어요?"

"응. 당신도 음식 그만해. 하루 종일 제대로 앉아 있지도 못하고."

태석이 출장뷔페를 불렀어야 한다며 나지막한 목소리로 투덜거리자, 가예는 다 만든 베이컨꼬치를 접시에 담아 그에게 건넸다.

"태석 씨한테 내 음식 솜씨 발휘하고 싶어서 그랬어요."

샌드위치를 즐겨 먹는 태석 덕분에 결혼 전 요리학원에서 배웠던 음식들을 뽐낼 기회가 없었던 가예는 이번 집들이를 통해 그에게 자신의 요리 솜씨를 보여 주고 싶었다. 그런데 자신의 마음도 몰라주며 계속 뷔페 타령을 하는 태석의 투덜거림에 결국 이 실직고하고 말았다.

자신을 위해서라는 가예의 대답에 태석의 입가에 스멀스멀 웃음이 번졌다. 그리고 곧장 태석의 뜨거운 입술이 가예의 입술을 훔쳤다.

가볍게 끝날 줄 알았던 입맞춤이 점점 더 깊어졌다. 그녀에게 받아 든 베이컨꼬치 접시를 테이블에 내려 둔 태석이 그녀의 두 볼을 어루만지며 아랫입술을 부드럽게 핥았다.

태석의 애정 공세에 항복한 가예가 혀를 내어 줄 무렵, 반갑지 않은 초인종이 울렸다.

"태석 씨······."

잠시 입술이 떨어진 사이에 가예가 그의 이름을 부르자 태석은 고개를 저으며 그녀의 아랫입술을 짓궂게 빨아 당겼다. 놀란 가예가 태석의 가슴을 콩콩 때리며 팔에 힘을 주어 그를 밀어냈다. 태석은 한쪽 눈을 찡그리며 현관을 바라봤다.

"집들이 다음에 한다고 할까?"

절대 그러자고 할 리 없는 줄 알면서도 이런 말을 꺼내는 걸 보면 어지간히 아쉬운 모양이었다. 가예가 그의 등을 다독이며 다시 베이컨꼬치 접시를 건넸다. 태석은 할 수 없이 접시를 상에 올려 두고 인터폰을 눌러 문을 열어 주었다.

문밖으로 목청 큰 남자의 목소리가 들리는 걸 보니 아무래도 먼저 온 사람은 준섭인 듯했다. 주방을 정리하던 가예는 앞치마를 입은 채로 거실에 나와 손님 맞을 준비를 했다.

"이야, 벌써부터 맛있는 냄새가 솔솔 풍기네요."

"준섭 씨, 어서 오세요."

역시 예상대로 먼저 찾아온 손님은 준섭이었다. 태석은 좋았던 분위기를 깬 준섭을 향해 시큰둥한 표정으로 인사했다.

"왔냐?"

"누가 보면 내가 불청객인 줄 알겠다."

"불청객은요. 얼른 들어오세요."

심통이 난 태석 대신 가예가 안으로 손짓하자, 준섭은 뒷목을 긁적거리더니 자신의 뒤를 바라보며 손짓했다.

"얼른 안 들어오면 가예 씨가 문 닫아 버린대."

영문을 알 수 없는 준섭의 이야기에 태석과 가예가 문 뒤를 바라봤다. 세 사람의 시선이 닿은 곳에는 어색한 미소를 지으며 집들이 선물을 들고 서 있는 미현이 있었다. 미현을 본 가예의 표정이 환하게 밝아졌다.

"안녕하세요."

미현이 이곳에 준섭과 같이 왔다는 게 어떤 의미를 담고 있는지 잘 알고 있었다. 준섭은 초대받지 않은 자리에 왔다고 생각하는 미현의 어깨를 붙잡아 현관 앞까지 데리고 와 놓고 문을 닫았다.

"제가 같이 오자고 했어요. 좋은 날이니만큼 축하해 줄 사람이 더 있으면 좋을 것 같아서."

그러고는 준섭이 미현의 손을 꼭 잡았다. 두 사람의 다정한 모습을 본 가예는 따뜻한 미소를 지으며 고개를 끄덕였다.

"미현 씨, 와 줘서 고마워요."

가예의 살가운 인사에 긴장이 조금 풀린 미현은 그제야 자연스러운 웃음을 지었다. 처음 태석의 집을 방문한 준섭은 거실 정면에 있는 두 사람의 결혼사진을 발견하고는 물개박수를 쳤다.

"사진 진짜 잘 나왔네. 이게 다 우리 미현이 덕분이지."

"준섭 씨도 참."

주책없는 준섭의 말을 듣고 있던 미현이 민망한 얼굴로 그를 말렸다.

"미현 씨 덕도 있었지만 훌륭한 모델 덕분이라는 생각은 안 하냐?"

"가예 씨, 아무리 봐도 이 사진에서 제일 못난 건 한태석밖에 없는 것 같아요."

서로 못 잡아먹어서 안달인 두 사람을 바라보며 가예와 미현이 소리 없이 웃었다. 가예가 준섭과 미현의 외투를 옷장에 걸어 두는 사이, 태석은 그들에게 집을 구경시켰다.

준섭은 집을 구경하는 내내 미현의 손을 놓지 않았다. 그 모습을 우연히 보게 된 태석은 작게 입꼬리를 올렸다.

집 구경을 마치고 거실로 돌아온 세 사람은 이런저런 이야기를 나누었다. 태석과 준섭이 나누는 이야기를 듣고 있던 미현은 조용히 자리에서 일어나 주방에 있는 가예에게 다가가 손을 걷어붙이며 말했다.

"가예 씨, 제가 도와 드릴 거 없어요?"

가예는 두 손을 가로저으며 극구 사양했다.

"아니에요. 손님이신데 편하게 앉아 계셔야죠."

"사실…… 저 자리에 있는 게 더 어색해서요."

태석이 준섭의 둘도 없는 친구라고는 하나, 태석은 외모에서부터 풍겨 나오는 차가운 냉기 탓에 좀처럼 친해지기 어려웠다. 그나마 그에 대한 선입견이 깨진 건 결혼사진 촬영 당시 가예를 향한 다정다감한 모습 때문이었다.

미현의 말뜻을 이해한 가예가 싱긋 웃었다.

"준섭 씨랑…… 다시 만나시는 거죠?"

샤브샤브 육수를 끓이던 가예가 조심스레 묻자, 옆에 서 있는 미현은 멋쩍은 웃음을 지으며 고개를 끄덕였다.

"두 분 덕분에 다시 한 번 용기를 냈어요."

"저희가 한 게 뭐 있나요."

미현은 아니라며 고개를 저었다.

"그날 두 분 행복한 모습을 보는 준섭 씨 표정을 봤는데…… 속상하더라고요. 내가 사랑하는 사람도 제대로 행복하게 해 주지 못하면서, 다른 사람들한테 행복하게 웃으라는 말을 하는 내 자신이 바보 같기도 했고요."

결혼사진 촬영 내내 사랑으로 빠듯하게 차오른 두 사람의 눈빛을 멀리서 지켜봤던 미현은 진심으로 두 사람이 부러웠다. 사실 준섭과 헤어지기 전에 미현은 태석의 이야기를 자주 들었던 편이다. 준섭이 태석을 위로해 주러 간다는 이야기를 자주 했기 때문이다. 그래서 태석의 결혼이 정략결혼이라는 것도, 태석과 가예가 그리 행복하게 지내지 않는다는 것도 알고 있었다.

두 사람을 보기 전까지만 해도 부모의 기대를 한 몸에 받으며 부족한 것 없이 자라 온 준섭은, 보육원에서 어렵게 자라 간신히 이곳까지 올라온 자신과 태생부터가 맞지 않는 과분한 사람이라고 생각했다. 그래서 그에게 향하는 마음을 억지로 외면하며 인정하려 하지 않았다.

그런데 결국 사랑을 이뤄 낸 두 사람을 보니 자신도 그렇게 되고 싶었다. 조금 멀리 돌아오긴 했지만, 자신의 마음을 인정하고 준섭과 함께하고 싶었다.

"미현 씨도 분명히 준섭 씨랑 행복해질 거예요."

용기가 없는 자신의 뒤에서 이제까지 묵묵히 기다려 주었던 준섭의 손을 놓을 수가 없었다. 그래서 얼마나 힘들지 알면서도, 그 손을 잡아 버렸다. 그래도 후회는 없었다. 자신들의 사랑을 응원해 주는 사람들이 있었으니까.

미현은 가예의 진심 어린 응원에 미소를 지으며 고개를 끄덕였다.

거실에 있는 준섭은 태석과 이야기를 하던 중 무의식중에 미현을 찾기 위해 주방으로 눈을 돌렸다. 어느새 다정하게 서서 이야기를 나누고, 가예의 말에 간간이 웃기도 하는 미현을 뿌듯한 표정으로 바라봤다. 그 표정을 물끄러미 바라보던 태석이 픽, 웃으며 말했다.

"바라만 봐도 좋아 죽겠어?"

"어. 이제야 우리가 다 행복해지는 것 같다."

준섭은 등 뒤에 있는 소파에 편한 자세로 몸을 기대어 거실을 쭉 둘러보았다.

가끔 과음하던 태석을 집으로 바래다주던 몇 달 전만 해도 외관에서부터 풍기는 이 집의 분위기는 어둡고, 삭막하고, 냉기가 흘러 보여 감히 신혼부부의 집이라는 상상을 할 수 없었다. 그런데 모두 제자리를 찾은 뒤 찾아온 지금의 이곳은 뒤늦게 신혼생활에 푹 빠진 두 사람의 행복함을 고스란히 보여 주고 있었다.

"기환이는 더 늦으려나."

"오늘 가게 일찍 닫고 온다고 했는데."

"그 녀석, 아주 떼돈 벌 기세야."

"안 그래도 벌고 있어. 인터넷에 윤기환 이름만 검색해도 빵굽는 훈남 파티셰라고 나오더라."

"스타 다 됐네."

지난번 인터뷰를 했던 방송 프로그램이 방영되자마자 기환은 당일 포털사이트 실시간 검색어 1위와 동시에 잘생긴 훈남 파티셰라는 별명까지 얻었다. 게다가 그 뒤로 가게 정보와 위치가 공개되면서 도저히 혼자 일하기 버거울 정도로 사람들이 몰리기 시작했다. 심지어 그의 빵을 사 먹기 위해 지방에서 올라오거나, 가게 문을 열기도 전에 줄지어 찾아오는 손님들이 부지기수였다.

기환은 이런 기현상이 오래가지 못할 거라고 안이하게 생각했지만, 방송 프로그램 섭외와 손님들이 줄어들지 않자 되레 난감해했다.

가게에 일손이 없었던 기환을 도와주고자 가예는 수강이라는 명목하에 그의 제빵 반죽을 몇 번 도와주었다. 그러나 전문성을 가지지 않은 그녀가 도와주기 벅찰 만큼 기환의 빵 만드는 개수가 점점 늘어나고, 새로운 빵까지 개발해야 하던 기환은 할 수 없이 잠정적으로 수강을 중단하고 사람을 구하기로 결정했다.

"내 약혼식 케이크는 기환이한테 만들어 달라고 해야겠다."

"안 그래도 바쁜 녀석이 해 주겠어?"

"기환이가 너처럼 인정 없는 녀석인 줄 알아?"

태석에게 쏘아붙인 준섭은 잊고 있던 무언가가 생각났는지 무릎을 탁 치며 허리를 세워 가예를 찾았다.

"맞다! 가예 씨! 가예 씨도 케이크 만들 줄 아시죠?"

마침 버너 위에 올릴 샤브샤브 육수를 가져오던 가예가 고개를 끄덕였다.

"네. 어떻게 아셨어요?"

"태석이가 저희한테 입에 침이 마르도록 자랑했거든요."

태석의 생일 뒤로도 그에게 몇 번 케이크를 만들어 주었는데 그때마다 어울리지 않게 사진을 찍어 놓더니, 친구들에게 자랑을 한 모양이었다. 아직 누군가 보여 줄 만한 솜씨가 아니라고 생각했던 가예가 쑥스러워하자, 준섭이 눈을 초롱초롱 반짝였다.

"저 미현이랑 약혼할 때 케이크 좀 만들어 주세요. 사진 보니까 기환이가 만든 것보다 더 잘 만드시던데."

"안 돼. 그 케이크 먹는 사람은 나밖에 없어야 돼."

"이 속 좁은 놈."

두 사람의 유치한 말싸움을 가만히 듣고 있던 가예가 준섭을 향해 수줍게 웃으며 손을 가로저었다.

"제가 아직 중요한 자리에 선물할 만큼의 실력이 안 돼서요. 나중에 실력 좋아지면 그때 꼭 두 분께 선물할게요."

"무슨 선물이요?"

주방에서 나온 미현이 준섭의 옆에 앉으며 그에게 눈치로 묻자 능글거린 웃음을 지은 준섭이 차가워진 미현의 손을 잡으며 대답했다.

"내가 우리 약혼식에 둘 케이크 만들어 달라고 부탁했거든."

"뭐, 뭘……."

아직 준섭의 부모님께 인사도 드리러 가지도 않은 미현의 얼굴빛이 새하얗게 변했다. 그러나 미현과 결혼하기로 이미 마음먹은 준섭에게 부모님의 허락은 전혀 개의할 일이 아니었다. 다만 결혼식 대신 약혼식을 먼저 생각한 건 형식을 중요하게 생각하는 부모님을 위한 일종의 배려 같은 것이었다.

네 사람이 옹기종기 모여 앉아 약속 시간에 늦는 기환을 흉보고 있을 무렵, 호랑이도 제 말하면 온다는 속설처럼 초인종이 울렸다.

"드디어 저녁을 먹는 건가!"

자리에서 일어나려는 가예를 앉힌 태석은 직접 문을 열어 주러 현관으로 나갔다. 그러나 문 앞에 서 있는 사람은 기다리던 기환이 아닌, 과일바구니 두 개를 양손에 들고 서 있는 앳돼 보이는 여자였다.

"누구……."

"안녕하세요! 저는 윤베이커리에서 일하고 있는 이단비라고 합니다!"

현관에서 들리는 익숙한 목소리에 가예가 고개를 빠끔히 내밀었다.

"어머! 단비 씨!"

태석과 다르게 단비를 알고 있는 가예가 자리에서 벌떡 일어나 그녀를 반겼다. 어느새 단비는 문을 닫고 집 안으로 들어와 과일바구니를 내려놓았다. 그러고는 본인과 초면인 태석을 두고 자신에게 알은체를 해 주는 가예의 손을 덥석 잡았다.

"사장님이 저 와도 되는 자리 아니라고 하셨는데, 언니가 와도 된다고 하셔서 왔어요. 저 정말 와도 되는 거 맞죠?"

"당연하죠. 단비 씨는 내가 초대한 손님인데요. 추운데 얼른 들어와요."

단비는 제 앞에 얼떨떨한 표정으로 서 있는 태석에게 꾸벅 인사를 하곤 아는 사람 한 명도 없는 자리에 기죽는 기세 없이 당당히 신발을 벗고 안으로 들어왔다. 해맑게 웃으며 안으로 들어오는 단비의 등 뒤로, 고개를 절레절레 흔들며 케이크와 와인을 들고 터벅터벅 걸어오는 기환이 보였다. 난감한 상황에 빠진 그의 표정이 자못 심각했지만 가예는 풋 웃음을 터뜨렸다.

"어서 와요, 기환 씨."

"죄송해요. 낄 자리 아니라고 그렇게 말렸는데 제 말을 안 듣네요. 미안하다, 태석아."

"저 여자가 네가 말하던 불도저구나."

삐딱하게 고개를 치켜세우며 단비가 서 있는 방향을 가리키자, 기환이 순순히 고개를 끄덕였다. 두 사람의 대화를 듣고 있던 가예는 불도저라는 말에 쿡쿡 웃었다.

"단비 씨가 왜 불도저예요?"

"일도 사랑도 영락없는 불도저예요."

윤베이커리가 바빠지면서 어쩔 수 없이 사람을 구해야 했던 기환은 인터넷에 구인공고를 냈다. 그러나 그의 베이커리에 지원한 사람들의 이력은 그야말로 모 아니면 도였다. 한창 이슈였던 그의 베이커리에 취업하려는 이들은 많았지만, 정작 제빵을 전문적으로 배운 이들은 많지 않았다. 설령 배웠다 하더라도 프랜차이즈에서 계산하는 일만 해 봤다거나, 혹은 필요 이상으로 경력이 화려한 사람들이었다.

세 번째 구인공고를 확인하던 날, 드디어 기환은 마음에 드는 이력서 하나를 발견했고 그것이 바로 단비의 이력서였다. 기환이 찾던 조건에 정확히 들어맞는 이력이었다. 처음에는 함께 일하기 편할 남자 직원을 선호했지만 앞뒤 가릴 입장이 아니었던 그는 곧장 단비를 채용했다.

단비는 생각보다 기환과 합이 좋았다. 빵의 모양이나 장식에

약한 기환의 부족한 부분은 단비가 가르쳐 주었고, 제빵자격증은 소지했지만 아직 많은 것을 배우지 못한 단비의 부족한 부분은 기환이 노하우를 전수해 줌으로 보강되기 시작했다. 덕분에 투박해 보이기만 했던 기환의 빵은 보기도 좋고 먹기도 좋은 빵으로 탈바꿈되었고, 집중력 높은 단비의 제빵 실력은 점점 일취월장으로 쭉쭉 뻗어 나갔다.

그런데 단비가 얼마 전, 기환에게 좋아하게 됐다며 폭탄 고백을 한 것이다. 기환은 정중히 단비를 거절했지만 그녀는 다음 날부터 거절을 못 들은 사람처럼 굴며 스스럼없이 그에게 애정공세를 퍼부었다. 몇 번이나 그녀를 붙잡고 이러지 말라는 이야기를 해 봐도 태도에 변함이 없었다. 덕분에 기환도 그녀의 애정공세를 능구렁이처럼 넘어가는 재주를 얻어 버렸다.

단비는 특유의 친화력으로 기환이 들어오기도 전에 벌써 준섭과 미현과 통성명도 마친 상태였다. 기환에게 단비의 이야기를 들은 적 있던 준섭은 우선 그녀를 반갑게 맞았다.

"기환이 때문에 단비 씨가 고생이 많겠네요."

"이해해 주셔서 감사합니다. 얼마나 까다로우신지, 게다가 은근 왕자병도 있으시고……."

"이단비!"

어느새 단비 옆으로 다가온 기환이 그녀의 입을 막았다. 아옹다옹하며 서 있는 두 사람을 지켜보는 네 사람의 눈빛이 호기심을 담기 시작했다. 단비의 일방적인 대시라고만 생각했던 두 사람 사이에 어쩐지 묘한 핑크빛 기류가 흐르고 있었다.

드디어 초대받은 사람들이 모두 모이고 나서야 집들이가 시작됐다. 푸짐하게 차려진 음식들을 본 준섭은 휘파람을 불며 제 앞에 잔을 모아 놓고 맥주를 따라 사람들에게 한 컵씩 전달했다.

"다 같이 건배 한번 해야지."

"뭐라고 외칠까?"

"우선 집들이니까 가예 씨의 행복을 위하여! 어때?"

잠자코 준섭의 이야기를 듣고 있던 태석의 미간에 주름이 잡혔다.

"이준섭, 왜 그 행복에 내 이름은 빠진 건데?"

"넌 더 고생해 봐야 돼. 그죠, 가예 씨?"

그동안 태석 때문에 가예가 마음고생했다는 걸 에둘러 표현하는 말이었다. 반박할 말을 잃은 태석이 아무 말도 못 하자 가예가 활짝 웃으며 그의 손을 잡았다.

"조금 얄밉긴 하지만⋯⋯. 같이 행복하면 더 좋겠어요."

"에이, 가예 씨가 그러자고 하시면 그래야죠."

준섭은 크흠, 목을 가다듬고 큰 소리로 외쳤다.

"그럼 가예 씨와 태석이의 영원한 행복을 위하여!"

"위하여!"

"두 분 러브샷 하세요! 러브샷! 러브샷!"

러브샷을 외치는 단비 덕분에 분위기는 후끈 달아올랐다. 술을 잘 마시지 못하는 가예를 아는 태석은 고개를 가로저었지만, 환호에 못 이긴 가예가 도리어 그의 팔을 적극적으로 붙잡았다. 태어나서 처음으로 맥주를 원샷 해 본 가예가 쓴맛에 얼굴을 찌푸리자 태석이 귀엽다는 듯 바라보며 그녀에게 새우를 먹여 주었다.

집들이 분위기는 그야말로 화기애애했다. 낯을 가리던 미현도 어느새 옆자리에 앉아 있는 단비와 제법 친해져 곧잘 이야기를 주고받았다.

식사가 끝나고 기환과 단비가 직접 만들어 온 케이크와 과일을 준비하기 위해 가예가 주방으로 향했다. 그 모습을 지켜보던 미현과 단비가 쪼르르 주방으로 따라 들어왔다.

"뭐 드릴까요?"

"아니요. 거실 대화가 하나도 재미없어서 피신 왔어요."

세 남자의 대화는 유럽축구 이야기로 1시간째 이어지고 있었다. 각자 좋아하는 팀의 성적에 대해 열변을 토하는 그들의 대화는 축구를 모르는 미현과 단비에겐 따분하기만 했다.

미현과 단비는 가예를 도와 케이크와 과일을 준비해 거실로 내왔다. 와인과 잔을 챙긴 가예가 자리에 앉자 기환이 다소 들뜬 목소리로 그녀를 불렀다.

"가예 씨, 혹시 태석이 팔 뒤꿈치에 있는 상처 알아요?"

"태석 씨 상처요?"

"야! 윤기환 너까지!"

태석이 발끈하며 기환을 손가락질하자 준섭이 물개박수를 치며 깔깔거렸다. 영문을 모르는 세 여자만이 눈을 둥그렇게 뜨고 있었다. 기환이 말하는 태석의 상처를 떠올리던 가예는 뒷목을 긁적이며 고개를 갸웃거렸다.

"본 것 같긴 한데……. 그 상처가 뭔데요?"

"그거. 태석이가 고등학교 때 축구하다가 본인 발에 혼자 걸려서 넘어지다가 생긴 상처거든요."

"혼자 넘어졌어요? 정말?"

지금 태석의 분위기로는 도저히 상상할 수 없는 우스꽝스러운 과거 이야기에 미현과 단비는 물론, 가예까지 웃음을 터뜨렸다.

태석은 웃고 있는 가예를 향해 급하게 변명을 시작했다.

"그게 아니라, 내가 드리블 하고 있는데 윤기환이 공 뺏으려고 막 위협했다니까?"

"와, 과거를 막 조작하네. 한태석."

"미현아, 우리 셋 중에 내가 제일 운동 잘했어."

이 와중에 준섭은 미현에게 자신의 운동 실력을 뽐냈다. 고등학교 때부터 함께해 온 세 사람은 지난 추억을 되새기며 운동부터 시작해서 성적, 인기, 심지어 월담을 가지고도 서로가 제일 잘났다며 유치한 설전을 벌이고 있었다.

그때 가만히 앉아 이야기를 듣고 있던 단비가 기환의 옆구리를 쿡 찌르며 말했다.

"사장님은 예나 지금이나 못하는 게 없으셨네요."

단비의 칭찬에 기환의 어깨가 으쓱 올라갔다. 그 모습을 흐뭇하게 지켜보던 가예의 옆에서 서늘한 눈매를 치켜뜬 태석이 가예의 손을 꽉 잡아 그녀의 시선을 빼앗았다.

"나도 칭찬해 줘."

아들 하나를 더 키우는 기분이 이런 것일까. 옆에서 태석의 말을 엿들은 준섭이 잽싸게 가예에게 폭로했다.

"가예 씨, 태석이 고등학교 때 인기 빼고 아무것도 없었어요."

"그래, 인기는 인정."

남자에게 인기 많을 성격은 아니니 답은 하나였다. 가예가 믿지 않게 그에게 눈을 흘기자, 태석이 안절부절못하며 앞에 놓인 맥주 한 잔을 단번에 들이켰다. 짓궂게 태석을 놀리는 기환과 준섭의 장난에 모두가 웃고 있었지만 당사자인 태석만큼은 웃지 못했다.

세 남자의 지난 추억을 다 듣고 나니 밤 10시가 훌쩍 넘어 있었다. 제법 늦어진 시간을 확인한 네 사람이 하나둘 자리에서 일어났다. 조만간 다음 만남을 기약한 그들은 아쉬운 작별 인사와 함께 각자의 집으로 돌아갔다.

그들을 배웅하고 안으로 들어온 가예가 상을 치우려고 허리를 숙이자, 태석이 그녀의 손을 잡아 끌어당겨 품에 가뒀다. 가예는 순순히 그의 허리를 꼭 끌어안고 가슴팍에 얼굴을 묻었다.

"오늘 고생했어. 이거 내가 치울 테니까 당신 먼저 씻어."

태석의 따뜻한 배려에 가예가 몸을 뒤로 하며 미소 지었다.

"정말요? 나 거절 안 할 건데."

"응. 이런 건 거절하는 거 아니야."

끝까지 괜찮다고 그의 배려를 거절해 봤자 결국 그녀는 태석의 뜻대로 욕실에 들어가게 될 것이다. 그래서 가예는 순순히 태석이 시키는 대로 먼저 씻고 나왔다. 그를 도와주기 위해 곧장 주방으로 갔지만 그사이 태석은 설거지까지 완벽하게 끝내 놓고 거실을 정리하고 있었다.

정리를 모두 마치고 일찍 침실로 들어온 두 사람은 준섭과 기환이 주고 간 집들이 선물을 뒤늦게 확인했다. 준섭이 준 선물은 태석과 가예를 그린 팝아트였다. 액자를 확인한 가예의 표정이 밝아졌다.

"너무 예뻐요."

"그러게. 이준섭 센스는 아닌 것 같고, 아무래도 미현 씨 선택인 것 같은데?"

"이거 서재에 걸어 둘까요?"

"그러자. 내가 내일 걸어 둘게."

안 그래도 방마다 비슷한 결혼사진만 걸어 두어서 아쉬웠던 참이었다. 가예가 액자를 내려 두고 침대로 들어오자 태석은 오늘 고생한 그녀의 어깨를 안마해 주었다.

"오늘 고생했어."

"고생은요. 너무 즐거웠어요."

"나도 오랜만에 애들이랑 즐거웠어."

세상에 하나뿐인 사랑하는 여자가 옆에 있었고, 인생의 절반을 함께한 동반자 같은 친구들이 옆에 있었으니 즐겁지 않을 수가 없던 자리였다. 게다가 준섭과 기환이 각자에게 소중한 누군가를 데려와 함께하는 모습이 보기 좋았다.

"단비 씨 말이야. 기환이랑 잘됐으면 좋겠는데."

태석은 싹싹하고 밝은 성격의 단비가 기환의 상대로 마음에 들었다. 하도 기환이 불도저라고 혀를 차기에 철없는 불장난의 감정 정도로만 생각했는데, 지켜보니 기환을 바라보는 단비의 눈빛은 늘 반짝거리고 있었다.

"걱정 말아요. 내가 단비 씨 조력자니까."

"당신이?"

가예는 고개를 끄덕이며 몸을 돌려 태석을 마주 봤다.

"그런데 기환 씨도 단비 씨한테 영 마음이 없는 것 같진 않죠?"

"윤기환도 성격 확실해서 본인이 싫은 사람한텐 티 나게 굴어. 저 행동은 안 싫은 거야."

뿐만 아니라 좀처럼 제 감정을 드러내지 않던 기환이 어찌 된 영문인지 단비에게만큼은 긴장을 풀고 다양한 표정을 지어 보이고 있었다. 그건 확실히 좋은 징조였다.

태석은 자신이 가예로 인해 조금씩 변해 가듯, 기환도 단비로 인해 마음을 열고 조금씩 변해 갔으면 했다.

"준섭 씨랑 미현 씨도…… 허락받을 수 있겠죠?"

"그럼. 이준섭인데."

"모두 다 잘 풀리는 것 같아서 너무 좋아요."

"응. 다들 나만큼 행복해졌으면 좋겠어."

태석이 눈을 찡긋하며 그녀의 머리를 쓰다듬자, 가예가 장난기 가득한 얼굴로 그를 바라보며 말했다.

"정말 행복해요?"

"당연하지."

"인기 많았던 고등학교 때보다 더요?"

미처 변명을 다 하지 못하고 끝내야 했던 고등학교 이야기가 다시 한 번 언급되자, 태석은 이때다 싶어 준섭과 기환의 이야기에 전부 반기를 들고 나섰다.

"그리고 그 인기 얘기. 나는 진짜 가만히 있었는데 여자애들이다……."

"다 찾아와서 고백을 했다, 이거죠?"

"아니, 그게 아니라……."

또다시 변명을 하려던 태석이 말을 다 잇지 않았다. 방금 전까지만 해도 빙그레 웃고 있던 미소는 어디 가고, 가예는 입술을 살짝 내민 채로 볼을 부풀리고 있었다.

"지금 질투하는 거야?"

질투라는 감정을 모르나 싶을 정도로 늘 자신의 일에 있어서 관대하게 굴던 가예의 낯선 모습에 태석의 목소리가 조금 들뜨게 변했다.

"조금 질투도 나고, 뿌듯하기도 하고……."

"뿌듯해?"

"그렇게 인기 많았던 남자가 지금은 내 남편이니까요."

"응. 앞으로 평생 주가예 남편이지."

말을 마친 태석은 가예의 입술에 입을 맞추었다. 유영하듯 매끄럽게 안으로 들어온 혀가 고른 치열을 훑다가 가볍게 아랫입술을 핥았다. 달콤한 입맞춤을 하고 난 가예가 촉촉한 목소리로 그에게 말했다.

"태석 씨가 너무 좋아요."

그는 당연히 알고 있다는 듯 고개를 끄덕였다.

"그런데 그거 알아?"

"뭐요?"

"당신, 나한테 한 번도 사랑한다는 말해 준 적 없는 거."

섭섭한 얼굴로 말을 꺼내는 태석을 바라보던 가예가 움찔했다. 곰곰이 생각해 보니 그에게 직접적으로 사랑한다는 말을 해 준 적이 한 번도 없었다.

어느 순간부터 그를 사랑하는 것이 너무 당연한 일이 되어 버려서 사랑한단 말을 먼저 꺼내지 않았다. 언제나 사랑한다고 먼저 표현해 주는 건 태석이었고, 나도요, 라며 그 말을 수긍하던 쪽은 가예였다.

그 사실을 내심 마음에 담아 두고 있던 태석의 섬세함을 나무랄 순 없었다.

"이건 내가 잘못했네요. 미안해요."

"당신 마음 아는데도 한 번쯤은 듣고 싶었어. 일부러 안 하는 게 아니라 아예 모르는……."

"사랑해요, 태석 씨."

예고도 없이 귓가에 흘러 들어온 달콤한 그녀의 고백에 태석이 하려던 말을 멈췄다. 가예는 자신의 다리 위에 있는 그의 손에 제 손을 포개며 말했다.

"앞으로는 하루에 한 번씩 매일 사랑한다고 말할게요."

"한 번 아니라 열 번이어도 되는데."

"너무 자주 들어서 그 말이 싱거워지면 어떻게 해요."

"그럴 땐 조미료 넣어 주면 돼."

"조미료요?"

"가령 이런 것."

조미료의 정체에 대해 궁금해하는 그녀를 향해 눈웃음을 짓던 태석은 가예의 머리카락 사이로 손을 집어넣어 부드럽게 머리를 감싸며 입술에 가볍게 제 입술을 포갰다. 자신에게 사랑한다고 말하던 그녀의 오밀조밀한 입술을 탐하지 않고서야 도저히 버틸 수 없었다.

그대로 가예를 침대에 눕힌 태석이 한 마리의 늑대로 변하는 건 그리 오랜 시간이 걸리지 않았다.

말은 괜찮다고 했지만 실상 몸이 고단했는지 가예는 세상모르고 잠이 들어 버렸다. 곤히 잠든 그녀의 가슴을 토닥여 주던 태석은 아까 미처 확인하지 못했던 기환의 선물을 꺼내 보았다. 선물은 다름 아닌 캔들이었다.

새벽빛을 불빛 삼아 캔들을 켜니, 은은한 라일락 향이 방 안에 퍼지며 그가 캔들에 적어 놓은 문구가 비춰졌다.

[이곳에 항상 행복의 기운이 가득하길.]

문구를 본 태석이 픽 웃음을 지으며 자고 있는 가예를 바라봤다. 지금 그녀를 바라보고 있는 지금 이 순간도 행복하고, 앞으로 그녀와 함께할 매순간도 행복할 것이다. 앞으로 영원히 함께할 가예에게 행복만 줄 것이다.

진심으로 친구의 행복을 바라는 기환의 소망이 닿았는지, 두 사람이 함께하고 있는 그곳에는 행복의 기운이 가득 퍼지고 있었다.

에필로그 2

　해성전자의 Z5의 예약 판매가 본격적으로 시작된 지 일주일째,
언론은 해성전자 4분기 실적을 좌지우지할 Z5 휴대폰의 이야기
로 떠들썩했다.

　해성전자 설립 이래로 역대 최저 출고가로 나온 Z5는 거품 많
던 스마트폰 출고가에 냉담하게 돌아섰던 소비자들의 호기심을
끌어 내는 데 성공했고, 1분에 1만 5천 명의 예약 가입을 시작하
는 기염을 토해 냈다.

　Z5의 유례없는 예약 돌풍에 동종업계는 저마다 속도 저하의
문제점을 걸고넘어지며 언론플레이를 시도했지만 이미 해외 제품
설명회에서 Z5을 받아 사용하고 있던 외신 기자의 기사로 인해
Z5의 속도 저하의 문제점은 완벽히 해결되었음을 입증했다.

　성공적인 판매 실적을 이룬 해성전자는 출시일을 일주일 앞에
둔 오늘, Z5 제품 설명회를 겸한 대대적인 행사를 개최했다. 연일

상한가를 치며 증권가의 뜨거운 감자로 떠오른 Z5를 직접 눈으로 확인하기 위해 해성전자 사옥에 찾아온 기자들은 그 모습을 카메라에 담으며, 자리에 앉아 노트북을 두드리며 제품 설명회가 시작되기만을 기다렸다.

미리 IT센터에 도착해 있던 태석은 오늘 제품 설명회를 위해 준비한 브리핑 자료를 살펴보고 있었다.

그때, 똑똑거리는 노크 소리와 함께 대기실 문이 열리더니, 검정색 재킷 안에 흰색 블라우스로 깔끔하고 단아하게 멋을 낸 화진이 모습을 드러냈다.

"준비는 잘했니?"

태석은 자리에서 일어나 보고 있던 브리핑 자료를 테이블에 내려놓으며 대수롭지 않다는 듯 대답했다.

"당연히 잘했죠."

"네 아버지가 더 긴장하신 눈치야."

오늘 설명회는 기자들뿐만이 아니라 각 방송국에서 카메라 취재까지 이뤄지기 때문에 절대 실수가 있어서는 안 되었다. 그리고 한편으로는 회사 내에 태석의 입지를 굳힐 절호의 기회였다. 그 발표를 지켜봐야 하는 민재는 아버지로서도, 회사의 CEO로서도 긴장할 수밖에 없는 자리였다.

"가예는 집에 있어?"

"네, 제가 오지 말라고 했어요."

"잘했다. 몸도 불편할 텐데 사람들 많은 데 오면 스트레스만 받을 거야."

가예는 현재 임신 5개월째로, 최근까지 심했던 입덧은 조금 나아지긴 했지만 점점 배가 불러 오며 몸이 무거워지고 있어 전처럼 자유롭게 집밖으로 나오는 것이 어려운 상태였다. 화진은 손을 뻗어 난생처음으로 제 아들의 등을 다독여 주었다.

"잘할 테니까 걱정 마라."

처음으로 아들에게 건넨 따뜻한 응원이 영 쑥스러운 모양인지 화진은 금방 원래대로의 무뚝뚝한 얼굴로 돌아왔다. 응원을 받은 태석 역시 어색하고 쑥스러운 것은 매한가지였다. 그러나 제 어머니가 이곳에 찾아와 제 등을 두드려 주기까지 얼마나 많은 고민과 생각을 거쳤을지 알 것도 같아 묵묵히 고개를 끄덕였다. 알게 모르게 발표에 대한 심리적 부담감을 끌어안고 있던 태석의 무거운 마음이 한결 가벼워졌다.

설명회가 시작되고 해성전자의 주요 임원진들과 화진이 발표석에 앉았다. 사회자의 간단한 소개와 함께 태석이 모습을 드러내자, 기자들의 셔터가 여기저기서 멈출 줄 모르고 터지기 시작했다. 발표를 위해 단상에 올라선 그가 숨을 한 번 고르고 정면을 바라볼 때였다.

이곳에 있어서는 안 될 가예가 단상에서 멀지 않은 곳에 앉아 그를 바라보며 생긋 웃고 있었다. 그녀의 옆을 바라보니 주동자로 추정되는 준섭과 기환이 함께 있었다.

태석이 미간을 좁히자 가예는 자신의 입술 끝에 검지를 올려 웃으라는 시늉을 해 보이더니, 힘내라는 의미로 양손에 주먹을 굳게 쥐고 들어 올렸다. 그 모습을 빠짐없이 지켜보고 있던 태석의 눈은 어느덧 환하게 휘어 있었다.

드디어 태석의 발표가 시작됐다. Z5는 출시 전부터 휴대폰 시장의 판도를 바꿀 2,000만 카메라 화소를 탑재하며 인기가 더욱 높아졌다. 특히 해성전자만의 전자기기답지 않은 섬세한 디자인은 여자 구매층을 확고하게 잡아내겠다는 다짐과 노력이 엿보였다.

새롭게 달라진 Z5의 간편한 UI 구조를 설명하는 태석의 뒤로 흐뭇한 표정을 짓는 민재와는 다르게, 그를 고깝게 여겼던 임원들의 표정은 전부 닭 쫓던 개 지붕 쳐다보듯 허탈한 표정을 짓고 있었다.

다소 긴 발표임에도 불구하고 앉아 있는 사람들 중에 누구 하나 태석의 목소리에 집중하지 않는 사람이 없었다. 그만큼 그의 발표는 군더더기 없이 논리정연했으며, 사람을 집중시키게 만드는 호소력을 가지고 좌중을 압도했다.

태석을 물끄러미 바라보던 가예가 두리번거리자, 옆에 앉아 있던 기환이 용케 그녀의 마음을 읽고 근처에 있는 물을 건넸다.

"고마워요."

"나중에 준섭이랑 나, 태석이한테 혼나면 가예 씨가 책임지셔야 돼요."

"제가 잘 설명할게요."

태석에게 자신도 참석하고 싶다고 몇 번이나 말했지만, 가뜩이나 몸이 약해 임신 동안에도 몇 번이나 끙끙 앓았던 그녀를 지켜봐 온 태석은 안 된다며 단호하게 잘라 말했다. 재고의 여지가 없어 보이는 태석의 태도에 가예는 순순히 알았다고 대답했지만 오늘 기환과 준섭이 행사에 참석하는 걸 알게 된 그녀가 미리 그들에게 부탁을 해 놓았던 것이다.

처음에는 두 사람 역시 가예를 말렸지만 대중 앞에 선 태석의 또 다른 모습을 보고 싶어 하는 그녀의 마음을 이해하고 그녀의 부탁을 받아들였다.

"오늘 좀 멋있네, 한태석."

남자는 자신이 맡은 일을 해낼 때 가장 멋있어 보인다는 말을 증명해 보이기라도 하듯, 준섭의 말대로 오늘 태석은 이제까지 누구의 도움 없이 오로지 본인의 실력으로만 이뤄 낸 성과를 여과 없이 발휘하고 있었다. 매일 봐 오던 자상하고 살뜰한 남편이었을 때의 모습과는 또 다른 남자다움이 눈에 들어와 가예는 시선이 마주칠 때마다 공연히 마음이 설레었다.

"오늘 안 왔으면 후회할 뻔했어요."

"그럼 가예 씨가 태석이한테 말해 줘서 우리 Z5 좀 얻어다 주세요. 예약하려고 전화해 봤더니 무슨 한 달이나 기다려야 된대요."

"이준섭 너도 참, 한태석이 우리한테 공짜로 잘도 주겠다."

"아, 맞다. 한태석이었지."

그가 없는 자리에서 태석의 흉을 보는 두 사람의 말에 악의가 없음을 알기에 가예는 풋, 웃음을 터뜨리며 코트 안에 있는 휴대폰을 몰래 만지작거렸다. 사실 예약 판매가 시작되기 전에 그녀는 이미 태석이 선물한 Z5를 사용 중이었다. 회사 내 몇몇 임원들과

주주들에게만 배포됐는데, 특별히 그가 자신이 쓰는 것과 똑같은 휴대폰으로 가예의 것까지 미리 준비해 뒀던 것이다.

깜짝 선물을 받았던 그날이 떠올라 가예는 두 사람이 알아차리지 못하게 희미한 미소를 입가에 담았다.

"그럼 발표를 마치겠습니다."

태석의 발표가 끝나자 곳곳에서 박수갈채가 쏟아졌고, 잠시 멈췄던 카메라 플래시가 쉴 새 없이 터지기 시작했다. 태석이 무대에서 사라지자 사회자는 신분 확인을 위해 입구에서 받아 놓던 명함을 가지고 Z5 경품 이벤트를 진행했다. 구하기 어려운 Z5의 경품 이벤트에 모인 사람들은 웅성거리기 시작했고, 준섭과 기환역시 제 이름이 불리기만을 은근히 기대하는 눈치였다.

"이럴 줄 알았으면 명함 뭉치를 넣고 왔을 텐데."

준섭의 우스갯소리에 풋 웃음을 터뜨리고 있을 때, 코트 안에 있던 휴대폰에 진동이 드르륵 울렸다.

[당신 보고 놀라서 발표 못 할 뻔했어.]

자신의 얼굴을 보고 잠시 백지 상태가 됐을 태석을 생각하니 미안하기도 하면서, 그를 놀라게 했다는 즐거움에 절로 히죽 웃음이 났다. 가예가 고개를 숙이고 혼자 웃는 모습을 지켜보던 기환이 어? 라고 중얼대며 그녀의 휴대폰을 가리켰다.

"어? 이거 Z5 맞죠?"

사회자를 바라보던 기환의 눈도 저절로 가예의 휴대폰으로 향했다. 두 사람의 빤한 시선에 손이 민망해진 가예는 휴대폰을 테이블에 올려놓으며 고개를 끄덕였다.

"가예 씨, 이거 구경해 봐도 돼요?"

"그럼요. 보세요."

평소 전자기기에 관심이 많은 기환도 준섭의 옆에 달싹 붙어 Z5를 이리저리 만져 보기 시작했다. 두 사람이 머리를 모아 가예의 휴대폰을 구경하고 있을 때, 뒤에서 나타난 어두운 그림자 하나가 두 사람을 엄습해 냉큼 휴대폰을 빼앗아 버렸다.

"내 여자 휴대폰 그만 봐."

그림자의 주인공은 세 사람이 있는 자리로 금세 찾아온 태석이었다. 그의 등장에 준섭은 자신이 앉았던 가예의 옆자리를 내주며 입을 삐죽댔다.

"우리 거는 없어?"

"발표 어디로 들었어? 지금 M텔레콤에서 예약 판매 중이라니까."

"한 달 넘게 기다려야 된다잖아! 너 때문에 진작 휴대폰 바꿔야 할 것도 안 바꾸고 있었더니!"

일찍이 준섭과 기환의 휴대폰을 챙겨 두었던 그는 자신도 선뜻 만지지 못하는 가예의 휴대폰을 거리낌 없이 살펴보는 두 사람에게 질투의 불길이 타올라 일부러 심통을 냈다. 태석은 그들에게 자신의 휴대폰을 던져 주고는 손에 쥐고 있던 휴대폰을 가예에게 돌려주었다. 그리고 자리에 앉아 그녀의 배를 조심스레 쓰다듬었다.

"무리해서 오지 말라니까."

"준섭 씨 차로 편하게 왔어요."

태석은 제 옆에 앉아 휴대폰 구경에 빠진 준섭을 의심 가득한 눈으로 쳐다봤다.

"이 자식 성격 급해서 자주 과속하는데."

태석의 핀잔을 들은 준섭이 억울하다고 할 법도 한데, 그의 관심은 온통 휴대폰에 빠져 있어 태석의 말을 크게 귀담아 듣지 않았다. 태석은 테이블에 있던 귤을 까서 그녀의 입으로 가져다주었다. 가예는 준섭과 기환이 안 보는 사이에 냉큼 귤을 받아먹었다.

"배고프지? 과일 더 갖다 줄까?"

"괜찮아요."

"장모님은? 뵀어?"

"여기 늦게 도착해서 연락 못 드렸어요. 이따가 전화해 보려고요."

불편한 몸을 이끌면서까지 가예가 이곳에 온 이유에는 태석을 보고 싶어서도 있었지만, 오랫동안 보지 못했던 제 부모님을 보고 싶은 마음도 있었다.

M텔레콤의 주인이자 가예의 부모인 성찬과 미숙 역시 오늘 제품 설명회에 없어서는 안 될 중요 인사였다. 그녀의 부친인 성찬은 M텔레콤의 회장 자격으로 민재와 같은 상석에 착석해 있었지만, 미숙은 어디에 있는지 보이지도 않았다.

제품 설명회가 모두 끝나고 해성전자에서 준비한 만찬이 이어졌다. 혼자 돌아다니겠다는 태석의 말에도 불구하고 가예는 끝내 자리에서 일어나 그를 따라나섰다. 유상그룹 홍영철 회장과 이야기를 하던 민재는 뒤늦게 가예를 발견하고 깜짝 놀란 얼굴로 그녀를 바라봤다.

"아가!"

민재에게서 듣기 힘든 들뜬 목소리에 근처에 있던 사람들의 이목이 모두 그들에게 집중됐다. 가예는 해맑은 미소를 지으며 민재에게 다가갔다.

"아버님, 저 왔어요."

"날도 추운데 여기까지 어떻게 온 거야? 몸도 불편할 텐데."

민재는 가예의 손을 꼭 붙잡았다. 그녀가 M텔레콤의 여식임을 뒤늦게 알아본 이들이 쑥덕거리기 시작했다. 멀리서 다른 이와 이야기를 나누던 성찬은 웅성거리는 분위기에 고개를 돌렸다.

"가예야."

"아버지."

오랜만에 만난 부녀지간은 다소 어색해 보였지만 자식을 바라보는 성찬의 눈빛에서만큼은 온기가 느껴졌다. 성찬은 그녀의 옆을 지키고 서 있는 태석에게 악수를 청했다.

"그간 고생 많았네."

"아닙니다."

이번 Z5의 성공적인 출시로 태석에 대한 깊은 신뢰감을 느끼게 된 성찬은 그의 어깨를 두드리며 응원의 눈빛을 아끼지 않았다.

가예와 태석은 성찬이 알려 주는 자리로 미숙을 보러 갔다. 마침 지인들과 이야기를 마치고 자리로 돌아온 미숙은 두 사람을 발견하자마자 한달음에 달려 나와 그녀의 배부른 몸이 상한 곳은 없는지부터 확인했다.

"어떻게 된 거야? 한 서방이 오늘 너 못 온다고 했는데."

"그이 친구 차 타고 왔어요."

태석은 장모에게 깍듯하게 고개를 숙여 인사를 건넸다. 최근 가예의 몸 상태에 대한 이야기를 나누고 있을 무렵, 최 팀장이 조심스럽게 다가와 태석의 귀에만 들리도록 작게 속삭였다.

"지금 회장님께서 한성전자 이 회장님과 계십니다."

아무래도 동종업계에 있는 거물급 인사이다 보니 Z5의 총책임을 맡은 태석이 얼굴을 비추지 않을 수 없었다. 그의 곤란함을 알아본 가예가 고개를 끄덕이자, 태석은 고개를 끄덕이고 미숙에게 양해를 구하며 자리를 피했다.

덕분에 딸과 오붓한 시간을 보내게 된 미숙은 우선 가예를 자리에 앉혔다.

"여기서 기다려. 음식 좀 담아 올게."

"엄마, 앉아 계세요. 제가 가져올게요."

"몸도 무거운 애가 어딜. 여기 가만히 있어."

미숙의 성화에 가예는 할 수 없이 고개를 끄덕였다. 가예는 음식을 가지러 가는 미숙의 뒷모습에서 눈을 떼지 못했다. 임신 사실을 알리러 간 날 이후로 처음 보는 것이니, 제 부모와의 만남도 거의 다섯 달 만이었다.

부모와 떨어져 지낼 수만 있다면 무슨 일이든 할 수 있다고 생각할 만큼 정신적인 피로도가 상당했던 가예는 결혼 후에 냉정하리만큼 자신의 친정을 멀리했다.

결혼 후에도 종종 사람을 시켜 그녀가 입을 속옷까지 보내 주며 일거수일투족 참견하던 미숙이 잠잠해진 것은, 성찬이 가예를 출가외인으로 완벽하게 받아들이고 나서부터였다. 남의 집 사람이 된 가예에게 연락이 먼저 오기 전까지는 절대 먼저 연락하지 말라는 성찬의 불호령이 있은 후로 미숙은 제 딸에게 함부로 연락도 할 수 없는 처지가 됐다.

자신이 먹을 음식을 신중히 고르는 제 모친을 눈으로 좇던 가예의 눈가가 어느새 촉촉해졌다. 평생 단단하게 솟아 있을 줄 알았던 제 부모의 어깨가 못 본 새 많이 누그러진 것 같아 마음이 편치 않았다. 부모의 간섭과 구속이 자신을 향한 애정에서 비롯된 거라는 걸 알면서도, 한편으로는 그 과한 애정이 가면 갈수록 목을 조여 와 숨을 쉴 수가 없었다.

사랑했던 여자를 가슴에 품고 있는 남자에게 딸을 시집보낸 모친의 애타는 심정, 제 딸과 어울리지 않는 야한 속옷까지 보내 주며 그에게 여자로 보이길 바랐던 그 심정을 너무 늦게 깨달아 버리고 말았다.

가예가 먹을 음식을 두 접시나 가져온 미숙은 제일 먼저 포크를 챙겨 그녀의 손에 들려 주었다.

"입덧은 어때? 좀 괜찮아졌어?"

"그럼요. 이제 김치도 잘 먹어요."

"나도 너 가졌을 때 입덧으로 그렇게 고생을 했어. 그래서 그런지 얼굴이 반쪽이 됐네."

미숙은 본인의 허기짐은 생각도 하지 않고 가예의 접시를 더욱 바짝 놔두었다. 목 끝까지 차오르는 울컥함을 애써 꾹꾹 누르던 가예가 포크를 내려놓으며 말했다.

"죄송해요, 엄마."

"뭐가?"

"그동안 연락 자주 못 드렸던 거요."

애지중지 키운 자식이 죄송하다며 고개를 떨어뜨리는 모습을 어느 부모가 보고 싶겠는가. 미숙은 입술을 꾹 깨물고 울음을 참는 여린 제 딸의 손에 다시 포크를 쥐여 주며 말했다.

"부모 자식 간에 죄송하고 말게 어디 있어. 네 아버지나, 나나 너 힘들어했던 거 알면서도 모른 척했던 건 매한가지야. 배 속 아이 생각해서 좋은 생각만 해."

가예는 목이 메어 아무 대답도 못 하고 내내 고개만 끄덕였다.

"그리고 네 소식은 한 서방이 간간이 전해 줘서 알고 있었어."

"……그이한테요?"

"그래."

미숙은 몇 달 전, 불쑥 집으로 찾아온 태석을 떠올렸다. 갑작스럽게 찾아온 사위를 보고 당황하기도 했지만, 선뜻 먼저 연락을 주지 않는 딸 대신 찾아와 준 태석에게 내심 감동받으려던 찰나였다.

그러나 태석이 전해 준 이야기는 증권가에 두 사람의 이혼설이 돌고 있다는, 전혀 달갑지 않은 소식이었다. 무거운 말을 전한 태석은 결혼 생활 내내 가예를 힘들게 했다는 말과 함께 바닥에 닿을 듯 고개를 숙이며 죄송하다고 했다. 그리고 한 번만 더 자신을 믿어 달라고도 덧붙였다.

사실 미숙은 처음부터 이 결혼을 반대했었다. 날카로운 태석의 첫 인상도 마음에 들지 않던 마당에 다른 여자가 있었다는 소문이 자자했던 태석이 곱게 보일 리 없었다. 그럼에도 불구하고 미숙이 결혼을 허락할 수밖에 없었던 이유에는 가예의 굳은 결심도 있었지만, 내심 해성전자와 사돈을 맺길 바라는 성찬의 욕심 탓도 있었다.

그래서 태석의 고해성사를 들었을 때, 마음 같아서는 당장 가예를 데리고 집에 오고 싶었다. 그렇게 힘들었으면서도 내색 한 번 하지 않은 묵묵한 딸의 행동에 화가 나다가도, 부모에게 마음 편히 기댈 생각을 하지 못하게 만들 정도로 그녀를 옭아맸던 남편과 자신이 떠올라 아무 말도 할 수 없었다. 그래서 가예를 데려오지 못했다. 정확하게 말하면 데려올 자격이 없다고 생각했다.

결국 태석을 한 번 더 믿어 보기로 한 미숙은 시간이 흐르면서 감감무소식인 제 딸의 소식을 간간이 들려주는 사위에게 조금씩 정이 들어 버렸다. 특히 가예의 이야기를 전해 주는 그에게서 제 딸을 향한 애정의 깊이가 느껴져 어느새 마음이 놓이기도 했다.

"한 서방이 너보다 나한테 더 연락 잘하는 거, 모르지?"

"앞으로는 제가 더 연락 자주 할게요."

"그래 주면 엄만 더 기쁘고."

가예를 낳았을 당시에는 한참 재벌가의 사모들과 어울릴 적이라 자식을 키우는 것에 자존심을 세우며 자식이 곧 스스로의 자존심이라고 생각했다. 어렸을 적부터 무엇이든 부족함 없이 자랐지만, 다 가진 재벌들의 눈에 미숙은 그저 먹고살 만한 집안에서 시집온 신데렐라 정도였다.

어쩌면 가예를 괴롭힌 건 미숙이 가지고 있던 피해의식이었다. 그때부터 가예를 자신에게 대입시키며 남들 자식이 하는 것은 다 시켜야 직성이 풀렸다. 어린 자식이 힘에 부쳐 하는지도 모르고 초등학교 때부터 학원 다섯 개는 기본이고, 주말에는 과외까지 시켰다.

그렇게 지내다 보면 한 번쯤 부모에게 반항심이 들 법도 했을 텐데 가예는 묵묵히 제 본분을 다했다. 당시엔 부모에게 고분고분한 그녀의 태도를 당연하다고 여겼는데, 지금 와서 생각해 보면 단 한 번의 엇나감도 없이 바르게 자라 준 가예가 대단한 것이었다.

그러나 보여 주기 식의 행동들이 다 부질없다는 생각이 들었을 땐 이미 가예가 지칠 대로 지쳐 있던 상태였다. 미안하다고 한들 그녀가 살아온 인생을 다시 돌려놓을 수 있는 것도 아니었다. 그래서 미숙에게 가예는 늘 아픈 손가락이기도 했다.

미숙은 제 접시에 남았던 오렌지를 직접 까서 가예의 접시에 놓아주며 말했다.

"한 서방은 딸이라는 말에 그렇게 좋아하더라."

한 달 전쯤 산부인과에서 태아의 성별을 확인한 두 사람의 반응은 사뭇 달랐다. 가예를 닮은 딸을 원했던 태석은 크게 기뻐했지만, 대를 이어야 한다는 부담감을 가지고 있던 그녀는 그래선 안 됐지만 조금 아쉬워했다. 그래서인지 임신 전에는 잘 먹지 않

377

던 과일을 사서 먹기 시작했다.

"아버지나 시아버님은 은근히 아들 바라셨을 거예요."

"더 낳으면 되지. 설마 아이 생각 더 없는 거야?"

"그건 아니에요."

태석이나 가예 모두 형제자매 없이 외동으로 자랐기 때문에 혼자 자라면서 겪어야 할 쓸쓸함을 누구보다 잘 알고 있었다. 그래서 적어도 둘은 낳고 싶었다.

"네 아버지도 늙었는지 요즘 부쩍 TV에 나오는 애기들 보면 좋아하시더라."

"정말요?"

"그래. 그러니까 아들 딸 구별 말고 감사한 마음으로 태교에 전념해. 배 속에 있는 아기도 제 엄마가 무슨 생각을 하는지 다 느껴진다더라."

"네."

그때 배 속에서 꿈틀거리는 아기의 태동이 느껴졌다. 마치 미숙의 말에 그렇다고 대답하는 것처럼 느껴져 가예가 배에 손을 올렸다. 시간이 지날수록 제 존재감을 확실히 드러내는 아기가 신기하면서도, 한편으론 조만간 자신 역시 진짜 부모가 된다는 생각에 마음 한편이 책임감으로 묵직해짐을 느꼈다.

좋은 부모가 되고 싶었다. 그래서 가예는 제 아기를 낳기 전에 꼭 외면하려고만 했던 제 부모를 정면으로 마주하고 싶었다. 그리고 정면으로 마주한 지금 이 순간, 자신이 얼마나 부모님에게 무조건적인 사랑을 받았는지 지나온 길을 돌아보고 나서야 깨닫게 됐다.

가예는 쉴 틈 없이 자신이 먹을 오렌지를 까는 미숙의 손에 살며시 제 손을 포갰다. 그러자 거짓말처럼 그녀의 마음이 평온해졌다.

민재와 화진의 옆을 지키며 다른 이들의 축하 인사를 받는 태석은 버릇처럼 손목시계를 확인했다가 가예를 주시했다. 태석의 시선이 가예에게서 떨어질 줄 모르자, 그 모습을 보다 못한 민재는 할 수 없이 태석에게 눈빛으로 가 보라는 말을 대신했다.

태석의 손에 이끌려 차에 올라탄 가예는 작게 투덜거리며 안전벨트를 끌어당겼다.

"나 정말 괜찮은데."

"내가 안 괜찮아서 그래."

"아참, 기환 씨랑 준섭 씨는요?"

"가기 전에 인사했어. 당신이 어머니랑 있어서 인사 못 하고 간다고, 다음에 보자고 전해 달라더라."

가예가 고개를 끄덕이자 시동을 건 태석이 차를 출발시켰다. 조수석에 탄 가예가 말도 없이 휴대폰만 만지작거리고 있자 그가 슬쩍 곁눈질로 바라보며 물었다.

"뭐 해?"

"어머님께 메시지 보냈어요. 먼저 가서 죄송하다고."

"장모님께도 보내 드려. 오랜만에 당신 봤는데 내가 일찍 데려가서 서운하셨겠다."

가예는 고개를 가로저으며 싱긋 웃었다.

"조만간 집에 가겠다고 했어요."

확실히 부모님과 친정을 이야기하는 가예의 표정이 전보다 한층 편안해져 있었다.

"그런데 태석 씨……. 우리 집에 갔었다면서요?"

"응."

"왜 나한테 내색 안 했어요?"

"좋은 일로 찾아뵌 것도 아니었고, 아직 부모님께 마음 열 준비 안 된 당신한테 부담 주고 싶지 않았어."

오랫동안 자신 모르게 제 부모에게 신경 써 준 태석에게 고마움과 동시에, 그만큼 그의 부모님을 챙기지 못한 것에 대한 미안함이 커졌다.

집으로 돌아온 가예는 피곤해하는 태석의 등 뒤로 다가가 말없이 그를 껴안아 주었다. 그녀의 포옹에 피곤함이 가시는 기운을 얻는 것 같았다. 몸을 돌린 태석이 이번에는 반대로 가예를 껴안았다. 그러자 가예가 픽 웃으며 말했다.

"이러고 있으니까, 그날 생각나요."

"그날?"

"창립기념일이요."

별로 기억하고 싶지 않은 날을 언급하자 태석이 미간을 좁혔다. 그러나 그날을 지난 추억쯤으로 가볍게 여기는 가예는 태석을 마주 보며 짓궂게 말했다.

"그날 태석 씨 참, 나한테 나쁜 사람이었는데."

"인정. 그런데 그날은 당신도 나 못지않게 나빴어."

"내가요?"

"기억 안 나?"

자신이 한 말을 기억하지 못하는 가예를 보며 태석이 콧잔등을 찡그렸다.

"태석 씨."

"응?"

"나는 이 결혼이, 무척 행복해요."

이 결혼이 행복하냐고 묻던 태석의 그날의 대답에 이제야 대답하고 말았다. 서로의 감정에 조금만 더 일찍 솔직했더라면 좋았을 거라는 안타까움은 있었지만, 결국 그 과정 역시 태석을 이해하고 사랑을 확인하는 계기가 되었으니 꼭 나쁘지만은 않은 시간이었다.

"앞으로도 쭉 행복할 것 같아요."

태석이 당연하다는 듯 고개를 끄덕이며 그녀의 머리에 제 머리를 올렸다.

"그리고…… 어디도 가지 말아요."

무슨 의미냐고 눈빛으로 묻는 그에게 가예가 조그마한 목소리로 태석의 가슴을 울렸다.

"내 인생에서도, 내 마음에서도 나가지 말고 지금처럼 있어 줘요."

"가예야."

당연히 그녀가 기억에서 지웠을 리 없었다. 태석을 사랑하면서 제일 아팠던 날이기도 했고, 그를 제일 아프게 했던 날이기도 하니까.

"오래오래, 나랑 함께 있어 줘요. 태석 씨."

수줍은 목소리로 사랑을 고백하는 그녀의 목소리만큼 태석의 마음을 들뜨게 하는 것은 없었다. 태석은 가예를 사랑스러운 눈빛으로 내려다보곤 그녀를 더욱 끌어당겨 키스로 대답을 대신했다. 목 안 깊숙이 들어오는 그의 혀에 가예의 손이 저절로 태석의 목 뒤로 향해 그를 더욱 끌어안았다. 너무 늦어서 미안하다는 말도, 앞으로 잘하겠다는 말들은 아무 의미가 없었다. 그녀의 말대로 오래오래, 함께 있으며 행동으로 보여 주면 되니까.

깊어질 대로 깊어졌던 키스에도 태석은 아쉬운지 코를 맞대며 얼얼한 그녀의 입술을 달래듯 몇 번이나 가볍게 입을 맞췄다. 가예는 그의 행동에 얼굴 가득 해사한 웃음을 머금었다. 그녀의 미소가 태석의 터질 듯한 벅찬 가슴을 따뜻하게 어루만져 주고 있었다.

— The end

작가 후기

안녕하세요, 정희경(니니브)입니다.

〈사랑을 돌아보다〉에 나오는 태석이와 가예, 기환이와 준섭이, 윤주…… 그리고 이들의 부모님까지 모두 각자의 사랑을 돌아보는 모습을 적어 내고 싶었습니다. 이런 사람도 있고 저런 사람도 있듯이 사랑을 대하는 방식이 우리 모두 같지 않다는 것, 그리고 사랑을 하는 방식에 있어 정답은 없다, 라는 것을, 글을 쓰면서 느끼게 됐습니다.

'있을 때 잘하라'는 말처럼, 나중에 내가 한 사랑을 돌아봤을 때 후회가 없을 만큼 지금 내가 사랑하는 사람들에게 이 순간 최선을 다해 사랑을 표현해야겠다는 생각을 해 봅니다.

묵묵히 제 글을 지지해 주는 사랑하는 가족들, 물심양면으로 글

쓰기를 도와주는 고마운 친구들, 부족한 저를 자랑스러워해 주시는 지인들, 사랑을 돌아보다가 나오기까지 도와주신 도서출판 뿔미디어 관계자분들께도 감사드립니다.

마지막으로 제 글을 손에서 놓지 않고 읽어 주신 독자님께 진심으로 감사드립니다. 혹 놓으셨다면, 다음에는 더 발전한 글로 찾아뵙겠습니다.

정희경(니니브) 드림.

Scarlet
스칼렛

www.bbulmedia.com